앎의 지혜

학문의 위와 아래 공사

학문 왜 어떻게 이론 만들기의 사례와 방법

KB194771

조동일

조동일 趙東一

서울대학교 불문학·국문학 학사, 서울대학교 대학원 국문학 석·박사.
계명대학교·영남대학교·한국학대학원·서울대학교 교수를 역임하고, 현재 서울대
학교 명예교수, 대한민국학술원 회원이다.
《한국문학통사 제4판 1-6》(2005), 《동아시아문명론》(2010), 《서정시 동서고금
모두 하나 1-6》(2016), 《통일의 시대가 오는가》(2019), 《창조하는 학문의 길》
(2019), 《대등한 화합》(2020), 《우리 옛글의 놀라움》(2021), 《국문학의 자각
확대》(2022), 《한일학문의 역전》(2023), 《대등의 길》(2024) 등 저서 다수.
화집으로 《山山水水》(2014), 《老巨樹展》(2018)이 있다.

앎의 지혜

학문의 위와 아래 공사

초판 1쇄 인쇄   2025. 2. 17.
초판 1쇄 발행   2025. 3. 1.

지은이   조동일
펴낸이   김경희
펴낸곳   (주)지식산업사
본사 ● 10881, 경기도 파주시 광인사길 53(문발동)
전화 031-955-4226~7 팩스 031-955-4228
서울사무소 ● 03044, 서울시 종로구 자하문로6길 18-7
전화 02-734-1978, 1958 팩스 02-720-7900
영문문패 www.jisik.co.kr
전자우편 jsp@jisik.co.kr
등록번호 1-363
등록날짜 1969. 5. 8.

책값은 뒤표지에 있습니다.

앎의 지혜

학문의 위 아래 공사

조동일 지음

삶의 지혜와 짝을 이루는 슬기로운 학문하기

학문의 근본에 대한 반성과 이론 만들기,
위아래의 이 둘이 상생을 이루다가 하나가 된다.

지식산업사

들머리

  삶의 지혜와 앎의 지혜를 말하려고 한다. 두 책을 써서 짝을 이루게 한다. 이 책은 앎의 지혜를 말하는 둘째 권이다. 앎의 지혜를 알려주는 학문을 어떻게 하면 더 잘할 것인가 말한다.

  학문하는 사람은 누구나 생각한다. 내 학문이 이미 잡은 자리에 머물러 있다가 시들지 않고, 앞으로 나아가는 생기를 얻으려면 어떻게 해야 하는가? 이 질문에 대해 내가 겪고 깨달은 바를 가지고 대답한다.

  추상적인 언설로 고매한 당위론을 펴면 품격이 돋보일 듯하지만, 자해를 저지르고 만다. 결함을 알아차리고 바로잡아야 한다. 위와 아래 양쪽에서 개선 공사를 온당하게 해야 한다. 그 비결이 무엇인지 구체적으로 제시해, 쉽게 활용할 수 있게 하고자 한다.

위에서 할 일은 학문의 근본에 대한 반성이므로, 〈학문 왜 어떻게〉라고 한다. 이것은 강증산이 말한 천지공사와 흡사하다고 할 수 있다. 아래에서는 통상적인 건설공사와 다름 없는 작업을 해야 한다. 손만 움직이지 말고 눈을 떠야 하므로, 〈이론 만들기의 사례와 방법〉이라고 한다. 이 둘이 위와 아래에서 각기 작동을 시작하고, 중간에서 만나 상생을 이루다가 하나가 된다.

둘 다 유튜브방송을 위해 쓴 원고를 다듬어 내놓는다. 댓글과 답글이 있기도 하고 없기도 한 것은 논란이 많고 적은 차이가 있기 때문이다. 시청과 독서를 함께 하면서, 다른 내용과 이해 방법의 상이가 상동이게 하면 좋으리라.

덧붙여 할 말이 있다. 한글전용이 바람직하지만, 획일적으로 할 것은 아니다. 한문문명의 유산이나 전통에 관한 논의를 온전하게 하려면 한자혼용이 불가피하다. 이런 이유에서 몇 대목에서 한자혼용도 한다.

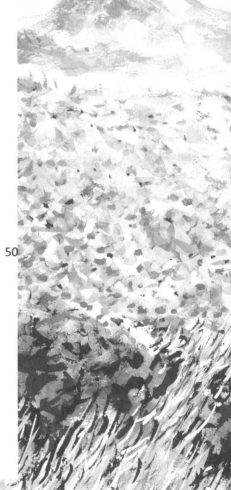

차 례

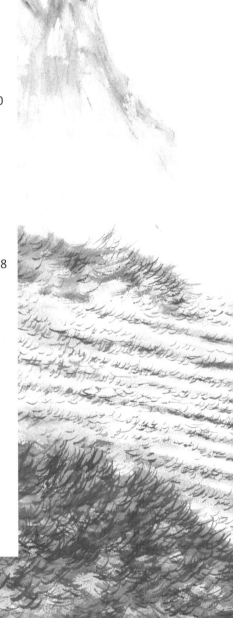

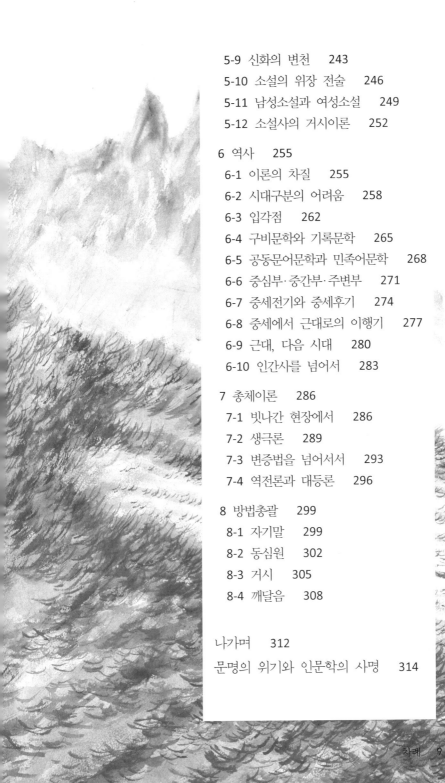

제1장

학문 왜 어떻게

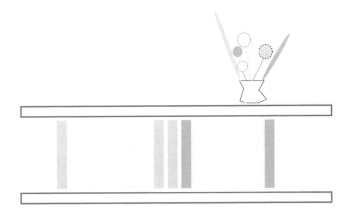

1 왜 학문을 하려는가?

1-1 초발심

초발심은 처음 내는 마음이다. 학문을 하려고 처음 내는 마음이 올바라야 학문을 즐기면서 할 수 있다. 즐기면서 해야 학문이 잘된다.

학문을 왜 하려는가? 이렇게 묻는다면, 예전에는 다른 말을 했을 테지만, 오늘날은 학문을 해야 교수라고 하는 좋은 직업을 얻어 잘살 수 있기 때문이라고 대답하는 것이 예사이다. 굶으면서도 바른 이치 탐구에 온갖 노력을 바치는 학자가 적지 않던 시절은 가고, 누구나 이해타산을 생각하게 된 것을 나무랄 일은 아니다.

대학에 입학하는 학생들이 장차 대학원에 진학해 학문을 하고 교수가 되는 것이 얼마나 이로운지 생각해보는 것이 당연하다. 어떤 교수들은 자기 제자를 더 모으려고 눈여겨 살핀다. 마음에 드는 학생에게, 대학원이 어떤 곳인 말하고 응시를 권유한다. 나는 이런 권유가 적절하지 않다고 여긴다. 지도하는 학생이 많지 않기를 바랐다.

어느 날 대학 신입생이 찾아와 "장차 대학원에 진학해 공부를 더 하면 교수가 될 수 있겠습니까?"하고 물었다. 나는 "꿈도 꾸지 말아라! 다른 학생이 모두 교수가 되어도 너는 될 수 없으니, 단념하고 물러나라." 이렇게 호통을 치면서 당장 나가라고 쫓아냈다.

석사논문 지도를 받는 학생이 어느 날 아주 난감한 표정을 하고 어렵게 입을 열었다. "아무리 해도 안 되니, 논문 쓰는 것을 포기하고 공부를 그만두어야 하겠습니다." 나는 크게 기뻐하면서 말했다. "아주 현명한 판단이다. 세상에 공부보다 좋은 것이 얼마든지 있다. 무엇이든 택해 마음껏 즐겨라." 이런 말로 장래를 축복했다.

두 일화는 전혀 다른 것 같지만, 같은 이치를 말해준다. 공부는 무슨 소용이 있는지 생각하지 않고, 그 자체가 좋아 몰두해서 해야 잘된다. 공부를 수단으로 여기면 잘될 수 없으니 그만두어야 한다. 공부가 좋은 줄 모르고 억지로 하면 공부에서 학문으로 나아가는 것은 불가능하므로, 시간을 낭비하지 말고 다른 길을 찾아야 한다.

인위적인 가속이 필요 없게 잘되는 공부라야 질적 비약을 저절로 이룩해 학문이 되고, 순조롭게 앞으로 나아간다. 진정한 학문을 체험하는 덕분에 대학원에서 즐거운 시간을 보내다가, 커다란 깨달음을 거듭 얻는 학자로 성장해 교수 노릇을 신명나게 한다. 감당하기 어려울 정도로 늘어나는 문제에 응답하는 연구로 학문의 역사를 바로잡고, 잘못된 세상을 바로잡는 데 기여해 널리 혜택을 베푼다.

편법, 부정, 사기 따위가 득실대면서 좋은 것을 모조리 망쳐대는 세태인데, 학문이라고 해서 무사할 수 없다. 부적격자를 막고 내보내려고 아무리 애를 써도, 너그럽기가 태평양 같은 교수들이 여기저기 있어 아무나 원하면 대학원에 들어오라고 하고, 논문이 아닌 잡문을 학위논문 심사에 통과시켜 학문을 편리하게 써먹는 수단으로 타락시킨다. 이래서는 안 된다고 국내에서 고함을 지르는 것만으로 역부족이다. 최선진국이라는 곳에서 유학생을 불러들여 부려먹다가, 학문과는 거리가 먼 공부를 하는 것이 잘되었다고 칭찬하고 학위를 주어 보내, "돌아가서 너의 나라를 적당하게 망치라"고 은근히 부추긴다.

"인내는 쓰지만 그 열매는 달다"는 격언에다 목을 매고, 하기 싫은 공부를 억지로 해서 학문과는 거리가 먼 남의 지식 열거를 학위논문이라고 써내는 것이 흔한 일이다. 그다음에 어떻게 되는지 순서가 대충 정해져 있다. 인간관계가 가장 소중하다는 심사위원들에게서 칭찬을 받고 학위를 얻고는, 처신이 훌륭해 당당하게 자리 잡는다. 마침내 승진이나 재임용에

나 써먹는 필요악으로 타락한 연구업적 메우기에 연연하지 않아 품위를 유지하고 존경을 받는 교수가 되어 전방위의 갑질을 일삼는 즐거움을 누린다.

이런 교수들이 자기 대학에 가만 들어앉아 있다가 말없이 정년퇴임을 하면, 피해가 그리 크지 않아 떠들어댈 것은 없다. 교수가 된 것을 발판으로 삼고 더욱 출세해 국정에 참여하려고 줄줄이 나서서 난감한 사태가 벌어진다. 연구업적이라고 하는 물건이 남들의 말을 모아놓은 쓰레기통인 것이 공공연한 비밀인데, 새삼스럽게 표절 운운 하면서 트집을 잡으니 난처하다. 말썽을 위한 말썽이라고 밀어붙이는 것을, 무얼 몰라 순진한 국민이 용납하지 않아 낭패이다.

아주 유능하다고 평가되어 특별히 발탁된 인재가 그 모양이니, 나머지 변변치 못한 교수들이야 오죽 하겠는가 하면서 대학을 온통 불신하게 만드는 사태가 벌어진다. 깊이 숨어 진지하게 연구하는 학자들은 허탈감에 사로잡히고, 다른 한편으로 불안해한다. 사이비 교수 출세주의자들이 권력에 바짝 다가가 교육을 개혁한다면서 망치는 작태에 제동이 걸리지 않아, 무슨 짓을 할지 모른다고 염려하지 않을 수 없다. 학문에 대한 무지를 더욱 공고하게 다져 숨통을 막지 않을까 두려워한다.

세상을 바로잡아야 할 학문이 자기 안전이나 염려하게 되었다. 어떤 사태이든 극도에 이른 것은 반전이 가까워 온 증거이니 희망을 가지자. 세상을 바로잡는 큰 그림을 그리는 데 힘써 학문을 왜 하는가 하는 질문에 분명하게 대답하자. 굶으면서도 바른 이치 탐구에 온갖 노력을 바친 선인들을 본받아야 한다.

발심이 순수해야 학문다운 학문을 한다. 불순한 계산이 끼어들면 기껏해야 사이비 학문을 하고 말아, 자기가 괴롭고 세상에 피해를 끼친다. 잘 생각해보고 학문을 할지 말지 결정해야 한다.

좋아서 해야 학문이 즐겁다. 학문이 즐거워야 잘될 수 있다. 학문이 이 세상의 다른 어떤 일보다 더 즐겁다는 말이 학문을 왜 하려는가 하는 질문에 대한 유일하고 완벽한 대답이다.

● 댓글과 답글

댓글: 《莊子》(장자) 〈養生主〉(양생주)에 다음과 같은 문장이 있습니다. "吾生也有涯 而知也無涯 以有涯隨無涯 殆已 已而爲知者 殆而已矣" 이 강의를 듣고 위 문장을 다음과 같이 고쳤습니다. "吾生也有涯 而知也無涯 以有涯隨無涯 樂已 已而爲知者 樂而已矣" 장자는 소극적이고 은둔적인 피세주의자이고, 靑鼓(조동일)는 적극적이고 활동적인 현실개혁론자입니다. 장자는 비관주의자이고, 청고는 낙관주의자입니다.

답글: 無涯(무애)는 망망대해이고, 有涯(유애)는 내가 가는 항로입니다. 無涯를 다 차지하려고 하면 억지이고, 有涯를 한정하려고 하면 옹졸합니다.

● ● ● ● ●

1-2 공부에서 알기로

'공부'라는 말을 교육과 학문의 통칭으로 사용한다. 말이 멍청해 무엇을 어떻게 해야 하는지 알기 어렵게 한다. 따질 것을 따지고, 바로잡을 것을 바로잡아야 한다. 이 일을 하지 않으면 학문이 직무유기를 한다.

'공부'란 '工夫'라는 한자어에서 온 말이다. '工'은 '만들다'는 뜻이고, '夫'란 '일하다'는 말이다. 두 자가 합쳐져 '물건을 만들기'를 일컫다가, '무술을 연마하기'까지 나아간 것을 '알고자 하는 노력'이라는 뜻으로 전용해 사용한다. 궁색한 편법이다.

이런 내력을 알기 어렵고, 알아도 도움이 되지 않는다. 별 것 아닌 사실을 길게 끼적이는 고증 취미를 대단한 학문이라고 여기는 풍조를 배격해야 한다. 작은 시비에는 말려들지 말고, 큰 근심거리는 맡아서 해결해야 한다.

'공부'가 소종래를 모르고, 뜻이 불분명한 정체불명의 말이 된 것은 큰 근심거리이다. 교육과 학문이 혼미를 거듭하는 원인일 수 있다. 한자를 버리고 '공부'를 국문으로만 표기하면 적폐를 청산하고 새 출발을 한다고 할 수 없다. 누구나 분명하게 알 수 있는 말을 써서 정신을 차릴 수 있게 해야 한다. 교육도 학문도 정신을 차리려고 하는 일이다.

'공부'는 버리고, 대신 쓸 수 있는 말은 무엇인가? 이 문제를 놓고 거창한 학술회의를 열어도 좋겠으나, 말이 많으면 미궁에 빠질 염려가 있다. 주장이 엇갈려 문제가 불분명해질 수 있다. 여러 외국인의 고명한 학설을 늘어놓다가 배가 산으로 가는 것도 흔히 본다. 학문을 한다는 사람들이 혼란을 먹거리로 삼는 것이 부끄럽다.

남들을 나무랐으면, 나는 분명하게 말할 책임이 있는 것을 안다. '공부'를 대신할 말이 '알기'라고 말한다. '알기'는 '알다'의 명사형이므로, 무슨 말인지 누구나 안다. '알기'는 '살기'와 짝을 이루어, '공부'보다 더 깊은 의미를 지닌다. '공부'는 모두 하나인 것처럼 생각되는데, '알기'는 '배워 알기', '찾아 알기', '깨달아 알기' 등으로 나누어 살피고 진행할 수 있다.

'공부'를 어느 경우에든 '알기'로 바꾸어 말할 수는 없다. '공부해라'를 '알기해라'라고 하면 우습다. '공부'는 시켜서 하지만, '알기'는 스스로 하므로 명령어를 붙일 수 없기 때문이다. '공부를 잘한다'와 '알기를 잘한다'는 뜻이 다르다. '공부를 잘한다'는 평가된 성적을, '알기를 잘한다'는 지닌 능력을 두고 하는 말이다.

'공부'란 말을 아예 버리고 '알기'라고만 할 수는 없다. 두 말을 함께 쓰면서 '공부'에서 '알기'로 나아가는 것이 바람직하다. '알기'는 각자 지닌 능력을 가지고 스스로 하는 일이며, '배워 알기'에서 '찾아 알기'로,

다시 '깨달아 알기'로 나아가 더 잘하려고 한다고 말할 수 있다.

이것이 결론인가? 아니다. '배워 알기', '찾아 알기', '깨달아 알기'가 어떻게 다른지 분명하게 알고, 앞에서 나아가는 이유를 깨달아야 한다. '공부'가 명칭인 것을 이유로 삼고 한자어는 불신하는 것은 어리석다. 우리말만 캐고 있지 않고, 한문 고전에 뛰어들어 오랜 논란에 참여하면 얻을 것이 더 많다. 오랜 내력을 가진 유가·불가·도가의 논란을 마음속에서 재현할 필요가 있다.

유가는 '배워 알기'를 聞道(문도)'라고 하고, "아침에 도를 들으면 저녁에 죽어도 좋다"(朝聞道 夕死可矣, 〈論語〉)고 했다. 알기를 위한 열망을 표출하면서 스스로 아는 '찾아 알기'나 '깨달아 알기'는 말하지 않았다. 불가는 '찾아 알기'를 '見非相'(견비상)이라고 하고, "만약 모든 모습을 모습이 아닌 것으로 보면, 바로 부처를 본다"(若見諸相非相 卽見如來, 〈金剛經〉)라고 했다. 이것은 안다고 자부하지 말라고 하는 경고이다. 도가는 '깨달아 알기'를 '觀妙'(관묘)라고 하고, "언제나 없음으로 그 묘함을 보고자 한다"(常無欲觀其妙, 〈老子〉)고 했다. 이것은 알 수 없는 것을 아는 방법의 모색이다.

어느 쪽이 맞고, 어느 쪽은 틀렸는가? 셋 다 맞으면서 모자란다고 하는 것이 마땅하다. 상대방은 틀리고 자기는 맞다고 하면서 패싸움을 하지 말아야 한다. 진지한 탐구는 하지 않고, '알기'에 관한 견해차를 차등의 논거로 삼은 횡포에 휘말려들지 말아야 한다. 셋 다 맞으면서 모자라, 차등을 물리치고 대등을 확인하게 한다고 다시 말해야 한다.

'배워 알기' '聞道'가 맞으면서 모자라, '찾아 알기' '見非相'으로 나아간다. '찾아 알기' '見非相'이 맞으면서 모자라, '깨달아 알기' '觀妙'로 나아간다. '깨달아 알기' '觀妙'도 맞으면서 모자란다. 좋은 방법이기만 하고 실체나 결론은 없다. 그러면 어떻게 해야 하는가? 되돌아가야 하는가? 앞으로 나아가 새 길을 찾아야 하는가? 양쪽이 반대인가, 하나인가?

이런 원론에 대한 논의를 마무리하는 것은 미루어두자. 힘들기 때문이고, 마무리가 가능한지 의문이기 때문이기도 하다. 지금까지 한 말을 '알기'를 구체화를 위한 문제의식으로 활용하는 것이 슬기롭다.

⬡ 댓글과 답글

댓글: 감사합니다. 근본적 생각에 대한 깨우침을 배웁니다.
답글: 깨우침은 배우지 않고 스스로 얻어야 합니다.

● ● ● ● ●

1-3 남의 학문, 나의 학문

남의 학문을 가져오는 것은 수입학이다. 내 학문을 하는 것은 창조학이다. 두 학문 가운데 어느 것을 할 것인가?

수입학도 그 나름대로 의의가 있다고 하지만, 창조학보다 더 나을 수는 없다. 자기가 창조학을 하지 못하므로 비방의 대상으로 삼고, 수입학을 예찬하지는 말아야 한다. 창조학을 하려면 어떻게 해야 하는가? 창조학은 접어두고 수입학이나 하는 이유는 무엇인가?

자연을 위대한 스승으로 삼아 시간의 흐름을 직접 체험하고, 천지만물의 이치를 눈으로 보면, 창조학을 하게 된다. 그 자극을 받고 창조주권이 깨어나 힘차게 발현하기 때문이다. 도시 공간 한가운데 갇혀 지내면서 시간의 흐름을 달력이나 시계로나 알고, 천지만물의 이치를 설명해주는 것만 듣고, 자연이 위대한 스승인 줄 알지 못하면, 수입학이나 하게 된다. 창조주권이 별 볼 일 없다고 여기고 움츠러들기 때문이다.

알고 싶은 것을 알려고 하는 호기심에 들떠, 내 공부를 내가 하려고 나서면 창조학이 시작된다. 교사가 교사이기만 하지 않고 반면교사이기도 하다는 것을 알고 넘어서면 창조학이 자라난다. 주는 것이 적다는 이유로 학교교사에게 실망하고, 최상의 과외교사에게 최고의 보수를 지불하고 남들은 하지 않는 공부를 독점하려고 하면, 수입학으로 기울어질 수밖에 없다. 받아들이는 것만 소중하게 여기고 자발적으로 하는 공부는 없어 수입학을 우상으로 섬기게 된다.

알고 싶은 것을 알면 알고 싶은 것이 더 많아진다. 동심원을 그리면서 관심을 확대해 주유천하를 하다가, 교사보다 더 훌륭한 반면교사를 세계 도처에서 많이 만나 세기의 대결을 벌이면, 창조학이 더욱 우뚝해진다. 학문의 큰 흐름을 바꾸어놓을 수 있다. 어느 한 곳에 유학을 가서 들어박혀 변변치 못한 교사가 강요하는 옹졸한 공부를 가까스로 해서 소견을 좁히면, 더욱 초라해진 수입학에 매달리기 쉽다. 학문 곁가지 맨 끝에라도 붙은 것을 알량한 자랑으로 삼고, 천지가 넓은 줄 모르게 될 수 있다.

유학의 폐해는 다수가 선호하는 미국 유학에서 잘 나타난다. 인문사회계 전공자들은 학비를 감당할 수 있는 재력이 있어야 유학을 할 수 있다. 최상의 과외교사에게 최고의 보수를 지불하고 남들은 하지 않는 공부를 독점하려고 해서 수입학으로 기울어진 성향을 더욱 극단화하려고 유학을 가는 선민이 된다. 과학기술 전공자들은 미국인이라면 거절할 저임금을 장학금으로 받고 실험 조수 노릇을 한다. 교수가 진행하는 연구의 극히 일부에 참여하는 말단 하청업체 직원으로 인정받고 돌아온다.

양쪽 다 자기 결함을 알고 시정해 새로 출발하려고 하지 않고, 초라한 수입학에 매달려 학문 곁가지에라도 붙은 것을 알량한 자랑거리로 삼는다. 이런 무리가 대학을 검거해 주인 노릇을 한다. 온갖 갑질을 일삼는 탓에 학문이 멍들고 나라는 병든다. 영원한 후진국으로 남아 있으면서 모멸을 견디지 않을 수 없게 하고, 선진국이 되어 일어서지 못하게 한다.

우리 한국은 경제적으로는 선진국이 된다고 하지만, 학문은 그렇지 않다. 경제는 선진국이고 학문은 후진국인 불균형이 날로 심해지고 있다. 이런 줄 알고 걱정하는 말이 들리지 않는다. 학문을 모르는 사람들은 경제가 선진화된다는 말에 크게 고무되어 들뜨기만 한다. 학문에 종사하는 당사자들은 기득권을 지키기나 하고, 반성이나 혁신을 거부한다.

반성이나 혁신을 거부하고 가만있는 것은 아니다. 나의 학문을 하자는 것은 편협한 국수주의여서 배격해야 하고, 남의 학문을 하는 것이 세계화 시대에 더욱 빛나는 세계주의여서 대단한 가치를 가진다고 하는 억설을 늘어놓으면서 그릇된 사태를 진단하고 치유하지 못하게 막는다. 적반하장의 극치를 보여준다.

길을 잃고 헤매야 하는 사태는 아니다. 자연을 위대한 스승으로 삼고, 하고 싶은 공부를 스스로 하면서 키우는 나의 학문 창조학이 있어 든든하다. 이것을 세계 도처의 반면교사를 만나 더욱 발전시켜 학문의 큰 흐름을 바꾸어놓자는 대안이 분명하게 제시되어 있다. 이럴 수 있는 인재가 초야에 묻혀 있거나, 대학에 들어가지 못하고 방황하고 있는 것이 문제이다.

대안이 실현될 수 있게 하는 대전환이 필요하다. 나의 학문이 우리의 학문이 되어 나라를 구하고, 세계사를 바로잡기 위해 크게 기여해야 한다. 이럴 수 있으려면 어떻게 해야 하는가? 국정 담당자는 무엇이 무엇인지 모르고 있으니, 민란이라도 일어나야 하는가?

댓글과 답글

댓글: 이즈음 세상이 비평 정신이 사라져가면서, 양아치 말과 글이 판치고 있는 가운데 … 이 강의 내용을 많은 청년이 듣고 깨달았으면 하는 바람으로 청강합니다.

답글: 세상을 바로잡으려면, 내 마음부터 바로잡아야 합니다. 많은 청년이 할 일을 내가 먼저 해야 합니다. 청강하는 것은 참고로 하고, 스스

로 더 크게 분발하세요.

● ● ● ● ●

1-4 유학에 의존하다니

2018－2019년도 미국 유학생 국적별 순위를 20위까지 든다. 천 명까지의 인원수를 괄호 안에 적고, 그 이하는 생략한다.('Opendoors 2019 Fast Facts'라는 자료에 의거한다.)

1 중국 (369), 2 인도 (202), 3 한국 (52), 4 사우디아라비아 (37), 5 캐나다 (26), 6 월남 (24), 7 대만 (23), 8 일본 (18), 9 브라질 (16), 10 멕시코 (15), 11 나이지리아 (13), 12 네팔 (13), 13 이란 (12), 14 영국 (11), 15 터키 (11), 16 쿠웨이트 (9), 17 독일 (9), 18 불국 (8), 19 인도네시아 (8), 20 방글라데시 (8)

세 가지 사실을 특히 주목할 필요가 있다. (가) 한국은 인구 비례를 계산하면, 미국 유학생 수가 중국이나 인도보다 앞서는 1위이다. 중국의 3배 이상, 인도의 4배 이상이다. (나) 일본은 8위이다. 인구 비례로 계산하면, 한국의 5분의 1 이하이다. (다) 독일은 17위이고, 불국은 18위이다. 인구 비례로 계산하면, 한국의 7분의 1 이하이다.

(가) 중국이나 인도는 미국과 국민소득의 격차가 아주 커서, 미국으로 이주하는 것을 목표로 삼고 유학을 떠나는 사람이 많은 것이 잘 알려진 사실이다. 다른 몇 나라도 이에 해당한다. 한국은 미국과 국민소득의 격차가 현저하게 줄어들어, 유학이 이주를 위한 방법인 시대는 끝나가고 있다. 미국 유학생 비율이 가장 높은 이유는 미국에서 한 공부를 한국에서는 다른 어느 나라에서보다 더 높이 평가하기 때문이다.

(나) 일본은 미국 유학생 수가 현저하게 줄어들었다. 미국이 아닌 유

럽에 유학을 많이 가는 것도 아니다. 탈아입구脫亞入歐를 표방해온 일본이 바라는 바를 국내에서 성취할 만큼 교육 수준이 높아졌기 때문이다. 일본에서만 공부한 사람이 자연과학 분야의 노벨상을 받는다. 한국은 탈아입구를 표방하지 않으면서 미국에 더 많이 의존하고 있다. 국내의 교육이 부실한 결함을 미국 유학으로 해결해야 한다고 여긴다. 미국에서 박사학위를 취득하고 대학 교수가 되는 것이 당연하다고 한다.

(다)는 무엇을 말하는가? 독일이나 불국은 미국과 대등한 선진국이어서 미국에 유학하지 않고 자국에서 박사학위를 취득해도, 교수가 되는 데 아무 지장이 없으며 최고의 학자가 될 수 있다. 인문학문 분야에서는 불국이 가장 앞서는 것이 공인된 사실이다. 불국에서 창조한 이론을 미국에서 수입해 가서 중간도매를 한다.

코로나바이러스 역병에 슬기롭게 대처하는 것을 보고, 우리가 앞장서서 미래를 개척해야 한다고 나라 안팎에서 일제히 말하는 것이 지금의 사태이다. 미래의 학문과 교육을 바람직하게 창조하는 본보기를 보여주어야 한다. 긴 안목을 가지고 백년대계를 세워 한 단계씩 실현해야 가능한 일이다. 다음과 같은 과제를 토론과 연구의 대상으로 삼아야 하지 않는가?

한국 학생이 외국 유학을 하기만 하지 않고, 외국 학생이 한국 유학을 하기도 하는 시대가 된 것을 잘 알아야 한다. 2019년 현재 181개국에서 14만 명의 외국인 유학생이 한국에 와서 공부한다고 한다. 천 명까지 끊어 말하면, 중국 (68), 월남 (27), 몽골 (6), 우즈베기스탄 (5), 일본 (3), 미국 (2), 대만 (2)이 선두를 차지한다.

이런 외국인 유학생들이 우리가 외국에서 배워온 것을 얻어들으려고 오지는 않는다. 우리가 스스로 연구해 말해주는 내용이 있어야 한다. 수입품이 아닌 생산품이 있어야 판매를 할 수 있다. 실정은 전연 그렇지 않은 것을 알고 바로잡아야 하지 않겠는가?

서울대학에 유학 온 중국인 학생이 나를 찾아와서 심각한 고민을 토로

했다. "한국외교사에 관한 박사논문을 쓰려고 하는데, 지도교수는 서양외교사만 알고 있다." 일본 학생도 말했다. "한국의 미학을 공부하려고 왔는데, 서양의 미학만 강의한다." 미국인 유학생도 같은 불만을 말했다. "한국문화를 공부하려고 강의를 들으니, 미국 책이나 읽으라고 한다. 미국 책이나 읽으려고 유학을 왔는가?" 이래도 되는가?

외국인 유학생들을 실망시키지 않으려면, 외국 유학에 의존하면서 수입학이나 하는 잘못을 청산해야 한다. 선진국인 줄 알고 왔는데, 후진국임을 확인하고 돌아가도록 하지 말아야 한다. 후진국은 수입학만 하고, 선진국은 창조학을 한다. 미국 유학 편중에서 선진 학문 창조로 나아가야 할 때가 되지 않았는가?

유학을 하지 말자는 것은 아니다. 미국뿐만 아니라 세계 여러 나라에 고루 가서 편중되지 않고 다양한 공부를 해야 한다. 유학의 기간과 방법을 재고해야 한다. 외국에 유학해 박사가 되어 귀국하는 것이 최상의 길인가? 석사만 하고 돌아와 박사는 국내에서 하는 것이 창조학을 위한 내실을 갖추는 더 좋은 방법이 아닌가? 국내에서 박사과정을 이수하면서 외국에 한두 해 가서 필요한 공부를 하는 것은 어떤가? 우수한 인재임이 입증되면, 이런 유학비용을 국가에서 지급하는 것은 어떤가?

국내 학문의 수준을 높여야 선진국이 될 수 있다. 대학까지 다 돌보는 것은 너무 힘겹다. 대학원 교육을 최상의 수준으로 끌어올리는 것을 문제 해결의 관건으로 삼아야 한다. 어떤 대책이 필요한가? 희소하면 가치가 있다고 여기고 특정 대학에만 대학원을 두는 것은 자살골을 넣는 것과 다름이 없다. 어느 대학에 재직하고 있는지 가리지 않고 가장 우수한 교수들을 박사지도교수로 선정해, 전국적인 연계를 가지고 강의를 하고 논문을 지도하도록 하는 것이 어떤가?

학문 발전을 가속화하고, 박사지도교수의 수준 향상을 위해 무엇이 필요한가? 강의교수와 연구교수를 일단 분리하는 것이 어떤가? 일정 기간 동안 연구교수가 되어 충분한 시간을 가지고 연구에 전념해 높이 평가되는 업적을 이룩하면 박사지도교수가 될 수 있게 하는 것이 어떤가?

더욱 원대한 논의가 필요하지 않은가? 학문의 발전과 수준 향상을 위한 기본 방안은 무엇인가? 일본의 전례에 따라 자연학문을 중점적으로 지원할 것인가? 불국처럼 인문학문의 이론 창조를 우선적인 과제로 삼을 것인가? 우리가 택해야 할 길은 무엇인가?

학문의 전통을 되살려 학문의 분열을 시정하고 새로운 창조를 하는 길은 없는가? 서양이 주도해온 근대학문의 폐해를 시정하고 다음 시대 학문을 바람직하게 이룩하려면 어떻게 해야 하는가? 학문의 역사를 다시 창조하는 주역으로 나서야 하지 않는가?

◉ 댓글과 답글

댓글: 학문의 본질은 공존과 상생이며, 경쟁과 우월이라는 상품성 논리로 학문의 수출입 역량을 평가할 수 없습니다. 군사 동맹은 미국과 하지만, 학문 동맹은 월남과 하는 것이 서로 유익합니다.

답글: 통찰력이 대단한 탁견을 제시해 감사합니다. 월남과 한국은 동아시아문명권의 중간부여서 많은 공통점을 지니고 있어, 상호조명해 함께 해명해야 합니다. 중심부 중국에서 가져온 보편적인 문명을 민족문화의 전통과 결합해 수준을 더 높여 창조한 성과를 찾아내 평가해야 합니다. 그래서 얻은 역량을, 유럽문명권중심주의의 잘못 시정에 어떻게 활용할 것인가 하는 과제를 놓고도 긴밀하게 협력하는 연구를 해야 합니다.

● ● ● ● ● ●

1-5 괴롭지 않고 즐거워야

강의는 괴롭기도 하고 즐겁기도 하다. 어떤 강의는 괴롭고 어떤 강의는 즐겁다. 괴롭고 즐거운 것은 무엇 때문인가? 이 물음에 대해 내 경험을 들어서 대답하기로 한다.

강의 경험이 어느 정도라고, 감히 강의의 괴로움과 즐거움을 말하는가? 이렇게 나무랄 수 있어, 경력을 소개한다. 나는 29세에 대학 전임이 되고 교수로서 36년, 석좌교수로서 5년 도합 41년 70세까지 줄곧 강의를 했다. 국내 4개 대학에 재직하고 13개 대학에 출강했으며, 외국 3개국 6개 대학에서도 강의를 했다. 강연이나 연구발표는 국내에서 연 평균 10회 정도 하고, 16개 외국에서 50회쯤 했다. 80세가 넘은 지금도 강의를 하고 있다.

엄청나게 많은 강의를 하나하나 소개하면 들을 사람이 아무도 없을 것이고, 나도 지치기만 한다. 오랜 경험을 총괄해보고 판단한, 가장 괴로운 강의를 하나, 가장 즐거운 강의를 하나 든다. 강의 방법이나 내용을 자세하게 말하지는 않는다. 무엇이 괴롭고 무엇이 즐거운지 밝혀 논하기만 한다.

가장 괴로운 강의는 아직 서툴기만 한 전임강사 시절에 했다. 노트에 적어가지고 간 것을 가지고 강의를 하니 판서를 너무 많이 해야 하는 폐단이 있어, 교재를 택해 학생들과 함께 읽으면서 설명하기로 했다. 선택한 책이 대학교재로 출판되어 있는 것이고 분량이 적절해 강의를 쉽게 할 수 있겠다고 생각했는데, 그게 아니었다. 잘못을 두고두고 후회하고 반성한다.

무엇이 괴로웠던가? 네 조항으로 정리해 말한다. (가) 교재에 한자가 많이 노출되어 있는데 학생들은 읽지 못하므로, 한자 수업을 길게 하면서 시간을 낭비해야 했다. (나) 수많은 사실이나 용어를 열거하고 있어 일일이 풀이하려고 하니 너무 성가시고, 학생들의 흥미는 날로 떨어졌다. (다) 설명만 하고 논증은 하지 않아, 의문을 가지고 풀어나가는 것이 공부라고 말할 수 없었다. (라) 내가 생각하고 깨달은 바를 가지고 학생들과 토론하는 강의를 할 생각도 하지 못했다.

(가)는 어문정책이 잘못되어 생긴 장애이다. 교수가 해결을 맡아 나설 수는 없고, 잘못을 규탄하고 시정을 요구해야 한다. (나)는 지식만 있고 학문은 없는 더욱 심각한 사태이다. 교수가 지식의 전달자가 아닌 창조하는 학문을 주역으로 나서서 시정해야 한다. (다)는 문제를 제기하고, 자료를 들어 논증하고, 최상의 결론을 도출하는 강의를 해야 한다고 알려준다. (라) 강의가 연구이고 연구가 강의이게 스스로 노력하면서, 제도를 바꾸기 위해 노력해야 한다.

50년 가까운 기간 동안 나는 괴롭지 않고 즐거운 강의를 하려고 노력했다. 강의를 괴롭게 하는 (가)에서 (라)까지의 장애를 해결하려고 갖가지 시도를 하면서 분노하고 흥분하고, 좌절하고 용기를 가지고, 실패하기도 하고 성공하기도 했다. 65세에서 70세까지의 석좌교수 시절에는 어떤 제약도 없어 내가 선택한 방법과 내용으로 공개강의를 했다. 새로 써서 인터넷에 올린 원고를 읽고 온 교수 수준의 참여자들과 함께 토론해, 그 결과를 책 10권으로 냈다.

그것이 가장 즐거운 강의는 아니다. 2020년 2학기에 한 '문학사 탐색'이라는 강의가 더욱 즐겁다. 핵심만 간추려 간결하게 정리한 원고를 읽으면서 20분쯤 말하고, 토론을 10분쯤 하는 방식으로 강의를 진행한다. 어느 대학 대학원 강의인데, 코로나바이러스 사태로 비대면 수업을 해야 하므로 집에서 강의를 진행하면서 촬영을 하기로 했다. 강의를 시작할 무렵에 강사법에 의해 강사의 연령은 65세 이하로 제한되어 있다고 했다. 소속 불명의 사사로운 강의가 되어 더욱 즐겁다.

그 대학까지 가야 하는 수고가 면제되고, 과제를 점검하고 성적 평가를 하지 않아도 되었다. 예상한 수강신청자들보다 수준이 월등하게 높은 학자 몇 분과 마주 앉아 강의를 진행하게 되어 전화위복이다. 강의가 연구이고, 토론이 공동의 깨달음이게 하는 최상의 본보기를 마련했다.

지식을 확인하지 않고 탐색을 진행한다. 탐색이란 탐험과 수색이라는 말이다. 세계 전역의 엄청나게 많은 문학에 들어가 이리저리 다니면서 탐험하고 수색해 미지의 원리를 찾아낸다. 한참 토론을 하고 더 밝혀내야 하는 과제를 확인하는 것이 가장 큰 성과이다.

강의를 유튜브 방송으로 내보내, 보수를 지불하거나 수강신청을 하는 절차 없이 누구나 자유롭게 수강할 수 있다. 먼저 화면에 올린 원고를 낭독하고, 다음에 강의하고 토론한 동영상을 보여준다. 만인을 위한 공개 강의를 하고자 하는 소원을 성취하고, 수강 인원과 댓글을 보고 반응을 즉시 점검한다.

강의는 괴롭기도 하고 즐겁기도 하다. 생경한 지식을 전달하려고 혼자 악악대는 강의는 아주 괴롭다. 지옥에서 받는 형벌과 그리 다르지 않다. 연구해 알아낸 바를 주고받으면서 진행해 함께 깨닫는 성과가 큰 강의는 아주 즐겁다. 이런 즐거움은 천국에도 없으리라.

● 댓글과 답글

댓글: "강의와 토론, 대립과 조율을 거친 공저가 가장 생동감 있고, 읽기도 좋은 저서이다." 그렇습니다. 참여하고 있는지, 문제의식을 공유하고 있는지 의문입니다. 전에 기초 수능 미달 학부생들에게 한자 받아쓰기를 시켜야 했던 상황이 아직도 진행 중인 것 같아 먹먹합니다. 탄탄히 영글지 못하고 숭숭 구멍 뚫린 혀와 뇌에서 뱉어내는 언설과 발화들이 주인 없는 매체를 부유하는 작태를 일상적으로 대하다 보면, 깜깜무소식인 민중의 중우정치가 이루어지도록 방기 내지 선도하는 부류가 이 사회를 주

도하는 것이 아닌지 싶기도 합니다.

답글: 그런 문제점은 분발해야 할 동기이고 이유입니다. 희망을 가지고 함께 노력합시다.

● ● ● ● ●

1-6 방황을 청산하는 각성

대학 강의 방법의 내력을 간략하게 간추리고 쉽게 말해보자. 한때 대단한 위세를 떨치던 불러주기 강의를 흥밋거리로 내놓고 청중을 모으고자 한다. 기이하고 흥미로운 일화로 관심을 끌면서, 차츰 방향을 돌려 강의를 어떻게 해야 하는지 진지하게 논의를 하려고 한다.

불러주기 강의란 교수가 노트에 적어온 것을 읽으면 학생들이 받아쓰는 것이다. 내가 대학생일 때에는 강의는 으레 이렇게 해서 지겨웠다. 강의라는 것이 따분하게 지속되는 노동이고, 깨우쳐주는 바가 기대 이하였다. 대학이 간판을 따러 다니는 곳처럼 되었다.

불러주기 강의의 유래를 캐보자. 독일에서 'Vorlesungen'라고 하던 것이 원조이다. 'vor'는 '앞', 'lesungen'은 '읽기'라는 뜻이다. '(교수가 노트에 적어온 글을) 앞에서 읽는다'는 것이다. 이것이 베를린대학에서 본보기를 보인 근대대학의 강의 방법이다.

중세에는 동서 어디서든지 경전의 풀이를 공부로 했다. 그러면서 조심스럽게 새로운 견해를 축적했다. 근대의 교수가 자기 말을 할 수 있는 자유를 얻었다고 자랑하는 것이 획기적인 변화이다. 자기 말이라고 해서 아무렇게나 해도 되는 것은 아니고, 조리를 갖추어 적은 글을 강의 시간에 읽어야 했다. 같은 강의를 되풀이하지 않고, 새로운 강의만 해야 했다.

강의를 공개해서 누구나 와서 들을 수 있게 했다. 학생은 수강의 의무가 없었다. 질문은 환영하지 않았다. 강의만 열심히 하고, 출판에는 관심을 가지지 않았다. 지금 볼 수 있는 출판본은 수강자들이 받아쓴 말을 모아 나중에 낸 것들이다.

강의와 연구가 둘이 아니었다. 강의가 바로 연구발표이고 새로운 학문의 개척이었다. 헤겔(Hegel)의 《역사철학강의》, 《미학강의》, 소쉬르(Saussure)의 《일반언어학강의》 같은 것들은 한창 시절의 유럽이 탁월한 창조를 이룩한 것을 입증해 두고두고 높이 평가된다.

일본은 유럽의 모형에 따라 근대대학을 일찍 만들고, 교수들을 유럽에 보내 강의 밑천을 장만해 오라고 했다. 유럽에 가서 강의란 '불러주기'라는 것은 쉽게 알고 받아들였으나, 항상 새로 쓴 글을 불러주어야 하는 것은 몰랐거나, 알았더라도 그대로 할 능력이 없었다. 유럽에서 받아쓴 것을 가져와, 일본말로 옮겨 되풀이해서 불러주면 강의를 아주 잘한다고 여겼다. 수준 미달의 제자가 스승의 명예를 앗아 더럽혔다.

광복 후 대학이 많이 생겨나자 교수난이 심각했다. 전통학문 대가들이 여기저기 있었으나 학력 미달을 이유로 멀리하고, 일제 때의 대학 졸업생은 능력 검증을 거치지 않고 대학 강단에 설 자격이 있다고 했다. 앞뒤를 돌아볼 겨를이 없이 얼떨결에 강의를 바로 시작해야 하니, 다른 방법이 있는 것을 알지 못해 일본인 교수의 불러주기 강의를 재탕할 수밖에 없었다.

일본인 교수가 불러준 것을 우리말로 옮기면서 자기 나름대로 가감을 해서 다시 불러주는 것은 성의가 있는 편이었다. 일본 책 낱장 뜯은 것을 노트에 넣어와 즉석에서 번역해 불러주는 경우도 있었다. 이름이 아주 높은 교수가 그런 강의를 하다가 책 낱장 뜯은 것이 바람에 날려가 들통이 난 일화가 널리 전해진다. 국문학 교수는 일본 것을 이용하지 못하는 고충이 있어, 소설 줄거리를 적어 와 불러주는 방식을 택했다. 서양 책을 번역해 불러주는 교수는 대단한 강의를 한다고 자부했다.

불러주고 받아쓰는 작업은 양쪽 다 힘이 들고 신이 나지 않아, 진척이 더디었다. 휴강이 많은 이유까지 겹쳐, 한 학기 동안 공부한 것이 얼마 되지 않았다. 그 내용은 거의 다 진부한 지식이어서, 연구와는 거리가 멀고 학문 발전을 저해했다. 강의를 수강하지 않고 책을 읽으면 될 것인데, 읽을 만한 책이 별반 없었다. 불러주기 강의의 횡포가 너무 심해, "늙은 교수여, 낡은 노트를 찢어라"라고 일제히 외치면서 폭동을 일으키기 직전까지 갔다.

불러주기 강의가 사라진 것은 폭동이 일어났기 때문이 아니다. 복사기라고 하는 요상한 물건이 출현한 탓이다. 다른 사람이 받아쓴 노트를 빌려 잠시 복사를 하면 강의를 들을 필요가 없게 되었다. 복사업자가 모든 강의의 노트 복사본을 구비하고 장사를 크게 할 수 있게 되었다. 영구집권이 보장된 것 같던 폭군인 불러주기 강의가 부고장을 내지 않고 장례 절차도 거치지 못한 채 소문 없이 사라졌다. 제문을 지어 애도하는 것은 부질없는 짓이다.

이어서 복사 만능의 시대가 시작되었다. 저작권 따위의 간섭을 받지 않았다. 복사물 읽기가 공부의 기본 방법으로 등장하는 대변동이 일어났다. 일본 대학의 관습을 잇는 교수진이 미국 유학생 신진으로 교체되는 변화까지 겹쳐, 미국 책 복사물이 대학 교재의 주종을 이루었다. 일본 것 이어받기는 감추면서 하고, 미국 것 수입은 자랑하면서 했다. 수입학이 대학을 휩쓸어 다른 학문을 할 수 없게 되었다.

정신을 차릴 수 있는 길이 없는 것은 아니었다. 복사물 읽기의 자료를 우리 고전으로 바꾸고, 수입학 등쌀에서 벗어나 자립학으로 나아가는 길을 찾고자 했다. 말만 읽지 말고 뜻을 읽으면서, 전통학문과 만나면 막혀 말문이 터진다. 자립학을 축적하는 차원을 높여 창조학을 이룩하는 과제를 미루지 말고 수행하는 결단을 내려야 한다. 당위성만 역설하고 있지 말고 깨달아 안 것을 글로 써서 강의해야 한다.

유럽 한창 시절에 하던 'vorlesungen'을 이어받으면서 바꾸어야 한다. 같은 강의를 두 번 하지 않고, 강의에 힘을 쏟고 출판을 대단하게 여기지 않는다. 공개강의를 하고, 학생들은 수강 의무가 없도록 하는 것까지 재현하면 더 좋다. 그러면서 강의 내용과 방법은 획기적으로 달라져야 한다. 변증법의 편향성을 시정하고 생극론을 대안으로 제시하며, 차등론 추종을 대등론 확인으로 바꾸어놓는 것이 혁신의 핵심이다.

지금의 유럽을 본떠 이렇게 하자는 것은 아니다. 그동안에 유럽은 달라졌다. 올라서는 시기를 지나 내려가는 과정에 들어서서, 새로 쓴 원고를 강의하는 방식을 그대로 유지하지 못하고, 새로 써보았자 그리 대단할 것이 없게 된 지 한참 되었다. 서쪽에서 내려간 해가 동쪽에서 떠올라, 새로운 학문을 하는 임무가 우리에게 부과되었다. 선진이 후진이 되고, 후진이 선진이 되는 대변동이 일어나고 있다. 새로운 시도가 서광을 받으면서 탄생한다.

새로운 강의는 구닥다리 방식을 버리고 기술 혁신을 활용해 참신하게 해야 한다. 비대면 강의를 만인을 위해서 하는 시대가 오고 있다. 대학의 경계가 허물어지고, 직책을 얻지 않아도 누구나 강의를 하게 되면, 지금까지 잘못해온 강의의 폐해를 모두 시정하는 새 시대에 들어선다. 대등강의를 통해 내용과 방법을 크게 혁신하는 데 앞장서자.

● 댓글과 답글

댓글: 문제의식을 공유하고 반론을 제기할 수 있어야 좋은 질문을 합니다. 학생이 교수와 동학이 되고, 또 나중에는 교수의 스승이 될 수 있어야, 강의는 학문이 나날이 새로워지게 하는 산실이 됩니다. 누구나 와서 듣고 머리를 부싯돌 삼아 빛내는 깨달음의 불꽃놀이를 할 수 있는 강의를 온라인으로 하는군요.

답글: 학생이 교수의 스승일 수 있게 하는 강의가 최상의 강의입니다. 이런 강의는 교수가 잘하면 되는 것은 아닙니다. 학생이 더 잘해야 가능합니다.

* * * * *

1-7 아는 것과 모르는 것

교수는 아는 것이 많아야 되고, 학자는 모르는 것이 많아야 된다. 아는 것이 많은 학생은 교수가 될 수 있고, 모르는 것이 많은 학생이라야 학자가 될 수 있다. 이에 관한 논의를, 여러 대학에서 가르치면서 학문을 해온 경험을 근거로 전개할 수 있다.

입학시험 성적이 우수하다는 대학의 학생들은 점수 따기 도사이면서 아는 것이 많다고 자부한다. 의문을 가지지 않을 뿐만 아니라, 의문을 가지라고 하는 강의를 성가시게 여긴다. 학원 강사는 무엇이든지 머리에 쏙쏙 들어오게 가르치는데, 대학의 교수는 이런가, 저런가 하면서 헤매니 한심하다고 여긴다. 자기가 모르니까 토론을 하라고 한다고 나무란다. 이런 학생들은 학자가 될 수 없다. 이런 학생들을 대상으로 학자를 양성하려고 하는 교육을 하는 것은 허사이고 도로인 것을 거듭 절감하고, 부끄러움을 감추기 어렵다.

이런 학생들은 국내의 대학원은 열등생이나 가는 곳으로 여기고, 동경해 마지않는 외국 명문대학 대학원에 진학하는 준비를 요령껏 하고 교묘하게 뜻을 이룬다. 뜻한 대로 박사학위를 취득하고 돌아오면 교만이 극치에 이른다. 국내의 교수들은 모두 아는 것이 모자란다고 여기고 우습게 본다. 한국에서 학문을 한다는 것은 모두 헛수고라고 빈정댄다. 차등론의 열렬한 신봉자가 된 덕분에 자기는 그 선두에 들어섰다고 자부한다.

입학시험 성적이 우수하지 않다고 하는 대학의 학생들은 모르는 것이 많다고 공인되어 열등의식을 가진다. 이것은 불운이어서 행운이다. 불운 때문에 분발해 스스로 행운을 이룩할 수 있다. 고등학교 때 하는 공부를 열심히 하지 않고 머리를 비워둔 것은 참으로 훌륭한 일이다. 놀라운 선견지명이다. 이렇게 말하면서 감탄한 적 있다. 입학시험 성적이 우수한 대학의 학생들이 이미 알고 있다는 것을 스스로 노력해서 알아내려고 하다가 학문을 하는 연습을 시작하게 된다. 학자가 될 수 있는 가능성을 보인다.

이런 학생들을 가르치는 교수는 알아야 할 것을 알려주지 않고, 스스로 알아내도록 해도 반발을 사지 않고, 고맙다는 말을 들을 수 있다. 스스로 알아내는 방법도 조금만 말하고, 자발적으로 탐구한 결과를 놓고 토론을 하도록 하면 학자가 되는 훈련이 시작된다. 저명한 외국학자들의 학설을 자세하게 들여다보면서 머리를 썩이지 말고 대강 알고 총괄적인 비판을 하도록 하면 많은 도움이 된다. 우상숭배를 타파해야 진실이 드러난다는 것을 사제의 협동으로 함께 확인할 수 있다.

그 대학의 대학원에 진학해 박사학위를 취득해도 학벌 차별 때문에, 국내 학위 천대 때문에 교수 자리를 얻기 아주 어렵다. 자기 대학 출신은 교수로 채용하지 않는 방침을 고수한다고 자랑하는 사립대학 경영자들도 있다. 이런 불운도 행운일 수 있다. 역경에서 단련을 받아 수입학의 허위를 격파하는 창조학의 역군으로 자라날 수 있다. 차등론을 격파하는 대등론의 용사가 될 수 있다. 황야에서 새 역사를 창조하는 선구자로 나설 수 있다.

지금까지 학생을 두고 한 말이 그대로 교수에게도 해당된다. 입학 성적이 우수하다는 대학 교수 노릇을 오래 하면 교수는 많이 배출해도 그 가운데 학자가 있기는 어렵다. 이것이 당연하다고 여기고, 자기도 모르는 것이 많은 학자와는 점점 멀어져 아는 것이 많은 교수이기만 하면서 위신을 높이고 권위를 뽐낸다.

모르는 것이 많은 학생들이 알 것을 스스로 알아내도록 깨우치는 교수는 모르는 것의 가치를 더욱 절감하고, 스스로 알아내는 방법 탐구에 열을 올려 학자로 성장한다. 박사학위를 취득하고서도 자리를 못 잡는 제자와 공동연구를 하면서 학문의 새로운 경지를 여는 감격을 공유할 수 있다. 교수가 아니고 학자이기만 하면 더욱 획기적인 연구를 할 수 있는 것도 절실하게 깨닫고, 그 길을 택해 황야로 갈까 진지하게 고민할 수도 있다.

모르는 것이 많아야 학자라는 말을 다시 한다. 모르는 것이 알기 어려울수록 더 큰 학문을 한다. 그런 것들을 예시한다. 시간과 공간은 시작과 끝이 있는가? 우연과 필연은 어떤 관련을 가지는가? 지구의 종말이 다가오는가? 조금 덜 어려운 것들도 든다. 사람은 다른 생물보다 우월한가? 문화 전통은 의식의 어느 층위에서 보존되는가? 상이한 종교가 공존할 수 있는가? 다음 시대는 어떤 시대인가?

이런 의문을 일거에 총체적으로 해결하려고 한다면 지나친 욕심이다. 어느 측면을 우선 연구하면서 단계적인 접근하는 것이 적절한 대책이다. 어느 학문에서 하는 작업을 여러 학문의 영역으로 확대하면 착실한 진전을 이룩할 수 있다. 학문의 경계를 없애면 얻을 수 있는 것이 월등하게 많아진다.

나는 문학사에서 시작한 연구를 키워 위에서 든 것들 가운데 몇 문제를 해결하는 단서를 상당한 정도 얻었다. 그러자 모르는 것이 너무 많이 늘어나 더욱 분발하지 않을 수 없다. 무지가 폭발력을 가지는 동력임을 절감한다.

● 댓글과 답글

댓글: 누군가의 이론이나 학설을 신성시하는 것이야말로 그 사람에 대

한 모독이며 저주입니다. 지식의 독점 시대에서 공유 활용의 시대로 전환하는 추세 속에서, 학자에게 모르는 것을 반가워하는 역량이 더욱 기대됩니다. 다 함께 "나는 참으로 모르는 게 많구나" 하고 공감하는 사회를 선도해야 합니다. 아는 것과 아는 것이 부딪치면 전쟁이 되지만, 모르는 것과 모르는 것이 연결되면 문화를 이룹니다.

답글: 아주 좋은 말씀입니다. 구체적인 예를 들어 주석을 답니다. 朱子學者들이 朱熹를, 마르크스주의자들이 마르크스를 우상화해 곤란하게 만들다가 죽이고 맙니다. 朱熹나 마르크스는 아는 것보다 모르는 것이 더 많아 학자 자격이 있고 오늘날의 우리와 공동연구를 하는 동료일 수 있다고 해야, 전쟁이 종식되고 문화가 발전합니다.

● ● ● ● ● ·

1-8 학문 전통의 비교 평가

학문에 대한 학문인 학문학이 있어야 한다. 학문학에서 학문이 무엇이며 어떻게 해야 하는지 총괄해서 고찰해야 한다. 대학이 학문의 전당이라면, 대학에 입학하면 반드시 학문학을 공부해야 한다. 학문학을 강의하지 않는 것은 대학의 직무유기이다.

이런 잘못을 지적하고 바로잡으려고 나는 《학문론》이라는 책을 써냈다. 지금 말하고 있는 "학문 왜 어떻게"에서 이미 전개한 논의를 발전시키고 차원을 높이고자 한다. 필요한 항목을 열거하고 차례대로 검토하는 통상적인 방법을 넘어서서, 무엇이 문제인지 찾아내 집중적으로 고찰한다.

학문은 천하 만물이나 인생 만사 모든 것의 이치를 밝히는 작업이다. 맡은 임무가 막중하므로 감사를 해야 한다. 외부감사는 가능하지 않으므로, 자체감사를 철저하게 해야 한다. 학문에 대한 자체감사가 학문학이다.

학문학이라는 이름을 욕되게 하지 않을 강직하고 유능한 감사담당자를 선발하고 권한을 인정해야 한다.

학문에 대한 자체감사인 학문학을 하겠다고 누가 나설 것인가? 철학이 먼저 나서리라고 예상할 수 있고, 기대하는 것도 나쁘지 않다. 철학은 원래 학문학이었다. 崔漢綺(최한기)가 철학에서 하는 학문학의 폭과 깊이를 잘 보여주었다. 오늘날의 철학은 근대 유럽의 전례를 따르느라고 학문학의 임무를 저버리고 있다. 철학도 고유한 영역을 갖춘 개별 학문의 하나라고 하면서 내부 점검에만 힘을 쓰는 자폐증에 사로잡혀 불신을 사고 있다. 이런 파탄을 청산하고 곤경에서 벗어나려면, 철학은 학문학이라고 선언해 일거리를 찾고 위상을 높여야 한다. 철학의 자구책을 높이 평가하고 크게 환영할 만하다.

철학은 학문학을 할 능력이 있다고 인정할 수 있지만, 폐쇄성이 문제일 수 있다. 자기의 전통이나 관습에서 벗어나지 못한 채 개념이나 논리를 까다롭게 따지고 있어, 시야가 좁고 일하는 방식이 갑갑해 기대를 저버릴 수 있다. 자기중심주의에서 벗어나 넓은 세상에 나와 사방을 둘러보아야 한다. 철학을 하는 전통이나 관습은 문명권이나 나라에 따라 상당한 차이가 있으며, 이것이 학문의 성향 차이로 나타난다.

이에 대한 이해를 갖추려면 비교학문학이 필요하다. 광범위한 비교연구는 철학에서 감당하기 어려워, 비교철학이라는 것은 진전이 더디다. 비교문학에서 활발한 연구를 하고 많은 성과를 이룬 것을 받아들여, 시야를 넓히고 방법을 쇄신해야 한다. 《소설의 사회사 비교론》을 한 본보기로 들어보자. 여러 문명권 많은 나라의 소설을 두루 포괄해 공통점과 차이점을 고찰하면서, 동아시아·유럽·아프리카소설이 선진이 후진이 되고 후진이 선진이 되는 역사적 전환을 보여준 것을 중점적으로 고찰했다.

비교학문학도 세계 전역을 살펴 고찰의 단위를 적절하게 찾아내고 공통점과 차이점을 거시적으로 고찰하면서, 선진과 후진의 교체를 밝혀 논하는 작업을 적극적으로 해야 한다. 고찰의 큰 단위인 문명권에 따라 학문의 지향점이 달랐다. 동남아시아에서 서남아시아까지에서는 학문이 정신적 각성과 하나여야 한다고 하고, 동아시아에서는 도덕적 실행과 합치되는 학문을 해야 한다고 했다. 유럽에서 근대에 각성이나 실행과 무관하게 학문을 그 자체의 타당성만 추구하면서 해야 한다고 하는 주장이 학문외적 팽창을 타고 세계를 휩쓸려고 한다.

유럽의 근대학문이 세계 전역의 학문을 단일하게 만드는 것이 당연한가, 잘못되었는가? 잘못되었어도 어쩔 수 없는가, 잘못되었으므로 바로잡아야 하는가? 바로잡는 것은 그 자체로 이루어지는 필연인가, 가능성을 실현하고자 하는 노력의 결과인가? 유럽의 근대학문이 학문 자체를 목적으로 삼는 편향성을 지니고 독자성이나 특수성을 지나치게 옹호하는 방향으로 나가는 탓에 반전이 일어나, 다음 시대의 학문은 포용성이나 총체성을 다시 갖춘다. 이 명제는 부당한가, 타당한가? 그 자체로 타당한가, 노력을 기울이면 타당하게 되는가? 이런 의문이 학문을 하는 모든 사람에게 제기되는 것을 회피할 수 없다. 누구나 자기 대답을 하는 주체가 되어야 한다.

학문을 고찰하는 작은 단위는 민족국가이다. 민족국가마다 학문의 특성이 다른 것을 광범위한 자료를 들어 다각도로 비교하면서, 특히 긴요한 관심사에 대한 심층적 고찰을 할 필요가 있다. 영미학문과 독불학문은 논란을 벌여왔다. 경험론에 입각해 개별적 사실을 하나씩 고찰할 것인가, 합리론을 근거로 삼고 총체를 해명하는 이론을 이룩할 것인가? 어느 쪽을 지지하고 수용하는가에 따라 학문이 달라진다.

일본과 한국의 학문도 지향이 다르다. 일본이 수입학을 잘해 선진화한 전례를 따를 것인가, 한국은 창조학에 힘써 지름길을 찾을 것인가? 일본의 장기인 현미경학문을 본받으려고 노력해야 할 것인가, 망원경학문을 한국인의 특성에 맞게 개발해 동아시아학문을 키우고 세계학문을 바로잡는 데 더 큰 기여를 해야 할 것인가? 이런 문제를 바람직하게 해결해 민족의 역량을 키울 것인가, 민족의 이해관계를 넘어선 보편적 가치 추구에 더욱 힘쓸 것인가?

이런 논란은 학문의 주역이 맡아서 전개하고 해결하면 되는 것이 아니다. 많은 동학이 참여해 힘을 보내고, 지혜를 키워야 한다. 학문 초심자들도 장차 어떻게 해야 하는지 생각하고 필요한 준비를 해야 한다. 학문 전통을 비교해 평가하는 과제가 문턱을 넘어서면 바로 제기된다.

◉ 댓글과 답글

댓글: 집단적 자학이 언제까지 지속될 것인가? 회복불능인가? 핵분열의 가공할 파괴력 덕택에 역설적으로 국권을 회복을 하고, 언어와 주객관념, 인식 체계마저 송두리째 뿌리뽑힌 것이 동북아 3국 중 중국이나 일본보다 한국, 그 가운데 남한이 가장 심각한 것이 아닌가? 해봤자 안돼, 하는 짓이 늘 저렇지 뭐, 그냥 좋게좋게 묻혀가는 게 상책이야. 학문의 논리가 시장의 논리, 일상의 논리와 전혀 다른 범주에 들지 못하는 '아는 놈이 더 한' 작금의 세태는 인간이 추구해야 할 가치의 지향, 근원을 잃어버린 데서 오는 필연이라고 봐야 할 것이다.

답글: 집단적 자학이 지속되고 있다는 이유를 들어 자학을 보태는 것은 용서할 수 없는 잘못입니다. 시련을 겪지 않고서 각성을 얻고, 피해자가 아니면서 구원자의 임무를 맡겠다고 나서는 것은 전연 가능하지 않습니다. 우리에게 닥친 모든 불운은 인류를 위해 크게 기여하도록 촉구하는 크나큰 행운입니다.

● ● ● ● ●

2 어떻게 다져야 하는가?

2-1 세 가지 배움

우리는 어디서 배우는가? 자연에서 배운다. 책에서 배운다. 사람에게서 배운다. 세 가지 배움을 견주어 살펴보자. 배움이 창조와 어떤 관련을 가지는지도 알아보자.

자연은 무엇을 요구하지 않고 보여주기만 한다. 보고 싶은 것을 보고 배우면 된다. 해가 뜨고 지고, 바람이 불고 비가 내리고, 초목이 자라고 꽃이 피고, 단풍이 들었다가 잎이 떨어지고 눈이 내리고, 밤이면 하늘에서 별이 빛나고 하는 데서, 시간과 공간을 직접 체험하고, 천지만물의 이치를 눈으로 본다. 배우는 장소가 적절하고 시간이 넉넉하면, 얻는 것이 아주 많다. 오염이나 혼잡이 없는 시골의 청정한 자연에서 살아가는 특권을 누리면 남들보다 더 많은 것을 훨씬 더 잘 배운다. 시인이나 학자로 자라날 수 있다.

책은 알려주려고 하는 것만 알려준다. 책은 자연처럼 열려 있지 않다. 도서관의 책을 이용할 수 있으나 항상 가까이 두려면 사야 한다. 원하는 책이 없을 수도 있다. 자연에는 나쁜 자연은 없지만, 책에는 좋은 책과 나쁜 책이 있다. 나쁜 책은 가까이 하지 말아야 하는데, 스스로 판단하기 어렵다. 저질 오락물이 아닌 학습용 도서도 다 좋은 책인 것은 아니다. 일방적으로 가르쳐주기만 하고 묻고 따지는 길은 막는 책은 나쁜 책이다. 학습용이라고 자처하는 나쁜 책을 읽고 공부하느라고 소중한 시간을 바치는 것은 인생 낭비이다. 시인이나 학자가 되지 못하게 하는 차질이 생긴다.

사람에게서 배우는 것이 좋은가 나쁜가는, 그 사람이 누구인가에 따라 아주 달라진다. 모든 부모가 자기 자식에게 나쁜 친구를 사귀지 말라고 훈계한다. 훈계만 일삼고 자식을 마음대로 하려고 하는 부모는 나쁜 친구만큼 나쁘다. 나쁜 부모는 자식에게 학교에 가서 남들과 같이 배우기나 하지 말고, 학원에 가서 남들과 다르게 배우라고 등을 떠밀어 보낸다. 학원 강사는 인성이 나빠서가 아니라 생업을 위해, 협동은 배제하고 경쟁에 필요한 지식만 주입시킨다. 이것은 창조주권을 마비시키는 독약이어서, 오래 먹으면 재기 불능의 상태에 이른다. 학교 교사는 학원 강사보다 월등하게 좋아야 하는데, 장애 요인 때문에 어려움을 겪는다. 선다형 입시에서 좋은 성적을 얻게 하려면 기계적인 훈련을 하는 악역을 맡지 않을 수 없다. 가르치는 사람을 반면교사로 삼아야 시인이나 학자가 자기 길을 찾을 수 있다.

사람에게서 배우는 것은 책에서 배우는 것만 못하다. 책에게 배우는 것은 자연에게서 배우는 것만 못하다. 사람에게서 배우면 작은 것을 이룬다. 책에서 배우면 중간 정도의 것을 이룬다. 자연에서 배우면 큰 것을 이룬다. 세상을 위해 큰일을 하려고 하거나 학문의 역사를 바꾸어놓는 대학자가 되려면 자연에서 배워야 한다. 자연에서 배운 경력이나 성과가 어느 정도 되는가에 따라서 크게 되는 정도가 달라진다.

이렇게 말하면 반론이 제기된다. 자연에서 배우기만 하고 책을 보지 않고 학교에 가지 않아도 되는가? 책을 매도하고 선생을 나무라면서 원시 상태로 돌아가려고 하는가? 아니다. 자연에서 배우면 배움이 완성되는 것은 아니다. 자연에서 배워 얻은 바가 있으면 좋은 책을 골라 좋게 읽어 배움을 키울 수 있다. 교사와 반면교사를 구분할 능력이 있어, 배우기도 하고 배움을 넘어서기도 하는 이중의 소득을 얻는다. 동지와 적을 구분하면서, 세상이 좋아질 수 있게 하는 힘을 합치고, 불의를 공격하는 효과적인 방법을 찾을 수 있다.

자연이 가르치는 일을 다 맡을 수는 없어 좋은 책도 있고, 좋은 선생도 있어야 한다. 좋은 책은 좋은 출판사가 만들어내는 것이 아니다. 자연에서 배워 얻은 실력이 뛰어난 사람이 기존 지식의 허위를 파헤치고 시정 방안을 제시하는 좋은 책을 짓는다. 좋은 선생은 학벌이 좋은 사람이 아니다. 자연에서 배운 것을 창조의 원천으로 삼아 교육의 역사를 바꾸고 새로운 학문을 내놓아야 좋은 선생이다.

　가격이 나날이 오르는 초호화주택에 살면서 돈이 감당하기 어려울 정도로 많아 자식에게 가장 고가로 아주 특수한 사교육을 시키는 쪽을 부러워해야 하는가? 경쟁을 물리치려고 별난 짓을 하다가, 안목을 더욱 협소하게 하면서 자폐증을 키운다. 창조주권을 마비시키는 독약을 자기 대보다 자식에게 더 많이 먹여 자살하는 길에 들어선다. 이것은 안타깝다고 하겠으나, 지나치면 망하는 불변의 이치를 실현하고 있어 도와줄 길이 없다.

　산골에서 농사를 짓고 어렵게 살아가느라고 학교에 겨우 보내는 자식이 집에 돌아오면 일을 거들게 하는 쪽은 가련하다고만 할 것인가? 세상이 잘되게 하고, 학문을 혁신하고, 역사를 창조할 수 있는 가능성을 지닌 인재가 거기서 자란다. 창조주권을 어느 누구보다도 온전하고 풍부하게 지니고, 아주 큰일을 할 수 있는 준비를 한다. 광활한 자연에서 직접 체험하는 천지만물의 이치를 실현해 세상을 바꾸어놓으려고 구상한다.

　이치가 명백해졌다고 하면서 여기서 말을 끝낼 수는 없다. 가능성이 현실은 아니며, 현실이 되기까지 거쳐야 하는 단계가 여럿 있다. 세상이 잘되게 하고, 학문을 혁신하고, 역사를 창조할 수 있는 가능성을 지닌 인재가 가능성을 어떻게 실현할 수 있는지 말해야 하는 과제가 남아 있다. 이 과제를 스스로 해결해, 사고의 비약을 이룩해야 한다.

　자연에서 배움이 완성되지는 않고, 책에서 배우고 사람에게서 배우는 다음 과정에서 배움이 획기적으로 성장해야 한다. 이것은 표면에 나타난 허위이다. 가르치는 사람을 반면교사로 삼으려고 책의 도움을 받고, 책에 사로잡히지 않으려고 자연과 다시 만나야 배움이 창조로 비약한다. 이것이 이면에 숨은 진실이다.

◎ 댓글과 답글

댓글: 사람을 반면교사로 되새기기 위하여 좋은 책을 찾고, 책에 사로잡히지 않기 위해 늘 새로운 생명력이 가득한 자연을 만나라. 주워들은 지식을 쌓아놓기만 하면 쭉정이만 남지만, 직접 심고 키워서 증명해낸 알곡 정보를 토론을 통해 공론화시키면 혼자 갇힌 배움에서 함께하는 창조로 비약하게 된다. 감사합니다.

답글: 배움의 우선 순위에 표면에 나타난 허위와 이면에 숨은 진실이 있다고 한 말 너무 복잡하게 되었군요. 사람이 하는 거짓말이 자연에는 없다. 사람이 하는 말은 듣지 않으려고 해도 들리고, 자연이 무엇을 말하는가는 들을 수 있어야 듣는다. 이렇게 고쳐 이르면 더 나아졌는가요?

● ● ● ● ● ●

2-2 세 학문의 품격과 기여

학문에 따라서 하는 방식이 다르다. 서양학은 고급 식당을 찾아가 우아한 식사를 하는 것과 같다. 중국학이나 일본학은 잘 다듬어 놓은 식품을 가게에서 사다가 조리해 먹는 것과 같다. 한국학은 고생을 마다하지 않고 스스로 농사를 지어 먹거리를 마련하는 것과 같다.

서양학은 식당을 고급 식당을 찾아가 우아한 식사를 하는 것과 같다니, 무슨 말인가? 자료를 정리하고 직접 연구를 하는 수고는 하지 않고, 연구해놓은 결과만 골라서 가져오면 평가를 받는다. 이렇게 하는 데 모범을 보이는 젊은 교수의 모든 거동이 아주 세련되어 찬탄을 자아낸다. 외국의 신간 서적을 가지런하게 꽂아놓은 연구실이 고귀한 품격을 보여준다.

중국이나 일본학은 잘 다듬어 놓은 식품을 가게에서 사다가 조리해 먹는 것과 같다니, 무슨 말인가? 미지의 자료를 찾아 나서기는 어렵고, 이미 정리해놓은 자료에 관한 연구가 미흡한 것을 보완하면 업적을 이룩한다. 거질의 자료 총서 따위가 많은 자리를 차지해 연구실이 붐빈다. 그 한 구석에 자리 잡고 앉아 난해한 고전을 하염없이 뒤적이고 있는 노학자를 발견하면 존경할 만하다.

한국학은 고생을 마다하지 않고 스스로 농사를 지어 먹거리를 마련하는 것 같다니, 무슨 말인가? 자료가 아직 조사되고 정리되지 않은 것이 아주 많다. 황무지를 개간해 밭을 일구고, 밭을 갈아 씨를 뿌리고, 김을 매고 북돋우고, 추수를 해서 탈곡한 것을 가지고 밥을 짓는 일을 모두 해야 한다. 자료학이 끝나기를 기다려 이론학을 시작할 겨를이 없고, 두 학문을 동시에 진행해야 한다. 이런 일을 하느라고 학자라는 사람이 농부 같이 어부 같이 광부 같이 덥수룩하고, 연구실이라는 곳이 너무 지저분하다.

구비문학 현지조사가 크게 진척되어 문학사 이해가 아주 달라지고 있다. 이른 시기의 口訣(구결) 자료가 다수 발견되어 국어사를 다시 쓰게 한다. 고문서가 계속 나타나 국사 연구를 새롭게 하도록 한다. 한문과 국문 양쪽의 필사본 서적이 엄청나게 많아 민족문화의 폭과 깊이가 감당할 수 없을 정도로 확대된다. 자료가 캐면 캘수록 더 늘어나고, 새로운 광맥이 발견된다.

이런 작업에 노력을 바치고 생애를 거는 학자들을 미천하다고 여기거나 어리석다고 나무라지 말고, 존중하고 지원해야 한다. 논문을 한 해에 몇 편 규격에 맞게 내놓으라고 다그치는 데 포함시키지 않고, 충분한 시간과 연구비를 주고 큰 성과를 낼 수 있게 해야 한다. 고급 식당을 찾아가 우아한 식사를 하는 것 같은 작문, 잘 다듬어 놓은 식품을 가게에서 사다가 조리해 먹는 것 같은 언설, 고생을 마다하지 않고 스스로 농사를 지어 먹거리를 마련하는 것 같은 업적은 무게가 다르다.

한국학은 왜 이런가? 이 의문에 대해 우선 대답할 수 있는 말이 있다. 한국학은 늦게 시작되었다. 1980년대 이후에야 대학 교수가 남들이 하는 말을 소개하는 강의만 하지 않고 스스로 연구도 해야 한다는 것을 알아차려, 할 일이 엄청나게 많이 밀려 있다. 서양은 몇백 년, 일본도 백 년 이상 동안 한 일을 단기간에 해내야 뒤떨어지지 않을 수 있다.

위의 말은 많이 모자란다. 더 넓게 살피고 다시 말해야 한다. 서양은 전통사회의 자료가 근대화를 일찍 겪어 많이 없어지고, 근대학문의 방법으로 정리를 잘한 탓에 원래의 모습을 찾아보기 어렵게 되었다. 일본도 뒤늦게 같은 과정을 겪었다. 중국은 그 뒤를 따라 자료 정리를 어느 정도 진행하다가, 연구가 이념을 위해 봉사하는 외골수의 방향으로 선회해 능력 감퇴를 초래했다. 이런 사정 때문에 우리가 더욱 분발해야 한다.

품격이 가장 낮은 것 같은 학문이, 기여하는 바는 가장 크다. 풍부하게 남아 있는 생생한 자료에 관한 우리 학계의 조사 연구는 우리를 위한 것만이 아니다. 동아시아문명의 심층을 알아내고, 인류가 무엇을 이룩했는지 밝히는 작업으로서 커다란 의의가 있다. 다른 나라에서는 자료가 마멸된 탓에 하기 어렵거나 능력 감퇴로 하지 못하는 연구를 우리가 맡아 하니 자랑스럽다고 해야 한다.

나는 한국학의 자료를 근거로 이룩한 한국문학사의 이론을 동아시아문학사에 적용해 일본이나 중국의 학자들은 모르는 사실을 알아내왔다. 그 성과를 이용해 여러 문명권의 문학을 비교해 고찰하면서 서양까지 가서, 유럽중심주의의 허상을 걷어내고 진정으로 보편적인 세계문학사 이해의 소중한 광맥을 발견하는 데까지 이르렀다. 너무 많다고 나무랄 만큼 책을 써내고도, 할 일이 아직 산적해 있어 쉴 수 없다.

한국의 자료에 근거를 두고 세계문학사 이해를 바로잡은 사례를 하나 든다. 고대그리스의 호메로스가 지은 영웅서사시가 서사시의 연원을 이룬다는 말은 거짓이다. 신령·영웅·범인서사시를 세계 도처에서 구전하면서 개작하다가 그 일부를 기록했다. 한국에서는 선명하게 확인되고, 중국이나 일본에서는 알기 어려우며, 서양에서는 입증할 증거가 거의 상실된 이런 사실이 얼마든지 더 있다.

서양학, 중국이나 일본학, 또는 세계 어느 곳에 관한 학문이라도, 한국학과 깊은 연관이 있다. 인류문명의 보편적인 원리를 밝히는 것을 공동의 목표로 한다. 외국학을 하더라도 한국학과의 연관을 중요시하고, 이에 관한 한국의 연구에 동참해야 수입학을 넘어서는 창조학을 할 수 있다.

　◦ 댓글과 답글

댓글: 엄청나고 중요한 발언을 하셨습니다. 한국이 세계학문을 혁신할 수 있는 근거가 생생한 자료를 지니고 있기 때문이라고 지적했습니다. 생생한 자료에서 혁신적인 이론이 나온다는 말씀은 학문을 하지 못한 사람은 이해하지 못할 겁니다.

답글: 학문 제조업을 하지 않으면, 외국 학문 수입이나 할 수밖에 없습니다. 학문 제조업은 자료학에서 비롯하고, 최상의 자료를 찾아내 그 가치를 입증해야 구체화합니다. 자료에 묻혀 있으면서 무엇이 소중한지 모르고 가치를 판별하지 못해도 학문 제조업이 저절로 시작되는 것은 아닙니다.

●●●●●

2-3 작은 마음 큰 마음

"나는 게을러서", "능력이 모자라." 학문을 한다면서 좋은 자리를 차지하고 이렇게 말하는 분네들이 있다. 합당한 이유가 있으니, 놀고먹어도 된다는 것이다. 이런 말을 들으면 격분하지 않을 수 없다. "이런 녀석들을 잡아가지 않고, 염라대왕은 무엇을 하고 있는가?" 이렇게 소리 치고 싶다.

염라대왕이 이 소리를 듣고 잠에서 깨어나, 죄인을 징치하는 임무를 잠시 내게 맡긴다면 추상같은 호령을 하리라. 부지런하고 능력 있는 일꾼들을 위해 마련한 자리를 함부로 차지하고서, 말도 안 되는 이유를 내세워 놀고먹겠다고 하니 용서할 수 없다. 게으르고 능력이 모자라면 학문을 하겠다고 나서지 말았어야 한다. 학문을 한다면서 학문 발전을 가로막고 있는 죄를 엄히 다스려야 한다. 지금 당장 지옥 밑바닥으로 끌어내려 엄벌을 하리라.

이렇게 말하다가 면박을 당했다. 게으르고 싶어서 게으르고, 능력이 모자라기를 바라서 모자라는 것도 아니다. 불행하게 타고난 것을 너무 나무라지 말아야 한다. 학문을 시작하기 전에는 모르고 있다가 한참 지나서야 알게 되어 부끄러움을 무릅쓰고 고백한 것을 조금도 가엽게 여기지 않고 몰아치기만 할 수 없다. 놀고먹겠다고 하는 말은 자기를 낮추는 겸양의 언사로 보아줄 수 있다.

학문 발전을 가로막고 있는 죄가 없다는 것은 아니지만, 절대적이라고 단정하지 말아야 한다. 학문의 길은 한 가닥만이 아니어서 막히면 돌아갈 수 있다. 한쪽으로 치우치면 반전이 일어난다. 게으르고 무능한 것을 맹목적으로 따르는 제자나 후진은 없다. 미흡하거나 잘못하는 점을 반면교사로 삼고, 부지런하게 노력하겠다고 다짐하고 기대 이상의 능력을 발현하는 다음 세대의 역군이 나타나게 마련이다.

면박에 이어서 이런 말까지 하는 것을 듣고, 나는 생각을 얕게 한 잘못은 깊이 뉘우치면서도, 게으름이나 무능은 타고난 불행이므로 나무라지 말아야 한다는 주장은 받아들일 수 없다. 게으른가 부지런한가, 무능한가 유능한가 하는 것을 부모 탓으로 돌리는 것은 해괴한 숙명론이다. 사람이 우습게 되고, 모든 진지한 논의가 필요하지 않게 된다. 학문을 한다는 것도 무의미하게 된다.

게으른가 부지런한가, 무능한가 유능한가 하는 것은 주어진 조건이 아닌 자기 선택이고 자기 책임이다. 할 수 없다고 여기는 연구가 잘될 수는 없다. 낙담하지 말고, 포부를 크게 가지자. 지금까지 하던 학문과 차원이 다른 새로운 시도를 하겠다고 작심하자.

새로운 출발을 하는 마음가짐을 作心三日(작심삼일)이라고도 하고, 發心成佛(발심성불)이라고도 한다. 作心은 작은 일을 하겠다고 작정하는 작은 마음이다. 작은 일을 사흘쯤 하면 얼마 되지 않은 성취감과 함께 싫증이 생기게 마련이어서, 게으름이 생기고 능력을 다한 것 같이 생각될 수 있다. 이것은 자기가 스스로 선택한 결과이다.

發心은 큰 목표를 이루려고 하는 큰마음이다. 큰 목표는 成佛과 같은 것이라고 말할 수 있다. 성불은 일생의 과업이고, 이번 이루지 못하면 다음 생에서 이루고자 하는 크나큰 소망이다. 겨우 사흘 해보고 성사 여부를 말할 수 없고, 게으름이나 무능을 탓할 수도 없다. 계속 앞으로 나아가면 모든 장애가 없어진다. 어디서 나타났는지 모를 부지런이 앞에서 인도하고, 줄곧 커지는 능력이 뒤에서 민다. 이것도 자기가 선택한 것이다.

학문에도 作心三日의 학문과 發心成佛의 학문이 있다. 어느 쪽을 할 것인지 스스로 판단해 결정해야 한다. 作心三日의 학문을 하겠다고 목표를 한정하고 작은 마음을 내면, 사흘을 넘기기 전에 "나는 게을러서.", "능력이 모자라."라고 하면서 놀고먹고 싶어진다. 發心成佛의 학문을 하려고 나서는 큰마음을 먹으면 기대가 부풀고 감격이 넘쳐 앞으로 나아가기만 하고 군말을 하지 않는다.

기대가 부풀고 감격이 넘치는 양상을 어떻게 말할까? 하늘에서 여러 무지개가 빙글빙글 도는 것을 기대하고 이룩한다고 하면 너무 지나치다. 천지가 고요하고 아무 것도 들리지 않는 경지에 이른다고 하면 많이 모자란다. 내가 없어지면서 모든 것이 차차 드러난다고 하면 어느 정도 적중한 말이다. 설명을 더 하지 않고 스스로 체험하라고 권유한다.

마음은 작게도, 크게도 먹을 수 있다. 마음을 작게 먹으면 쪼그라들어 괴롭다. 마음을 크게 먹으면 놀라운 경지에 이르러 너무나도 즐겁다. 학문하는 사람은 이 말을 명심해야 한다.

◉ 댓글과 답글

댓글: 큰 학문이 큰 깨달음이란 것을 강의를 통해 입증해주셔서 감사드립니다. 대등론의 정점이 아닌가 합니다. 가해자가 피해자이며, 학문과 성불이 둘이 아니고 대등하다는 가르침을 암시했습니다. 말씀처럼 학문을 크게 한다는 건 이미 큰 깨달음을 얻었기 때문에 가능합니다. 좁게 한다는 건 깨달음이 부족한 탓입니다. 깨달음이 수반되지 못하면 지평을 여는 학문 성과를 낳지 못합니다. 학문 세계에서 고정관념을 깨뜨리는 것이 곧 깨달음입니다. 인류사에서 가장 큰 학문은 언제나 일상의 평범한 것 속에 있는 고정관념을 일깨웁니다. 학문의 대상이 대중의 고정관념에 자리잡고 있는 평범한 것이기에 자랑거리가 되지 못합니다. 아무도 고맙다고 여기지 않지만 그 결과물은 누구나 마음껏 이용합니다. 큰 학문은 이처럼 고달프지만 깨달음으로 보상을 받습니다. 깨닫고도 학문을 할 줄 모르는 것보다, 깨달은 줄도 모르고 학문하는 것이 그래서 더 큰 의미가 있습니다. 견성이나 대각보다 소중하다고 해서 불교의 조사어록에서는 이를 부처님

도 성취하지 못한 '佛向上事'(불향상사)의 경지라고 했습니다. 깨달음 이후의 길이 대중과 접촉하는 교학에 있다는 원시불교의 정신입니다. 하지만 깨닫지 못하고 딴소리를 늘어놓는 수작이 교학으로 행세한 것은 비극입니다. 이를 제자리로 돌려놓고 바른 길을 일깨워주셔서 거듭 감사드립니다.

답글: 너무 복잡하게 생각하면 자아도취에 빠지고, 학문을 위한 학문을 하게 됩니다. 마음의 구속에서 벗어나면, 천지가 다시 보인다. 이 말 한 마디로 마무리를 삼고, 말을 너무 많이 한 잘못을 사과하고자 합니다.

●　●　●　●　●

2-4 크나큰 학문을 이룩한 선학들

오늘날 사람들은 학문으로 생업을 얻으려고 한다. 교수가 되어 교육을 하면서 학문도 하려고 한다. 이것은 당연한 일이니, 시비의 대상이 될 수 있겠는가?

아니다. 엄밀하게 따지면 교육과 학문을 별개의 것이다. 교육은 이미 알려진 지식을 전수하고, 학문은 새로운 무엇을 찾는다. 교수는 아는 것이 많다고 자랑해야 하고, 학자는 무지를 밑천으로 삼는다. 교수 노릇이 학자에게 도움이 되는 것만큼 방해도 된다.

학자이기만 하고 교수가 아닌 사람은 교육의 부담이 없는 이점이 있는 반면에 생계대책이 막연한 난점이 있다. 난점을 각오하고 이점을 택하기는 아주 어려운데, 옛사람들은 그렇지 않았다. 대학이 없거나 아주 적을 시절에 아무 수입도 없는 학문에 일생을 바치면서 놀라운 업적을 이룩해 인류를 위해 크게 기여한 대학자들이 있었다. 그런 분들과 만나본다.

중국의 왕부지(王夫之, 1619-1692)는 청나라에 망한 왕조 명나라의 부흥을 위해 투쟁하다가 박해를 피해 산속에 숨어 살면서 학문에 몰두했다.

"군자는 비록 커다란 재난을 만나 욕을 당할 수도 있고 죽을 수도 있지만, 도를 탐구하면서 그 근본에서부터 힘써야 한다. 죽지 않았으면 하루 동안이라도 쉬지 말아야 한다." 이런 생각을 하면서 세상을 바로잡는 이치를 탐구해 많은 유작을 남겼다.

네덜란드의 유태인 스피노자(Spinoza, 1632-1677)는 유태교를 비판하다가 파문당하고 집에서 쫓겨났다. 외톨이가 되어 안경알 연마를 생업으로 삼아 건강을 해치면서, 진정으로 자유로운 학문을 하려고 독일 대학의 교수로 초빙되었어도 응낙하지 않았다. 유럽에서 철학이 시작되게 한 라틴어 저작을 네덜란드어로 번역하지 못하게 해서 박해를 피하고, 출판하지 않은 원고인 채로 가까운 친구에게 맡겼다.

일본의 안등창익(安藤昌益 안도 쇼에키, 1703-1762)은 의술을 스스로 공부해 시골 농민의 병을 치료하다가 농민을 괴롭히는 사회체제의 질병을 제거하는 학문을 하려고 분투하게 되었다. 차등을 제거하고 대등을 실현하려면 어떻게 해야 하는지 밝혀 논하는 데 혼신의 노력을 바쳤다. 일본이 자랑하는 神道(신도)를 나무라 박해를 받고, 아직까지 제대로 평가받지 못하고 있다.

한국의 최한기(崔漢綺, 1803-1877)는 학문에만 몰두해 넉넉하던 가산을 탕진했다. 지배세력에 동조하면 벼슬을 주겠다는 제안을 거절하고, 셋방살이를 하는 신세가 되었다. 그릇된 관념을 타파하는 작업을 천지만물의 이치를 새로 탐구하는 범위까지 확대해, 학문의 모든 분야를 혁신한 많은 저작을 남겼다. 그 가운데 推氣測理(추기측리)의 방법을 구체화한 학문론이 특히 소중한데, 외래학문이 밀어닥친 탓에 망각되고 있다.

인도의 비베카난다(Vivikananda, 1863-1902)는 영국의 식민지 통치 때문에 절망에 빠져 있는 인도인이 정신적 각성을 갖추고 일어서도록 하는 학문 투쟁을 맡아 나섰다. 생계 대책이 전혀 없는 상태에서 이 한 가지 과업에 모든 노력을 바치다가 일찍 세상을 떠났다. "너 자신을 사랑하는 것이 모든 사람을 사랑하라는, 동물도 사랑하라는, 모든 것을 사랑하라는, 세상을 더 좋게 만들라는 위대한 신념이다." 이렇게 한 말을 잊을 수 없다.

나는 강의 부담 없이 연구에 몰두하는 연구교수가 되려고 하다가 실패하고, 정년퇴임 후에야 하고 싶은 학문을 한다. 80이 넘어 많이 남지 않은 시간을 가난뱅이가 돈을 아끼듯이 아끼면서, 새로운 천지에 들어서는 감격을 누린다. 이런 자유, 이런 행운을 일찍 얻지 못한 것이 너무나도 아쉽다. 年富力强(연부역강)한 젊은이들이여, 고정관념을 버리고 앞길을 슬기롭게 선택하라.

교수가 되었다고 좋아하면서, 가르치는 일에 매여 학문을 위축시키는 것은 어리석다. 연구교수는 더 자유로워 커다란 포부를 가지고 새로운 학문을 할 수 있다. 그 어느 쪽도 되지 않으면, 오히려 다행이라고 여겨라. 아무 구속도 받지 않아 절대적으로 유리한 조건에서, 전대미문의 창조에 철저하고 탁월한 노력을 바쳐라. 크나큰 학문을 한 선학들의 반열에 성큼 올라서라. 매인 데도 따르는 제자도 없으니, 얼마든지 비약할 수 있다.

커다란 학문으로 인류를 구출하고자 한 선학들의 노고를 생각하니, 오늘날의 학문은 안락이 타락을 초래해 너무나도 왜소한 것이 부끄럽다. 있으나 마나 한 학자, 안 해도 그만인 학문이 너무 많아 낙엽 같고 휴지 같이 뒹구는 末法(말법) 시대의 폐해를 시정하는 대전환이 있어야 한다. 광야에 나서서 시련을 겪는 학문이라야 세계의 시련을 온통 받아들여 고민하고 치유하는 위업을 수행할 수 있다.

● 댓글과 답글

댓글: 이번 강의에서는 처절한 학문의 길을 공개하셨습니다. 학문의 순교자를 기리는 나라는 발전하고, 외면하는 나라가 몰락하는 현실을 겨냥

했습니다. 소개하신 네 분 이외도 다른 여러 순교자도 여럿 있었습니다. 이들에게 학문은 종교였습니다. 어떤 시련과 압박도 학문에 대한 믿음을 흔들지 못했습니다. 박해를 받아 흘린 핏자국이 후학을 분발하게 하여 중세에서 근대로의 이행을 재촉했습니다. 돈과 시간과 명예를 따지는 자본주의 시대 학자들이 크게 부끄러워해야 할 것입니다. 학문은 후원금을 받거나 시간의 여유가 있어서 하는 일이 아니라는 걸 《학자의 생애》에서 읽습니다. 학문이 무언지 모르고 퇴임하기 전에 학자의 삶을 일깨워주셔서 감사드립니다.

답글: 《학자의 생애》에서 다룬 학자가 12인에 지나지 않아 많이 모자랍니다. 중세에서 근대로의 이행기 진정한 탐구자와 근대 학문의 유능한 경영자가 얼마나 다른지 밝혀 논하는 작업도 후속 작업을 기다립니다. 분발하고 나서는 동지가 많이 있기를 기대합니다. 내게 주어진 시간은 얼마 남지 않아, 고개를 들고 소리 높이 외칩니다.

● ● ● ● ●

2-5 민족을 넘어서는 학문

텔레비전 뉴스에서 그리 긴요하지 않은 국내 소식이나 잔뜩 늘어놓고 세계가 어떻게 돌아가는지는 말해주지 않는다고, 나는 자주 불평을 한다. 그러다가 잘못이 방송국에 있는 것은 아니라는 말을 들었다. 외국 소식으로 넘어가면 시청자들이 채널을 돌려 광고 수입이 떨어진다고 한다.

잘못이 광고라는 마귀에게 있다고 비난만 하지 말아야 한다. 쓸데없는 외국 소식을 왜 알려주느냐고 불평하는 댓글을 다는 시청자들을 더 나무라야 한다. 대다수의 국민이 민족만 생각하고 나랏일에만 관심을 가지고 세계화되어 있지 않아, 방송뿐만 아니라 정치도 따르지 않을 수 없다는 말이 잘못되지 않았다. 청중의 수준이 공연의 품격을 결정하는 원리를 알고 근본을 바로잡아야 한다.

지금은 특별한 사정이 있어 뜸해졌으나, 해외여행을 떠나는 사람들이 연일 공항을 가득 메워 북새통을 만들었다. 이런 것을 눈으로 보면서 세계화가 모자란다고 할 수 있는가? 이렇게 따지고 묻는다면 대답한다. 해외여행을 어떻게 하는가가 문제이다. 주마간산走馬看山이라는 옛말이 교통수단이 발달해 무색하게 되었다. 비행기를 다 채울 것 같은 커다란 단체를 만들어 한꺼번에 많은 나라를 빠른 속도로 돌아보면서 모두 같은 것만 본다.

한국인 가이드가 하는 말만 들으면서 자기중심주의의 시각에 사로잡혀, 수박 겉핥기 관광을 한다. 한국이 얼마나 알려지고, 한국음식이 얼마나 진출하고, 한국상품이 어느 정도 팔리는지 살피고 우월감을 확인한다. 찾아간 나라의 역사나 문화를 자세하게 관찰하고 깊이 체험해 비교고찰을 착실하게 하면서 우리를 되돌아볼 생각은 하지 않는다.

외국인이 국내에 많이 와 있다. 노동자들이 자꾸 오고, 결혼이민자가 늘어난다. 혼혈이 확대되어 사람이 달라진다. 그 때문에 민족 동질성을 기반으로 한 국민의 경계가 허물어지는 것을 걱정하기나 하고, 민족이나 국민의 구분을 넘어서서 사람을 존중하는 방향으로 나아가야 한다는 생각은 하지 않는다. 폐쇄적인 민족주의나 국가주의로 세계화를 막으면서, 밖으로는 물건을 내다 팔고, 안으로는 외국인에게 값싼 임금을 주고 힘든 일을 시켜 경제적 이득이나 취하려고 한다. 차등세계의 선두로 나가려고 하고, 대등세계를 이룩하려고 하지는 않는다.

근본이 잘못된 것을 대한민국헌법에서 "모든 국민은 인간으로서의 존엄과 가치를 가지며, 행복을 추구할 권리를 가진다"고 한 조문에서 확인할 수 있다. 이 조문이 어떤 말인가? 대한민국 국민이 아닌 사람은, 존엄, 가치, 행복 등을 갖추거나 추구할 수 없다고 차별하는 말인가? 대한

민국은 자국민이 아닌 사람은 돌보지 않는 특수한 국가라는 말인가? 어느 쪽이든 창피스럽고, 대한민국의 국제적 위상을 심각하게 격하한다.

하나 더 지적한다. 고령자를 위한 혜택을 세계 어느 나라에서든지 국적과 관계없이 일제히 실시하고 있는 것을 거듭 체험해 분명하게 안다. 그런데 대한민국은 국적 소지자라야 하는 것을 혜택을 받는 조건으로 한다. 이것을 알고 세계 모든 나라에서 대등의 원칙에 입각해, 대한민국 국민은 차별하기를 바라는가?

"모든 국민"을 "모든 사람"으로 당장 바꾸어야 한다. 국민적 합의가 선행해야 한다고 하는 상투적인 핑계를 대지 말기 바란다. 국민적 합의보다 선행하고 월등하게 소중한, 사람의 동질성과 대등한 가치는 논란이 전연 필요하지 않다. 보편적 가치를 우위에 두고 한국의 특수성을 논의해, 예외적인 나라가 아니어야 한다. 차등을 철폐하고 대등을 이룩하는 데 노력과 역량을 바치는 것을 대한민국의 임무로 삼는 쪽으로 방향을 돌려야 한다.

어떻게 하면 전환이 가능한가? 모두 함께 휘어잡아 생각의 근본을 바로잡는 과업을 학문이 선도해 진행해야 한다. 나는 민족을 넘어서서 세계화시대의 학문을 해야 한다고 역설하다가, "문학사 탐색"이라는 강의를 유튜브에서 하면서 앞으로 더 나아간다. 세계 전역의 문학을 종횡무진 다루면서 문학사의 공통된 전개를 찾아내려고 일제히 노력하자고 한다. "남불 문화기행"에서는 선진국에 대한 기대가 무너지고 대등한 세계가 이루어지는 것을 알렸으며, "이슬람문명의 이해"를 전하면서 세계 인식의 균형을 갖추자고 촉구한다.

민족을 넘어서서 보편적인 학문을 하려면, 한국의 무엇을 연구할 때 외국의 사례와 비교해 공통점과 차이점을 밝히는 것을 필수적인 과제로 삼아야 한다. 이 작업을 문학사가 선도해 본보기를 이미 많이 보였다. 한시와 대등한 수준의 민족어시의 율격을 갖추려고 동아시아 각국이 노력한 것을 비교해 고찰하고, 일본과 한국이 다른 길을 택한 양상과 이유를 밝혔다. 이런 연구를 다른 분야에서도 일제히 해서 시야를 확대해야 한다.

중세에서 근대로의 이행기 부자의 갈등을 들어 시대 변화를 그리는 소설이 한국·일본·독일에서 나타난 사례의 공통점과 차이점을 고찰했다. 가부장의 죽음과 더불어 근대사회가 이루어지는 양상은 한국·중국·불국의 작품을 비교하면서 고찰했다. 이런 연구는 한국학이 동아시아학을 거쳐 세계학으로 나아가도록 한다. 문학사와 사회사가 밀접한 관련을 가진 것을 입증해 학문의 구분을 넘어선다.

위에서 든 것과 같은 연구를 학문의 여러 영역에서 일제히 또는 공동으로 진행해 한국학이 동아시아학이고 세계학이게 해야 한다. 한국민족주의와 유럽중심주의를 함께 넘어서서 진정으로 보편적인 학문을 해야 한다. 모든 인류가 대등하다는 것을 다각적인 예증을 들어 입증해야 한다.

◉ 댓글과 답글

댓글: 우리 안에 잠재된 자문화 우선·우월·중심주의가 고스란히 전개되고, 적용되는 실정입니다. 한국사나 한국문학의 특수성과 보편성을 다른 문화권과 비교하여 도출해낸 결과가 있어야, 가장 절실하고 시급한 문제를 진단하고 해결할 수 있는 가늠자가 됩니다.

답글: 열린 마음, 균형 잡힌 지식, 인류의 어려움을 모두 근심하고 돌보아주어야 하는 사명감을 가지고, 누가 보아도 타당한 학문을 해야 합니다.

● ● ● ● ●

2-6 문제의식이 있어야

문제의식은 학문을 낳고 키우고 빛낸다. 문제의식이 있어야, 학문이 기대한 대로 시작되고, 연구가 나아갈 방향을 찾고, 얻은 성과가 유용성을 가지고 널리 기여할 수 있다. 이런 것을 모르고 학문을 하겠다고 나서면 어리석은 줄 알아야 한다.

문제의식이 없으면서 학문을 하면 남들이 하는 것을 보고 흉내를 내는 데 지나지 않아, 옛사람이 거름을 지고 장에 간다고 나무란 바보짓이다. 꿈에 밤길을 가듯이 이리저리 헤매다가 구렁에 빠져 실신하고 만다. 수고를 아무리 많이 해도 이룬 것은 없게 된다.

거름을 지고 장에 간다는 것은 무슨 말인가? 거름을 지고는 밭에 가야 하는데 남들이 장에 가니 자기도 장에 가는 얼빠진 사람들이 지금도 많이 있다. 유행하는 연구 주제가 무엇인지 나중에야 알고, 뒷북을 치거나 막차를 타듯이, 자기도 그것을 연구하겠다고 나서니 유행이 사라지고 없다. 거름을 지고 뒤늦게 장에 가니 파장이 되어 사람들은 없고 쓰레기만 여기저기 뒹군다.

이리저리 헤매다가 구렁에 빠져 실신하고 만다는 것은 어떤 경우인가? 무엇을 연구해야 하는지 모르고 정처 없이 나다니다가 신기한 자료를 찾아내면 반색을 하고 빠져들어 더 나가지 못하고 길을 잃고 마는 멍청이가 적지 않아 하는 말이다. 자료를 뒤지고 모으는 것이 연구라고 착각하고 태산 같이 늘어난 자료를 이 잡듯 뒤지려고 하다가, 그 속에 묻혀 숨도 제대로 쉬지 못하게 되기도 한다.

수고를 아무리 많이 해도 이룬 것은 없다니 무슨 소리인가? 엄청난 노력을 기울여 자료를 찾고 정리하고 풀이하고는 손 털고 일어나, 농사를 애써 짓고도 추수는 하지 않는 사람들을 흔히 본다. 다 익은 곡식이 밭에서 썩어가는 것을 두고 보지 못해, 누군가 나서서 추수를 해야 한다. 일 년 내내 땀 흘려 가꾼 작물을 단 하루에 거두어들이니 얌체나 도둑이라고 나무랄 것인가? 천하 만민의 굶주림을 해결하는 활인공덕을 다른 사람이 자기를 대신해 맡아주니 고마워해야 한다.

문제의식이 없으면서 학문을 해서 위에서 든 것과 같은 낭패를 본 사람은 동정의 여지가 있으며 심하게 미워할 필요는 없다. 실패 사례를 제공해 반면교사로 삼을 수 있게 한 것은 공적이라고 평가할 수 있다. 농사를 짓다가 마무리는 하지 않고 사라져, 다른 사람이 추수를 쉽게 할 수 있게 한 것은 실수라고 여기지 말고 높이 평가해야 한다.

문제의식이 없이 학문을 해서 위에서 든 것과 같은 낭패를 보인 것을 딱 잡아떼고 부인하면서, 위대한 학문을 했다고 강변하고 최고의 석학이라고 행세하는 철면피가 문제이다. 학문을 출세나 행세를 위한 필요악으로 전락시키고, 천하 만민을 마음대로 속여도 되는 천치로 강등하고, 자기는 차등의 절정에 오른 영광을 누린다고 뽐내는 녀석은 그냥 두고 볼 수 없다. 지금 당장 눈에 뜨이지 않더라도, 나타나지 못하게 단단히 경고해야 한다.

여기까지 쓴 글을 읽고 시비를 차리는 사람이 있을 것이다. 너는 왜 잘되는 학문은 버려두고 잘못되는 학문만 거론해 불쾌감을 주는가? 사태를 면밀하게 살피고 논리적으로 분석하지 않고 과장된 표현을 일삼고 낡은 비유를 남용하는가? 철면피라고 지목한 녀석이 있지도 않은데 왜 소동을 벌이는가? 너는 누구이며, 야단스럽게 나무라는 잘못이 너에게는 없는가?

질문을 받고 뒤늦게 지나친 것을 반성해, 목소리를 낮추어 조심스럽게 응답한다. 능력이 뛰어나다고 자부하는 사람들이 학문을 잘못하고 있는 것을 보여주는 저작을 속속 출간해, 멀리 둘러서라도 나무라고 충고하지 않을 수 없어 말을 거칠게 했다. 옛사람이 남긴 문적을 대단한 자료라고 여기고 열심히 연구하면서 글만 읽고 뜻은 읽지 않는 것이 너무나도 안타까워 그대로 있을 수 없는 심정을 너무 야단스럽게 나타냈다.

나는 잘못이 없다는 말이 아니다. 나는 어리석지 않아야 하겠다고 스스로 당부하는 말이 밖으로 새어나가 지나치게 증폭되었다. 내가 먼저 반성해야 한다고 다짐한다.

◉ 댓글과 답글

댓글: 학자를 추앙하기 위한 백과전서를 쌓아놓으려는 듯이, 양만 늘이는 학술활동은 학자와 학생의 대등성을 약화시킵니다. 학자든 학생이든, 첫 물음에서 시작해 무지를 걷어내고 하나하나 밝혀낸 원리가 열매 맺어 지금 막 밝혀진 세계, 그것을 추구하는 원리, 탐구하는 과정이라야 영속적인 의의를 가집니다. "학생은 모르는 채로 내버려두어도 돼, 그건 알 바 아니야, 몰라도 사는 데 아무 지장 없어."라고 하며, 학문 세계를 학자들만의 리그로 고립시키지 말아야 합니다. 모른다고는 하는 사실을 알아차려 기쁨을 느끼며 학생들이 서로 캐묻고 토론하는 분위기가 자연스레 무르익게 하고, 알면 알수록 모르는 게 더 많아지는 데서 보람을 느끼도록 하는 것이 학자들의 몫입니다.

답글: 학자와 학생이 멀어지고 가까워지는 관계를 잘 파악했습니다. 멀어지면 둘 다 시들어집니다. 둘이 아주 아주 가까워져, 학자는 학생이고 학생은 학자여야, 둘 다 살아납니다.

● ● ● ● ● ●

2-7 예술 창조와 학문 창조

내가 그린 그림 自畫(자화)에 自說(자설)이라는 설명을 붙여 유튜브 방송을 하고 있다. 전례가 전연 없는 별난 일이어서 설명이 필요하다. 자기 그림을 스스로 높이는 것은 부당하다고 나무라지 말기 바란다는 말부터 하고 싶다.

自畫自說(자화자설)은 自畫自讚(자화자찬)과 다르다. 자화자찬에서는 자화라는 주인을 자찬이라는 하인이 섬긴다. 자찬은 독자적인 의의를 지니지 않는다. 자화자설에서는 자화와 자설이 대등한 주체이다. 각기 예술과 학문을 대표하면서, 생극의 관계를 가지고 논란을 벌인다.

자화라고 하는 그림은 예술이다. 예술은 논리를 넘어서는 창조를 의미가 개방된 형상으로 구현한다. 자화를 두고 하는 말인 자설은 예술이기도 하고 학문이기도 하다. 문학 창작인 점에서는 예술이다. 문학의 한 갈래인 교술은 예술이면서 학문이다. 설명하면서 전개하는 논의는 학문이다. 학문은 논리를 넘어서지는 않고, 그 자체로 혁신하는 창조 활동을 한다.

자화와 자설은 예술과 학문이 둘이면서 하나이고, 하나이면서 둘인 것을 알려준다. 한 사람이 하는 예술과 학문을 예증으로 들어, 둘이 생극의 관계를 가지고 논란을 벌이는 본보기를 보인다. 예술의 창조와 학문의 창조가 어떻게 같으면서 다르고, 다르면서 같은지, 마주 보면서 핍진하게 논의하는 자리를 최초로, 독자적인 방식으로 마련한다.

예술 창조에서 만들어내는 형상은 의미가 개방되어 있는 것만 아니다. 의미가 느낌이고, 느낌이 의미다. 의미뿐만 아니라, 느낌도 개방되어 있다. 예술 창조는 막힌 것을 열어젖히는 행위이다. 학문 창조도 선입견이나 고정관념에서 벗어난다는 점에서 막힌 것을 열어젖히는 행위이다. 개방하고 혁신하는 것을 창조의 필수 요건으로 삼는다고, 예술과 학문이 함께 입증한다.

그러면서 예술은 논리를 넘어서는 형상을, 학문은 논리를 넘어서지 않고 그 자체로 혁신하는 언술을 만들어낸다. 언술은 아무리 혁신해도 논리를 갖춘 언어여서 형상처럼 무한히 개방되어 있지는 않고, 관심을 안으로 불러들인다. 예술의 형상은 多多益善(다다익선)이라면, 학문의 언술은 千鷄一鶴(천계일학)이기를 바란다고 할 수 있다. 최소한의 언술로 최대한의 의미를 집약하는 것을 이상으로 삼는다.

예술은 확산을 능사로 삼는 원심력을 보여준다. 학문은 집약을 소중하게 여기고 구심점을 분명하게 한다. 확산과 집약, 원심력과 구심력은 별개의 것이 아니고 상호관계에서 정체를 확인하고 의미를 가진다. 둘은 명확하게 구분되지 않고 서로 겹친다. 둘의 중간에 있는 교술문학은 그 어느 쪽이라고 해도 된다. 예술을 학문으로 이해해 무엇을 말한다고 풀이하는 것, 학문을 예술로 받아들여 감동을 느끼는 것은 부당하면서 타당하다.

뇌과학에서는 사람의 뇌는 우뇌와 좌뇌로 나누어져 있다고 한다. 우뇌는 예술을, 좌뇌는 학문을 관장한다고 한다. 이런 사실을 들어 양단논법을 전개할 것은 아니다. 양쪽 뇌는 상호작용을 한다. 한쪽이 다른 쪽을 자극한다. 함께 쓰면 발달이 가속화된다. 이런 사실을 관측하기 어렵고 실험은 더욱 난감해, 뇌과학은 답보 상태에 있다.

한 사람이 예술도 하고 학문도 하는 체험은 뇌과학보다 앞서서 더 많은 것을 알려줄 수 있다. 예술에 힘쓰면 학문도 잘되고, 학문에서 이룬 발전이 예술에서도 나타나는 것을 절실하게 체험하고 분명하게 말할 수 있다. 예술은 학문처럼 하고 학문은 예술처럼 해야, 예술 창작도 학문 창작도 뛰어나게 할 수 있다. 예술에서는 학문을 읽어내고, 학문에서는 예술을 느끼는 능력을 소중하게 여기고 힘써 길러야 창조를 더 잘하고, 그 의의에 대한 자각을 한층 분명하게 할 수 있다.

이렇게 말하는 것은 나의 일생에 근거를 둔 검증이다. 나는 그림만 그리는 화가가 되려고 하다가 뜻을 이루지 못하고, 차선책으로 문학을 택해, 문학 창작을 시발점으로 하고 비평을 거쳐 연구에 이르렀다. 문학을 연구하고 가르치는 교수를 그만두는 정년퇴임을 하고 나서 그림을 그리고 싶은 대로 그리면서 연구에도 계속 힘쓴다. 연구를 하느라고 마음속에서나 그리는 그림이 아주 좋아지고, 그림을 그리는 동안에 연구가 부쩍 자라난 것을 알고 놀란다.

연구를 해서 내놓은 학문 업적은 널리 알려져 있지만, 그림에서 이룩한 예술 창조는 조금만 선보이고 묻혀 있다. 그림을 어떻게 그렸는지 묻는다면, 학문을 대용품으로 삼은 분노를 쏟아부었다고 말할 수 있다. 학문을 크게 이룬 이유를 그림에서 찾으려고 한다면, 나는 입을 다물고 탐구자가 발견의 기쁨을 누리도록 하고 싶다.

◎ 댓글과 답글

댓글: 名馬(명마)를 얻기 어렵지만, 명마를 알아보는 사람은 더욱 얻기 어렵다는 말이 있습니다. 학문창조도 마찬가지라고 생각합니다. 학문창조 능력보다 창조를 인정하는 능력이 더 소중하다고 봅니다. 현행 한국 인문학계에서는 논지가 뚜렷하고 내용이 독창적이며 형식까지 잘 갖춘 논문일지라도, 공인된 영역을 넘어서면 심사에 탈락하는 경우가 있습니다. 중세의 마녀사냥에서처럼 화형시키지 않지만, 논문를 심사자가 읽을 수 있도록 수준을 낮추라고 강요합니다. 그렇게 하면서 학계의 풍조를 바로잡았다고 스스로를 뿌듯하게 여깁니다. 이 점을 어떻게 생각하시는지 궁금합니다.

답글: 한국의 인문학계만 그런 것은 아닙니다. 아인슈타인(Einstein)의 초기 논문은 비상하게 탁월한 감식안을 지닌 막스 프랑크(Max Planck)가 심사하지 않았더라면 휴지 조각이 되어, 물리학의 역사를 바꾸어놓지 못

했을 것이라고 합니다. 破天荒(파천황)의 학설이 위기를 가까스로 넘기고 타당성이 공인되고 대중의 우상 노릇을 하기까지 하자, 발상의 자유를 제한하고 연구의 혁신을 가로막는 역기능을 수행합니다. 모든 역사가 이렇다고 할 수 있습니다.

이 글 〈학문 왜 어떻게〉는 연구 업적으로 인정되지 않을 것을 각오합니다. 학계의 기득권자들은 아예 무시하는 장막을 칠 것입니다. 공인된 영역을 넘어서서 학문을 혁신하고자 하면, 불이익을 감수하면서 각별한 의지를 가지고 분투해야 합니다. 인문학문은 표현 방법과 매체를 스스로 마련하고, 기존 학문에 대해 불만을 가진 사람들과 직거래를 할 수 있어 다행입니다. 나의 시도는 학설이 공인되지 않고 토론 거리로 이용되어, 역기능은 수행하지 않기를 기대합니다.

* * * * *

2-8 정치 비판과 학문 비판

정치 비판이 지나치다. 이렇게 말하면 크게 나무랄 것이다. 정치는 정치인들이 취미를 살리고 행세하려고 하는 사사로운 활동이 아니다. 막중한 임무를 수행하는 공공의 과업이다. 정치가 잘못되는 것은 그대로 두지 않고 엄중하게 비판하는 것이 당연하다.

정치는 그렇고, 학문은 어떤가? 정치 비판이 지나치다고 한 것은 학문 비판은 거의 없는 불균형을 문제 삼으려고 한 말이다. 학문은 학자라는 사람들이 취미를 살리고 행세하려고 하는 사사로운 활동인가? 이 말이 맞는다면, 학문을 비판의 대상으로 삼을 필요가 없다. 각자 하고 싶은 대로 하도록 내버려두면 된다.

학문도 막중한 임무를 수행하는 공공의 과업이다. 학문은 지적 능력의 본체이며, 가치관을 정립하고 문화를 창조하고 경제를 발전시키고 기술을 혁신하고 역사를 창조하는 등 수많은 활동의 원리와 방법을 제시한다. 맡은 사명이 정치보다 더 크다. 학문은 뒤떨어진 채로 두고 정치를 잘하라고 다그치는 것은 무리이다.

정치 비판은 너나 할 것이 없이 지나치게 하면서 학문에는 아무도 관심에 두지 않는 잘못이 이 나라를 혼미하게 하고, 장래를 어둡게 한다. 유튜브 방송이 정치의 음모나 책략에 대한 비평을 최상의 돈벌이로 삼는 자리를 마련해, 가치관의 혼란을 더욱 부추긴다. 진지한 관심사에 대한 성실한 논의는 사라지게 한다. 통일을 바람직하게 이룩하고, 근대를 넘어서서 다음 시대를 창조하는 방향을 찾아야 한다는 것은 그냥 해보는 소리에 지나지 않게 한다. 모든 것이 불확실하고 암담하다고 한탄하는 비관에 사로잡히지 않을 수 없게 한다.

정신을 차리려면 잘못된 생각을 바로잡고 사리를 분명하게 알아야 한다. 학문이 정치를 이끌어야 한다. 미지의 세계로 나가는 지침을 학문이 제공해야 한다. 정치가 학문을 이끌어야 한다고 하면, 전체주의 국가의 잘못을 저지른다. 정치 이념이 모든 것을 이미 결정해놓았으니 따르면 된다고 하면서, 타고 있는 배가 부서지는 사태는 비밀로 하고 선장의 권한 강화가 문제 해결의 방법이라는 억설을 더 굳히는 데까지 이른다.

나라의 형편을 바짝 다가가 살펴보자. 정치를 이끌어야 하는 학문은 그대로 두고 정치만 일방적으로 비판하니, 향상이 이루어지지 않고 충돌이 심해지기만 한다. 여야가 정권을 교체해도 나아지는 것이 없고, 충돌의 양상이 달라질 따름이다. 이런 악순환을 근본적으로 차단하려면 정치 비판을 학문 비판으로 돌려, 학문이 정치를 잘못 이끄는 책임을 엄중하게 추궁하고 잘못을 철저하게 바로잡아야 한다.

학문 비판을 누가 해야 하는가? 온 국민이 일제히 소리 높여 해야 하는 것이 당연하지만, 전문적인 내용을 이해하지 못해 빗나갈 수 있다. 인기를 노리고 늘어놓는 기이한 소리나 환영하고, 그렇지 않은 것은 무용하다고 매도할 수 있다. 언론이 당연히 학문 비판에 나서야 하지만, 능력을 제대로 갖추려면 많은 노력이 필요하다. 학자끼리 하는 학문 비판을 소개하고, 토론을 벌이는 자리를 마련해주는 것이 더 나은 방법일 수 있다.

학문 비판을 제대로 할 수 있는 자격을 학자라야 갖추고 있어, 학문 비판은 자기비판이어야 한다. 학문에는 여야의 정권교체가 없다. 학자는 누구나 학문의 당사자이면서 비판자여야 한다. 재야학자라도 비판의 타당성을 대안으로 입증해야 한다. 모든 학자는 문제의식과 비판정신을 함께 지니고, 학문을 하면서 학문에 대한 비판도 하는 이중의 사명을 함께 수행해야 한다. 문제의식이 비판정신이어야 빗나가지 않을 수 있다. 비판정신이 문제의식이어야 허공에 뜨지 않을 수 있다.

학문 비판이 연구를 통해 전개되기만 하면 많은 노력이 필요하고 진전이 더디므로 지름길을 찾아, 당장 논쟁을 활발하게 일으켜야 학문 발전이 가속화된다. 서평을 논문이라고 할 수 있는 내용과 분량을 갖추어 쓴 서평논문이 많이 나와야 한다. 서평논문을 발표하고 학회지에 게재하는 것을 학회 활동의 핵심 과업으로 삼아야 한다.

가장 소중한 비판은 학자 개개인의 자기비판이다. 자기비판을 혹독하게 하는 입산수도에서 깨달은 바가 있어야, 학문 비판의 본보기를 보일 수 있다. 학문 비판이 정상화되고 성숙되면 정치가 따르지 않을 수 없어, 정치 비판이 염려하지 않아도 저절로 이루어진다. 이런 날이 믿고 기다리면 저절로 오는 것은 아니다.

학자 무리가 자기 할 일은 버려두고 정치 비판에 열을 올리는 것은 흔히 본다. 직무유기를 일삼으면서 선후를 뒤바꾸어 심각한 혼란을 일으킨다. 학자는 온몸을 불태우는 자기비판으로 본보기를 보여 세상을 온통 깨우치고, 정치가 무지의 소굴에서 벗어나 비판을 수용하지 않을 수 없게 해야 한다.

3 왜 일어서야 하는가?

3-1 학문이 지식 자랑이라면

학문이 지식 자랑이라고 하는 사이비 학자가 우리 주위에 허다하다. 대학을 점거하다시피 하고 학문을 망치는 것을 그냥 두고 볼 수 없다. 무엇이 잘못되었는지 밝히고 바로잡아야 한다.

학문이 지식 자랑이라면, 퀴즈 챔피언이 최고의 학자이다. 무엇을 물어도 모르는 것이 없으며 지체하지 않고 명쾌하게 대답하니, 놀랍기만 하다. 대학 교단에서 박식을 자랑하는 교수들은 부끄러운 줄 알고 더 많은 노력을 해야 하는가? 학문은 퀴즈 풀이와 다르고, 학자는 퀴즈 챔피언이 아니다. 이것이 학문이 무엇인지 논의하는 출발점이 된다.

학문이 지식 자랑이라면, 논문이라고 써내는 글이 남들이 이미 한 말의 연속일 수밖에 없다. 인용이 많고 화려한 것을 논문의 가치라고 하게 된다. 참고문헌 잔치를 야단스럽게 벌여 위세를 과시하기도 한다. 이런 허세는 학문이 지위의 획득과 유지를 위해 소용되는 필요악이 아닌가 하는 의심을 자아낸다. 학문은 남의 말이 아닌, 내가 하는 말이어야 한다. 스스로 연구해 남다른 것을 얻어내야 학자라고 할 수 있다.

동서고금의 학문을 화통하게 알고 있다고 뽐내는 사람들을 보면 한심하다. 너무 유식해 어리석다고 하지 않을 수 없다. 남들의 말을 다하고 시간이 남으면, 내 말을 하겠다는 것인가? 남들의 말을 다할 수 없고, 시간은 언제나 모자란다. 나의 생명도 남들에게 양보할 것인가? 학문은 내가 내 삶을 살자는 행위이다.

학문이 지식 자랑이라면, 월등하게 많은 지식을 간직하고 있는 인터넷과 경쟁하다가 패배하고 만다. 인공지능은 소문만 듣고도 두렵게 여겨 무릎을 꿇지 않을 수 없다. 선생이 무엇을 아는 체하면 학생이 즉시 인터넷 검색을 해보고 그렇지 않다고 하는 세상이 되었다. 학생들은 알고 있는데 자기는 모르는 것을 가르친다고 나설 수는 없다.

"life 10,110,000,000; man 9,280,000,000; history 6,210,000,000, nature 4,830,000,000; idea 3,250,000,000; truth 1,010,000,000" 이것은 인터넷 사이트 Google에 올라 있는 자료 건수이다. 읽기 쉽게 말하면, 맨 위의 '생명'은 101억 건이고, 맨 아래의 '진리'라도 10억 건이다. 이런 자료를 사람이 기억하는 것은 불가능하다. 박학다식이니 박람강기니 하는 것이 이제 소용이 거의 없게 되었다.

학문을 지식이라고 여기는 사람들은 자료가 많은 것을 보면 아주 반가워한다. 자료 존중의 의의가 한층 분명하게 입증될 수 있다고 여긴다. 잘 활용해 딴소리를 못하게 하려고 한다. 어떻게 할 것인가? 잡다한 자료가 너무나도 많아 난감하다. 참된 것과 거짓 것을 구분하는 자료 검증이 선결과제인데, 작업량이 너무 많아 엄두가 나지 않고, 진위 구분의 기준을 세우는 것이 가능하지 않다.

귀납적인 연구를 하는 오랜 방법은 자료가 너무 많아 감당하지 못한다. 통계 처리의 새로운 방법으로 컴퓨터에 일을 시키는 것은 용이해도, 어떤 명령어를 얻어 무엇을 얻을 수 있을지 의심스럽다. 너무 많은 자료는 없는 것과 다름없다. 인공지능에 맡기면 어떻게 할 것인가? 자료는 많을수록 좋다고 여기고, 기상천외의 결과를 내놓을 것인가?

위에서 든 항목 '자연', '인간', '역사', '자연', '이상', '진리' 등에 관해서 지금 무엇이 문제인지 지적하고 자기의 창조적인 견해를 마련하는 것이 학자가 할 일이다. 이에 관해 학생들과 토론하는 강의를 하면서 학생들을 창조의 주체이게 훈련하는 것이 교수가 할 일이다. 그래 보았자 제시한 견해가 100억 개의 하나가 되고 만다는 허망한 생각은 하지 말이야 한다.

지구는 사람이 알고 있는 숫자가 모자랄 정도로 많은 천체의 하나이면서 인간에게는 절대적인 의의가 있다. 내가 사는 곳은 지구상의 많은 장소의 하나이면서 내게는 가장 소중하다. 나는 70억의 하나이지만 인간을 대표해 인간이 누구이며 어떻게 살아야 하는 문제를 진지하게 고찰하는 창조적 사고의 주체로서 권리와 의무를 당당하게 지닌다. 양에서 질로, 확장에서 중심 잡기로 방향을 돌려, 창조의 주체로서 자각을 분명하게 하고 대우주까지 이론으로 장악하는 거의 무한한 능력을 발휘하는 연구를 해야 한다.

논의가 너무 추상화되어, 알기 쉽고 재미있는 예를 하나 든다. 朴趾源(박지원)의 〈虎叱〉(호질)을 연구하기 위해 호랑이에 관한 자료를 10만 점 모았다는 학자가 있었는데, Google에 올라 있는 자료는 '호랑이'가 26,800,000건이고, 'tiger'가 796,000,000건이다. 2천 6백만, 7억 9천만 건 이상이라는 말이다. 10만 자료를 이용해서는 얻지 못한 결과를 이제는 기대할 수 있는가?

전혀 아니다. 그 많은 자료가 아무 소용도 없다. 〈호질〉에서 호랑이가 사람을 나무란 말이 인간의 도덕적 우월성 주장에 대한 氣(기)철학의 논박임을 알면 알 것을 다 안다. 선악이 삶을 누리는가, 해치는가에 따라 구분되는 것은 피차 마찬가지라고 하고, 사람은 배가 불러도 살생을 일삼고 동족도 죽이니 호랑이보다 더 악하다고 한 것으로 나타났다고 풀이하는 것은 이해를 돕는 데 필요한 췌언이다. 지식이 아닌 판단, 이해가 아닌 행동이 문제이다. 나는 어떻게 생각하면서 살아나갈 것인지 진지하게 고민해야 한다.

이제 지식 장사를 하는 시대는 끝난 것을 알아야 한다. 학문이 지식 자랑이라고 계속 우기면, 타당성은 검증하지 못하고 지식을 받들기만 하다가 지배당한다. 오래 두고 받들고 섬기면 지식이 엄청나게 늘어나, 낮은 자리에서 엎드리고 있는 경배자의 시야를 가리고 숨이 막히게 한다. 학문은 지식의 생산자이고 심판자이다. 투철한 사명감을 가지고, 엄정한 자세로 할 일을 철저하게 해야 한다. 인터넷이나 인공지능까지 포함해 모든 것을 검토의 대상으로 삼고 비판적이고 창조적인 활동을 해야 한다.

학문이 지식 자랑이라면, 자랑을 일삼는 사고나 태도가 차등의 사고를 키워 헛된 우월감에 사로잡히도록 한다. 귀천과 빈부의 차등 못지않게 지식의 차등을 존중해야 한다고 하면서 헛소리를 한다. 학문은 모든 차등을 넘어뜨리고 대등을 실현하는 투쟁이다. 누구나 대등하게 지닌 창조주권을 발현하기 위해 잡다한 지식이라는 잡초를 제거해야 한다.

● 댓글과 답글

댓글: 학문은 지식의 집성이 아니라 지식의 창조이며, 차등의 타파이며 대등의 구현입니다. 학문은 삶의 개선이며 세계 평화의 구현입니다. 學問(학문)은 남한테 배우기에 앞서 스스로 묻는 행위이므로 問學(문학)이 되어야 합니다. 이것이 하신 말씀의 요지입니다. 학문의 정의가 이보다 더 명료하고 명쾌할 수 없어, 구구한 해설이 필요하지 않습니다. 오늘 제시한 견해가 앞으로 이루어질 모든 학문의 기초이자 출발선이라고, 나는 생각합니다.

답글: 잘 이해하고 요약해주어 감사합니다.

● ● ● ● ●

3-2 아는 것은 짐이다

"아는 것은 힘이다." 전에는 이렇게 말했다. 지금은 말이 달라져야 한다. "아는 것은 짐이다." 이렇게 말해야 한다. 왜 말이 달라져야 하는가? 시대가 달라졌기 때문이다.

전에는 지식을 극소수의 특권층이 독점하고 통제하면서, 유식을 자랑했다. 글을 아는 사람이 많지 않고, 몇 종류 되지 않은 책이 희귀하고 고가였다. 교육이 제한되고, 책을 읽어서 알 것을 알 수 있는 기회도 균등하지 않았다.

누구나 교육을 받고 책을 읽고, 알 것을 알아야 한다고 오랫동안 투쟁했다. 종교의 교리나 관념적인 사고가 아닌 실용지식이 실직적인 가치를 가진다고 역설했다. 그러다가 마침내 지식의 총량이 국력이라고 하게 되었다.

세상이 너무 달라져, 지금은 지식이 넘친다. 누구나 교육을 받고 글을 안다. 책이 감당하기 어렵도록 많아졌다. 인터넷이라는 것이 생겨나, 지식이 어마어마하게 많이 집성되어 있고 폭발적으로 늘어난다. 사람이 만든 지식이 사람을 잡아먹게 생겼다. 이것은 전 세계에 닥친 공동의 위기이다. 쓰레기가 늘어나 지구를 파괴하는 것만 걱정하면 어리석다.

조금 전에 두드리니, '지식'이라는 것이 114,000,000건 올라 있다. 숫자가 너무 많아 읽기 어렵다. 1억 1천 4백만인가? '지식'을 '정보'라고 하는 것이 예사여서, '정보'는 어떤가 알아보니, 971,000,000건 올라 있다. 9억이 넘는다는 말이다. 너무 많아 감당할 수 없다. 그 모두가 어느 나라의 것이 아니고, 국제적으로 개방되어 있다. 각기 다른 언어를 사용하는 지식이나 정보가 서로 번역되어 거대한 규모의 소통이 이루어진다.

이렇게 많은 지식을 가져와 머리에 넣으면 특권층의 위세를 갖추고 유식을 자랑할 수 있는 것은 아니다. 어리석다는 말만 듣는다. 지식의 총량이 국력이라고 하는 말이 전연 타당하지 않다. 지식은 힘이 아니고 짐이다. 너무나도 무겁고 심각하고 위험한 짐이다.

짐이 많으면 운신에 지장이 있어 자기 생각을 하기 어렵다. 아무 것이나 짊어지지 않고 아주 요긴한 것만 엄격하게 선별해 이용해야 한다. 선별을 하려면 감식하는 안목이 있어야 한다. 안목은 비판하는 능력에서 생긴다. 비판하는 능력은 깨달음을 얻어야 생기고, 깨달았다고 하는 것을 두고 문제의식을 공유하는 사람들이 열띤 토론을 해야 다져진다.

어느 대학이 시민을 위해서 하는 학술 모임 40주년 기념행사에 초청되어 가서 발표를 하고 "아는 것은 짐이다"라는 말을 새삼스럽게 힘주어 했다. 그 모임을 주도하는 원로교수가 지난 40년 동안 무엇을 했으며, 앞으로 무엇을 할 것인지 밝힌 기조발표에 서양인 인명과 학설이 거듭 등장했다. 지난 일은 어떻게 수 없지만, 앞일을 걱정해주는 것이 당연하다고 여겨 한 마디 하지 않을 수 없었다. "연로하신 분이 그렇게 많은 짐을 지고 어디로 가시렵니까?"

그 행사에서 네 사람이 발표를 했다. 다른 세 사람은 기존의 지식을 정리하고 음미하는 말을 했다. 다른 데서 여러 번 발표했으리라고 생각되는 내용이다. 선별과 논의가 있어, 지식의 짐을 지는 요령을 어느 정도 알려주었다고 평가할 수 있다. 나는 지금까지 어디에도 없고, 누구도 말하지 않은 새로운 착상을 발표했다. 새로운 착상을 얻은 요령도 알려주려고 했다.

철학은 이치의 근본을 따지는 작업이어서 학문을 한다면 누구나 해야 한다. 철학 전공자들은 남의 철학을 지식으로 삼는 철학알기를 위해 일생을 바치고, 자기 철학을 스스로 하는 철학하기는 내세에나 하려고 하는가 하고 물었다. 철학알기에 머무르는 것은 너무 아는 탓이다. 짐을 내려놓고 적당하게 무식해야 자기 생각을 할 수 있다.

짐을 내려놓고 무식해지기를 바란다면, 가장 무식하다는 사람들이 하는 옛날이야기를 들어보자. 거기 놀라운 철학이 있는 것을 발견하고 보고하는 발표를 했다. 문학에서 철학읽기는 철학알기를 그만두고 철학하기로 나아가는 지름길을 알려준다고 했다. 이렇게 말하는 것을 발표의 주제로 삼고, 좋은 본보기를 들어 설득력을 갖추려고 했다.

　시민을 위해서 하는 학술 모임을 계속 여는 것은 아주 좋은 일이다. 대학이 담장을 허물고 세상을 위해 널리 기여하는 선구적인 활동이다. 나를 불러 발표를 시킨 배려에 칭송만으로는 보답하기 어려워, 획기적인 발전을 가져올 제안을 과감하게 한다.

　이제부터는 철학알기는 내려놓고, 철학하기를 들어 올리는 것이 좋겠다. 이 시대의 문제와 해결 방안에 관해 깨달아 안 바를 발표하고, 치열한 토론을 하기 바란다. 합의를 기대하지 말고 백가쟁명을 해야 얻을 것이 늘어난다. 일반 시민도 질문이 아닌 토론을 해야 하고, 발표자로 나서야 한다. 철학알기의 짐을 지지 않고 있어, 철학하기를 더 잘할 수 있을 것이다.

　사람은 누구나 철학하기의 주체로서 대등한 자격과 능력을 가졌다고 나는 말한다. 이 말의 타당성이 다각도로 입증되기를 기대한다. 예상을 넘어서는 결과를 얻어 함께 깨어나, 더 좋은 세상을 만들기 위해 힘을 합치기를 바란다.

　　● 댓글과 답글

　댓글: 아는 것이 힘이요 동시에 짐이다. 이것은 내가 25년 전에 벗들에게 했던 말입니다. 같은 말을 들으니 흥미롭습니다.

　답글: 맞는 말은 누구나 다 하니, 임자가 없습니다. 틀린 말은 각자 다르게 하므로 상표를 붙일 수 있습니다.

● ● ● ● ●

3-3 용어를 바로잡자

학문은 용어를 가지고 한다. 사용하는 용어가 그릇되면 학문이 온통 빗나간다. 그릇된 용어를 바로잡는 正名(정명)이 학문을 올바르게 하기 위한 필수의 선결과제이다. 이것은 쉬운 일이 아니며, 다각도의 심각한 논의를 필요로 하는 학문 투쟁인 것이 예사이다.

학문 용어는 문명권이나 언어에 따른 그 나름대로의 전통이 있다. 하던 학문을 그대로 할 때에는 용어 시비가 그리 심각하지 않았다. 유럽문명권 세계 제패가 혼란을 일으키고, 특히 영어 용어가 밀어닥쳐 학문을 어떻게 해야 하는지 알기 어렵게 되었다. 영어 용어를 잘 모시면 평화를 얻는 것은 아니다. 자기 고장에서도 옹졸하다는 이유로 말썽이 있는 위인을 세계의 지도자로 인정하는 억지가 생긴다.

이런 말을 어느 학문에서든지 해야 하는 것은 아니다. 자연학문은 만국공통의 수리기호를 사용해 용어 고민에서 벗어난다. 오늘날의 사회가 서양화된 모습이나 다루고 마는 사회학문은 용어 차용이 당연하다고 한다. 인문학문은 문명의 전통을 고찰하므로, 용어가 훼손되어 시각이 비뚤어지는 것을 용납할 수 없다. 우리 문명의 관점에서 유럽문명권의 편견을 비판하고 세계적인 보편성을 가진 새로운 학문을 하고자 해서, 용어 바로잡기를 선결 과제로 삼는다. 몇몇 본보기를 들어 이에 관한 고찰을 한다.

'novel'은 (1) "18세기 영국에서 새로 나타난 길고 심각한 이야기"를 뜻하는 특정의 용어이다. 후대의 영미 논자들이 (1)의 의미를 확대해, (2) "근대장편소설"을 뜻하는 일반적 용어로 사용한다. (1)의 특수성이 일반적 용어 (2)에서 지배력을 행사해, "근대장편소설은 18세기 영국에서 나타난 것을 규범으로 한다"고 한다. 일본에서 동아시아 재래의 용어 '小說'을 'novel'의 번역어로 사용하자고 해서, (3) "유럽 근대장편소설의 유사품이나 수입품"까지 포함되게 되었다.

'novel'의 의미 (1)에서 (3)까지가 모두 소설 연구를 정상화하지 못하게 방해한다. (3)에서 한 걸음 더 나아가는 (4)를 제시해 문제를 해결할 수 있는 것은 아니다. 특단의 대책을 별도로 강구해 모든 장애를 일거에 물리쳐야 했다. 나는 '소설'을 지역과 시대의 구분을 넘어서서 세계의 모든 소설을 지칭하는 보편적 용어로 사용하자고 하고, 소설은 "자아와 세계가 상호우위에 입각해 대결하는 서사문학이다"라고 하고, 서사문학은 "자아와 세계가 작품외적 자아가 개입하면서 대결하는 문학"이라고 하는 이론을 정립했다.

다음, 음악 이야기를 하자. 음악을 뜻하는 영어에 'music'과 'ethnomusic'이 있다. 번역하면 '음악'과 '민족음악'이다. 음악연구에는 'musicology'와 'ethnomusicology'가 있다. 번역하면 '음악학'과 '민족음악학'이다. 이들 용어가 어느 것은 아주 잘 알려져 있고, 어느 것은 들어보기 어렵다. 의미 구분과 함께 사용 빈도의 차이도 문제가 된다.

우리가 쓰고 있는 말 '음악'은 전에 '樂'이라고 하던 것이다. '악'이 'music'을 만나 '음악'이 되었다. '악'은 원래 다양한 형태의 공연예술을 총칭하는 말인데, 'music'의 번역어 노릇을 하면서 음악만 남기게 되었다. '악'에 포함시켜 연주하거나 부르던 우리 전통음악도 '음악'이라고 하겠다고 작정했는데, 'music'의 본고장에서는 이런 변신을 인정하지 않는다. 유럽음악이라야 'music'이라고 여기기 때문이다.

일본을 따라 脫亞入歐(탈아입구)를 하려고 했는데, 아시아를 벗어나기만 하고 유럽에는 들어가지 못했다. 일본음악, 한국음악 같은 것들은 'music' 축에 끼지 못하는 'ethnomusic'이며, 'musicology'가 아닌 'ethnomusicology'의 연구대상이라고 한다. 'musicology'라고 하는 큰 집에 문간방을 하나 만들어 'ethnomusicology'가 기거할 수 있게 하는 것을 감사하면서 받아들여야 한다.

이에 대해 어떻게 대처할 것인가? 양악과 국악이라는 용어를 사용해 둘은 우열이 없고 대등하다고 하고, 국악의 독자적 가치를 옹호하는 것이 주체성 있는 대처방식이다. 양악의 우월감은 오선지 악보를 사용해 작곡을 하는 데 있으므로 국악도 같은 방식을 받아들여 열등한 처지에서 벗어나자는 것은 눈물겨운 투항이다. 이것저것 다 버리고, 세계적인 범위에서 타당성을 가진 음악원론을 이룩해야 한다. 위에서 든 소설의 경우를 참고로 하고, 더 훌륭한 일을 해야 한다.

다음에는 철학을 시비하자. 'philosophy'라고 하는 것은 고대 그리스에서 진리를 사랑한다고 하는 사람들이 주고받은 말에서 비롯했다. 이 말을 이어받아 천지만물의 근본 이치를 탐구하는 작업인 철학은 유럽문명의 전유물이고 유럽문명의 우월성을 입증한다.

유럽문명권에서는 자기네 철학만 철학이라고 여겨 철학과에서 관장하고, 중국철학이나 인도철학은 동양학과의 소관으로 한다. 중국철학의 거봉 王夫之(왕부지)에 대한 영어나 불어 연구서 몇을 보니, 왕부지의 철학은 철학으로서 보편적 의의가 있지 않고, 동양인의 사고방식이나 중국문화의 특색을 이해하는 데 필요한 자료라고 한다.

이런 견해를 받아들여 일본에서는 '철학'은 유럽철학을 의미하는 말로만 사용하고, 중국철학이나 인도철학은 철학의 특수한 영역임을 명시하려고 앞에 한정어를 붙인다. 중국이나 인도에서는 자기네 전통철학이 철학으로서 아무런 결격 사유가 없다고 하는 항변을 내세우고는 철학사를 자료 위주로 서술한다. 자기네 철학의 가치를 오랜 연원과 풍부한 유산을 들어 입증하려고 하기나 하고, 철학의 보편적 논란에 깊이 들어가지 않는다. 아직은 계몽이 필요한 준비 단계라고 여기고 본경기를 미루어둔다고 할 수 있다.

모든 잘못을 일거에 시정하려면, 철학이 무엇인가에 관한 원론적인 논의를 다시 하는 것만으로는 부족하다. 철학 陰陽(음양)이나 理氣(이기)

같은 용어가 언어 장벽을 넘기 어려운 난관을 해결하려면, 개념론에서 철학사로 나아가는 것이 현명하다. 세계철학사를 일관된 관점에서 이해하는 탁월한 이론을 용어의 기득권 다툼에서 벗어나 있는 말로 마련해 본경기를 과감하게 진행하는 심판이 되어, 여러 문명권의 철학이 같고 다른 점을 판정해야 한다.

용어를 바로잡는 正名(정명)만으로 학문을 잘할 수 있는 것은 아니다. 유가의 정명이 모자라는 점을 보완하고 시정한 불가의 假名(가명), 도가의 無名(무명)을 재평가하고 이어받아야 하는 더 큰 과업이 남아 있다. 그러나 지금은 서쪽에서 불어오는 바람 탓에 학문이 너무 혼미해져서, 우선 정명이 앞서서 준엄한 심판을 해야 한다.

3-4 우리말로 철학하기

앞에서 학문하는 용어를 논의했다. 혼란된 용어를 정리해야 학문을 제대로 한다고 했다. 유럽문명권의 특수성을 말해주는 용어를 가져와 그대로 사용하지 말고, 동아시아 전래의 용어를 가다듬어 보편적인 용어를 다시 만드는 것이 바람직하다고 했다.

이것으로는 모자란다. 용어는 공유재산이면서 사유재산이다. 위에서 든 글에서는 용어가 공유재산인 측면만 말했다. 용어가 사유재산인 것은 여기서 말한다. 용어가 공유재산이기도 하고 사유재산이기도 한 양면이 어떤 관계에 있는지 알아본다. 이에 관해 두 가지 말을 할 수 있다.

(가) 공유재산인 용어의 보편적인 의미를 자기 나름대로 새롭게 규정해 일단 사유재산으로 삼아야 학문이 발전한다. (나) 공유재산에 해당하는 보편적 용어가 없으면, 사유재산인 새로운 용어를 만들어 전에 없던 발상을 나타내고, 발상과 용어의 타당성이 인정되어 사유재산이 공유재산

으로 되기를 기대한다.

(가)는 기존의 학문을 수정하고 보충하는 소극적 창조의 과제이다. (나)는 새로운 학문을 만들어내는 적극적 창조의 과제이다. 둘 가운데 (나)가 더 중요해 집중적으로 고찰한다. 사실 연구를 개선하지 않고 이론을 획기적으로 창조하는 작업은 (나)를 필요로 한다. 새로운 철학을 지어내는 것이 대표적인 사례이다.

아리스토텔레스의 철학에 대해 잘 알고 자세하게 고찰하는 글에서 말한다. 일상어를 이용해 철학용어를 만들어내는 작업을 다각도로 계속해서 방대한 논의를 편 것을 알아야 한다. 유럽문명권의 다른 철학자, 예컨대 하이데거(Heidegger)에 대한 논의를 할 때에도 잊지 않고 말한다. 일상어를 철학용어를 삼고 심오한 철학을 전개한 것을 잘 알아야 한다.

철학을 제대로 알려면 언어 공부를 철저하게 해야 한다. 번역에 의존하는 것이 잘못임은 물론이고, 말을 대강 알고 함부로 뜯어보는 것은 부끄러운 일이다. 이렇게 말하고 깊이 반성해야 하는가? 아리스토텔레스가 사용한 고대그리스어, 하이데거의 현대독일어를 원어민처럼 이해하는 수준에 이르러야 하는데, 역부족이어서 한탄스럽다고 할 것인가?

아리스토텔레스의 고대그리스어에 통달하는 것은 불가능하지만, 하이데거를 본받아 현대독일어를 학문의 언어로 사용하는 것은 비상한 노력을 하면 가능하다고 할 것인가? 어림없는 소리이다. 독일이 아닌 한국에 태어난 불운을 원망해도 소용이 없으니, 꿈을 접어야 할 것인가? 철학하기는 포기하고, 철학알기로 만족해야 하는가?

이런 생각은 아주 잘못되었다. 한탄하고 절망할 것은 없다. 우리말 한국어를 가지고 자기의 철학을 스스로 하면 된다. 철학하기에 적합한 언어와 적합하지 않은 언어가 있는 것은 아니다. 언어에는 우열이 없고, 모든 언어는 그 나름대로의 특징이 있는 것이 대등하다. 언어학에서 이렇게 하는 말이 철학하기에도 타당하다.

모든 언어는 철학하기에 활용할 수 있는 그 나름대로의 특징이 있는 것이 대등하다. 어느 경우든지 일상어를 가지고 철학어를 만들어 사용할 수 있는 가능성을 그 나름대로 지니고 있다. 어떻게 하는가는 언어가 아닌, 철학하는 사람의 노력에 달려 있다. 아리스토텔레스가 고대그리스어, 하이데거가 현대독일어를 가지고 한 철학하기에 대응되는 작업을 한국의 철학자는 우리말 한국어를 가지고 하면 된다.

대학의 철학과에서는 유럽철학알기를 철학공부로 여긴다. 독일어 용어를 한자어로 번역할 것인가 고유어로 번역할 것인가 고민하면서, 고유어로 번역하면 우리철학을 하는 데 다가간다고 주장한다. 이것은 허망한 생각이고 시도이다. 번역이 잘되지 않는다고 우리말을 나무라기나 하고, 불구자가 되게 비틀어놓기나 한다. 창조가 생겨나지 못하게 막으면서, 열등의식에 사로잡힌다.

철학하는 말은 체언만이 아니고 용언이기도 하다. 우리말은 용언의 활용이 다채로운 것이 특징이다. 독일어철학뿐만 아니라 한문철학도 언어의 특성 때문에 체언을 용어로 애용하는 쪽에 치우쳐 있다. 우리말은 용언의 활용에서 철학을 하는 길을 활짝 열어놓고 있다. 남의 말을 버리고 우리말로 생각을 하고, 번역체 문장에서 벗어나 어려서부터 하던 말을 되살리면 열린 길이 보인다.

우리말에는 "있다"와 "없다"가, "있음"과 "없음"으로도 짝을 이룬다. "있으니까 없고, 없으니까 있다", "있어서 없고, 없어서 있다", "있으면서 없고, 없으면서 있다", "있음이 없음이고, 없음이 있음이다." 이런 말이 모두 같으면서 각기 달라, 이치를 한꺼번에 파악하고 세분해 논의할 수 있다. 체언 용어는 따를 수 없는 포괄성과 정밀성이 있다.

용언은 주고받을 수 있고, 체언은 요지부동이다. "상생은 상생이면서 상극이고, 상극은 상극이면서 상생이다"에서는, 체언 용어를 한자어에서 가져왔다. "즉자는 즉자이면서 대자이고, 대자는 대자이면서 즉자이다"라고 하는 경우에는 유럽의 언어에서 번역한 체언 용어를 가져와 사용한다. 가져온 것들이 "있음이 있음이면서 없음이고, 없음이 없음이면서 있음이다"는 용언 진술에 들어가 원래의 의미를 넘어서서 생동한다. 상생이나 상극, 즉자나 대자가 "둘이면서 하나이고, 하나이면서 둘이다"는 것을 밝혀 논할 수 있다.

"상생은 상생이면서 상극이고, 상극은 상극이면서 상생이다"는 생극론을 전개하면서 자주 한 말이다. "즉자는 즉자이면서 대자이고, 대자는 대자이면서 즉자이다"는 의식 각성이나 창조의 단계가 둘이면서 하나이고, 하나이면서 둘이라고 하는 것을 밝혀 논하는 데 활용하려고 한다. 이것은 철학하기의 새로운 경지이다. 새로운 경지를 계속 열어나갈 수 있는 창조력이 우리말 용언에 있다. 체언의 철학에서 용언의 철학으로 나아가는 것이 대전환이다.

　◉ 댓글과 답글

댓글: 공동문어 글을 읽을 때 글만 읽으면 안 되고 뜻을 읽어야 한다는 말이 체언에서 용언을 살려내라는 것이군요.
답글: 공동문어는 모두 그런 것이 아닙니다. 한문은 체언을 열거하는 특징이 있어, 토를 달아 읽으면서 용언을 보태야 뜻을 알기 시작합니다. 뜻을 깊이 알려면 우리말로 토론을 해야 합니다.

● ● ● ● ●

3-5 학자의 시간 낭비

영어를 제대로 익힌 다음 영문학 공부를 하려고 사전을 외던 학우들을 기억한다. 한문 공부를 철저하게 하고서 학문을 시작하려다가 어느덧 환갑을 넘긴 지각생도 있다. 남들이 영어나 한문을 오역했다고 준엄하게 꾸짖고, 자기는 완벽한 경지를 보여주겠다면서 신중한 자세를 견지하는 자칭 석학도 자주 본다.

영어나 한문뿐만 아니라 국어라도 모자람이 없을 만큼 익히는 것은 한평생 노력해도 가능하지 않다. 여러 평생이 보장되어 있다고 해도, 이번에 공부한 것이 다음 생으로 이월되지 않으니 허사이다. 한평생만 산다는 사실을 명심하고, 가능한 작업을 해야 한다. 도구가 훌륭하면 일을 잘할 수 있는 것은 아니다. 玩物喪志(완물상지)를 경계해야 한다.

준비를 너무 오래 하느라고 시간을 낭비하지 말고 적절한 시기에 본론에 들어가, 할 수 있는 연구를 해야 학자일 수 있다. 잘되고 못되는 것은 해보아야 안다. 실패를 해야 성공도 있다. 이런 진부한 이야기를 새삼스럽게 하는 것은, 학문하는 사람들이 흔히 저지르는 시간 낭비의 실수를 안타깝게 여기기 때문이다.

서론을 오래 끌지 말고 나도 본론에 바로 들어가, 이미 고전이 된 본보기를 들어보자. 박종홍 선생은 내가 학생 시절에 존경을 한몸에 모으고 있던 석학이었다. 성실한 자세로 철저하게 공부를 하는 모범을 보였다. 너무 성실하고 지나치게 철저한 것이 화근이 되어 돌이킬 수 없는 실수를 저질렀다.

《형식논리학》에서 시작해, 《인식논리학》, 《변증법적 논리》, 《역易의 논리》를 거쳐 《창조의 논리》에 이르는 논리 탐구의 대장정을 하겠다고 했다. 《형식논리학》에서 이러한 구상을 제시하고, 〈창조의 논리를 위한 예비적 고찰〉을 권말에 수록해 장차 무엇을 어떻게 할 것인지 예고했다. 지금까지 있는 논리를 두루 고찰하고 끝으로 자기의 논리를 제시하는 창조학의 작업을 하겠다고 세상에 널리 알렸다.

높이 평가할 만한 엄청난 계획인데, 예고한 대로 되지 않았다. 《인식논리학》까지만 내놓고 세상을 떠났으며, 《변증법적 논리》는 미완의 초고를 남겼다. 1903년에 태어나 1976년까지 73년이나 살았으니, 단명했기 때문에 그랬던 것이 아니다. 계획을 잘못 세워 시간을 낭비한 탓에 뜻한 바를 이루지 못했다. 멀리까지 가서 세상을 다 돌아보고 돌아오려고 하다가 중도에서 客死(객사)하고 말았다. 가장 슬기로워야 할 철학자가 너무나도 어리석은 짓을 했다.

남들의 학문이 어떤지 확인하는 철학알기는 시간을 탕진하면서 할 일이 아니다. 자기의 철학하기에 노력을 집중해야 한다. 《일반논리학》을 45세 때인 1948년에 내놓았으니 이미 조금 늦었다. 《일반논리학》에도 시간을 배정하지 않고, 원기가 왕성하고 생각이 발랄할 때 《창조의 논리》를 다잡아 썼어야 했다. 〈창조의 논리를 위한 예비적 고찰〉을 마음껏 발전시켰어야 했다. 철학알기가 아닌 철학하기에서 우뚝한 업적을 남겼으면 얼마나 훌륭했겠는가?

박종홍의 실패는, 되풀이하지 말아야 하는 교훈으로 받아들이면 참으로 소중한 의의가 있다. 殺身成仁(살신성인)을 한 공적이 있다고 높이 평가할 수 있다. 그런데 지금도 수입학을 일삼는 사람들은 박종홍처럼 큰 실패는 하지 못하면서 작은 실패는 계속 되풀이해, 박종홍의 객사를 헛되게 한다. 철학하기가 목표라는 말은 버리지 않으면서, 그 중간과정에 지나지 않는다고 누구나 인정하는 철학알기에 줄곧 매달려 일생을 낭비한다.

외국에 유학해서 공부하는 것이 얼마나 도움이 되는지 일률적으로 말할 수는 없다. 도움이 되지 않고 오히려 손해가 되는 내막이 어느 분야에든지 그대로 해당되지는 않는다고 전제하고, 하고 싶은 말을 한다. 반발을 앞세우지 말고 경청해주기 바란다.

외국 대학에서 공부를 제대로 하고 박사학위를 받고 돌아오면 40세를 훌쩍 넘기기 쉽다. 대학이 좋고 공부가 힘든 것이면, 그 시기가 훨씬 늦어져 영광이 더 크다고 한다. 정년퇴임을 할 나이에 박사를 하고 아직 공부할 것이 많아 귀국하지 못한다고 하는, 어이가 없을 정도로 성실한 노학도를 외국에서 우연히 만난 적도 있다.

이론을 창조하는 능력은 35세를 지나면 쇠퇴한다는 것이 정설이다. 바둑 프로 기사가 내리막길에 들어서는 시점과 일치한다. 그때까지 頓悟(돈오)한 것이 있어야 평생 漸修(점수)할 일거리가 생긴다. 돈오는 편안한 곳에서 조용한 시간을 얻어 마음을 비워야 가능하고, 생소한 환경에서 감당하기 어려운 학습에 시달리면서 정신없이 뛰어다니면 불가능하다.

금빛 찬란해 존경받아 마땅하다고 자부하는 공부가 스스로 깨달은 것이라고는 없어 속이 텅텅 비어 있다. 무엇을 놓쳤는지 모르고 자랑스럽게 귀국하면 허망하다. 국내에서 힘들지 않게 공부한 동년배에 이미 자기 학문 세계를 개척해 창조학의 업적을 상당한 정도로 낸 중견 학자도 있는 것이 예사이다. 대단한 영광을 기대하고 학생 노릇을 너무 오래 한 것이 돌이킬 수 없는 시간 낭비이다.

학생이 하는 공부에 길들여져 학자로 전환하기 어렵고 그럴 뜻도 없어, 한참 동안 헤매고 다니는 철부지를 흔히 본다. 연구가 뒤떨어진 것을 학벌 자랑으로 메우려고 해서 차질을 빚어낸다. 업적과 학벌은 차원이 다르므로, 한자리에 놓고 비교할 것이 아니다. 업적은 학자일 수 있는 요건이다. 학벌은 학생의 자랑거리에 지나지 않는다. 학생의 영광이 학자에게는 아무 소용도 없다. 학생 시절과 단호하게 결별해야 학자가 될 수 있다.

이런 구분을 뒤집으려고 본말전도의 궤변을 늘어놓는다. 수입학이 창조학보다 소중하고, 철학알기가 철학하기보다 훌륭하다고 떠들고 다닌다. 수입학의 가치가 원산지의 위세로 당당하게 증명된다고 강변하기도 한다. 위대한 철학자를 섬기는 철학알기가 이 땅에서는 최상위의 학문이라고 한다. 뒤떨어진 나라에서 별 볼 일 없는 사람들이 창조학을 한다고 나서는 것은 웃기는 일이라고 폄하하기까지 한다.

길게 개탄하고 있을 것은 아니다. 한마디 말을 치료제로 제공한다. 학자에게는 낭비할 시간이 없다.

● 댓글과 답글

댓글: 존경합니다. 돈 많은 사람들 모이는 곳에 월세 사는 사람이 끼어들어 어울릴 수 있을까요? 지식 풍부한 사람들 모이는 곳에 하찮은 무식한 이가 끼일 수 있을까요? 맞는 비유일까요?

답글: 돈이 너무 많으면, 돈을 자랑하느라고 정신없이 사들이는 것들이 집을 온통 차지하고, 사람은 밖으로 내쫓깁니다. 지식을 지나치게 축적하면 머리가 만원이 되고 빈틈이라고는 없어, 좋은 생각이 근처까지 오다가 가버립니다. 가구가 모자라는 월세 방은 내가 온전하게 이용하고, 넉넉하게 비워둔 머리는 반가운 손님을 맞이할 수 있습니다. 유식은 한정되고, 무식은 무한합니다. 유식을 넘어선 무식, 이것이 학문을 하는 목표입니다.

● ● ● ● ● ●

3-6 선승과 학승, 어느 쪽인가?

불교 승려에 선승과 학승이 있다. 선승은 스스로 깨달은 사람이다. 학승은 공부를 많이 한 사람이다. 학문에도 두 길이 있어, 깊은 관심을 가진다.

선승과 학승에 관한 논의를 그 자체로 하는 것은 능력 밖이고 나의 소관사가 아니다. 선승 같은 학자를 선승이라고, 학승 같은 학자를 학승이라 말한다. 논의를 선명하게 하려고 이런 방법을 사용한다.

어느 선승에게 물었다. "선승과 학승을 겸할 수 있는가?" 즉시 대답했다. "선승은 학승을 겸할 수 있지만, 학승은 선승을 겸할 수 없다." 설명은 하지 않았지만, 그 이유는 알 만하다. 물어서 아는 것은 소용이 없다. 알 것을 스스로 알아야 선승을 만난 보람이 있다.

선승은 산봉우리에 높이 올라가 있어 사방을 돌아볼 수 있다. 공부해야 할 것이 무엇이고 어떻게 공부해야 하는지 안다. 학승은 골짜기에서 헤매고 있어 시야가 좁다. 산을 부지런히 오르지만 길을 잘못 택해 고생을 너무 많이 하고 진전이 더디다.

학승에게 같은 질문을 하면 무어라고 했겠는가? "선승은 학식이 모자라므로 학승을 겸하려고 하지만, 착실하게 공부를 하고 있는 학승은 깨달았다고 함부로 자부하는 것은 위험하다고 여기고 선승을 겸하려고 하지 않는다." 설명을 차분하게 잘하는 장기를 살려 이렇게 말하리라. 선승은 이것인지 저것인지 분명하게 말하는데, 학승은 그런 것은 위험하다고 여기고 가능한 논의를 조금씩 조심스럽게 진행한다. 취급 범위를 한정하고, 필요한 가정을 하고 해당되는 사항을 하나씩 제시한다. 흠잡을 것은 없으나 너무 갑갑하다. 노력의 낭비를 즐기는 것 같다.

선승처럼 화끈하게 말하면 찬반의 견해가 갈라져 논쟁이 일어날 수 있다. 학승의 조심스러운 논법은 논쟁을 잠재운다. 논쟁을 잠재워 학문이 더 나아가지 못하게 막는 울타리를 친다. 이것은 용납할 수 없는 과오이다. 학승 같은 학자의 과오를 지나치다고 할 만큼 규탄해, 논쟁의 불씨를 살려야 학문이 죽지 않는다.

《나는 왜 공부를 하는가?》 이것은 책 제목이다. 그 물음을 여러 사람에게 던져 대답한 글을 모아 책을 냈다. 학승을 대표할 수 있는 분의 글을 보면, "왜 공부를 하는가?"라는 질문을 "무엇을 공부했는가?"로 바꾸어놓고, 읽어 공부한 책 이름을 현기증이 날 만큼 빽빽하게 적어놓았다.

그래도 그 책에 들어 있는 다른 몇 사람의 글보다는 낫다. 어떤 이는 자기 학벌을 야단스럽게 열거해 "학벌 자랑을 하려고 공부를 했다"고 말한 것 같다. '공부'가 무엇인지 어원부터 밝히고 자세하게 설명하려고 한

글도 있다. 책을 다 읽으면, "공부란 사람의 정신을 허황하게 하는 요물이로구나"라고 하지 않을 수 없게 된다.

별별 이상한 소리가 거미줄 같이 얽혀 있는 그 책에서, 읽어 공부한 책 이름을 열거한 것은 착실하고 건전한 태도라고 평가하지 않을 수 없다. 많은 책을 읽고 어려운 공부를 한 분을 우러러보면서 존경하도록 하는 것이 상당한 가치가 있는 교훈이라고 할 수 있다. 올라가지 못할 나무는 쳐다보지도 말라고 했다고 여긴다면, 열등의식에서 나온 악담일 수 있다.

그분이 읽은 책이 아무리 많아도 읽어야 할 책은 더 많다. 여러 생을 산다고 해도 다 읽을 수 없으며, 읽고 나면 책이 또 나온다. 책이라는 놈은 깨달음을 방해하는 마귀이다. 석가가 "나는 일찍이 한 말도 하지 않았다"고 하면서 쫓아낸 마귀가 엄청나게 늘어나 마구 달라붙는다. 책을 읽어 마귀를 쫓아내려고 하면 더욱 극성을 부린다.

깨달음의 칼로 마귀를 물리쳐야 한다. 크게 깨달았다는 분들은 일자무식이다. 불행하게 자라나 머리에 먹물이 들었어도, 일자무식의 정신으로 깨달음을 얻어 마귀 소탕을 맡아 나섰다. 마귀를 물리치려면, 신원을 파악하고 죄상을 조사해야 해야 한다. 뉘우치고 바르게 살 놈은 남겨두어야 한다. 선승이 학승이기도 하고자 하는 것이 이 때문이다.

다시 생각하면 책은 태우면 없어지는 것이 아니다. 진시황의 분서갱유는 공연한 짓이고 다시 할 수 없다. 책은 책으로, 글은 글로 없애야 한다. 늦게 태어났다고 한탄하지 말자. 책을 없애는 책, 글을 없애는 글이 맡아서 쓸 사람을 기다리고 있다. 할 일이 더 많아진 것을 기뻐하자.

자칫 잘못하면 허사가 되고 만다. 있음의 횡포에 없음으로 대처해야 한다. 차등의 망상을 대등의 지혜로 퇴치해야 한다. 몸을 낮추고 말을 줄이는 데서 전환이 시작된다.

● 댓글과 답글

댓글: 孔子(공자)의 제자 冉求(염구)가 말했습니다. "제가 선생님의 가르침을 좋아하지 않는 것은 아니나, 힘이 부족합니다." 그 말을 듣고 공자가 말했습니다: "힘이 부족한 자는 노력하다가 中道(중도)에 그만두는 법인데, 지금 너는 노력도 하지 않고 처음부터 자기 한계를 긋고 있구나."(冉求曰 非不說子之道 力不足也 子曰 力不足者 中道而廢 今女畫,《論語》〈雍也〉) 공자가 오늘 강의 현장을 보았다면 이렇게 말했을 것 같습니다. "아무리 답답하고 갑갑하더라도 보살행을 멈추지 마시라."

답글: 한계는 그으면 있고, 긋지 않으면 없습니다. 노력하는 것 자체를 보람으로 삼으면 지치지 않고 나아갈 수 있습니다.

● ● ● ● ●

3-7 학문의 깨달음 어렵지 않다

학문은 깨달음을 갖추어야 한다. 깨달음을 갖추면 학문을 즐겁게 한다. 그렇지 못하면 학문이 마지못해 하는 고역이다. 학문이 즐겁다고 하면 고역을 생계 수단으로 삼는 쪽에서는 위선이라고 헐뜯는데, 제대로 하는 학문의 즐거움은 다른 어느 것보다 크다.

깨달음을 갖추지 못한 학문은 하기 힘든 것만 문제가 아니다. 사이비 학문이어서 쭉정이거나 속임수이다. 쭉정이는 자기를 허탈하게 하기나 하지만, 속임수는 세상에 해를 끼친다. 우월한 지위에 있다고 여기고 갑질을 일삼으면서, 속임수로 학문을 방해하는 교수가 늘어나는 사태가 심각하다. 깨달음을 갖춘 학문을 하도록 하는 것이 최상의 해결책이다.

학문의 깨달음은 어떻게 하면 이루어지는가? 막연하게 생각하지 말고,

기댈 곳을 찾자. 불교의 깨달음을 스승으로 삼으면 얻을 것이 있고, 반면 교사라고 여기면 더 유익하다. "다 깨달았는데 뭘 더 공부하다는 말인 가?" 어느 고승이 말했다. 공부의 요체가 깨달음이라고 했다면 전적으로 타당하다. "다 깨달았는데"라고 하는 것은 납득할 수 없어, 불교와 학문이 갈라진다.

불교에서는 한꺼번에 다 깨달을 수 있다고 하지만, 학문은 거듭 깨닫는 과정이다. 완성이란 있을 수 없고 계속 나아간다. 무한한 가능성을 실현하기 위한 유한한 노력이 학문이다. 먼저 깨닫고 나중 깨닫고, 더 깨닫고 덜 깨닫고, 크게 깨닫고 작게 깨달은 것이 모두 소중해, 차등을 이루지 않고 대등하다.

불교의 깨달음이 어떻게 이루어지는지 가까이서 살펴보자. 말이 되지 않은 말을 話頭(화두)로 삼아 마음을 모으고 조용히 앉아 참선을 하면, 마침내 시비분별을 넘어서는 깨달음을 얻는다고 한다. "있음이 없음이고 없음이 있음"(色則是空 空則是色)이라는 경지에 이른다고 한다.

학문의 참선은 일정한 방법이 없다. 어디서 언제든지 해도 된다. 시끄러워도 가능하고, 잠잘 때 큰 소득을 얻기도 한다. 대화하고 토론하면 많은 진전을 이룬다. 아직 해결되지 않았다고 생각되는 아주 중요한 문제에 마음을 집중시키고 이런 저런 방식으로 오래 궁리하고 끝까지 추구하면, 어둠을 헤치고 한소식 들려올 수 있다. 문제의식과 집중력이 가장 소중하다는 것을 분명하게 한다. 다른 요건을 잡스럽게 추가해 논의를 흐리지 말아야 한다.

한소식이 어떻게 오는가? 갑자기 안개가 걷히고 원근 산천의 진면목이 드러나듯이, 아무 관련이 없다고 여기던 것들이 서로 이어진다. 막혔던 물이 힘차게 흐르고 붉은 해가 솟아오르듯이, 숨어 있던 구조가 나타나고 역동적으로 움직인다. "내 마음 어딘지 한편에 끝없는 강물이 흐르네"라고 시인이 노래한 것도 이와 다르지 않다.

이런 것을 무어라고 일컫는지 정해진 말이 없다. 새로운 명명을 해야 발견한 것이 형체를 가지고, 창조가 시작된다. 다른 사람은 다른 말을 할 수 있는 가능성이 무한하다고 분명하게 말하고, 나는 어떻게 하고 있는지 말해, 참고로 삼을 수 있게 한다. "相生(상생)이 相克(상극)이고, 상극이 상생인 生克(생극)의 원리"가 다가오는 것을 학문을 하는 지침으로 받아들이고 나는 계속 뻗어나는 연구를 아주 신명나게 한다.

"있음이 없음이고, 없음이 있음이다"는 것은 모든 것을 한꺼번에 포괄하는 총론이기만 하므로 각론은 필요로 하지 않는다. 침묵하는 것이 가장 고귀하다. "상생이 상극이고 상극이 상생이다"는 것은 모든 것을 포괄하는 총론이면서 개개의 사실을 실상에 맞게 논의하는 각론이다. 총론을 크게 열고 각론으로 나아가는 길을 확보하면 가만있을 수 없고, 새로운 탐구를 계속해서 창조의 성과를 내지 않을 수 없다. 연구거리가 봇물처럼 쏟아져 즐거운 비명을 지르게 된다.

불교에서는 頓悟(돈오)의 깨달음을 얻은 다음, 깨달은 바를 분명하게 하는 漸修(점수)를 해야 한다고 한다. 학문에서도 젊어서 돈오한 바가 있어야 평생 점수할 거리가 있다는 것은 둘의 관계에 대한 초보적인 이해이다. 더 알아보면, 돈오와 점수는 둘이면서 하나이고 하나이면서 둘이다. 얻은 것 없이 점수만 하다가 예상하지 않은 돈오를 할 수도 있다. 돈오한 것을 점수하다가 더욱 진전된 돈오를 하는 것이 예사이다.

뒤의 경우에 관해 더 말해보자. 이미 돈오해 깨달은 것을 가지고 점수하느라고 많은 수고를 하고 있을 때, 차원 높은 돈오가 새로 나타난다. 그 덕분에 괴로움이 즐거움이 되고, 난관에서 비약이 이루어진다. 이런 놀라운 일이 계속 일어난다. 나이가 아무리 많아도 이럴 수 있다. 학문이 젊음을 되찾게 한다.

불교에서는 깨달은 경지에 이르렀다는 고승을 높이 받들고 우러러본다. 깨닫는 것이 아주 어렵다고 여기기 때문이리라. 학문의 깨달음은 어렵지 않다. 학문에 뜻을 둔 사람이 문제의식과 집중력을 갖추고 성실하게 노력하면, 정성이 비약으로 바뀌어 나타나는 작은 기적에 지나지 않는다. 깨달음이 온 것을 알아차리지 못하고 놓칠 수 있으니 다잡아야 한다. 한 고비 넘어가면 깨달음의 즐거움이 폭발하듯 닥치는데, 학문은 괴롭기만 하다고 여기다가 그만 두는 사람이 적지 않아 안타깝다.

사람은 누구나 즐겁고 행복하게 살고자 한다. 학문을 하는 것도 그 때문이다. 학문이 다 같은 것은 아니다. 깨달음을 갖춘 학문을 해야 스스로 즐겁고, 좋은 결실을 얻어 남들에게 나누어주며 널리 유익한 봉사를 한다. 좋은 길을 버려두고 왜 구태여 고역을 택해, 자기도 세상도 괴롭게 하는가?

● 댓글과 답글

댓글: 하다보면 즐거울 때 창조가 나오니 누구나 할 수 있다.
답글: 그렇습니다.

● ● ● ● ●

3-8 깨달음은 토론이어야

학문의 깨달음은 홀로 얻는 것 같다. 남들과 멀리 하고 어느 누구도 이해할 수 없는 엄청난 결단을 고독하게 내려, 설명이 불가능한 정체불명의 보물을 찾아냈다고 할 수 있다. 깨달음이 올 때에는 이렇게 오지만, 온 것을 잡아내 형체가 있도록 하려면 정신을 차려야 한다.

깨달음이 오게 된 연유를 생각하면, 다른 말을 해야 한다. 깨달음이란 남들과 함께 풀려고 한 의문에 대한 획기적인 해답을 얻어, 진행되고 있는 토론을 크게 진척시켜 효력을 입증하는 행위이다. 깨달음을 가능하게 하는 두 축, 문제의식과 집중력 가운데, 문제의식은 남들과 공유하고, 해결을 위한 집중력 발휘는 내가 한다. 양쪽이 따로 놀면서 또한 긴밀한 관계도 가져, 학문을 여럿이 하면서 홀로 하고, 홀로 하면서 여럿이 한다.

　여럿이 하고 있던 작업을 깨달음을 얻는 과정에서는 홀로 크게 진척시켜, 얻은 것을 토론거리로 삼고 다지면서 여럿이 함께 앞으로 나아간다. 학문을 홀로 하고 있지 않다는 것을 알고 공동 작업을 더 잘하자고 하는, 더욱 진전된 깨달음을 실행하려고 토론을 한다. 돈오와 점수를 들어 말하면, 돈오한 의의를 확인하면서 얻은 것을 더욱 분명하게 하고, 점수 확대를 위해 중지를 모으려고 토론을 한다.

　토론은 하려고 하면 언제나 잘되는 것은 아니다. 통상적으로 하는 강의에서는 학생들이 지식 전달을 받아들이면 된다고 여겨 토론의 불이 붙기 어렵다. "무슨 말을 하는지, 어디 한 번 들어보자." 이렇게 생각하면서 나를 부른 낯선 청중과 만나야 열띤 논란을 할 수 있다. 토론의 성패를 결정하는 더 중요한 요인은 문제의식을 공유하는 정도이다. 문제의식 공유가 모자라면 상극을 확인하고, 충분하면 상생의 결실을 얻는다. 몇 가지 기억할 만한 사례를 들고 고찰한다. 득실이 엇갈리는 경기를 했다고 할 수 있다.

　(가) 1994년에 내가 生克論(생극론)을 깨달았다는 말을 하고 다니는 것이 알려져, 중진 철학교수 10인이 발표를 듣겠다는 자리를 마련했다. 엄청난 행운을 얻었다고 감격하면서, 할 말을 잘 가다듬었다. 문학사를 어떻게 쓸 것인지 고심하다가 발견하고 활용한 생극론을 역사철학으로 정립하고자 한다. 변증법이 상극에 치우친 편향성을 상극이 상생이고 상생이 상극임을 밝혀 시정하고, 계급모순과는 다른 민족모순을 해결하는 지침을 마련하고자 한다. 이렇게 하는 말에 대한 반응은 기대 이하였다. 지나간 시대의 유물인 거대이론을 되살리는 것이 마땅하지 않다는 말을

하거나 했다. 철학알기를 철학으로 여기고, 문제의식을 공유하지 않았기 때문이라고 하지 않을 수 없다.

(나) 2015년에 경주국립박물관에 초청되어 가서 일반시민을 상대로 〈삼국유사를 어떻게 읽을 것인가〉라는 강연을 했다. 독서의 방법에는 빠지면서 읽기, 따지면서 읽기, 쓰면서 읽기가 있다. 책에 따라서 독서방법이 이처럼 한 단계씩 높아진다고 하는 깨달음은 전에 이미 얻었으나, 이를 두고 토론하는 강연은 처음 했다. 〈삼국유사〉는 생략된 연결을 메우고, 말이 되지 않는 말이 어떤 뜻인지 알아내면서 읽어야 할 책이므로 독자가 자기 나름대로 고쳐 쓰면서 읽도록 하니 얼마나 신이 나는가. 고명한 석학이 더 잘 안다는 말에 속지 말고, 누구나 자기 창조력을 마음껏 발현하자. 이렇게 말하니 청중은 각기 자기가 해온 쓰면서 읽기를 재평가하는 안목을 그동안 생각한 것을 자랑스럽게 여기면서, 내 말을 자기 말로 삼았다. 깨달음의 의의를 서로 확인하고 확대하는 큰 성과를 얻었다.

(다) 2018년에 서울대학교 국문과 박사과정에서 특강을 했다. 정년퇴임을 하고 14년이 지난 다음에 얻은 소중한 기회여서, 전에는 없던 새로운 방식을 마련했다. 한 주일에 하나씩 나의 주저를 하나씩 들고, 어떤 문제의식을 해결하는 돈오를 어떻게 얻고, 점수를 하느라고 얼마나 고생했는지 살피자고 했다. 학생들이 먼저 자기 소견을 발표하면 응답하면서 내 생각을 말하고, 얻은 결과를 정리해 앞으로 할 일을 제시했다. 수강하는 학생들은 문제의식이 없는 것은 아니지만 협소하고, 엄청난 작업을 두렵게 여겨 적극적으로 호응하지 않았다. 공개강의를 한 덕분에 밖에서 온 탐구자들이 토론을 확대해 소출이 어느 정도 늘어난 것을 보람으로 삼는다.

(라) 2020년에 서울문화재단에서, 우리 공연예술 계승자들이 듣고 싶은 강연을 해달라고 나를 불렀다. 기쁜 마음으로 준비를 하는 동안에 한 소식이 왔다. 판소리, 탈춤, 가야금 산조 등이 간직한 우리 공연예술은 청중과 창작을 함께 하는 대등창작의 원리를 지닌 것을 소중하게 평가하

고 이어받아야 한다는 것을 분명하게 알았다. 청중과 대등창작의 방식으로 강연을 진행해, 이런 깨달음을 모두 함께 온몸으로 얻었다. "인류 역사는 차등과 대등의 싸움으로 이어져 왔다"고 하고, "차등예술을 대등예술로 바꾸어놓고, 인류를 위해 크나큰 기여를 하는 혁명을 일으키자"고 끝으로 말한 것이 공동의 결의가 되었다. 문제의식을 깊이 공유하고 바람직하게 해결하기 위해, 집중력을 가지고 분투하는 동지들을 만나 상생을 확보한 성과가 엄청나다.

(가)·(다)·(나)·(라)로 순서를 바꾸어놓으면, 나빴다가 좋아지는 것을 확인할 수 있다. (가)는 깨달음을 무효로 만들 수 있으니 경계해야 한다. (다)는 교수가 가련하다는 생각을 하게 한다. 강의의 부담이 면제되는 연구교수가 될 수 있기를 바라다가 정년퇴임을 해서 자유를 얻은 것이 다행임을 새삼스럽게 알아차린다. (나)에서 알았다. 학문을 하지 않는 일반시민은 지식을 얻어 써먹으려고 하지 않으므로 진정한 탐구를 바란다. 이에 응답하는 학문을 해야 한다. (라)에서 만난 전통예술 계승자들은 문제의식과 집중력을 겸비하고 깨달을 얻어 실천하는 주체여서 세상을 깨우치는 데 동참해야 학문도 살아난다.

◦ ◦ ◦ ◦ ◦

4 어떻게 나아가는가?

4-1 학문의 동심원 확대

학문을 어떻게 해나가는가? 동심원 그리기를 확대하면서 하면 된다. 중앙의 작은 원에서는 한정된 대상을 두고 치밀한 연구를 하고, 그것을 점차 키워 바깥의 큰 원에서 아주 포괄적인 문제를 거시적으로 해결하는 데 이르는 것이 바람직하다.

이리저리 돌아다니면서 이것저것 공부하다가, 어느 지점에서 발을 멈추고 말한다. "여기 캐 들어갈 만한 광맥이 있다. 이 속에서 도를 닦으면 한소식이 오겠다." 이렇게 해서 주전공을 정하고, 학문을 시작한다. 동심원 그리기에 착수한다.

주전공의 핵심 영역에서 제기되는 문제를 분명한 자료를 들어 구체적으로 고찰하는 작업을 실제로 하면, 학생이 학자로 변신한다. 번데기 시절을 청산하고 나비가 되어 날아오르는 비약을 성취한다. 거듭되는 깨달음을 동력으로 삼아 날갯짓을 힘차게 하면서 동심원을 확대하면 학문이 성장하고 발전한다.

공부는 넓게 하고, 연구는 좁게 시작해야 하는 것을 명심해야 한다. 공부를 넓게 해야 연구를 좁게 시작할 수 있는 지점을 찾아낼 수 있다. 연구의 동심원을 확대하는 것은 그 자체의 내부적 필연적인 결과이지만, 공부를 해야 진행 방향을 알 수 있고, 앞으로의 진행을 전망할 수 있다.

공부를 넓게 진행해 남들이 하는 연구는 두루 알면서 자기는 연구하지 않으면, 구경꾼에 지나지 않고 장돌뱅이 노릇이나 한다. 안목이 넓은 것이 길을 찾는 데 도리어 방해가 된다. 자기가 가보지 않은 길을 많이 안다고 여기는 것은 환상이나 착각이다. 올림픽 구경하고 왔다고 전국체전 선수를 깔보는 어리석은 짓은 하지 말아야 한다.

구경꾼과 선수는 아주 다르다. 올림픽의 구경꾼은 전국체전 선수를 나무랄 자격이 있다고 착각하지 말아야 한다. 야구를 보면서 타석에 들어선 선수를 향해 "저 자식 홈런을 치지, 스트라이크 아웃을 당하는 것이 무슨 망할 놈의 짓인가"라고 구경꾼은 언성을 높여 나무랄 자격이 있다. 어떻게 나무라도 되는 것이 구경꾼의 특권이다. 선수는 구경꾼이 아니다. 다른 선수를 나무라지 말고 묵묵히 타석에 들어서야 한다. 홈런을 탐내는 허영심을 누르고 마음을 비워, 일루타라도 치려고, 아니면 희생 번트라도 대려고 최선을 다해야 한다.

구경꾼은 잘 던지는 포수에게 최대의 찬사를 바치고, 마음속으로 무슨 상이라도 내려도 되는 특권이 있다. 선수는 구경꾼이 아니다. 세계 최고라고 칭송을 받는 투수와 마주 서도 주눅이 들지 말아야 한다. 어쩌다가 보이는 약점을 정확하게 잡아내 방망이를 휘둘러야 한다. 어떤 상대방도 위대하다고만 여기지 않고, 위대하면 반드시 허약하기도 한 것을 알고 바로잡아야 진정한 선수이고, 대성할 인재이다.

앞에서 말한 동심원 확대와 여기서 말하는 운동 경기는 무슨 관련이 있는가? 밀접한 관련이 있다. 학문의 동심원 확대를 운동 경기를 하면서 선수가 크듯이 해야 한다고 말한다. 동네 선수가 학교 선수가 되고, 학교 선수가 지역체전 선수가 되고, 지역체전 선수가 전국체전 선수가 되고, 전국체전 선수가 아시아 선수가 되고, 아시아 선수가 올림픽 선수가 된다.

올림픽에서 금메달을 따는 일이 동네에서 시작된다. 올림픽에 바로 나가 대뜸 금메달을 딸 수는 없다. 차례를 밟아 나가야 하고, 건너뛰거나 중간에서 시작할 수는 없다. 학자도 이와 같다. 어느 과정을 건너뛰거나 중간의 어느 과정에서 시작할 수는 없다. 동심원 확대 과정을 지루하게 열거한 것은 강조할 필요가 있어서이다.

필요한 과정을 하나씩 밟아나간다면 누구나 대성할 수 있는 것은 아니다. 어느 지점에서 더 나아가지 못하는 선수나 학자도 있고, 다음 단계로 성큼성큼 쉽사리 나아가는 선수나 학자도 있다. 이런 차이는 왜 생기는가? 경기 경험을 쌓아 기량을 향상시키면 된다고 여기지 말고, 경기의 원리를 깨닫고 실행해야 한다. 난관을 몸으로 해결하려고 함부로 부딪치지 말고, 머리를 써서 작전을 잘 세워야 한다.

내 힘만 쓰지 말고 상대방의 힘을 이용해야 한다. 이것을 최대의 비결로 삼기 위해 오랜 기간 동안 준비를 해야 한다. 힘보다 마음이 더 큰 힘을 가지는 것을 알아야 한다. 힘은 길러야 하지만, 마음은 비워야 한다. 마음을 비워야 힘으로는 얻지 못할 큰 승리를 얻는다.

학문은 운동 경기처럼 승패를 나누지 않고, 승패를 넘어선다. 올림픽 같은 규모로 끝나지 않는 더 넓은 영역의 활동을 인류 역사와 더불어 하고 있다. 이처럼 많은 차이가 있지만, 깨달음의 요체는 같다. 힘을 길러 무엇을 성취하려고 안달하지 말고 마음을 비우고 앞뒤를 살펴야 한다.

내가 잘났다고 여기는 차등론은 학문을 멍들게 한다. 우월한 것은 열등하고, 열등해야 우월할 수 있는 것을 알고 실행해야 한다. 나를 낮추어 상대방의 힘을 내 힘으로 삼고 우리의 학문을 하려고 해야, 생극의 원리를 깨닫고, 대등을 실현할 수 있다.

　◉ 댓글과 답글

댓글: 오늘의 강의는 앞으로 학문의 길에 들어설 사람, 이미 학문을 하고 있는 사람, 학문이라는 생업에 종사하는 사람, 모두 깊이 새기고 실천해야 할 지침을 제시하고 있습니다. 공부는 자유롭게 나다닐 수 있으나 학문은 건너뛰기를 허락하지 않는다는 말씀은 만고의 철칙입니다. 모든 사람은 대등하다는 선언은 반드시 구현해야 할 천고의 이상입니다. 자유와 평등이 20세기 이념이었다면, 대등과 생극은 21세기 인류가 추구해야 할 당위입니다. 오늘의 말씀은 21세기 〈擊蒙要訣〉(격몽요결)입니다.

답글: 학문은 건너뛰기를 허락하지 않아 한 단계씩 나아가야 하지만, 멀리까지 내다보면 필요한 절차를 단축하고 가볍게 날아오를 수 있습니다. 철칙이니 요결이니 하는 것들이 있다고 여겨 공연한 걸림돌이 되게 하지 말고, 창공을 비행하는 동력을 스스로 깨달아 얻어야 합니다.

◦ ◦ ◦ ◦ ◦ ◦

4-2 작은 학문에서 큰 학문으로

18세기 영국인이 중국을 어떻게 이해했는지 고찰한 책이 있다. 한국인이 영어로 써서 영국에서 출판한 것이다. 모르고 있던 자료를 찾아내고 치밀한 고찰을 한 공적이 있다고 인정하는 서평이 여럿 나왔다.

이 책에 대해 자세하게 고찰하려고 하는 것은 아니다. 유사한 방식으로 학문을 하는 본보기로 삼고자 하므로 저자와 서명은 생략해도 무방하다. 이 책을 어떻게 평가할 것인지 논란이 있어서 정리하는 글을 쓴다. 미진했던 논의를 더 하고, 학문을 어떻게 할 것인가 하는 문제를 전향적으로 해결하는 방안을 제시하기는 데까지 이르고자 한다.

한국 학자가 영미 수준의 연구를 하는 능력을 갖추었다고 본바닥에서 평가해서 이 책이 자랑스럽다. 어느 분이 이렇게 말하는 것을 듣고 있다가, 나는 다른 말을 했다. 저자의 관점을 보여주고 한국학문의 수준을 입증하려고 하지 않아 불만이라고 했다. 내가 하는 말은 선진화를 거부하는 국수주의의 발상이라고 나무라서, 논란이 더 이어졌다. 사람은 한국인이지만 학문은 영미학문을 하는 것을 선진화라고 여기지 말아야 한다. 한국학문이 영미학문과 토론해 그쪽의 결함을 시정하면서 세계학문 발전을 위해 더 큰 기여를 하는 것이 선진화이다.

18세기 영국인이 중국을 어떻게 이해했는지 고찰한 책을 놓고, 과대망상에 가까운 엉뚱한 소리를 해도 되는가? 상대방이 이런 말을 하고 싶어 하는 것을 눈치 채고, 다음과 같은 논의를 시작했다. 시작하기만 하고 내용을 제대로 갖추지 못한 논의를 여기서 필요한 내용을 갖추어 펼친다. 나와 이야기를 나눈 상대방처럼 생각하는 많은 사람이 이 글을 읽기 바란다.

그 책은 사실을 열거하기만 하고 총괄은 하지 않았다. 총괄을 할 만한 이론적 시각이 필요하지 않다고 여기고 일차원적 작업만 했다. 이것이 경험주의에 머무르는 영미학문의 특징이고 결함인데, 그대로 따르거나 하고 거리를 두고 재검토하려고 하지는 않았다. 관점을 바꾸어 새로운 고찰을 하는 것이 연구의 성과를 확대하고 수준을 향상하는 비결임을 알지 못하는 것 같다.

18세기 영국인의 중국 이해를 동시대 불국인의 중국 이해와 비교해 고찰한다면, 연구의 내용과 관점 양면의 결함이 바로 나타나 반성하지 않을 수 없을 것이다. 불국은 가톨릭 선교사를 매개로 중국과 한층 근접되어 있어 근거 없는 소리를 덜 하고, 경험주의와는 다른 합리주의의 전통이 있어 중국에 대한 총괄적인 논의를 폈다. 영국에서 잡다하게 한 말을 불국의 총괄론과 짝을 이루게 가다듬고, 그 특징을 비교해 고찰하면 연구의 진전이 이루어진다.

영문학자는 이런 일까지 할 의무가 없다고 할지 모르나, 영문학자도 학자여야 한다. 학자의 안목과 능력을 갖추고 영문학을 연구해야 한다. 작은 학문에서 어느 정도의 성과를 이룩한 것을 만족스럽게 여기지 말고 큰 학문으로 나아가는 길을 찾아야 한다. 작은 학문은 부지런하기만 하면 하지만, 큰 학문으로 나아가려면 이론적인 각성이 있어야 한다.

영국인의 중국 이해를 중국인의 영국 이해와 비교해 고찰하는 더 큰 작업이 필수이다. 양쪽이 상대방에 관해 서로 다르게 하는 말이 사실의 오해, 관점의 편향성, 자기중심주의라고 규정할 수 있는 공통점을 분명하게 지니는 것이 확인되어 놀랍다고 할 것은 아니다. 으레 있는 일을 구체적으로 검증할 수 있는 좋은 자료를 얻은 것을 기뻐하고 적극 활용해야 한다.

어느 쪽 말이 맞고, 누가 정당한지 가리려고 하는 유치한 생각은 버려야 한다. 영문학자는 자기도 모르게 영국 편인 한계를 알아차리고 객관적인 제3자의 위치를 확보해야 한다. 심판을 맡았다고 자부하는 거드름을 핀다면 다시 잘못된다. 한국인의 영국관과 중국관을 집어넣어야 논의를 다각화하고 주체적인 관점을 확보한다고 여기고 혼란에 빠지지 말아야 한다.

무엇이 가장 큰 문제인지 분명하게 하자. 가장 큰 문제를 다루는 데 힘을 모으는 것이 논란 당사자들의 범위를 넘어서 널리 도움이 되는 성숙된 학문을 하는 자세이다. 영국인과 중국인의 관계에만 힘써 고찰해야 할 문제가 있는 것은 아니다. 이것은 한 본보기에 지나지 않는다. 문명과 문명, 나라와 나라, 국민과 국민, 민족과 민족 사이에 사실의 오해, 관점의 편향성, 자기중심주의가 개재되어 끝없는 불화가 일어난다.

이에 대해 어떻게 해야 하는가? 우려가 되어 다시 말한다. 나는 옳고 상대방은 틀렸기 때문이라는 저급한 사고방식은 철저히 불식해야 한다. 공평한 입장에서 어느 말이 맞는지 하나하나 시비하려고 나서는 바보짓도 하지 말아야 한다. 무엇이 잘못되었는지 총괄해서 지적하고 한꺼번에 해결해야 한다. 거대이론이 절실하게 필요하다. 거대이론의 시대는 갔다는 말에 속지 말아야 한다.

나는 말한다. 차등론에 사로잡혀 잘못이 생기고, 차등론을 대등론으로 바꾸어놓아야 해결이 가능하다. 서로 다른 것이 당연하다고 여기고, 다르기 때문에 서로 도울 수 있다는 것이 대등론의 요체이다. 이에 관해 다각도의 고찰을 하면서 대등론의 원리를 정립하는 것을 가장 긴요한 과제로 삼고 나는 분투하고 있다.

영국인의 중국관을 고찰하는 작은 학문이 세계적인 의의를 가진 큰 학문이 되려면 내가 하는 작업과 만나야 한다. 내가 하는 큰 학문이 구제적인 내용을 더 갖추려면 수많은 작은 학문과 동반자 관계를 가져야 하는 데 영국인의 중국관 고찰이 당연히 포함된다. 이런 거창한 말만 하고 말 수는 없으며, 다음에 해야 할 작업을 제시한다.

영국인의 중국관과 중국인의 영국관은 차등론으로 일관하지 않고, 대등론의 사고도 보여준다. 이것을 구체적으로 확인하는 작업을 힘써 해야 한다. 그 내역과 고찰의 방법을 한국과 일본의 관계에 적용해 타당성을 검증해야 한다. 그러면 실질적인 소득이 큰 것은 물론이고, 이론 정립을 확고하게 하는 성과도 거둘 것이다.

학문의 구분을 넘어서야 큰 학문을 할 수 있다. 오랜 내력을 가진 학문의 구분을 일거에 넘어설 수 없다고 여기고 물러설 것은 아니다. 어디서 어떤 작업을 하든지 커다란 연구를 향해 나아가기로 작정하고 가능한 노력을 하는 것이 바람직하다. 다른 분야의 연구와 자기 스스로 합작을 하기 힘들면, 도움을 청하고 공동연구를 하면 된다.

◉ 댓글과 답글

댓글: 강의도 자꾸 들으면 중독이 되는가요. 들을 때마다 재밌어 새로운 강의를 기다리게 됩니다. 집착은 괴로움의 원인이라고 했는데, 이런 집착은 오히려 즐거움을 줍니다. 오늘의 강의는 노석학의 학문론을 넘어서서, 노선사의 인생론이었습니다. 외계의 사물이 내 마음이 빚어낸 환영에 불과하다는 부정적 사고를 뛰어넘어, 밖에서 닥쳐오는 행운이 내 마음이 만들어낸 행운이라는 긍정적 태도는 감동이요, 감격입니다.

답글: 좋은 강의를 듣고 감동을 하기만 하면, 더 나은 생각을 하지 못할 수 있습니다. 어느 교사든 반면교사일 때 빛이 더 납니다. 반면교사의 빛이 어느 정도인가는 방문자의 태도나 능력에 따라 결정됩니다. 공자는 수긍하는 제자들만 만나 반면교사 노릇을 제대로 못한 것이 안타깝습니다.

◉ ◉ ◉ ◉ ◉ ◉

4-3 농부와 학자, 농사와 학문

3백여 년 전에 경상도 안동 선비가 무어라고 했다고 하면, 듣지도 않고 진부하다고 여기는 것이 예사이다. 과연 그런가? 金樂行(김낙행)이 자기를 깨우치는 〈自警箴〉(자경잠)에서 한 말에 귀를 기울여보자. "밖에 곡식을 쌓아놓은 것은 농부가 게으르지 않았기 때문이다. 어째서 선비는 학문을 하지 않아 속이 텅텅 비어 있는가?"(露積粟者 其不惰於農也 何士之不學而中空空)

선비는 게을러 하는 일이 없다고 나무란 것만 아니다. 선비가 하는 학문은 지체 유지를 위한 허식이 아니고, 널리 혜택을 베푸는 노동이어야 한다. 곡식과 다름없이 세상에 널리 유용한 생산물을 산출해야 한다. 깊이 이해하면 이런 말을 했다. '선비'를 '학자'로 바꾸어 놓고, 같은 말을 다시 하면서 오늘날의 잘못을 시비하지 않을 수 없다.

농부는 농사를 지어 산출하는 생산물로 세상 사람들의 배를 채워야 하는 것이 학자가 학문해 산출하는 생산물로 세상 사람들의 머리를 채워야 하는 것과 다르지 않다. 그런데 배는 채워야 한다고 하고, 머리는 채우지 않아도 된다고 여긴다. 농사는 널리 혜택을 베푸는 훌륭한 일이라고 칭송하고, 학문은 학자가 입신출세를 위해서 하는 이기적인 행위라고 자타가 치부한다. 주어진 임무를 방기하는 학자가 학문의 평가절하를 자초한다.

학자는 잘났다고 뽐내 반발의 대상이 된다. 농사를 짓는 농부는 사회 전체가 대단하다고 평가하고 도와주어야 한다고 한다. 귀농을 하는 사람도 갸륵하다고 여기고, 여러모로 지원을 하는 것이 당연하다고 한다. 학자가 되려고 오래 공부를 해야 하는 것을 못마땅하게 여기고 비아냥거리기까지 한다. 형편이 어려워 대학 진학도 하지 못하는 낙오자가 허다한데, 박사과정을 이수하기까지 하는 선민은 도와줄 필요가 없다고 한다.

장학금을 주는 것은 천만 부당하다고 한다.

박사학위를 받고 교수가 된 사람들도 특권을 누리는 것을 미안하게 여긴다. 농사는 높이 평가하고 농부를 찬양하는 것이 마땅하다고 한다. 학문은 지위를 유지하고 승진을 하는 데 소요되는 필요악에 지나지 않으므로 대강하면 된다고 생각하고, 논문을 써서 실적을 내는 것은 이기적인 행위라고 여기고 부끄러워한다. 잘못을 속죄하려고, 농민을 옹호하는 운동에 가담해 행동을 함께 하려고 나서는 교수가 높이 평가되고 부러움을 산다.

교수가 농부 노릇을 하기도 한다. 교수로 재직하고 있는 동안에도 틈만 나면 밭에 가서 농사를 짓는 것을 큰 위안으로 삼는다고 자랑한다. 퇴직하고는 아예 농부가 되었다고 사방에 전하면서 알아달라고 한다. 교수가 행사하는 권리에 대해 미련을 가지지 않고, 갑질을 그만두고 깨끗하게 물러나니 얼마나 훌륭한가 하는 자화자찬이 야단스럽다.

학자 노릇을 해온 사회악을 스스로 청산하고 농부의 성스러운 과업을 선택해 다시 태어나고자 한다. 농사일을 해보니 배울 것이 많다고 한다. 잘못 살아온 것을 반성한다고 한다. 농부를 더욱 존경하게 된다고 한다. 탕아의 귀가라고 하는 것 같다. 다 좋은 일이다. 새 사람이 된 것을 크게 칭송할 만하다.

그러나 새 사람이 되었다고 자기 임무를 저버려도 되는 것은 아니다. 학자 노릇을 한다면서 학문 연구의 임무를 소홀하게 한 것은 속죄하지 않는다. 부지런한 농부를 본받아 학문 농사를 위해 더 노력해야 한다고 생각하지는 않는다. 학문 농사는 농사가 아니라고 여긴다. 학자는 수행해야 할 직분이 없다고 여긴다.

농사는 소중하고 농부가 훌륭하다는 것은 조금도 잘못되지 않았다. 아무리 강조해도 지나치지 않다. 농민을 괴롭히는 잘못된 정치를 바로잡고, 부당한 제도나 관습을 불식해야 한다. 農者天下之大本(농자천하지대본)이라고 해온 말이 만고의 진리임을 거듭 확인하고 문자 그대로 실현해야 한다.

이런 견해는 반드시 필요하지만 충분한 것은 아니다. 하나만 알고 둘은 모르는 잘못이 있다. 농사가 소중한 것만큼 학문도 소중하다. 농부가 훌륭하듯이, 학자도 훌륭해야 한다. 학문 농사도 거룩한 농사이다. 학문을 낮추고 학자를 나무라면서, 농사나 농부를 더 높이려는 것은 잘못되었다. 둘 다 높아지고 서로 도와야 한다. 유무상통의 원리를 가지고 힘을 합쳐야 한다.

학자에게 묻는다. 학자는 세상에 도움이 되는 일을 하지 않으면서 특권을 누린다는 비난을 감수하겠는가? 농부는 부지런하게 일하면서 땀을 흘리는데, 학자는 게으름을 사치품처럼 자랑해도 되는가? 농부는 땅을 묵히고 농사를 짓지 않는 짓을 부끄러워서 하는데, 학자는 학문의 밭은 차지하고서 아무 소출을 내지 않아도 그만인가? 농부는 세상 사람들이 먹고 싶은 것을 생산해 내는데, 학자는 세상 사람들이 알고 싶은 것에 대답한 실적이 얼마나 되는가? 학자가 자기 일을 버리고 농부의 일을 해주면서, 농부가 자기 일을 버리고 학자의 일을 해주기를 기대하는가?

더 심각한 질문을 한다. 농부는 수입농산물보다 더 좋은 국산품을 생산해 내수를 감당하고 수출까지 하려고 부지런히 일하는데, 학자는 국산품은 모두 하찮게 여기고, 인기를 누린다는 수입품을 잔뜩 가져와 자랑으로 삼아도 되는가? 우리 문제를 남들이 해결해준다고 책임을 전가하고 거간꾼 노릇이나 하면서 구전을 챙겨도 되는가? 농부가 힘들여 지키는 나라를, 학자는 쉽사리 남에게 넘겨주려고 해도 되는가?

◉ 댓글과 답글

댓글: 통곡! 통곡! 통곡! 이 나라 학문 곳곳이 이렇게 풍비박산 난 걸 모른 채, 무심히 살아온 나 자신이 너무 부끄럽습니다. 선생의 가슴속 애

기를 듣는 내내 통곡했습니다. 오늘 이 강의를 듣고 통곡하지 않는 사람은 이 나라 사람이 아닙니다. 허나 하늘이 이 나라 학문을 없애려 하지 않으시어 학자 조동일 선생을 이 땅에 태어나게 하셨습니다!

답글: 통곡하지 말고 분발합시다. 뜻있는 사람 모두 사명감을 가지고 수행해야 할 과제를 내가 조금 시험 삼아 말해보았을 따름입니다. 나는 나이가 많고 힘이 모자랍니다. "이고 진 저 늙은이 짐을 벗어 나를 주오"라는 말 다시 하면서 나서는 젊은이들이 많기를 간절하게 바랍니다.

● ● ● ● ●

4-4 실학이냐 기학이냐

1960년대에는 근대화를 지상의 과제라고 여겼다. 근대화를 해야 빈곤에서 벗어나고 나라가 잘된다는 생각을 누구나 했다. 견해차는 오직 근대화는 서구화인가 하는 것에 있었다. 근대화가 서구화이면 종속을 가져오지 않을까 염려하고, 독자적인 길을 찾으려고 했다.

근대화의 독자적인 길을 찾으려면, 근대화의 독자적인 연원이 있어야 하지 않는가? 이 물음에 두 가지로 응답하고자 했다. 하나는 자본주의의 맹아를 찾는 것이다. 또 하나는 실학을 근대 지향의 학문이라고 평가하는 것이다. 이 둘을 위해 많은 노력을 했다. 나도 그때 학문을 시작하면서 실학 연구에 동참하고자 했다.

자본주의 맹아는 선명하게 인식되지 않아 논란이 많았다. 실학이 근대 지향의 학문이라고 평가하는 것은 증거가 분명해, 설득력 있는 연구가 많이 이루어져 널리 관심을 끌면서 오늘에 이르렀다. 이것은 근래 우리 학문의 자랑스러운 업적이지만, 지나치게 평가할 것은 아니다. 지금은 실학 숭앙의 폐해를 나무라고 시정해야 할 때이다.

실학은 기학과 나란히 성장했다. 유학의 정통이라고 자처하는 理學(이학)의 이기이원론에 반대하고, 기일원론을 주장한 철학이 氣學(기학)이다. 任聖周(임성주)는 기학, 洪大容(홍대용)은 기학과 실학을 함께, 丁若鏞(정약용)은 실학을 하면서, 학문을 혁신하고 세상을 바로잡으려고 했다. 기학과 실학은 둘이면서 하나이고 하나이면서 둘이었다. 둘인 것은 임성주와 정약용이, 하나인 것은 홍대용이 잘 보여주었다.

실학을 숭앙하는 신도들이 실학만 우상으로 모시고, 기학은 땅에 묻어버렸다. 이학을 버려야 한다고 하지 않고, 理氣(이기)를 논하는 학문을 모두 청산해야 한다고 하면서 기학도 폐품에 포함시켰다. 일체의 철학은 관념이라고 여겨 극력 배격하고, 實事求是(실사구시)를 내세워 실용이나 실증만 선택해야 한다고 했다. 학문의 안목을 좁히고 방법을 구차하게 만드는 것을 자랑으로 삼는다.

그것은 근시안적 착각이다. 근대를 지향하는 시대가 끝나고 근대가 실제로 이루어진 지금에 이르러서는, 실학의 실용이나 실증이라는 것들이 서구 전래의 실용이나 실증보다 많이 모자라 무용하게 되었다. 실학 신도들은 기학을 배격한 탓에 통찰력을 잃고 앞뒤를 분간하지 못한다. "실학은 근대지향의 사상으로 높이 평가되어야 한다"는 말을 되풀이하는 것은 죽은 조상을 제사 지내는 제문에 지나지 않는다.

근대화란 무엇인가? 실용이나 실증을 존중하는 것이 근대화라고 여기는 좁은 소견에서 벗어나야 한다. 근대화는 산업화이고 민주화이다. 산업화는 정부나 기업이 선도하고, 민주화는 민중이 일으켜, 둘 다 상상한 수준으로 성취되어 남부럽지 않게 되었다. 그 결과 공통된 재앙이 닥쳐와 지구 전체의 병을 앓는다. 산업화는 물질만능주의로 기울어지고, 민주화는 이해관계의 배타적인 각축장으로 변질되고 있다.

나날이 좁아지는 소견이 엇갈리면서 계급투쟁을 격화하고, 민족모순이나 문명모순을 확대한다. 이런 사태에 대한 경험적이고 실증적인 논의는 미궁에 빠진다. 실학이 나서서 도움이 될 수 있는 사태는 전연 아니다. 어디서 희망을 찾아야 하는가? 이런 절박한 외침에 호응해 기학이 몸을 일으키지 않을 수 없다.

기는 물질과 정신을 아우르는 총체이다. 물질과 정신을 아우르는 총체가 없어서 생기는 끝없는 다툼을 해결할 수 있는 방향을 기학이 제시한다. 하나인 기가 여럿으로 나누어져 상생과 상극하는 이치를 제시한다. 상생이 상극이고 상극이 상생인 것이 사람들 사이의 관계에서는 대등론으로 나타난다고 하면서 일체의 차등을 배격한다.

실학은 근대 지향의 사상인 것을 자랑으로 삼는데, 기학은 근대를 극복하고 다음 시대를 바람직하게 이룩하는 지침을 제공한다. 실학은 서구의 근대가 닥쳐오자 힘을 잃었으나, 기학은 서구의 근대가 앞서서 저지른 잘못을 바로잡는 사명을 지닌다. 이 사명을 수행하지 못하고 있으며 이제 자각하는 단계이다. 일을 제대로 하려면 많은 일꾼이 있어야 한다.

◉ 댓글과 답글

댓글: 우주는 '기'로 구성되어 있고, '기'에 내재한 법칙이 '리'라는 생각은 평이하고 간단합니다. 반면 '리'가 '기'에 내재하면서 동시에 '기'를 초월한다는 생각은 난해하고 복잡합니다. 전자는 기학이고, 후자는 이학입니다. 기학은 현상일원론이고, 이학은 본체와 현상을 나누는 이원론입니다. 영육이원론을 고집하는 종교는 이학이고, 기일원론, 곧 기의 취산을 말하는 종교는 기학입니다. 현금 우리나라에서 종교 전쟁이 일어나지 않는 까닭은 우리나라 사람들 심성 바탕에 기학이 깔려 있기 때문입니다. 21세기 세계종교혁명의 출발이자 종점은 기학이 아닐까 하고, 나는 생각합니다.

답글: 이학은 종교이면 더욱 빛나고, 기학은 종교일 수 없습니다. 현금

우리나라 비종교인이 50%가 넘고, 젊은이들에게서는 80%에 가깝습니다. 기학의 비중이 그만큼 크다는 말입니다. 막연한 기학을 뛰어난 철학으로 가다듬은 선인들의 업적을 평가하고 계승해, 흐트러진 생각을 가다듬고 산적한 난문제 해결에 적극 활용해야 합니다. 이 작업이 유럽 기독교문명권이 패권을 장악하고 지배력을 행사한 근대를 넘어서서, 인류가 대등하게 화합하는 다음 시대를 창조하는 지침을 제시하는 데까지 나아가야 합니다.

●　●　●　●　●

4-5 문제의식에서 대발견까지

앞에서 깨달음을 얻는 학문을 하려면 '문제의식'과 '집중력'이 반드시 갖추어야 한다고 했다. 문제의식을 해결하려고 집중력을 발현하는 끈덕진 노력을 하면 깨달음이 온다고 했다. 문제의식이 무엇인지 분명하게 하지 않으면, 이런 말이 공리공론일 수 있다. 깨달음이 허세라는 오해를 받을 수도 있다.

문제의식은 번뇌망상과 어떻게 다른가? 이 물음을 소중하게 여기고 해결하려는 것이 문제의식의 한 본보기이다. 문제의식은 대상이 있으므로 분명하고, 번뇌망상은 소종래를 몰라 불분명하다. 문제의식은 미해결의 과제를 상속하기도 하고, 많은 사람이 던지는 질문을 수용하기도 해서, 역사성이나 사회성을 지니는 것이 예사이다. 번뇌망상은 남들과는 무관하다고 여기는 나의 고민에 지나지 않아 역사성도 사회성도 없는 것 같다.

학문하는 사람이 번뇌망상에 사로잡혀 있으면서 문제의식을 갖추었다고 착각하지 말아야 한다. 문제의식이 무엇인지 한층 분명하게 하려고, 논의를 진전시킨다. 문제의식은 개인적인 관심사를 넘어선 공동의 문제를 심각하게 받아들이고 맡아서 해결하려고 애쓰는 의식이다. 이렇게 말하는 것이 더욱 진전된 정의이다. 문제가 되는 공동의 관심사가 무엇인지 분명하게 해야, 번뇌망상에서 벗어나 문제의식을 제대로 갖춘다.

막연한 일반론은 이쯤 끝내고, 문제의식을 분명하게 하고 연구를 실제로 해서 큰 성과를 이룬 사례를 고찰하는 것이 마땅하다. 그 본보기를 다른 데서 찾을 수 없어, 내가 한 연구에서 든다. 논의가 주관에 치우쳤다거나 국문학의 사례가 너무 특수하다고 나무라지 말고, 핍진한 체험을 함께 하면서 "나는 어떤 문제의식을 가지고 어떻게 연구할 것인가?" 생각하기 바란다.

국문학의 유산에 歌辭(가사)라는 것들이 많이 있어 연구를 해야 한다. 개별적인 작품을 하나씩 고찰하면 할 일을 다 한다고 여기지 말고, "가사란 무엇인가?"하는 의문도 풀어야 한다. "가사는 詩(시)이기는 한데 서정시는 아니니, 정체가 무엇인가?" 이렇게 말하면 의문이 좀 더 분명해지지만, 해답이 그 속에 있는 것은 아니다.

국문학계의 선학들이 이런 의문을 풀려고 "가사는 문필이다", "가사는 수필이다"라고 대답한 것이 모두 미흡하다고 판단하고, 학계의 초년병 시절에 내가 나섰다. 미해결의 과제를 분명하게 가다듬어, "시조와 가사가 다른 점을, 서정과 대등한 수준의 미지수 x를 풀어서 말해야 하지 않는가?" 생각을 이렇게 가다듬으니, 번뇌망상과 다른 문제의식이 분명해졌다.

이에 관해 집중력을 가지고 끈덕지게 추궁하다가, 어느 날 한소식이 들려왔다. 엉뚱한 것 같은 발상에 의문을 해결하는 열쇠가 있었다. "시조와 가사는 한쪽이 세계의 자아화이고, 다른 쪽은 자아의 세계화이다." 둘을 관련시켜 같고 다른 점을 상호조명해야, 둘 다 분명하게 알 수 있다는 것을 깨닫고, 서로 같고 다른 점이 이렇다고 했다. 그렇다. 이것이 해답이다. 여기까지가 頓悟(돈오)이다.

돈오한 바를 漸修(점수)해 정착시키려면, 세계의 자아화를 서정이라고 하는 것과 짝을 이루는 또 하나의 용어가 필요했다. 이 용어를 '敎述(교술)'이라고 하고 논문을 쓸 때에는 외국의 전례를 참고하고 언급하면서 다소 복잡한 논의를 전개했다. 그 작업은 마음에 들지 않아 거듭 수정하고 다듬었다. 그러나 돈오한 것은 계속 그대로 빛난다. 돈오를 구체화한 이론은 독창이고, 세계 어디에도 전례가 없다.

그러자 문제의식이 확대되고 이론 창조가 연쇄적으로 이루어졌다. "서정과 교술의 상호조명에서 얻은 성과를 확대해 문학 갈래에 관한 수많은 논란을 정리하는 확실한 이론을 얻을 수 있는가?" 이것만 해도 과분하다고 할 수 있는데, "문학 갈래의 이론을 분명하게 한 것을 근거로 삼고, 소설이 무엇인지 제대로 알지 못해 헤매고 있는 세계 학계의 한심한 작태를 청산하는 결정적인 해답을 제시할 수 있는가?"라는 문제의식을 지니는 데까지 나아갔다.

문제를 한 단계씩 해결해나간 과정을 여기서 상세하게 소개하는 것은 가능하지 않다. 내 책을 여럿 보면 그 내역을 알 수 있다고 하면 너무나도 무책임하다. 《소설의 사회사 비교론》에서 한 작업의 개요를 최소한으로 간추려 다음과 같이 제시한다.

(1) 자아와 세계가 상호우위에 입각한 대결인 소설이 나타난 시기는 중세에서 근대로의 이행기이다. 그때 상하·남녀가 경쟁하면서 합작해 소설을 만들어냈다. 이것은 세계 어디서나 기본적으로 같으면서, 문명의 전통이나 사회적 여건에 따른 차이점도 있다.

(2) 중세까지 위세를 떨치던 문학갈래를 안에 들어가 뒤집고는 정체를 숨기고 위장된 신분으로 출생신고를 하고 표현 형식을 차용한 것이, 소설이 생겨나면서 사용한 공통된 작전이다. 동서 양쪽에서 傳(전)과 고백록이 사람의 행실을 평가하는 권능을 행사하고 있어, 동아시아에서는 '가짜전', 유럽에서는 '가짜 고백록'이라고 하는 소설이 나타난 것이 같으면서 다르다. 다른 문명권에서 이런 일이 일제히 일어나, 광범위한 비교가 필

요하다.

(3) 중세에서 근대로의 이행기의 변혁을 먼저 진전시킨 동아시아의 소설이 다른 어느 곳보다 먼저 자리를 잡았다. 산업혁명을 계기로 근대화를 이룩한 유럽이 선두에 나서서, 후진이 선진이 되고 선진이 후진이 되었다. 선후진의 역전이 다시 일어나, 유럽에서는 죽어가는 소설을 제3세계에서 살려내는 과업을 아프리카에서 모범이 되게 수행한다.

이것은 생극론의 철학을 구현하는 소설이론이다. 변증법과 맞서는 토론을 여러모로 전개하면서, 여러 문명권, 많은 나라의 소설에 대한 이해를 근본적으로 혁신하는 거시적이면서 미시적인 성과를 보여주었다. 변증법에서는 소설은 사회갈등을 근대시민의 관점에서 묘사하고 해결하려고 하므로, 유럽에서 먼저 만들어내 세계 전역에 수출한 것이 당연하다고 주장한다. 이것은 너무나도 근시안적이고 편파적이라고 나무라고 대안을 제시했다.

행세를 한다는 다른 여러 이론도 논파의 대상으로 삼고, 누적된 문제를 일거에 해결했다. 19세기까지의 물리학을 무효로 만드는 20세기 물리학의 혁명 같은 것을 다른 쪽에서도 성취했다고 해도 지나치지 않으나, 이를 입증하기 위한 긴 말을 하지는 않는다. 문제의식 해결을 위해 집중적으로 노력하면 돈오가 누적되어 대발견에 이르는 것을 알아주면 여기서 할 일은 다 한다.

● 댓글과 답글

댓글: "문제의식을 가지고 해결하려고 집중적으로 노력하면 돈오가 온다." 먼저 문제의식을 갖도록 서원하라고 하고, 선생님이 문제의식을 갖고 집중적으로 애쓰신 과정을 친절하게 소개해 주셔서 감사합니다. 이런 과정이 있기에 문학 연구의 천지개벽이 이루어졌다는 것을 알게 됩니다.

방송을 시청할수록 힘이 생깁니다. 조그마한 문제라도 해결하기 위해서 분발해야겠다고 느낍니다.

답글: 너무 큰 문제를 안고 씨름하면, 기력을 소진하고 말 수 있습니다. 조그마한 문제를 하나 가볍게 해결하면 엄청난 깨달음이 따르는 것을 알고, 입구를 잘 찾아야 합니다. 뚝심을 믿지 말고, 슬기로워야 합니다.

● ● ● ● ●

4-6 생애의 단계와 학문의 진전

생애에는 단계가 있다. 생애의 단계에 따라 하는 일이 달라지게 마련이며, 학문도 이런 것이다. 나는 젊은 시절에 장차 내 생애의 단계가 어떻게 달라지고 이에 따라 학문에서 어떤 진전이 있어야 할 것인지 생각하고 필요한 계획을 세우고 싶었으나, 적절한 방법이 없어 잘하지 못했다. 참고할 만한 전례를 발견하지 못하고, 모든 의문을 스스로 해결해야 하는 것이 부담스러웠다.

나는 이제 학문에 종사한 지 50년이 지나고 나이는 80이 넘었다. 그동안의 경과를 정리해 나를 되돌아보고자 한다. 이렇게 하는 것이 학문을 시작하는 사람들뿐만 아니라 연구를 한참 진행하다가 방향 검토가 필요하다고 여기는 중견 학자들에게도 도움이 되면 좋겠다. 나의 경우가 일반적인 논의를 가능하게 하는 자료로 이용될 수 있기를 바라고, 업적 연표와는 성격이 다른 연구 성격의 변화를 정리하려고 시도한다.

생애의 단계에 따라서 이루어지는 학문의 진전을 우선 셋으로 구분할 수 있다. (1) 학위논문, (2) 주문생산, (3) 계획생산이다. (1) 학위논문을 써서 학자로 나서서 교수가 되면, (2) 연구를 해달라고 부탁하는 것이 있어 주문생산을 하게 된다. 주문생산에만 매달리지 말고, (3) 계획생산을 해서 커다란 업적을 이룩해야 한다. (1)을 30대에 하고, (2)를 40대에 하다가, (3)을 50대까지 하는 것이 정상적인 순서이다.

나는 (1)의 과정을 36세에 거쳤다. 31세 박사과정을 수료하고, 논문을 제출할 준비가 되었으나, 과정 이수가 필요 없는 구제박사가 끝나기를 기다렸다가 신제박사 학위를 처음 받느라고 여러 해 늦었다. 논문 제목은 〈영웅소설 작품구조의 시대적 성격〉이다. 조선시대 후기의 영웅소설이라는 연구대상을 자료 검토, 작품 분석, 철학과의 관련, 사회사적 이해에 걸쳐 고찰을 한 것을 특기할 만하다. 다면적 고찰을 한 것이 세 가지 의의를 지닌다. 논란이 되고 있는 방법을 두루 익혔음을 알린다. 여러 방법의 통합 가능성을 찾는다. 심사위원들이 각기 다른 요구를 할 것을 예상하고 대비한다.

(2)의 주문생산은 되도록 피하려고 했다. 가벼운 것은 더러 수락하고 업적으로 여기지 않는다. 힘든 과제를 부득이 맡아 상당한 진전을 이룬 것도 있어, 불운이 행운이기도 하다. 34세에 쓴 〈미적 범주〉가 이런 것이다. 성균관대학교 대동문화연구원에서 《한국사상사대계》라는 총서를 기획하고 그 제1권에서 한국문학을 다루기로 했다. 다른 논제는 스승 세대의 학자들이 나누어 가지고, 한국문학의 미적 범주는 적임자가 없어 집필자의 연령을 파격적으로 낮추어 나에게 맡겼다. 준비가 되어 있지 않다고 거절할 수도 없고, 작업 기간 연장을 요청할 수도 없었다. 한국문학의 미적 범주는 논의한 전례가 없어, 미적 범주 일반에 관한 서구 미학자들의 견해를 가져와 내 관점에서 정리해야 했다. 미적 범주는 '있어야 할 것'과 '있는 것'의 상반 또는 융합에서 이루어진다고 하고, 각 범주에 해당하는 작품을 한국문학에서 찾고 상관관계와 변천과정을 고찰했다.

(3)의 계획생산은 오랜 기간 동안 꾸준히 해서 제시할 본보기가 적지 않다. 그 가운데 가장 중요한 업적이라고 생각하는 것 둘만 든다. 우리가 한문을 받아들인 것은 불행이 아니고 행운이었음을 세계적인 비교고찰에

서 입증하는 작업을 오랫동안 부분적으로 시도하다가 60세에 《공동문어문학과 민족어문학》에서 총괄했다. 중세는 어디서나 공동문어와 민족어를 함께 사용하는 이중언어의 시대였다. 한문, 산스크리트, 팔리어, 아랍어, 그리스어, 라틴어 등의 공동문어문학이 자리를 잡아 민족어 글쓰기를 가능하게 하고 민족어문학이 발전할 수 있게 한 사실을 하나씩 고찰하고 총체적으로 비교해, 진정으로 보편적인 세계문학사를 서술할 수 있는 기초공사를 했다.

62세에는 《소설의 사회사 비교론》에서 소설은 무엇이고, 어떻게 생겨나고 어떻게 변천했는지 사회사와 관련해서 고찰하는 작업을 세계적인 범위에서 진행했다. 학위논문을 쓸 시기의 작업을 시발점으로 하고, 30년 가까이 노력한 성과의 집약이고 발전이다. 한국문학 연구의 성과를 가지고 동아시아문학을 재론하고, 세계문학을 새롭게 이해하는 작업을 하면서, 소설에 대한 기존의 이론을 모두 비판하고 대안을 제시했다. 작품을 취급한 범위나 전개한 이론 양면에서 국내외의 어느 누구도 하지 않은 작업을 했다.

(1) 학위논문, (2) 주문생산, (3) 계획생산으로 학문이 한 단계씩 진전을 이룩하면 할 일을 다 하는 것은 아니다. 그다음에 몇 단계가 더 있다. (4) 이론 창조, (5) 학문 창조, (6) 문명 전환으로 나아가는 것이 바람직하다. 이런 단계는 생소하고, 여기서 납득할 수 있을 만큼 설명하기 어려워 다시 논의하기로 한다.

　◦ 댓글과 답글

댓글: 연구하다가 풀리지 않는 난관에 봉착하면 "그대로 두라"는 말씀은 속뜻이 깊습니다. 화두는 전생의 의문이라는 말과 상통합니다.

답글: 풀리지 않은 의문을 메모만 한 채 버려두고 한참 동안 다른 작

업을 하면, 모르는 사이에 큰 진전이 있을 수 있습니다. 어떤 과제는 수십 년의 노력이 필요합니다. 전생에서부터 의문을 가지고 탐구했다는 말 그럴듯합니다. 여러 연구를 벌여놓고 이것저것 진행하는 것이 좋습니다. 半製品(반제품)이 많아야 부자입니다.

● ● ● ● ● ●

4-7 이론 창조에서 문명 전환까지

생애의 단계에 따라 학문이 진전되는 양상에 관한 논의를 계속해서 한다. (1) 학위논문, (2) 주문생산, (3) 계획생산의 단계를 하나씩 고찰하고, 그다음에는 (4) 이론 창조, (5) 학문 창조, (6) 문명 전환이 더 있다고 했다. (4)에서 (6)까지를 여기서 다룬다.

(4) 이론 창조는 미리 계획하고 일관되게 진행할 수 없다. 자료나 사실에 관한 연구가 난맥을 보이는 것을 해결하는 착상을 하나씩 얻어, 저서가 아닌 논문으로 구체화한 작업의 연속이다. 먼저 돈오를 하고 오랜 기간 동안 점수를 한다. 돈오를 사라지지 않도록 대강 적은 논문이, 점수를 한참 하고서 다시 보면 엉성하고 미비하고 치졸하기까지 하지만 엄청난 의의가 있다.

돈오를 적은 논문 가운데 특히 소중한 것 셋을 든다. 문학의 큰 갈래가 敎述(교술)을 추가해 넷임을 밝혔다.(30세 때의 〈가사의 장르 규정〉) 문학 갈래가 자아와 세계의 관계에 따라 구분된다는 이론을 제시하고, 소설은 자아와 세계가 상호우위에 입각해 대결한다고 했다.(35세 때의 〈자아와 세계의 소설적 대결에 관한 시론〉) 生克(생극)의 이론을 이어받아 역사를 이해하고 문학사를 쓰는 원리로 삼자고 했다.(55세 때의 〈생극론의 역사철학 정립을 위한 기본 구상〉)

돈오를 점수한 결과 다면적이고 총체적인 이론을 이룩하고 더욱 발전 시켰다. 문학 갈래들의 체계적인 변화가, 사회경제적 여건 변화로 문학담 당층이 교체되면서 나타나 문학사의 새로운 전개가 구체화하는 것을 세부까지 논증했다. 이러한 변화, 교체, 새로운 전개의 원리는 생극론임을 밝혔다. 상극이 상생이고 상극이 상생인 생극론은 사람들의 관계에서는 대등론으로 구현되어, 변증법의 편향성을 시정하는 이론적이고 실천적인 의의를 가진다고 했다. 변증법이 계급모순을 투쟁으로 해결한다면서 더욱 악화시킨 민족모순이나 문명모순을 대등론으로 해결해야 하는 방향을 제시했다. 생극론이나 대등론을 실현하려면 사람은 누구나 지닌 창조주권을 발현해야 한다는 지론을 전개하고 있다.

(5) 학문 창조는 학문의 역사를 바꾸어놓는 거대한 공사인데, 하나를 하고, 지금 또 하나를 하고 있다. 30대 초반에 구비문학을 아마추어의 관심사인 민속이라고 방치하지 말고, 문학으로 연구하고 평가해야 한다고 주장하고 나섰다. 이런 주장을 개설서를 써서 널리 알렸다.(32세의 공저《구비문학개설》) 구비문학 현지조사의 본보기를 보였다.(31세의《서사민요연구》, 40세의《인물전설의 의미와 기능》)

이런 작업이 큰 반응을 일으켜 구비문학 혁명이라고 일컬을 수 있는 것이 일어났다. 전국의 구비문학을 일제히 조사해 자료가 풍부해지고, 연구가 활발하게 일어났다. 구비문학이 국어국문학과의 한 전공으로 당당하게 자리를 잡았다. 구비문학 전공교수가 있어야 한다는 인식이 확대되어 일자리가 생겼다. 논문이 쏟아져 나오고, 학회가 활발하게 움직이고 있다. 전통문화를 이해하고 계승하는 폭이 크게 늘어나고 있다. 이것은 국내의 쾌사만은 아니다. 일본이나 중국에서는 하지 못하는 거사를 힘차게 추진하면서 서유럽의 잘못을 시정하고, 문학 이해의 세계적인 혁신을 진행한다.

생극론으로 철학을 혁신하자. 철학이 자폐증에서 벗어나 학문에 대한 총체적인 고찰을 하고 잘못을 시정하며 방향을 다시 설정하는 임무를 하도록 하자. 이런 주장을 힘써 펴는 것이 근래의 작업이다. 학문론이 새로운 학문으로 등장해, 우리학문을 바로잡는 데서 시작해 세계 학문의 역사를 바꾸어놓기까지 해야 한다고 역설하는 저서를 20여 권쯤 내놓았다.(54세의 《우리학문의 길》, 73세의 《학문론》, 80세의 《창조하는 학문의 길》을 본보기로 든다.)

구비문학 혁명 같은 학문론 혁명이 일어나기를 바라지만 아직 많이 모자란다. 학문론 혁명은 세계적인 범위로 확대될 수 있어야 타당성이 입증된다. 철학과를 학문학과로 바꾸는 것을 시발점으로 삼고 근대 유럽에서 만든 분과학문의 체계를 무너뜨리고 통합학문으로 나아가야 한다. 이것은 다음에 드는 문명 전환으로 이어진다.

(6) 문명 전환은 이론 창조나 학문 창조에서 당연히 제기되는 과제이다. 유럽중심주의를 극복하고 세계사의 진행을 정상화하는 하는 학문, 불행한 시대인 근대를 넘어서서 다음 시대를 바람직하게 이룩하는 설계를 제시하는 학문을 하자는 것이 문명 전환을 요구하는 데까지 나아간다. 갖가지 차등이 횡포를 부리는 낡은 문명을 버리고 세계 전역에서 다시 이룩해야 할 문명은 한 말로 규정하면 대등문명이다.

대등문명으로의 전환이 불가피하고 필연적임을 입증하는 논의를 철저하게 다지고 널리 알리려고 힘쓴다. 책을 쓰고, 대중매체에 글을 올리는 것만으로 부족해, '조동일 문화대학'이라는 유튜브방송을 직접 하기까지 한다. 공감하고 동참하는 동지들이 나날이 늘어나, 세계사를 바꾸어놓는 거대한 혁명의 주역이 될 것을 기대한다.

4-8 산수노래와 MW수학

"가노라 삼각산아, 다시 보자 한강수야." 외국으로 끌려가는 사람이 이렇게 노래했다. 삼각산과 한강수는 서울을 나타내고, 고국을 생각하게 하는 山(산)이고 水(수)이다. 남들이 다 아는 이런 말을 하면서 문학연구를 한다고 할 수는 없다.

작품을 다시 보자. 삼각산을 들고 한강수를 말해 자연 지형을 있는 그대로 전한 것만은 아니다. 山과 水는 어느 하나만으로는 모자라고 짝을 지워야 어울린다고 여기고 한 말이다. 山과 水를 짝을 지워놓고 한 말에 順理(순리)와 逆理(역리)가 있다.

水를 먼저 山은 나중에 들지 않고, 山을 먼저 水는 나중에 들었다. 글자 수를 "다시 보자"를 앞세워 4434로 하지 않고, "가노라"를 앞세워 3444로 했다. 이것은 순리이다. 계속 그 자리에 서 있을 삼각산에게는 "가노라"라고 하면서 다시 못 볼 것 같은 작별을 하고, 흘러가고 없을 한강수는 "다시 보자"고 했다. 이것은 역리이다.

순리로 山水노래의 오랜 전통을 이으면서, 역리로 자기가 겪는 비극은 전례가 없이 처절하다고 알렸다. 끌려가면 죽을 터이니 삼각산과는 영이별을 할 수밖에 없고, 한강수는 저승까지라도 흘러와 다시 볼 수 있기를 바랐다고 한 것을 알아차리기를 바랐다. 안이한 공감에 만족하는 독자의 뒤통수를 쳤다.

山과 水가 짝을 지어야 한다고 여기는 연유는 무엇인가? 이런 의문을 가지면 논의가 작품론을 넘어서서 확대되고 심화된다. (가) 山과 水가 짝을 짓는 것은 '山'과 '水' 두 글자를 짝을 지워 사용하는 언어 관습을 공유한 동아시아의 전통인가? (나) 山은 'mountain', 水는 'water'라고 하는 다른 문명권에서도 지닌 사고인가?

(가)라고 여기면, 한국학에서 동아시아학으로 나아가는 데 그쳐 더 복잡하게 생각하지 않아도 된다. '山'과 '水'를 노래한 동아시아 각국의 시가를 비교해 고찰하는 작업을 신명나게 할 수 있다. 자료 확대가 연구 성과 증가를 보장한다. 부지런하면 추수를 많이 한다.

산수화까지 보태 논의를 확대할 수 있다. 산수화는 山高水長(산고수장)을 그리고자 한다. 한국의 산수는 山高水長이어서 균형이 잡혀 있는데, 중국의 중원지방은 山不高水長(산불고수장)이고, 일본은 거의 전국이 山高水不長(산고수부장)이다. 이런 차이점이 그림이나 노래에서 어떻게 나타나는지 고찰할 필요가 있다. 자연과 문화가 이어지고 이어지지 않는 양면을 밝히는 연구가 기대된다.

(가)라고 하면 연구를 쉽게 할 수 있어 좋지만 미흡하다는 느낌이 든다. 자연과 문화가 이어지는 양상에 관심을 가진 것은 (나)에 들어섰다는 말이다. (나)의 연구를 하겠다고 해야, 동아시아시아학이 지역적 한계를 벗어난다. 실증을 넘어서서 이론을 갖춘 학문을 하고, 철학에 관한 논의에 참여한다. 이미 해놓은 작업이 많아 쉽게 가져올 수 있다.

山과 水는 陰陽이다. 山은 양이고, 水는 음이므로 마주 보고 서로 필요로 한다. 이런 자연의 이치를 陰陽論에서 정리해서 가르쳐주는 것을, 문학에서 아주 생생하고 알기 쉽게 나타낸다. 山과 水는 음양이기만 하지 않고 生克의 관계를 가진다. 음과 양이 가만있지 않고 움직여 相生하고 相克하는 것이 생극이고, 생극의 이치를 말하는 철학이 生克論이다.

山은 水를 막고, 水는 山을 무너뜨리는 것은 상극이다. 山에서 水를 머금었다가 내보내고, 水는 山의 수목을 키우는 것은 상생이다. 상극과 상생이 따로 놀지 않고 하나가 되는 모습이, 화산이 바다에서 폭발할 때면 격렬하게 나타난다. 지구의 역사는 山水 생극의 역사이므로, 지구에 사는 인간이 생극론을 철학의 근본으로 하는 것이 당연하다.

山과 水는 또한 차등과 대등을 말해준다. 山은 차등을 구현하면서 마치 군주처럼 높이 솟아 있으면서, 들이라는 內臣(내신), 사막이라는 外臣(외신)을 거느린다. 水는 몸을 최대한 낮추어 아래로 흘러가면서 대등을 실현하고, 적거나 많거나, 좁거나 넓거나 "上善若水"(상선약수, 아주 선한 것은 물과 같다)가 다를 바 없다. 山高水長이란 차등과 대등이 균형을 이룬 것이다.

음양론이나 생극론은 陰陽(음양)이나 生克(생극)이라는 언표가 있는 동아시아의 사고만이 아니고, 인류가 공유한 철학이며, 천지만물의 보편적인 이치이다. 다른 문명권에서는 적절한 언표가 없어 산발적으로, 잡다하게 말해온 것을 동아시아에서는 분명하게 다듬은 차이가 있을 따름이다. 이제 다른 문명권에서도 음양이나 생극에 대한 이해를 명확하게 해야 하므로 용어 수입을 진지하게 고려해야 한다.

음양론이나 생극론을 가지고 세계로 나아가 인류의 학문을 해야 하는데, 용어가 생소해 걸림돌 노릇을 한다. 음양은 소리를 적어 'yinyang'이라고 한 지 오래되고, 생극의 뜻을 옮겨 'becoming-overcoming'이라고 해보는데, 모두 허사이다. 전에 보지 못하던 손가락에 신경을 쓰느라고 어디나 있는 달을 보지 못한다. 동양철학은 특수하다는 선입견을 버리지 못한다.

이해하기 쉬운 말 山水를 수학이나 과학의 기호처럼 사용하는 것이 가능한 타개책이다. 山과 水를 영어로는 'mountain'과 'water'라고 하므로 'M'과 'W'라는 약칭을 사용하기로 한다. 'M'과 'W'는 'man'(남자)과 'woman'(여자)의 약자이기도 하다. 생긴 모양이 반대이다. 이런 이유가 겹쳐 'MW'는 '山水'보다 훨씬 더 좋다.

MW를 기호로 사용하면서 필요한 논의를 전개하자. 'M-W'는 상극이고, 'M+W'는 상생이고, 'M∓W'는 생극이다. ∓은 상극에서 상생으로 나아가는 생극을 말하고, -와 +의 위치를 뒤집은 것은 상생에서 상극으로 나아가는 생극을 말한다고 구분할 수 있다. 다른 여러 경우를 말하는 기호를 지어내 사용할 수 있다. MW수학이라고 하는 새로운 수학을 지어낼 수 있다.

이런 기호는 많은 말을 간단하게 하고, 복잡한 논의를 명료하게 전개할 수 있다. 동아시아에서도 함께 사용하는 것이 바람직하다. 생극론을 수학으로 전개하자는 말은 지금까지 하지 않았다. 기호로 나타내기 어렵기 때문이다. MW라는 기호를 사용하니 MW수학을 지어낼 수 있게 되었다. 이것은 학문의 역사를 바꾸어놓는 진전이다.

"山水노래에서 MW수학까지"라는 별난 제목을 내걸고, 山水노래 한 대목에서 시작해 먼 여행을 하고 많은 것을 얻었다. 자연과 인간, 고금의 예술, 동서의 학문이 한 가닥으로 이어져 있는 것을 검증하면서 앞으로 나아가다가, 놀라운 발견을 했다. 山水를 MW라고 하니, MW수학을 지어낼 수 있게 되었다.

● 댓글과 답글

댓글: 오래전 계명대 석좌교수였던 시절에, 이화대와 서울대의 연구교수들을 위한 철학 강연을 하는 것을 듣고, 질문을 한 사람입니다. 그때 삼각형 이야기를 해주시면서 많은 경험을 거치면서 위로 올라간다고 이야기해주셨습니다. 그 조언을 항상 기억하고 있습니다. 이렇게 만나뵙게 되어 기쁘고 감사합니다.

답글: 그 말을 어디서 다시 하니, 이름을 기억하지만 밝힐 필요는 없는 분이 듣고 있다가 삼각형을 세모뿔로 고치고, 밑변을 밑면이라고 하라고 했습니다. 감사하게 생각하고, 그대로 하고 있습니다. 학문은 밑면이 넓은 만큼 위로 올라가는 것이 바람직합니다. 밑면이 넓기만 하면 자료 제공에 그치고, 높이 올라가기만 하면 불신의 대상이 됩니다. 밑면을 넓히는 수고는 어리석어야 하고, 높이 올라가는 착상은 슬기로워야 얻습니다. 학문을 잘하려면 어리석고 슬기로워야 합니다. 어리석은 것만큼 슬기롭고, 슬기로운 것만큼 어리석어야 합니다.

● ● ● ● ● ●

5 왜 어떻게 대전환을 이루는가?

5-1 선진과 후진의 역전

"물질생활의 생산방식이 사회적·정치적·정신적 생활 과정을 모두 만들어낸다."(Die Productionsweise des materiellen Lebens bedingt den sozialen, politischen, und geistigen Lebensprozess überhapt.) 마르크스가 한 이 말은 깊은 영향을 끼치고 있다. 마르크스주의와 무관한 사람들도 흔히 이렇게 생각한다.

"영국은 인도에서 이중의 사명을 수행한다 … 낡은 아시아적 사회질서를 파괴하고, 서양 사회질서의 물질적 기초를 아시아에서 형성한다."(England hat in Indien eine doppelte Mission zu erfüllen … die Zerstörung der alten asiatischen Gesellschaftsordung und Shaffung der materiellen Grudlagen einer westlichen Gesellshaftsordung in Asien.) 마르크스가 이런 말도 한 것은 잘 알려지지 않고 있다. 이상하다고 생각할 수 있다.

두 말 다 괄호 안에 원문을 적은 것은, 말을 잘못 옮겨놓고 부당하게 시비한다는 비난을 듣지 않고자 하기 때문이다. 앞의 말은 좋고 뒤의 말은 나빠 이상하다고 생각할 수 있으나, 두 말은 일관성이 있다. 물질 생산 방식의 발전이 다른 모든 발전을 결정한다고 하는 단선발전론에 의거해 판단하면, 영국의 인도 지배는 정당하다. 낡은 아시아적 사회질서를 파괴하고 서양의 생산 방식을 따라 인도가 발전하도록 영국이 작용하기 때문이다.

마르크스를 직접 따르지 않는 사람들도 단선발전론을 굳게 믿고 말한다. 일본은 인도처럼 식민지 통치를 받지 않고, 자진해서 유럽을 따른 것은 아주 현명하다. 우리는 일본의 길을 가지 않다가 불행하게 되었다. 유럽 국가가 아닌 일본의 식민지가 되어 얻어야 할 것을 제대로 얻지 못한 것이 유감이다. 이제 정신을 차리고 분발해, 유럽을 따르는 경쟁에서 일본을 앞서야 한다. 일본은 산업화만 따랐는데, 우리는 민주화도 따라야 한다.

이런 견해의 타당성을 검증하기 위해 먼저 영국과 인도의 문학을 비교한다. 영국의 키플링(Kipling, 1865-1936)과 인도의 타고르(Tagore, 1861-1941)는 동시대의 시인이고 소설가였다. 키플링은 1907년에, 타고르는 1913년에 노벨문학상을 받아 자국을 대표하는 명사로 숭앙되었다.

키플링의 영국은 선진 자본주의 국가이고, 타고르의 인도는 아시아적 생산양식을 청산하지 못한 후진국이어서 사회적 토대에서 선후의 격차가 심했다. 마르크스의 견해를 따르면 키플링은 선진문학, 타고르는 후진문학의 본보기를 보여주어야 하는데, 둘이 함께 평가된 것은 무언가 잘못되었다. 노벨문학상 심사가 잘못되었거나, 단선발전론이 잘못되었다.

시비를 가리려면 작품을 살펴보아야 한다. 키플링은 〈백인의 책무〉(The white man's burden)라는 시에서 식민지 통치를 찬양했다. 〈정글북〉(Jungle Book)은 늑대에게 양육된 아이가 동물 사냥꾼이 된 이야기이다. 타고르는 〈바치는 노래〉(Gitanjali)에서 누구나 절대자와 하나가 될 수 있다고 했다. 〈고라〉(Gora)라는 소설에서는, 피부색이나 처지는 다르지만 백인도 인도인도 다 같은 사람이라고 했다.

키플링은 차등론을, 타고르는 대등론을 말한 것이 크게 다르다. 차등론은 선진이고, 대등론은 후진이라고 할 것인가? 키플링은 거의 잊혀지고, 타고르는 더욱 높이 평가된다. 차등론이 부당하고, 대등론이 정당하다고 널리 인정하기 때문이다. 선진과 후진이 역전되었다. 영국인의 차등론은 청산의 대상이 되고, 인도인의 대등론은 근대를 넘어서서 다음 시대로 나아가는 지표이다.

영국이 인도에 철로를 놓은 것이 물질생활을 발전시킨 공적이라고 마르크스는 평가했다. 철로는 수탈한 자원을 실어 나르는 시간과 경비를 절약하기 위해 반드시 필요했다. 영국보다 부유하고 영국에 면직물을 많이 수출하던 인도가 식민지 통치를 받는 동안에 수탈을 너무 심하게 당해 피골이 상접하게 되었다. 이런 사실을 알려주는 교육을 모든 학생에게 하고 있는 사실도 우리는 모른다. 영국을 예찬하는 일본의 교육이 아직도 의식을 혼미하게 하는 데서 깨어나 넓은 세상을 넓게 보아야 한다.

단선발전론에 중독이 된 사람들은 인도는 가망 없는 나라라고 여긴다. 그러나 인도는 독립 유공자들이 일당독재를 하지 않고, 폭력혁명 없이 사회모순을 시정하고, 거대국가이면서 패권주의를 배격한다. 물질생활은 아직 뒤떨어졌어도 정신문화는 크게 앞선 점에서도 선진과 후진을 역전시킨다. 영국은 서서히 내려가고, 인도는 서서히 올라가고 있다. 일본은 영국의 뒤를 따라 내려가는 쪽에 서 있다. 우리는 인도와 동지가 되어 차등론을 철폐하고 대등론을 이룩하는 과업을 함께 수행하는 것이 마땅하다.

단선발전론은 선진은 계속 선진이고 후진은 선진을 따르기 위해 힘써 노력해도 역부족이라고 한다. 그러나 선진이 후진이 되고 후진이 선진이 되는 역전이 인류역사에서 계속 일어났으며, 지금도 일어나고 있다. 이 사실을 바로 알려면 단선발전론의 악몽에서 벗어나야 한다. 생극론에서는 선진과 후진의 역전이 너무나도 당연하고, 역사의 중심축이라고 한다.

● 댓글과 답글

댓글: 보편적 이론의 창조 능력이 곧 깨달음의 학문이라면, 학문과 깨달음의 관계를 눈여겨 살펴야 합니다. 예전에는 깨달음에서 학문으로 나아갔지만, 선생님께서는 학문으로 깨달음이 가능하다는 걸 몸소 보여주셨

습니다.

답글: 깨달음에서 학문으로 나아가면 부당한 연역이어서 무리한 소리를 하므로, 학문이 깨달음이게 해서 바른 길을 찾아야 합니다. '一卽多'와 '多卽一'이 동시에 이루어지고 하나이게 해야 합니다.

❀ ❀ ❀ ❀ ❀ ❀

5-2 대실수의 후유증

만주족이 민족국가를 자기네 거주지 만주에서 세운 것은 너무나도 당연하다. 後金(후금)이라고 한 그 나라는 건국한 명분이 당당해 누구도 시비를 할 수 없다. 후금이 뛰어난 역량으로 국토를 보존하고 주권을 슬기롭게 지키는 본보기를 보이면서 오늘날까지 이어져왔으면, 만주족뿐만 아니라 동아시아 사람 모두 행운을 누렸으리라고 생각한다.

보장되어 있다고 할 만한 행운을 저버리고, 만주족이 남쪽으로 내려가 중국 전역을 지배하는 淸(청)나라 제국을 세운 것은 대실수였다. 소수의 인원이 너무나도 많은 한족을 정복하고 통치하려고 모두 자기 강토 만주를 떠나야 했으며, 한족과 가까이 지내지 않을 수 없어 자기 언어 만주어를 잃어버렸다. 만주족의 후예를 오늘날 중국에서 滿族(만족)이라고 하는데, 강토도 언어도 없어 사실상 소멸한 민족이다. 청나라의 대승리가 자기 민족의 소멸을 초래한 대실수로 남아 있다.

청나라의 대실수는 이것만이 아니다. 위협을 없애고 위력을 과시하려고, 중원의 한족만 다스리지 않고, 독립국이던 몽골인, 티베트인, 위구르인의 나라 등 주위 여러 민족의 나라를 닥치는 대로 정복해 지배를 받도록 했다. 그 결과 중국의 판도를 역사상 전례가 없게, 너무나도 넓게 만들었다. 이것은 청나라의 영광이고, 청나라의 뒤를 이은 오늘날 중국의 자랑이라고 할 것은 아니다. 너무 넓은 판도를 지키려고 청나라가 한 수고를, 오늘날의 중국은 더 많이 한다. 이것도 대실수를 저지른 것이다.

만주족이 국권을 장악하고, 한족은 보조자 노릇이나 하게 했다. 과거에 급제해 관직을 얻으면 지배신분에 참여한 것으로 인정되지만, 경륜을 펼수는 없게 했다. 입신출세를 위해 과거 공부에 매달리는 극소수의 예외자를 제외한, 다른 모든 사람은 글을 읽을 필요가 없다고 여기고 돈 모으기에 온갖 노력을 바치는 배금주의자가 되었다. 좋아서 학문을 하면서 박해를 각오하고 정치를 비판하는, 다른 문명권 어디에도 없는 동아시아 선비의 자랑스러운 전통이 청나라 시기 중국에서는 사라졌다. 이것은 중국을 망친 대실수이다.

오늘날의 중화인민공화국은 청나라를 계승한 국가라고 공언한다. 청나라를 계승해 현대의 대제국을 이룩하는 작업을 하다가 만 중화민국처럼 실수하지 않으려고 단단히 벼르고, 강경한 대책을 강구한다. 몽골인, 티베트인, 위구르인 등의 나라가 청나라가 쇠퇴하고 중화민국이 능력을 갖추지 못한 기간 동안 독립을 추진하는 방향으로 나아간 것을 무력을 사용해 단호하게 제어했다. 자치구라는 것을 만들어, 민족적 특색은 어느 정도 지닐 수 있게 하면서 정치적 독자 노선은 엄금하는 정도를 높인다.

이 일은 무척 힘들다. 로마제국, 몽골제국, 소비에트제국이 온갖 힘을 다 기울여 하다가 실패한 전례가 있다. 기울여야 하는 힘은 군사력만이 아니다. 군사력을 정치력으로 보조하면 민심 수습을 할 수 있는 것은 아니다. 나라를 잃어 원통하다는 사람들이 대제국의 구성원으로 머무르는 것이 인간다움의 정신적 향상에 유리하다고 여기게 하는 설득력이 가장 긴요하다. 로마제국, 몽골제국, 소비에트제국은 이를 위해 각기 그 나름대로의 보편주의 또는 세계주의를 마련하다가 역부족을 드러냈다.

중화인민공화국은 어떻게 하는가? 중국사회주의를 내세우다가, 중화민족의 和諧(화해)를 더 자주 말한다. 사회주의는 소비에트제국의 선례가 잘 말해주듯이 계급모순을 완화하다가 민족모순을 격화시킨다. 중국사회주의는 그렇지 않다고 하는 주장에 동의할 수 없다. 중화민족이라는 것을 내세우는데, 허구이고 억지이다. 소비에트제국에서는 러시아민족정신으로 단결하자는 말을 하지 않았다. 여러 민족이 대등하다고 구호에만 적지 않고 실행한 것을 본받아야 한다.

'和諧'는 같은 뜻을 지닌 글자 둘을 거듭 쓴 것이다. 같은 것들이 둘이 무엇을 한다는 말인가 하는 의문을 자아낸다. 孔子(공자)는 소인은 同而不和(동이불화)하고 군자는 和而不同(화이부동)한다고 했다. 같아서 불화하지 않고, 다르므로 화합하는 것이 마땅하다. "오늘날 중국에 和諧(화해)만 있고, 不同(부동)은 어디 갔는가?"《동아시아문명론》에서 이렇게 할 말을 중국어 번역에서는 삭제했다.

몽골인, 티베트인, 위구르인 등의 나라를 모두 포괄하고 있는 엄청나게 큰 제국을 유지하는 엄청난 짐을 지려면 탁월한 능력이 있어야 한다. 同而不和(동이불화)의 논란을 되살려 선비의 비판정신으로 심각한 토론을 벌여야 한다. 동아시아철학의 가장 소중한 유산인 생극론을 새롭게 재창조해, 사람이 누구나 지니고 있는 창조주권을 하나 남김없이 모두 대등하게 발현하도록 해야 한다.

그런데 내가 직접 가서 가르쳐본 중국의 대학생이나 대학원생들은 고향이 만 리나 떨어져 있으면서 교과서 이외의 책은 하나도 읽지 않아, 아는 것은 다 알고 모르는 것은 다 몰랐다. 지식이 모두 중첩되어, 너무나도 많은 인구가 엄청나게 낭비된다. 확고한 이념에 입각해 국가를 통치하는 교육을 일사불란하게 진행하는 것이 당연하다고 하겠지만, 엄청나게 큰 짐을 질 수 있는 역량을 기르지 않는 것은 청나라보다 더 몇 갑절 더 큰 실수이다.

짐은 너무 무겁고, 질 수 있는 힘은 아주 모자라는 것이 오늘날 중국의 모순이다. 너무나도 심각한 모순이어서, 감당하기 어려운 희생을 온몸으로 치른다. 인권유린을 한다는 세계의 비난을 듣는 것도 괴롭고, 일일이 대응하려니 너무 벅차다. 역량을 획기적으로 키우면 무거운 짐을 무리 없이 질 수 있다고 하겠으나, 요원한 일이고 장담할 수 없다. 더 손쉬운 방법을 택해 짐을 한두 개라도 내려놓으면, 숨을 제대로 쉬고 허리를 펼 수 있다.

청나라의 전례를 되돌아보면서 생각을 가다듬어야 한다. 청나라가 자기를 희생하면서 대제국을 만들어주어 고맙다는 착각에서 벗어나야 한다. 청나라의 대실수를 원망해도 소용이 없는 줄 알아야 한다. 대실수를 정확하게 알아차리고 슬기롭게 해결해야 한다.

天人合一(천인합일)을 근거로 삼고, 자연사와 인간사가 일치한다고 일깨워준 것이 동아시아 사상의 아주 소중한 유산이다. 공룡은 체구가 너무 커서 멸종되었다고 한다. 호랑이는 존속이 의심스럽다는데, 고양이는 어디서나 활기차게 돌아다니는 것을 누구나 본다.

공룡이나 호랑이는 이런 원리를 스스로 알아차리기 무척 어렵다. 체구를 줄이기 위해 노력하는 것은 더욱 불가능하다. 사람은 공룡도 호랑이도 아니어서 희망을 가지게 한다.

◉ 댓글과 답글

댓글: 한 개인의 삶도 가진 게 너무 많으면 타락하거나 부패하기 일쑤입니다. 재산 관리하느라 골치깨나 썩든지, 무작정 긁어모으는 재미에 빠져 단조롭거나 무미건조한 삶을 살든지, 유흥으로 심신을 달래다가 건강을 잃거나 망신살이 뻗치든지, 증여와 상속 문제로 부모와 자식, 형제자매들끼리 철천지원수 되는 일이 한둘이 아닙니다. 너무 많거나 넘치는 것보단 조금 적거나 모자라는 것이 건강한 삶을 유지하고 좋은 인간관계를 맺는 선물이 아닐까 합니다.

답글: 그렇습니다. 패권이나 치부는 둘 다 근심의 원천이고, 멸망의 촉진제입니다. 힘이 없으면서 패권주의를 신봉하고, 가난하면서 치부한 사람을 흉내 내는 허위의식에 사로잡힌 자들도 흔히 볼 수 있는데, 더욱 한심합니다. 이런 잘못을 깨우쳐주고 바로잡도록 하는 일을 정치나 종교는 하지 못하고 역효과나 내므로, 학문이 분발하고 나서야 합니다. 중대한 과업은 버려두고 지엽말단의 문제나 다루는 것은 학문의 직무유기입니다.

● ● ● ● ● ●

5-3 강자 자멸의 원리와 유형

역사란 무엇인가? 강자가 지배력을 행사해온 내력일 따름이고, 다른 무엇이 아니다. 기존의 강자가 새로운 강자의 도전을 받고 싸움에 져서 물러나고 지배자가 교체된다. 이것이 역사의 구체적인 내용이다.

세계의 거의 모든 학교에서 이렇게 가르치면서, 학생들에게 부국강병의 꿈을 키우라고 한다. 아무리 작은 나라라도, 지금은 강자에서 짓밟히는 처지에 있다고 해도, 과거에 어느 때에는 가해자였던 것을 자랑스럽게 여기자고 한다. 장차 강성대국이 되어 패권주의를 실현하기 위해 일제히 노력하자고 한다.

이런 생각은 잘못되었다. 강자가 언제나 강자인 것은 아니다. 강자는 가해가 자해가 되어 자멸한다. 더 강해지려고 무리를 하면 그만큼 더 처참한 멸망을 자초한다. 이것이 역사적 사실이고, 천지만물의 이치이다. 생각을 바꾸고 교육을 다시 해야 한다. 이렇게 말하면 쌍지팡이를 짚고 나서서 나무라는 사람들이 있을 것이다. 시비하기 쉬운 언설은 접어두고, 흔들기 어려운 사실을 제시하기로 한다.

작고 척박한 나라 영국이 거대하고 풍요로운 인도를 지배하면서 이익을 극대화하고자 했다. 인도에서 수탈한 면화를 가지고 자기네 기계를 돌려 만든 면직물을 인도에 가져가 고가로 판매하려고, 수공업으로 고급 면직물을 만드는 인도 기술자들의 손가락을 잘랐다. 식민지 통치에 대한 거센 항거가 뜻밖에도 저 멀리, 수탈할 것이 적고 아주 몽매하다고 여긴 아프리카 케냐에서 먼저 일어났다. 세계 최강임을 자랑하는 영국군이 첨단무기를 동원해 강경하게 진압했으나 패배하고 물러나야 했다. 대영제국이 무너지기 시작했다.

사람은 고래, 들소, 호랑이 등 거대한 동물을 마구 죽여 멸종의 위기에 이르도록 했다. 지구상의 최강자라고 뽐내고 있다가, 뜻밖의 습격을 당하고 있다. 눈에 보이지 않아 무시해온 미생물, 그 가운데서도 바이러스가 전과 다른 움직임을 보이면서 사람 괴롭히기를 거듭한다. 지금 코로나바이러스가 창궐해 모든 사람을 공포에 질려 떨게 하고 있다. 사람이 지구의 지배자라는 착각을 잃고 추락하고 있다.

이 두 사건은 전연 별개인 것 같지만, 주목할 만한 공통점이 있다. 지나치면 망한다. 강한 쪽과 싸워 이겼다고 자만하다가, 뜻하지 않게 약한 쪽의 반격을 초래한다. 승리가 패배이다. 가해가 자해여서 스스로 망하고, 패배를 자초한다. 이런 원리를 말해준다. 영국을 나무라기만 하지 말고 사람이 모두 반성해야 한다. 영국의 과오는 시정 가능하지만, 사람의 잘못은 바로잡기 어려워 더 큰 걱정이다.

중국 전국시대에 쟁패를 거듭하던 육국을 통일하고 거대제국 진秦나라를 이룩한 진시황은 경륜이 남달랐다. 法家(법가) 사상가 李斯(이사)를 재상으로 발탁해 법이 엄격한 것을 국력으로 삼았다. 이사는 법의 힘을 엄청난 권력으로 삼다가 망했다. 환관 조고의 모함에 빠져, 저자에서 목베임을 당하는 신세가 되었다. 이런 분란이 일어나 진나라도 망했다. 그 뒤를 이은 漢(한)나라뿐만 아니라, 새로 들어선 후대의 왕조는 모두 법을 간소하게 해서 백성을 편안하게 한다고 표방했다.

체구가 너무 큰 동물은 아무리 힘이 강해도 멸종의 위기에서 벗어나기 어렵다. 종일 먹어도 계속 배가 고프고, 먹이를 먹어치워 더 생겨나지 못하게 하기 때문이다. 공룡이 멸종한 뒤에도 체구가 작기 때문에 살아남은 포유류 가운데 너무 커진 것들, 매머드나 거대유인원은 멸종되었다. 코끼리나 고릴라가 어리석게 그 뒤를 따르고 있다. 거구를 자랑하면서 대지를 활보하던 땅늘보는 사라지고, 몸을 겨우 움직여 먹이가 적게 필요한 나무늘보가 된 것들은 살아남았다. 호랑이는 궁벽한 산중에서도 자취를 찾지 못하겠고, 고양이는 세계 도처의 골목에서 새끼를 많이도 치면서 잘 살아간다.

이 두 가지 사실은 더욱 거리가 멀지만, 너무 크고 강하면 자멸한다는 공통된 원리를 보여준다. 앞의 두 사례는 크고 강한 경쟁에서는 승리를 이루지만 작고 약한 쪽에서 반격을 하는 뜻밖의 사태가 벌어져 대처하기 어렵게 되는 것을 말해주었다. 지금 든 두 사례는 어떤 반격이 없이 자멸이 그냥 이루어지는 것을 말해준다.

자멸이 그냥 이루어지는 것이 기본유형이라면, 반격이 있는 것은 부차유형이다. 부차유형에서도 기본유형의 원리가 작동하고 있기 때문에, 대처하기 쉬울 것 같은 미미한 반격이 큰 힘을 가진다. 크고 강한 것이 반격 때문에 무너진다고 여기면 피상적인 관찰이다. 천지만물의 이치를 모르는 단견이다.

자멸의 유형보다 원리가 더 중요하다. 크고 강하면 자멸한다는 것은 사람의 역사나 생명체의 내력에 국한되지 않고, 천지만물에서 두루 타당한 생극의 원리이다. 우주의 천체도 같은 원리로 움직인다. 이 원리를 알면 현재 할 일을 알고 미래를 예견한다. 사람은 천지만물의 원리에 참여해 어느 정도는 바람직하게 진행되도록 할 수 있다. 天人合一을 하늘에만 내맡기지 않고, 사람의 의지를 관철시키고자 해야 한다.

크고 강한 쪽이 자멸하는 것은 차등을 과시하다가 자기 다리를 스스로 걸기 때문이다. 작고 약한 쪽은 대등의 즐거움이나 평화를 누린다. 불행히도 크고 강한 쪽에서 태어났으면, 차등 속에서도 대등을 이룩하기 위해 가능한 노력을 해야 한다. 다행히 작고 약한 쪽이면 대등의 가치를 크게 발현해 널리 혜택을 끼치려고 분발해야 한다.

이 글을 읽고 두 가지 의문이 생긴다고 한다. 크고 좋은 나라는 없는가? 이것은 작은 의문이다. 크면서도 대등을 실행하는 것은 가능하지만 실제로는 아주 어렵다. 작으면서 차등에서 벗어나는 쪽보다 더 많은 노력을 해야 하는데, 다수인 것이 장애가 된다.

동물의 내력과 사람의 내력이 같기만 한가? 이것은 큰 의문이다. 동물과 사람은 천지만물의 내력을 각기 그 나름대로 보여준다. 여기서는 다른 점보다 같은 점을 더 중요시하는 논의를 전개했다.

⬤ 댓글과 답글

댓글: 개와 고양이는 사람과 친화적인 관계를 가지는 재주로 살아남았다고 생각합니다. 여우는 사람의 시신을 먹는다는 이유로 사람과 멀어져, 자멸하고 말았습니다. 친화가 횡포보다 생존에 더 유리합니다.

답글: 그런 사례를 아주 많이 들 수 있습니다. 그런데도 싸워서 이겨야 잘살 수 있다고 하는 주장이 드셉니다. 잘못된 생각을 모두 모아 총체적으로 비판하는 큰 학문을 해야 합니다. 학문 분야나 전공 구분을 넘어서야 하는 이유가 분명합니다.

⬤ ⬤ ⬤ ⬤ ⬤

5-4 차등과 대등이 투쟁해온 역사

인류 역사는 계급투쟁의 역사이다. 이 말이 부적당하다고 여기고, 나는 말한다. 인류 역사는 차등과 대등이 투쟁해온 역사이다.

계급투쟁은 지배계급의 횡포 때문에 피해를 당하는 피지배계급이 들고 일어나 지배계급을 무너뜨리는 투쟁이다. 이것은 되풀이된다. 피지배계급이 계급투쟁에서 승리하고 새로운 지배계급이 되어 횡포를 자행해 계급투쟁이 다시 일어난다. 어느 단계에는 계급투쟁이 종식되고 계급 없는 사회가 이루어지리라고 하는 것은 납득하기 어렵다.

지배계급의 횡포는 무엇인지 살펴보자. 사람 차별을 하는 차등론이 그 핵심을 이루고, 가장 큰 반발을 불러일으킨다. 이에 대한 피지배계급의 반론은, 사람은 다 같은 사람이라고 하는 평등론일 수도 있고, 사람은 각기 달라 자기 나름대로 살아간다는 대등론일 수도 있다. 평등론자는 나서서 싸운다고 뽐내고 대등론자는 가만있는 듯이 보여, 평등론이 정당하고 대등론은 부당한 것 같다.

차등론에 철저하게 반대하고 평등론을 완강하게 주장하는 강경파가 지배계급을 무너뜨리고 그 자리를 차지한 다음에는 다른 말을 한다. 자기들이 위대한 과업을 이룩한 것이 너무나도 자랑스러워 지배권을 장악하는 것이 마땅하다고 하면서 차등론을 재현한다. 평등론과는 거리를 두고, 대등론이 차등론에 대한 대안이라고 여기는 대다수 민중은 배신을 거듭 당하고 새로운 억압을 받으면서도 굽히지 않는다. 사는 보람을 자기 나름대로 찾는 창조적인 활동을 멈추지 않는다. 이것이 계급투쟁이 간과하고 있는 역사의 진실이고, 인류의 자랑이다.

차등론에 대한 평등론의 투쟁은 정치 투쟁이다. 정치는 차등론을 불변의 원리로 하고, 정치 투쟁은 폭력을 하수인으로 삼고 싶은 유혹을 떨치기 어렵다. 차등에 대한 대안이 대등이 아니고 평등이라고 하는 주장에 무리와 기만이 있다. 권력 탈취의 명분으로 삼은 평등을 강제로 실현하려고 새로운 권력을 휘둘러, 차등을 더 키운다. 혁명의 영웅은 물론 그 후계자들까지도 지난 시기 제왕을 무색하게 하는 권능을 누린다. 이것이 계급투쟁의 악순환이다. 대등을 위한 투쟁은 평화적인 투쟁이다. 평화적이라는 것만으로는 말이 모자란다. 투쟁이 아닌 투쟁을 하는 것이 대등의 본질이다. 투쟁이 아닌 투쟁을 하는 방법을 예측할 수 없이 다양한 것이 대등의 양상이다. 이렇게 말하면 너무 거창하다. 그럴듯한 이론을 제시해 차등론이나 평등론과 경쟁을 하면, 대등론이 타락하고 변질된다.

대등론은 이론이 아닌 이론이다. 살아가는 것 자체가 대등이므로, 대등론은 따로 있지 않아도 된다. 없는 듯이 있으므로, 찾아내 논파하지 못하고 탄압의 대상이 되지 않는다. 대등론은 살아가면서 창조주권을 대등하게 발현하여 모습을 드러내고, 의의를 입증한다. 이에 관해서 〈창조주권론〉 유튜브방송에서 많은 말을 했으니 들어보기 바란다.

많은 말을 하고서도 미처 하지 못한 말을 〈우리 공연예술의 대등창작원리〉에서 했다. "지체·재산·사고·기량의 차등을 자랑하고 극단화하려고 하는 기득권자에 맞서서, 차등을 부정하고 대등을 실현하려고 하는 도전자의 혁명이 계속되고 있다. 내부의 혁명을 먼저 일으켜 차등예술을 대등예술로 바꾸어놓아야, 예술이 인류를 위해 크나큰 기여를 할 수 있다."

인류 역사가 계급투쟁의 역사라고 하는 것은 사실의 일면을 과장해 말하는 잘못된 주장이다. 역사의 향방을 오판하게 하고, 빗나간 투쟁을 부추기기나 한다. 인류 역사가 차등과 대등이 투쟁해온 역사라고 하는 것이 진실이다. 대등을 이룩하는 것이 바람직하다고 깨우쳐주어 인류가 희망을 가지게 한다.

계급투쟁의 역사는 정치가 주도한다. 정치는 차등을 본질로 하고 있어, 투쟁을 거치고 차등을 재생한다. 차등에 맞서서 대등이 투쟁 아닌 투쟁을 해온 역사는 삶의 진실에 근거를 두고 있으며 예술을 일꾼으로 삼는다. 일꾼이 진실해야 할 일을 제대로 한다.

정치가 예술을 사로잡아 차등예술을 만들었다. 이 위기 상황 타파가 선결 과제이다. 예술이 본질인 대등을 되찾아야 한다. 대등예술이 당당하게 자리를 잡아야 세상을 바로잡을 수 있다.

댓글과 답글

댓글: 여쭙겠습니다. 산은 산이고 물은 물입니다. 저는 대등론의 대등 그 자체는 별개의 의미도 없고 실체도 없을 뿐만 아니라, 규정짓는 것도 부질없다고 생각합니다. 차등에서 평등으로 나아가게 하거나 또는 차등론과 평등론이 대립 투쟁하게 하는 근거나 동력이 곧 대등이며, 이러한 현상을 설명하는 원리가 생극론이라 생각합니다. 현실의 모순을 포용하고 그 물결 속에 부침하면서 평정을 유지하거나 조화를 이루어내는 경지는 부분과 전체, 목적과 수단 어느 한쪽에 치우치는 차등론과 평등론에서는 마련하지 못했습니다. 산은 산이 아니었고 물은 물이 아니었던 것이 평등론의 모순이고, 지척을 천리라고 말하지도 못하게 하는 게 차등론의 한계이기 때문입니다. 이렇게 이해해도 되는지 궁금합니다.

답글: 논의가 너무 복잡하게 되었군요. 차등·평등·대등론을 구분해 말하는 데 상관관계가 적은 다른 말을 곁들이면 수습하기 어려운 혼란이 생길 수 있습니다. 지척을 천리라고 말하지도 못하게 하는 게 차등론의 한계라고 할 수는 있으나, 납득할 수 있게 하려면 추가 설명이 필요한 부담이 있습니다. 산은 산이 아니었고 물은 물이 아니었던 것이 평등론의 모순이라고 할 수는 없습니다. 설명을 더 하면 혼란이 커집니다. 이론을 잘 만들려고 무리한 시도를 하지 말아야 합니다. 말은 적으면서 포괄하는 의미는 큰 것이 좋은 이론입니다. 말이 많아 포괄하는 의미가 혼란된 것

은 나쁜 이론입니다.

⬤ ⬤ ⬤ ⬤ ⬤

5-5 정치사에서 문화사로

국사라고 하는 것은 정치사이다. 정치는 권력의 차등을 기본 원리로 하고, 국내외의 다른 권력과 상극하는 관계를 가진다. 국가 통치자가 강력한 군사력으로 적대자를 물리치고 지배 영역을 멀리까지 확장한 치적을 자랑한다. 이런 내용의 국사를 교육의 필수과목으로 삼고 통치자를 존경하고 패권주의를 칭송하라고 가르친다. 차등을 존중하도록 하고, 상극을 부추긴다.

국사도 서로 상극의 관계를 가진다. 이웃 나라와 싸운 내력을 가장 크게 다루면서, 승리를 거둔 것이 정당하고 자랑스럽다고 주장해 새로운 싸움이 일어나게 한다. 그만두어도 좋을 영토분쟁을 사생결단을 하듯이 하며, 故土回復(고토회복)을 서로 하겠다면서 극단의 반격을 준비한다. 이래도 되는가? 심각하게 묻지 않을 수 없다.

실감을 돋우기 위해 중동부 유럽의 경우를 본보기로 들어보자. 리투아니아, 폴란드, 헝가리, 불가리아 등의 오늘날의 중소국이 모두 한때는 대제국이었다. 그 어느 나라든지 국토의 대부분을 외국에 빼앗긴 것을 원통하게 여기고 고토회복을 하겠다고 일제히 나서면 어떻게 되겠는가? 주인이 여러 번 달라진 땅이 누구에게 귀속되어야 하는가? 해결될 수 없는 싸움을 하지 말고, 지금의 상태에 머무르면서 사이좋게 지내라고 충고하는 것이 마땅하다. 상대방을 이해하고 포용해 대등하게 화합해야 한다는 가르침을 명시할 수 있다.

자국이 싸움의 당사자이면, 말이 전연 달라진다. 남의 일을 말할 때에는 누구나 성인이지만, 자기 일이 닥치면 물불을 가리지 않는 소인이 되는 것이 예사이다. 패권을 장악한 강성대국은 어마어마한 횡포를 자행한다. 자국 영토 안에 있는 남의 역사는 흔적이 남지 않게 깡그리 지우고, 남의 영토에 남아 있는 자국 역사는 철저하게 찾아오려고 영토를 거기까지 넓히려고 한다.

강성대국이 그렇게 하는 것을 엄청나게 부러워하면서, 중소국은 실현이 요원한 고토회복의 비원을 유언으로 남기는 교육을 한다. 자손이 분발해 어느 때에는 대제국을 건설해 잃어버린 역사를 다 찾으라고 한다. 그래서 더 심해지는 열등의식을, 억울하면 출세를 하면 된다는 말로 달랜다. 우리나라도 언젠가는 강성대국이 될 것이니, 강성대국이면 횡포를 부리는 것을 나무랄 수 없다고 하게 된다. 실현 불가능한 분노가 비굴한 굴종으로 귀착되는 것을 흔히 본다.

자손을 어떻게 가르칠 것인가? 자기 자손을 물불을 가리지 않는 소인이 되라고 가르치겠다는 사람은 없다. 악역은 남의 자손이 맡도록 하고, 자기 자손은 손에 흙도 피도 묻히지 않고 성인으로 숭앙되기를 바란다. 자기 일을 하는 수고는 면제되고, 남들에게 온당한 충고나 해서 성인으로 숭앙되기를 바라는가? 그런 좋은 자리가 있으면 염라대왕이 즉각 달려와 차지했을 것이다. 꿈을 깨야 한다.

그러면 어떻게 해야 하는가? 정치사를 버리고 문화사를 공부해야 한다. 정치사는 차등을 가르치고, 문화사는 대등을 알아낸다. 정치가가 절대적이라고 하는 국사를 문화사는 상대적이라고 하면서 경계를 허문다. 영토는 한 치라도 독점하지만, 문화는 아무리 커도 공유할 수 있다. 정치사는 자기중심의 배타적 사고방식을 표출하지만, 문화사는 자타의 경계를 넘어서는 비교론을 갖추고 각기 소중하다는 대등한 평가를 할 수 있다.

한 본보기로 불교 사찰의 불탑을 보자. 중국은 전탑, 한국은 석탑, 일본은 목탑을 많이 만든 것을 두고 싸움을 하거나 우열을 다투지 않는다.

크기 또는 단단함을 단일 기준으로 삼고 그 모두를 일제히 재단하는 어리석은 사람은 없다. 주어진 조건에 맞게 자기 창조물을 만들어 불교조형물을 다채롭게 한 것을 평가하면서, 문화사가 비교문화사가 되어 문명사로 나아가야 한다. 불교의 불탑, 이슬람의 첨탑, 기독교의 종탑을 다각도로 비교해 고찰하며 비교문명사에서 세계문명사로 나아가야 한다.

지금은 자기 나라에만 머물러 사는 시대가 아니다. 누구나 온 세계를 내 집처럼 드나들고자 한다. 외국에 가서 오래 머무르거나 국적을 바꾸는 사람들이 나날이 늘어난다. 국제결혼이 흔하게 이루어져, 태어나는 아이들은 어느 나라에 소속된다고 하기 어렵다. 세계화가 문자 그대로 타당성을 가진다.

정치사 위주의 국사를 가르쳐 국가주의 또는 국수주의를 주입하는 것은 시대착오의 횡포이므로 그만두어야 한다. 국사 교과서를 어떻게 만들 것인지 다툰 것은 낯 뜨거운 일이다. 그러면 어떻게 해야 하는가? 이 물음에 대해 두 가지 대답을 한다.

한국문화사·동아시아문명사·인류문명사를 차례대로 가르치는 것이 일차적인 대안이다. 시야를 단계적으로 확대하는 순서이다. 셋은 배제가 아닌 포괄의 관계를 가져야 한다. 뒤의 것이 앞의 것을 포괄하면서 논의의 수준을 높여야 한다.

지역을 구분하지 않고 문화나 문명을 포괄적으로 연구하고 교육하는 이차적인 대책이다. 이렇게 하려면 역사학의 한계를 넘어서서 폭넓고 다양한 시야를 갖추어야 하고, 문학사가 큰 구실을 해야 한다. 문화는 개별적 특수성을, 문명은 통합적 보편성을 더 중요시한다고 구분하고, 대등생극의 원리에 입각한 비교론을 전개해 창조주권을 발현하도록 하는 것이 바람직하다.

학문의 경계가 없는 연구를 자유롭게 해야 한다. 학습이 연구이고 연구가 학습인 교육을 해야 한다. 교과서를 다원화하고, 교과서를 여러 책으로 대신하고, 학생들이 스스로 책을 짓는 단계로 나아가야 한다. 교사의 역할은 줄이고, 학생들의 자발적 탐구를 늘여야 한다.

이런 변화를 겪지 않고 구태의연한 나라는 비판의 대상이 되어 창피를 당하다가 없어져야 한다. 우리가 이런 변화의 후미가 되지 않고 선두로 나서야 한다. 분발하도록 독려하는 책임이 학문하는 사람들에게 있다.

지금까지의 논의는 실행에서 타당성이 입증된다. 차등론을 타파하고 대등론을 이룩하는 문화사를 널리 모범이 되게 이룩하자. 이것으로 교육을 혁신하고 의식을 각성해, 인류를 불행하게 하는 장애를 제거하자.

◉ 댓글과 답글

댓글: 차등의 정치사보다 대등의 문학사를 가르치자는 말씀에 감명을 받았습니다. 그런데 어려움을 무릅쓰고 함께 할 만한 것이 무엇이며, 그 목적에 따른 수단을 어떻게 정당화할까 하는 의문이 뒤따릅니다. 목적은 그 자체에 이미 수단을 내포하고 있는지, 아니면 수단과 목적은 별개의 것인지 하는 의문입니다. 대등을 내세우면서 차등을 강요하는 사례가 흔하기 때문입니다. 상대방이 대등하다고 여기지 않는 것도 문제입니다. 대표적인 사례가 일제강점기에 무력투쟁을 선포한 항일문학과 내선일체론을 주장한 친일문학이 아닐까 합니다. 이를 대등론으로 어떻게 설명할지 난감합니다. 상극이 상생이고 상생이 상극이란 논리보다, 뜻을 같이할 때는 상생이 대등이고 뜻이 어긋날 때는 상극이 대등이라고 볼 수 없는지 궁금합니다.

답글: 대등론은 무엇이든지 서로 대등하므로, 가치의 차이를 인정하지 말아야 한다는 주장이 아닙니다. 무력투쟁을 선포한 항일문학과 내선일체론을 주장한 친일문학이 대등한 것은 아닙니다. 무력투쟁과 항일문학은 방법이 달라도 대등한 의의를 가집니다. 무력투쟁과 항일문학이 상하관계

를 가진다고 하는 차등론은 부당합니다. 항일문학을 감동의 깊이가 아닌 투쟁의 강도에 따라 평가하는 것은 그런 차등론의 잘못된 적용입니다. 내선일체론과 친일문학은 대등한 과오입니다. 이 둘도 차등의 서열이 정해져 있지 않아 일률적으로 단죄할 수 없습니다. 친일문학이 더 큰 해독을 끼쳤을 수 있고 그 반대일 수도 있습니다. 표면에서는 민족문학이 내면에서는 친일문학일 수도 있고, 그 반대일 수도 있습니다. 대등론은 고정관념에서 벗어나 실상을 온당하게 이해하기 위한 방법으로도 긴요한 구실을 합니다.

● ● ● ● ●

5-6 동아시아 연합의 순서

유럽연합과 대등한 동아시아연합을 이룩하자. 이에 대해 반대 의견은 없지만, 나라의 크기가 너무 다르고 근래에 적대관계가 누적된 난관이 있다. 난관을 피하고 연합을 성사시키는 슬기로운 대책이 필요하다.

모두 한꺼번에 합치자고 하지 말고, 우선 두 나라라도 연합해야 한다. 적대관계가 없고, 특색이 상반되어 서로 도움이 되는 바가 큰 두 나라가 먼저 연합을 하는 본보기를 보여야 한다. 한국과 몽골이 이런 조건을 아주 잘 갖추었다.

몽골이 세계를 제패할 때에도 고려와는 적대관계가 아니었다. 몽골은 국토가 넓고 인구는 적으며, 한국은 인구는 많고 국토가 좁은 것이 상반되면서 대등한 조건이다. 한국의 기술과 몽골의 자원이 결합되면 서로 크게 도움이 된다. 연합을 필요로 하는 이유를 이처럼 잘 갖춘 본보기가 지구상에 더 없을 것이다. 몽골-한국 연합을 먼저 이룩해 동아시아연합을 위한 첫 단추를 잘 끼우는 것이 마땅하다.

동아시아연합을 이룩하려면, 동아시아가 어떤 곳인지 깊이 생각해야 한다. 유럽이 기독교문명권이라면, 동아시아는 유교와 불교가 外儒內佛(외유내불)의 관계를 가지는 유불문명권이다. 같은 문명권을 이루는 유대는, 종교학, 철학, 역사학, 정치학 등 세상에서 행세하는 그 어느 학문에서도 밝혀낼 수 없을 만큼 깊다. 유럽의 기독교나 동아시아의 유불교는, 다른 종교를 택한 이교도나 종교가 없는 무종교인에게서까지도 공동의 잠재의식 노릇을 하면서 피아를 구분하게 한다.

동아시아는 유교문명권이라고 하고 불교는 낮추거나 잊으면, 동아시아연합을 이룩하는 데 큰 지장이 있다. 유불문명은 내부의 대립을 적절하게 활용할 수 있다. 유교는 중국 중심주의나 사회적 차등을 옹호하는 폐단을 시정하고, 불교가 대등을 대안으로 제시해 동아시아연합을 위해 더 큰 기여를 하는 것이 마땅하다. 몽골–한국 연합은 불교의 동질성을 근거로 이루어진다. 불교는 유교보다 더 넓게 자리 잡고 있다. 연합의 범위가 장차 저 멀리 스리랑카까지 확대될 수 있게 한다.

이런 생각을 하면서, 몽골–한국 연합을 몽골–한국–월남 연합으로 확대하면 어떨까 한다. 월남은 불교를 정신적 기반으로 하고, 중국 중심주의에서 벗어나는 좋은 동지이다. 그러면서 월남은 한국과 최근에 적대관계가 있고, 자존 의식이 강한 사회주의 국가이며, 인구가 많아 버거운 상대이다. 몽골–한국과는 대등하지 않고, 차등이 있다고 여길 수 있다. 한국의 기술과 월남의 노동이 결합해 생산을 크게 향상하는 성과를 공유재산으로 하지 않으려고 할 수 있다.

대만이 독립된다고 가정해본다. 대만 독립을 촉진하려는 의도에서 이 글을 쓰는 것은 아니므로 오해 없기 바란다. 어떤 과정을 거치든지 대만이 독립된다면, 몽골–한국–대만의 연합은 쉽게 이루어질 수 있다. 대만이 안전을 다지고, 고립에서 벗어나고, 경제 발전을 하는 영역을 넓히려고, 몽골–한국과의 연합을 절실하게 희망하리라고 예상한다.

몽골-한국-대만 연합이 이루어지면, 대만의 선례가 상당한 설득력을 가져, 월남이 자기중심의 영광을 버리고 연합을 선택하기로 할 것이다. 사회주의 이념의 경직성을 완화하고 민족문화의 저층을 이루는 불교를 소중하게 여기면서, 몽골-한국-대만과 대등한 관계를 가지는 연합에 참여하는 것이 크게 유익하다는 결단을 내릴 것이다. 몽골-한국-대만-월남의 연합이 그리 어렵지 않게 이루어질 것이다.

몽골-한국-대만-월남 연합이 거대한 규모로 이루어지면 일본이 동요하지 않을 수 없다. 아시아를 떠나 유럽으로 가서 이웃 나라들보다 우월하다고 여기는 차등론을 버리고, 대등한 화합이 바람직하다고 여기고 귀환하지 않을 수 없다. 상당한 기간 동안 뜸을 들이면서 영국처럼 들락날락하지 않아야 한다고 다짐을 받고, 일본을 받아들여 몽골-한국-대만-월남-일본의 연합을 이룩하면 아주 큰일을 한다.

몽골-한국-대만-월남-일본 연합은 중국에 큰 충격을 준다. 덩치가 아무리 커도, 따돌림을 당하면 소외감을 느끼고, 살아가는 데 이로울 것이 없다. 중국이 참여를 원해도 일본을 받아들일 때보다 더 오랜 유예기간을 두고, 중국보다 동아시아가 더 크다는 것을 분명하게 깨달을 때까지 기다려야 한다. 중국이 한 나라가 아닌 여러 나라로 동아시아연합에 가입하는 것이 피차 유리한 줄 알면 더 좋아, 몽골-한국-대만-월남-일본-중국 연합이 안심하고 평화와 번영을 누릴 수 있기를 기대한다.

동아시아연합은 유럽연합, 미주연합, 이슬람연합보다 우월하기를 바라지 말고 대등해야 한다. 차등의 시대가 가고 대등의 시대가 온 것을 입증하는 실질적 활동을 해야 한다. 유럽연합과 미주연합이 기독교연합으로 힘을 합쳐 이슬람연합과 생사를 건 싸움을 하는 것을 말리고 화해를 하도록 권유하는 크나큰 사명을 수행해야 한다. 문명모순을 해결하는 더욱 진전된 방안은 문명의 경계를 없애는 것임을 밝히고 실행해야 한다.

유교를 넘어서서 불교문명으로 나아가면 연합의 범위가 스리랑카까지

이를 수 있다고 위에서 말했다. 이것은 영역 확장이 아니고 경계 말소의 시동이다. 그 사이에 있는 힌두교나 이슬람을 받아들이고, 화해의 사절 노릇을 할 수 있는 자격을 더 얻어 서쪽으로 멀리까지 나아가는 것이 마땅하다. 이에 관해서는 다음 글에서 더욱 분명하고 진전된 논의를 한다.

지금까지 제시한 구상을 실현하기 위해 학문이 무엇을 해야 하는가? 학문이 적극적으로 나서서 정치를 깨우치고 여론을 이끌어야 한다. 설계도를 제시하고 시공을 돕는 연구를 부지런히 해야 한다. 나는 2020년 후반기 두 학술회의에서 다음과 같은 논문으로 기조발표를 했다.

〈한국문학과 몽골문학의 유형적 비교〉에서 두 나라 동질성에 대해 깊은 이해를 하자고 했다. 〈한국문학과 월남문학, 중간부 문학의 세계적 의의 비교〉에서는 두 나라가 동아시아에서, 세계 전체에서 공동의 사명을 수행하자고 했다. 이런 연구를 많이 해야 한다.

◈ 댓글과 답글

댓글: 차세대 학문의 쟁점은 해양문화와 대륙문화의 교섭 양상이 될 것입니다. 돌하르방으로 대표되는 흉노문화가 대륙문화라면 동남아의 고인돌 문화는 해양문화인데 그 접점이 한반도입니다. 고인돌문화의 최북단이 요동반도이고 돌하르방의 최남단이 제주도이며, 음식문화로는 콩간장 문화와 어간장 문화의 교차점이기도 합니다. 이를 동아시아연합의 공통분모라 할 때 공교롭게도 중국과 일본은 여기서 배제되어 있습니다. 이러한 거대담론을 대등론으로 포괄할 수 있는지 궁금합니다.

답글: 동아시아연합은 어느 것을 공통분모로 하지 않고, 존재하는 모든 것을 대등하게 포용하는 원리로 이루어져야 합니다. 근원으로 돌아가려고 하지 말고, 현상과 기능을 존중하는 방향으로 나아가야 합니다. 이에 관한 논의가 시작하는 단계에 있어 아직 많이 미흡합니다. 많은 연구와 열

띤 토론이 국제적인 범위에서 계속되어야 합니다.

● ● ● ● ●

5-7 유불문명이 분발해야

'儒佛文明'(유불문명)이란 유교와 불교를 아우르는 문명이라는 말이다. 유럽의 라틴어·기독교문명, 서남아시아에서 시작된 아랍어·이슬람문명, 남·동남아시아의 산스크리트·힌두교문명에 상응하는 동아시아의 문명은 무어라고 해야 하는가? 이에 대한 대답을 한문·유교문명이라고 하면서 세계문학사를 서술하고 세계사를 거론해왔다. 이것이 잘못임을 깨닫고, '유교문명'을 '유불문명'이라고 수정한다.

동아시아문명은 유교문명만이 아니고 유교와 불교가 함께 이룩한 문명임을, 연구를 더하고, 연륜을 축적하면서 선명하게 확인하게 되었다. 유교와 불교는 '外儒內佛'(외유내불)의 관계를 가진다. 밖으로는 유교로 현실에 참여하고, 안으로는 불교로 마음을 비우면서 문명이 성장했으며, 사람됨이 성숙한다.

유교와 불교는 동아시아에서 오랫동안 상생이면서 상극이었다. 시대가 달라져 동아시아가 다른 여러 문명과 만나게 되어, 이제는 상극이면서 상생인 관계를 가져야 한다. 유교는 고고하게 놀지 말고 몸을 낮추라고, 불교는 산중에 머무르지 말고 밖으로 나오라고 서로 깨우쳐주면서, 동아시아가 인류를 위해 크게 기여해야 하자고 다짐하는 것이 마땅하다.

이런 생각을 분명하게 하는 데 크게 도와준 은인이 있으니, 耶律楚材 (야율초재)이다. 칭기스칸이 지휘하는 몽골군이 판도를 넓히면서 살육을 일삼을 때, 거란인 야율초재가 참모로 발탁되자 말했다. 사람을 약탈의 대상으로 삼고 죽이는 것보다, 살려두고 생업에 종사하게 하고는 세금을 거두는 것이 더 이익이다. 利(이)로 설득해 義(의)를 이루도록 해서, 몽골제국이 유라시아 대륙 거의 전역에서 '몽골평화'(Pax Mongolica)라고 일컬어지는 태평성대를 이룩했다. 우리 선조 고려인이 목숨을 구하고 나라를 유지한 것이 그 덕분이라고 할 수 있다.

야율초재는 "以儒治國 以佛治心"(이유치국 이불치심)을 신조로 삼았다. "유교로 나라를 다스리고, 불교로 마음을 다스린다"는 말이다. 나라를 바로잡고 사람을 살리기 위해 진력한 것이 안으로 불심佛心을 지녔기 때문이다. 마음을 비워 어긋한 행동을 하지 않았다. 나중에 부당하게 희생되어 가산 몰수를 당할 때, 축재한 사실이 전연 없이 가난하게 산 것이 밝혀졌다.

야율초재를 잊지 말아야 할 이유는 시야를 넓혀서 다시 말한다. 몽골군이 살육을 일삼는 것 같은 대재앙이 다시 일어나고 있다. 여러 문명이 대등하게 공존하는 균형을 깨고, 유럽 라틴어·기독교문명이 일방적으로 팽창해 세계를 휩쓸고 있어 다른 모든 문명권을 불행에 몰아넣는다. 가장 큰 힘이 군사력에서 경제력으로, 다시 기술력으로 이동하면서 차등이 확대되고 상극이 격심해진다.

이에 맞서 상극의 투쟁을 벌이는 것은 적절하지 않다. 차등을 대등으로 바꾸어놓아 상극이 상생이게 해야 한다. 유교와 불교의 상극이 상생이게 한 동아시아는 먼저 창조주권을 고도로 발휘해 대등의 발판을 구축해야 하고, 할 수 있다. 그다음에는 동서의 상극도 상생이게 해서 세계적인 범위의 상극도 상생이게 하려고 힘써 노력해야 한다.

이를 위해 다른 문명권과의 제휴가 필요한데, 가까이 있는 산스크리트·힌두교문명은 의욕이 모자라 안타깝다. 그 이유가 무엇인지 힌두교의 성자 비베카난다(Vivekananda)가 한 말을 들어보자. 힌두교는 동반자인 불교를 잃고 몰락의 길에 들어섰다고 했다. 아랍어·이슬람문명은 극도의 순수성을 견지하면서 라틴어·기독교문명에 대한 투쟁에 몰두하고 있어, 대화합을 이룩하는 과업을 함께 수행할 수 없다.

라틴어·기독교문명과 아랍어·이슬람문명의 충돌이 날로 격심해지면서 세계사의 재앙을 초래한다. 모든 종교를 다 부정하는 무신론으로 이 싸움을 해결하려고 한 것은 망상으로 판명되었다. 양쪽이 독선을 버리고 상대방을 이해하고, 싸움을 멈추고 평화를 이룩하라고 촉구하는 중재자 노릇을, 우리 유불문명에서 하고 나서서 파국을 막아야 한다. 기독교문명과 이슬람문명이 지나치게 격화된 싸움을 멈추고, 상대방을 인정하고 화해하도록 설득해야 한다.

유불문명이 상극이 상생이고 상생이 상극인 생극론에 입각해, 차등론을 넘어서고 대등론을 실천해온 것은 동아시아만이 아닌 인류의 보편적인 소망이다. 인류의 보편적인 소망이 기독교나 이슬람이 드센 곳들에서는 일시적으로 무시되고 억압된 것을 알고 되살려야 한다. 이를 위한 설계를 하는 것이 우리 학문의 가장 큰 과제이다.

유불교는 종교라는 공통점이 있어 기독교나 이슬람을 논리적으로 배격하지 않고 심정적으로 이해할 수 있다. 그러면서 배타성이 아주 적은 종교여서, 양쪽의 독선을 완화하는 데 기여할 수 있다. 상극이 상생인 원리를 제시하기만 하지 않고 유교와 불교의 다툼 해결에 활용해 타당성을 입증했다. 더 많은 논의를 다채롭게 전개하면서 종교학을 넘어서는 새로운 종교학을 정립해, 근대를 넘어서서 다음 시대로 나아가는 문명 전환의 지침을 제시할 수 있다.

유불교는 예술과 밀접한 관련을 가졌다. 설득보다는 감동이 더 큰 힘을 지닌 것을 인정하고, 개념을 사용하는 철학이 감당할 수 없는 각성을 형상을 만들어내는 예술의 소관사로 넘겼다. 말을 불신해 독선을 경계하고, 무식한 민중의 언어예술이 관념을 타파할 수 있게 용인했다. 이런 전통을 적극 계승해, 대등예술을 함께 하면서 상극이 상생이게 하자는 것을 세계사의 곤경 해결의 가장 효율적인 방법으로 제시한다.

이런 견해를 서두에 제시하고, "이슬람문명의 이해, 문학을 중심으로"라고 하는 유튜브 방송을 하고 있다. 기독교문명권과 이슬람문명권이 충돌해 세계사의 위기를 초래한 것을 크게 근심하고, 화해를 위한 중재자로 나서야 하는 사명감과 자격을 확인한다. 화해를 하려면 양쪽을 다 알아야 하므로, 이슬람문명에 대한 이해 부족을 문학을 통해 어렵지 않게 해결하려고 한다.

◉ 댓글과 답글

댓글: 대등한 화합이란 사유가 중세후기의 야율초재에 의해 구체화되었다는 말씀은 소중합니다. 그 무렵 혁신 불교와 유교가 부상해 유불문명을 구현할 때 도교도 관여했습니다. 이에 대한 이해가 부족한 점이 있어 보충하고자 합니다. 중세후기에 도교 경전인 〈道德經〉(도덕경)과 〈參同契〉(참동계)가 기존의 불교와 유교에 충격을 주어, 見性(견성)과 知天命(지천명)을 새롭게 해석하도록 한 바가 있습니다. 玄妙(현묘)를 皆有佛性(개유불성)과 皆有太極(개유태극)이라는 논거로 수용해 天命之謂性(천명지위성)이라 함으로써 보편화한 것이 성리학의 太極(태극) 논의이고 선종의 〈曹洞五位要解〉(조동오위요해)입니다. 여기에 다시 복잡한 이론을 단순화하여 예술로 승화시킨 것이 중세후기 동아시아의 혁신종교와 함께 나타난 민족어시가입니다. 退溪(퇴계)의 〈陶山十二曲〉(도산십이곡)이 예술로 승화한 대등한 화합의 대표적 사례입니다.

댓글: 그런 내력에 대한 넓고 깊은 연구가 있어야 합니다. 국경을 넘어서고, 학문 구분을 철폐해야 필요한 연구가 제대로 이루어질 것입니다. 분발하고 노력하는 일꾼이 많이 있기를 기대합니다.

중국을 보면, 유교나 불교와 긴밀한 관계를 가지고 도교가 큰 구실을 해서 儒佛道(유불도) 문명을 이룩했다고 할 수 있습니다. 그러나 중국의 도교와 상응하는 독자적인 종교가 한국에서는 무속이고, 일본에서는 神道(신도)입니다. 유불문명이 중국에서는 유불도, 한국에서는 儒佛巫(유불무), 일본에서는 儒佛神(유불신) 문명으로 변형되어 민족문화를 형성하는 방향으로 나아갔습니다. 이에 대한 고찰을, 총론과 각론을 다 잘 갖추어 하는 거대한 과제가 유능한 연구자 집단을 기다리고 있습니다.

● ● ● ● ●

5-8 대등예술의 사명

방실방실 웃는 님을 못다 보고 해가 지네.
걱정 말고 한탄 마소. 새는 날에 다시 보세.

방실방실 해바라기 해를 안고 돌아서네.
어제 밤에 우리 님은 나를 안고 돌아서네.

이것은 모노래이다. 모를 심으면서 남녀가 한 줄씩 주고받으면서 불렀다. 일을 함께 하면서 남녀가 정다운 관계를 노래해, 노동·사랑·예술이 하나였다. 노동·사랑·예술이 하나인 대등예술에서 크나큰 즐거움을 누렸다.
　하층의 삶만 이렇고, 상층은 달랐다. 노동이라고 할 것은 없으며 재산으로 살아가고, 격식에 따라 부부관계를 이루고, 예술이 고작 한시나 가사를 지어 읊는 것이다. 노동·사랑·예술이 하나인 즐거움은 없어, 다른 즐거움을 찾아야 했다.
　즐거움을 차등에서 찾았다. 남자는 여자보다, 장자는 지차보다, 종손은 지손보다 우월하다고 자부하면서 즐거워했다. 이것은 내적 차등이다. 지체나 재산이 월등한 명문거족보다는 못하지만 하층민보다는 우월하다는 외적 차등에서, 한편으로는 좌절을 다른 한편으로는 희열을 느꼈다.

상층은 理(이)는 하나이고 氣(기)는 둘이라는 理氣(이기)이원론을 성현의 가르침이라면서 신봉하고, 차등의 윤리인 오륜을 존중했다. 이와는 다른 氣(기)일원론도 있어, 하나이면서 둘인 氣(기)가 생극의 관계를 가진다고 하고, 삶을 누리는 것이 善(선)이라고 하기도 했다. 이것은 하층민과 깊은 관련을 가진 극소수가 가까스로 제기한 소규모의 반론이었다.

거대한 반론은 하층민의 삶 자체였다. 하층민은 재산이 아닌 노동으로 살아가므로, 남자와 여자, 장자와 지차를 차별할 이유가 없고, 종손과 지손의 구분은 아예 없었다. 서로 대등한 관계를 가지고, 공동체적 결속을 이루면서 살아갔다. 이것이 내적 대등이다. 노동·사랑·예술이 하나인 즐거움을 모두 함께 누리면서 내적 대등을 분명하게 했다.

상층이 내세우는 차등은 난공불락인 것처럼 보이지만, 감출 수 없는 허점이 있어 뒤집기가 가능하므로 대등의 반론을 제기했다. 우월감에 사로잡혀 헛되게 살아가느라고 노동·사랑·예술이 하나인 즐거움을 모르는 것이 얼마나 어리석은지 알아차리도록 했다. 차등은 더욱 확대되려는 속성이 있어 무리하다가 스스로 몰락하는 길에 들어서는 것을 탈춤에서도 보여주면서 큰 흥밋거리로 삼았다.

그 결과 우월이 열등이고 열등이 우월이며, 유식이 무식이고 무식이 유식인, 거대 규모의 외적 대등을 명시했다. 이 작업을 정치 투쟁이나 경제 발전에서 힘을 얻어 하지 않고, 민중예술의 다채로운 창조에서 수행했다. 예술이 역사 창조를 준비하고 선도하는 모습을 확인하고 큰 교훈을 얻어야 한다.

오늘날은 어떤가? 상층과 하층의 구분이 없어졌으나, 차등이 철폐된 것은 아니다. 민주화가 진행되고 경제 발전이 이루어져 사회가 유동적으로 움직이면서 위로 올라가려는 경쟁이 더욱 치열하게 나타났다. 모든 움직임의 유일한 동력인 경쟁이 차등을 극도로 확대하고 대등이 이루어질 여지를 없앤다. 이를 위한 이념이나 철학이 무더기로 들어와, 기일원론은 물론 이기이원론까지도 방기되었다.

정치의 실상을 보자. 정치인들끼리 당락을 다투는 선거에서 일반인은 주어진 투표용지에 도장을 하나 누르는 것 이상의 역할은 하지 못한다. 경제는 어떤가? 경제 발전이 소득의 꼭짓점을 아주 높이고, 무능력자를 많이 만들어내 빈부의 격차가 크게 확대되었다.

노동·사랑·예술이 멀리 떨어져 서로 아무런 관련이 없어야 하는 것처럼 되고, 많이 변질되었다. 노동은 그 자체의 의의가 없어지고 임금 액수를 가치로 삼는다. 사랑은 외적 조건에 맞는 선택이 되었다. 예술은 특수한 사람이나 하는 별난 활동이 되었다. 지난날의 상층보다 더욱 심각한 분열을 겪고 불행이 격심하게 되었다.

이렇게 말한 것이 전부는 아니다. 표면은 아주 달라진 것 같지만, 지난 시기 하층의 삶에 근거를 둔 대등의식이 이면에서 이어지고 있다. 나라에 위기가 닥치면 대등의식이 모습을 드러내 공동체적 유대를 재현한다. 이면의 가능성이 그릇된 표면을 뒤집어엎는 대변혁을 거친다면 역사의 진행을 바로잡을 수 있다.

이 일을 어디서 맡아야 하는가? 정치의 민주화는 해답이 아니다. 민주화만 하면, 평등의 환상을 추구하라고 경쟁이 더 심해진다. 경제의 성장보다 분배에 힘을 더 써서 복지사회를 이룩하면 모든 문제가 해결될 수 있는 것은 아니다. 복지에만 힘쓰면 혜택을 더 바라고 자발적인 창조는 하지 않게 된다.

민주사회나 복지사회는 선진화의 임무를 수행하고 후진이 되고 있다. 그 대신 지금까지 후진이라고 여기던 대등사회가 선진으로 나설 때가 되었다. 민주사회나 복지사회의 결함을 시정하고 한 걸음 더 나아간 사회가 대등사회이다. 대등사회를 이룩하려면 어떻게 해야 하는가?

위에서 든 모노래를 다시 보자. 그런 노래에서 노동·사랑·예술이 하나였던 즐거움을 다시 누리기를 염원하고 가능한 접근을 해야 한다. 사회 인팎의 대등을 분명하게 하려고 누구나 공동체 의식을 가지고 참여해 저마다의 창조주권을 발현해야 한다. 대등예술을 되살리는 예술가들이 선두에 나서서 변혁을 주도해야 한다.

생극론을 되살리고 대등론을 구현하는 작업을 철학에서는 하지 못하고 있어, 대등예술이 철학의 임무까지 맡아야 한다. 철학뿐만 아니라 정치나 경제의 발전도 질곡이 되는 시대의 위기를, 대등예술이 분발해 타개해야 한다. 대등예술은 대등사회를 이룩하고 대등문명을 창조해야 하는 세계사적 사명을 지니고 있다.

이것이 결론인가? 앞뒤의 글이 인과적인 논리를 가지지 않고 독립되어 있으므로, 결론이라고 할 것이 따로 없다. 가장 요긴한 말을 마지막에 한다. 학문이란 다름이 아니고 고향으로 회귀하기 위한 멀고 험한 길임을 확인한다. 마음의 고향을 찾으면 예술과 함께 학문도 샘솟아 오른다.

● 댓글과 답글

댓글: 학문 왜 어떻게 5-1부터 5-8강까지는 지금까지 진행된 조동일문화대학 강의의 최고봉입니다. 들을 때마다 새로운 깨우침을 받아, 눈이 번쩍 뜨이고 가슴이 꿈틀거렸습니다. 공상을 맘껏 펼치는데 전혀 허황하지 않고, 본질을 꿰뚫으면서도 구체적이고 쉬워서 귀에 쏙쏙 들어왔습니다. 조동일문화대학은 살아있는 인류 최고의 문화대학이며, 인류의 언어유산으로 길이 남을 것입니다. 수고하셨습니다. 강의하신 내용을 책으로 내주시길 바랍니다.

답글: 지나친 칭찬을 받고 잘난 체하면 모든 노력이 허사가 됩니다.《周易》(주역) 乾卦(건괘)를 들어 말하면, 밭머리에 모습을 가까스로 드러낸 見龍(현룡)이 앞으로의 가능성을 탐색하는 단계입니다. 몇 단계 더 올라

가 飛龍(비룡)이 되는 임무는 감당할 수 없어, 大人(대인)이 나타나기를 기다립니다. 강의 내용에다 댓글과 답글을 보태 책으로 내서, 대인을 부르는 더욱 간절한 호소로 삼습니다. 수행해야 할 임무가 아주 커서, 이 시대의 대인은 아주 많아야 합니다.

● ● ● ● ●

제 2 장

이론 만들기의 사례와 방법

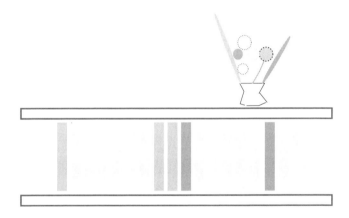

1 서론

1-1 왜 이론인가?

학문은 무엇인가? 이론을 만드는 작업이다. 왜 이론을 만들어야 하는가? 이론을 어떻게 만드는가? 이런 의문을 풀어야 학문을 하고, 잘할 수 있다.

이론이 무엇인가? 이에 관해 학문을 시작할 때부터 필요한 최소한의 소견만 쉽게 말하기로 한다. 누구나 잘 알 수 있는 예를 들고, 어린아이도 알아들을 말을 한다.

비가 내린다. 꽃이 떨어진다. 낙엽이 바람에 날려 멀리까지 가서 쌓인다. 폭포가 아래로 쏟아진다. 밤하늘에서 별똥별이 하강선을 긋는다. 이런 사실을 관찰하고 옮겨 적으면 학문이 되는 것은 아니다.

사실 열거는 학문이 아니다. 학문을 하려면 문제의식이 있어야 한다. 물체가 떨어지는 것은 무슨 까닭인가? 이런 질문을 해야 한다. 비도, 꽃도, 낙엽도, 폭포도, 별똥별도 각기 밑으로 떨어지려고 하는 그 나름대로의 속성이 있기 때문이다. 이렇게 대답하면 학문을 한다고 할 수 없다. 의문에 대답을 일관되게 하는 이론을 만들어야 학문을 한다고 할 수 있다. 사물이 각기 지닌 속성을 말하는 것은 이론이 아니다. 특수성을 넘어서서 보편성을 갖추어야 이론이다.

위의 의문에 대해 학문이 대답하는 이론이 보편성을 몇 단계로 갖춘다. 열거한 것들이 아래로 떨어지는 이유는 지구의 인력에 이끌리기 때문이다. 여기서 인력이라는 개념이 등장하지만, 적용 범위가 한정되어 있다. 지구만 인력이 있는 것은 아니다. 달도 인력이 있어 바닷물을 끌어당기므로 조수 간만의 차이가 생긴다. 여기서부터 인력의 적용 범위가 확대되기 시작한다.

태양의 인력 때문에 지구가 태양 주위를 돌고, 지구의 인력 때문에 달이 지구 주위를 돈다. 태양이 인력으로 끌어당기는 구심력과 지구가 밖으로 뛰쳐나가려고 하는 원심력이 균형을 이루어, 지구가 태양 주위를 일정한 궤도를 그리며 돈다. 지구와 달의 관계도 이와 같다. 태양도 어떤 것 주위를 돈다. 은하계도 또한 그렇다. 이런 논의를 끝없이 할 수 있다. 점점 더 어려워진다.

질량이 있는 모든 것은 인력이 있다. 인력의 크기는 질량과 비례한다. 여기 이르러 만유인력의 이론을 완성해야 모든 의문이 풀린다. 만유인력을 총론으로 하고, 인력의 개별적인 양상이나 전달 방식에 관한 각론을 전개하는 것이 다음 작업이다.

다른 본보기를 하나 더 들어보자. 햇빛은 밝고 따뜻하다. 햇빛이 밝고 따뜻한 것은 누구나 안다. 강아지도 알고 참새도 안다. 햇빛은 왜 밝고 따뜻한가? 이 의문은 사람만 가지는 것 같다. 이에 대해 경험적 접근을 해보자. 설문 조사, 문헌 조사, 측정이 다 소용없다. 현상만 확인하고 이유는 모른다. 햇빛은 많은 사람이 밝고 따뜻하다고 하니까 밝고 따뜻하다고 하는 것은 헛소리이다.

태양은 왜 밝고 뜨거운가? 이 의문을 풀려면 여러 말이 아닌 한 말로 대답할 수 있어야 한다. 경험적 접근을 버리고 이론적 접근을 해야 한다. 명쾌한 이론을 얻어야 한다. "태양에서 핵융합이 일어나기 때문이다." 이 한마디가 엄청난 빛과 열을 방출하는 이유를 해명하는 이론이다. 하는 말은 복잡하지 않고, 아주 간명하다. 이해하기 쉬운가, 어려운가는 듣는 사람에 따라 다르다.

핵융합 이론 때문에 햇빛이 밝고 따뜻한 이유를 두고 전에 하던 이런 저런 말은 모두 무효가 되었다. 이 이론은 필요한 요건을 잘 갖추었기 때문이다. 이론이 필요로 하는 요건은 무엇인가? 이론은 실상과 부합해야 하고, 논리를 갖추어야 한다. 실상과 부합하다는 것이 실상을 한정해놓고 하는 말이 아니다. 실상은 넓을수록 좋다. 실상을 한정해서 만든 특수이론을 한정되지 않은 실상에 관한 일반이론으로 확대하기 위해 노력해야 한다.

자연학문만 이처럼 대단한 이론을 이룩하는 것은 아니다. 다른 모든 분야에서도 이론을 만들어 해결해야 하는 크고 작은 문제가 계속 제기된다. 여기서 하고자 하는 작업은 이론을 어떻게 만드는지 국문학을 출발점으로 해서 말하고, 이론을 만드는 실습을 하도록 하는 것이다.

국문학을 출발점으로 하는 것은 두 가지 이유에서 합당하다. 국문학에서 이론을 만드는 작업을 많이 한 경험을 말하고, 터득한 방법을 알려주어야 한다. 국문학 자체나 그 이론은 전문적인 식견이 없어도 이해가 가능한 이점이 있어, 누구든지, 자연학문 지망자라도 국문학을 잠깐 공부하면서 이론을 만드는 훈련을 할 수 있다.

이론 만들기는 여러 단계의 작업이다. 장난삼아 해보는 실습에서 시작해 잠정이론을 만들고, 토론과 검증을 거쳐 본격이론으로 등록할 것을 얻어내, 다른 이론과 타당성 경쟁을 한다. 어느 영역의 특수이론을 만들었다가 적용 범위를 계속 확대해 일반이론에 이른다. 타당성이 거의 절대적인 일반이론을 만들면 한 시대의 학문이 마무리되고, 다음 시대가 시작된다.

이런 과정을 거쳐 탁월한 이론을 만들자는 것은, 수입학에 머무르지 말고 창조학을 하자는 말이기도 하다. 국문학은 창조학을 하는 모범을 보이면서, 그 자체의 특수이론을 산출하는 데 그치지 않고, 세계적인 의의를 가진 일반이론을 이룩한다. 이렇게 하게 된 내막을 공개하고 되돌아보면서 다른 분야도 일제히 분발하자고 한다.

한국은 이제 선진국이 되고 있다. 이론 만들기를 주도하는 나라가 선진국이다. 자연학문에서 이론 만들기를 주도하려면 돈과 시간이 더 필요하므로 기다리라고 하니 갑갑하다. 인문학문의 선두주자 국문학은 선후 역전을 실행하는 지름길을 제시해 희망을 가지게 한다.

학문이 무엇인지 알고 해야 한다. 학문이 무엇인지 알고 하는 데 도움을 주려고 이 책을 쓴다. 이 책을 읽지 않고 알아야 할 것을 알면 더 좋다. 이 책을 읽어도 모르면 학문을 하지 말라고 권고하면 되는 것은 아니다. 다른 어떤 일도 학문을 하는 방법으로 해야 잘된다. 학문은 사람이 하는 일의 한 본보기에 지나지 않는다. 퇴로가 없으니 정신을 차려야 한다.

부기: 자연학문 특히 물리학이 학문의 제왕으로 군림하면서 학문에 대한 몇 가지 오해를 빚어낸다. 학문을 잘하려면 엄청난 연구비가 필요하다. 가장 부강한 나라의 학문 주도는 불가피하다. 그쪽의 선진학문을 수입해 후진에서 벗어나는 것 이상의 좋은 방책은 없다. 그러나 가장 부강한 나라는 문화 전통이 빈약하고, 인문학문을 경시해 다른 측면에 심각한 약점이 있다. 연구비가 모자라는 후진국도 잘할 수 있는 자국문화 연구에서 보편적 의의를 가진 일반이론을 정립하면, 선후가 역전된다.

1-2 이론의 단계

앞에서 전개한 논의를 보고 자연학문의 이론을 인문학문으로 가져와 추종한다고 나무라지 말아야 한다. 인문학문은 자연학문을 따르려고 하지 않고, 이룬 성과를 발전시키면서 더 나아가고자 한다. 자연학문에서 만든 이론을 학문총론의 관점에서 점검하고 평가한다.

만유인력은 사실판단의 이론이다. 일상적 경험의 연장인 사실을 총체적으로 해명하는 데 그치고, 인력은 왜 생기는가 하는 의문을 제기하지는 않는다. 의문을 더 제기하지 않아 사실판단이 완결되게 한다. 상대성이론은 인과판단을 하려고 한다. 햇빛은 왜 밝고 뜨거운가 하는 의문을 일상적 경험으로는 상상도 할 수 없는 이유를 들어 풀어준다. 질량과 에너지가 같은 것은 무슨 이유인가 하는 데까지는 나아가지 않아, 인과판단이 멈추어 있다.

사실판단에서 인과판단으로 나아가면 이론이 완성되는 것은 아니다. 가치판단으로까지 이르러야 한다. 자연학문은 사실판단을 잘하지만, 인문학문은 가치판단에 힘을 기울인다. 자연학문에서는 사실판단과 가치판단은 별개라고 한다. 인문학문에서는 사실·인과·가치판단이 이어져 있다고 한다. 사회학문은 양극단의 중간이다.

인간은 다른 생물들보다 우월한가? 이것은 인간에 대한 가치판단의 핵심이 되는 물음이다. 이에 대한 확고한 대답을 여기저기서 들을 수 있다. 하느님이 인간을 당신 비슷하게 창조하고, 모든 생물을 인간이 마음대로 하도록 만들어 주셨다. 머리가 인간은 위에 있어 정생正生이고, 동물은 옆에 있어 횡생橫生이고, 식물은 아래 있어 역생逆生이다. 이런 주장은 사실판단이나 인과판단을 할 수 없는 전제에 의해 일방적으로 하고 있어 타당성이 인정되지 않는다.

식물이 광합성을 해서 만든 양식을 동물이 먹고, 인간은 그것을 직접 먹기도 하고 동물이 먹고 자란 것을 다시 먹기도 한다. 생명의 근원을 만드는 데서 식물이 으뜸이고, 동물이 그다음이고, 인간은 꼴찌이다. 인간의 자랑인 과학이 아무리 발달해도 실험실에서 광합성을 해서 양식을 생산하지는 못한다. 그러면서 식물·동물·인간의 차이점에 대한 인지에서는 인간이 앞서고 동물은 그다음이다. 식물·동물·인간은 상이한 능력이 서로 보완하는 관계에 있어 대등하다고 할 수 있다.

학문은 가치판단을 하지 말고 가치중립 또는 몰가치론을 견지해야 객관적 타당성을 확보한다는 주장이 있다. 이것은 자연학문이 지니고 있는 한계를 학문 전반으로 확대하자는 말이다. 객관적 대상과 주관적 사고가,

자연학문 쪽으로 가면 갈라지고 인문학문 쪽으로 오면 합쳐진다. 둘을 합치는 쪽으로 나아가는 것이 학문의 이상이고 목표이다. 이것이 위험하다고 여겨 학문의 의의를 축소할 수는 없다.

학문이 몰가치론을 견지하고 물러나 있으면, 기괴한 사태가 벌어진다. 가치 관할권을 독점하려고 여러 종교가 공인된 규칙이 없는 투쟁을 끝없이 벌인다. 정치가 터무니없는 이념을 내세워 세상을 휘어잡고 현혹하려고 한다. 온갖 사기꾼이나 야바위꾼들이 그럴듯한 이름을 내걸고 마구 설친다. 그래서 생기는 혼란이나 차질을 그대로 두고 볼 수 없어 학문이 나서야 한다.

학문은 잘못을 저지르지 않는다는 것은 아니다. 학문에서 하는 가치판단에도 편향성이나 결함이 있지만, 종교나 정치와는 다른 방법으로 시정한다. 종교에서처럼 자기는 전적으로 옳고 상대방은 전적으로 틀렸다고 하지 않고, 상대주의적 포용성을 가진다. 정치에서 선거로 승패를 일거에 결정하듯이 결론을 내지 않고, 학문의 이론은 여럿이 공존하면서 논리를 규칙으로 삼고 토론을 벌인다. 이 토론에 누구든지 참여해 더 나은 이론이 이루어지도록 하는 데 기여한다.

사실판단 이론을 근거로 인과판단 이론을 만들고, 앞의 둘을 근거로 가치판단 이론을 만드는 것이 학문의 장점이고, 학문을 신뢰할 수 있게 하는 근거이다. 사실·인과·가치판단은, 앞의 것일수록 분명하고 뒤의 것일수록 논란이 많은 것이 당연하다. 분명한 것은 소수의 전문가가 판단하지만, 논란이 많은 것은 다수 참여자의 토론 거리로 삼는다.

학문의 이론은 이론으로 그치지 않고, 실천을 위한 지침이고 설계이어야 한다. 사실판단이나 인과판단에 그치지 않고 가치판단을 갖추는 이론이라야, 실천을 위한 지침이고 설계일 수 있다. 학문에서 설계도를 내놓지 않으면 집을 아무렇게나 지어 붕괴 사고가 일어난다. 설계도가 있어도 따르지 않으면 사고가 나므로, 학문이 감리자 노릇까지 해야 한다.

세상이 잘못되고 있다고 개탄이나 할 것은 아니다. 이 시대의 잘못을 바로잡고 다음 시대를 바람직하게 이룩하는 설계도를 작성하고, 감리자 노릇까지 하는 학문을 실제로 맡아서 해야 한다. 이 과업을 국력이 대단하고 연구비가 많으면 잘 수행할 수 있는 것은 아니고, 그 반대이다. 그릇된 생각을 바로잡는 자기 설계나 자기 감리가 선결 과제임을 알아야 한다. 이것을 낙후하고 무력하다는 곳에서 더 잘해 선후역전을 이룩한다.

이 책 후반 총체이론에서 할 말을 미리 해서, 이론 창조가 어디까지 나아가야 하는지 알린다. 차등론의 잘못을 대등론으로 바로잡아야 한다. 사람은 누구나 지니고 있는 창조권을 대등하게 발현하는 것이 가장 보람 있는 일이고, 바람직한 세상을 만드는 최상의 방법이다. 상극의 투쟁을 상생의 화합으로 바꾸어놓는 지혜를 이런 노력에서 얻는다.

2 기본

2-1 용어

단어와 용어는 다르다. 단어는 하나를 되풀이하지 않고, 여럿을 바꾸어 가면서 써야 문장이 다채롭다. 용어는 고정시켜야 논리가 선명해진다. 이론을 만들려면 용어를 잘 가려 써야 한다. 적절한 용어가 없으면 고민이다. 통용되고 있는 용어의 의미를 다시 규정해야 한다. 그럴 만한 것이 없으면, 용어를 지어내는 수고를 해야 한다.

통용되고 있는 용어에 바람직하지 않은 의미가 들러붙어 있는 것을 흔히 본다. 이런 경우에는 그 찌꺼기를 씻어내고 의미를 다시 규정하기 어려워 긴 논란을 벌여야 한다. 그 용어의 내력을 온통 밝히고 잘못이 어디서 시작되었는지 적발해야 한다. '문학'이니 '철학'이니 하는 기본용어가 그런 것들이다. 의식하지 않고 지나치지만, 심각한 문제가 있다.

'文學'은 원래 '文'과 '學'이라는 두 말의 합성어이다. '文'은 글이다. 글로 쓴 것을 모두 지칭하는 말이었다. '學'은 공부이다. '文學'은 글공부이다. 이 말을 서양어 'literature'의 번역어로 사용해, 오늘날 말하는 문학이 되었다. 'literature'는 '文'과 마찬가지로 글로 쓴 것을 지칭하던 말이다. 그 의미를 축소해서 예술로 평가될 수 있는 글만 지칭하게 되어 문제가 없어진 것은 아니다.

말로 하는 문학인 구비문학은 제외하고 있어 세계 도처에서 차질을 빚어낸다. 구비문학은 'oral literature'라고 하는 것이 번거로워 'orature'라는 용어를 지어냈으나 널리 통용되지 않는다. 사전에 등재되지도 않았다. '문학'이라는 용어는 그대로 두고, 기록문학과 구비문학을 함께 포괄한다고 의미를 규정해야 한다.

'철학'은 전에 없던 말이다. 식견이 뛰어난 사람을 '哲人'이라고 하는 말은 있었으나, '哲'을 공부하는 '學'인 '철학'은 없었다. '철학'에 해당하는 용어가 '理學'이었다. 일본 사람이 서양어 'philosophy'를 처음에 '理學'이라고 옮겼다가 '철학'으로 바꾸었다. 재래의 '이학'과 다른 수입학문임을 명시하려고, 뜻이 통하기는 하지만 생소한 용어를 사용했다. 일본에는 지금도 '철학'을 'philosophy'의 번역어라고 여긴다. '철학'은 '서양철학'의 준말이므로, 서양에서 하듯이 이성의 학문이어야 한다. 용어 때문에 수입학에 머무르고 창조학은 하지 못한다.

철학이 이성의 학문인 것이 당연한가? 동아시아의 '理學'은 이성과 덕성, 탐구와 실천이 하나여야 한다고 했다. 인도의 'darsana'는 철학 탐구와 종교 수련을 합친 말이다. 아랍세계의 'hikmah'는 이성 위의 통찰을 추구하면서 이성도 포괄하는 학문이다. 그런 것들이 따로 있지 않고 문학과 둘이 아니라고도 해왔다. 그 모두 이성을 별개의 영역에서 순수하게 탐구하지 못하는 결함이 있으므로, 서양철학을 수입해 정화하고 정리해야 하는 것은 아니다. 그 모든 것이 철학이고, 철학은 문학과 둘이 아니다. 구비문학이 구비철학이다. 철학을 이렇게 재규정하기 위해 힘든 투쟁을 해야 한다.

문학 용어에는 문제가 많다. 율격을 헤아리는 단위인 'feet' 또는 'pied'를 가져와 '音步(음보)'니 '律脚(율각)'이니 하고 번역한 말 때문에 혼란되어 실상을 알기 어렵게 한다. 남의 발걸음을 따라 가느라고 자기 발걸음이 이상해지는 것을 눈치채지 못한다. 발걸음이라는 것은 비유에 지나지 않으니 버리고, '토막'이라는 용어를 사용하면 혼란에서 벗어난다.

하나 더 든다. 'genre'라는 용어는 번역하지 않고 '장르'라고 일컬으면서 대단한 이론을 함축하고 있다고 여기지만, 사실은 '종류'라는 말에 지나지 않는다. '갈래'라고 하는 용어를 스스로 마련해 쓰면 된다. 영어의 'epic'은 영웅서사시를 의미해, 영웅서사시라야 서사시라고 하도록 요구한다. '서사시'라는 우리말을 '서사인 시'를 지칭하는 보편적인 용어로 사용해야 그런 함정에서 벗어날 수 있다.

'小說'은 원래 문자 그대로 대단치 않은 수작이었으며, 폄하의 대상이었다. '小說'이라고 일컬어지는 것에 서사문학이 큰 비중을 차지해, '小說'의 의미가 기록된 서사문학으로 바뀌었다. 중국의 작가 魯迅(노신)은 〈中國小說史略〉(중국소설사략)에서 그런 의미의 소설의 역사를 범박하게 서술해 혼란을 일으켰다. 그 장단을 따르는 국내의 논자들은 '소설'의 범위를 잔뜩 넓게 잡고 한국소설사도 신라 때부터 시작되어 발전이 빨랐던 것을 자랑한다. 같은 논법을 사용하면 어느 나라든지 다 그러니, 발전이 빨랐다는 것은 공연한 말이다.

지속이 아닌 변화를 주목해야 사리를 분별할 수 있다. 신화, 전설, 민담 등과 구별되는 상당한 현실성이 있는 진지한 이야기가 독서물로 등장해 인기를 끌자, '소설'과는 다른 중국의 '演義(연의)', 한국의 '이야기책',

일본의 '戲作(희작)' 같은 것이 등장했다. '소설'이라는 용어를 그대로 쓰면서 의미를 다시 규정하고자 하는 노력도 나타나 19세기 초 한국에서 소설은 "거짓 일을 사실답게 말해, 보는 사람으로 하여금 진정으로 맛들여 보기를 요구하는" 읽을거리라고 했다.

19세기말 일본에서 영문학자 坪內逍遙(쓰보우찌 쇼요)는 '소설'을 재래의 의미를 버리고 'novel'의 번역어로 써야 한다고 했다. 그때까지는 'romance'에 해당하는 것만 있었으므로, 'novel'을 본뜬 새로운 작품을 갖추어야 한다고 했다. 이 말을 한국이나 중국에서도 받아들여, 소설이 'novel'이 되게 창작하지 못하는 후진의 처지를 개탄했다.

'novel'은 18세기 영국에서 생겨난 특정 갈래이다. 같은 것이 불국이나 독일에도 없었으니, 일본 또는 동아시아 각국에 출현하지 않은 것이 당연하다. 특정 갈래 이름을 보편적인 용어라고 우기면서 문학사를 주도하고자 하는 영국의 시도에 일본이 동조해 이웃나라들까지 곤란하게 되었다.

혼란을 타개하고 곤란을 극복하는 해결책은 무엇인가? 오늘날의 한국어로 '소설'이라고 하는 것을 신화·전설·민담과 구별되는 서사문학의 또한 갈래를 의미하는 보편적인 용어로 사용하는 것이다. 거짓 일을 사실처럼 말한다고 한 지난날의 정의를 이을 수 있으나, 더욱 타당한 규정을 하기 위해 적극적인 노력을 할 필요가 있다.

얻은 결과는 "소설은 자아와 세계가 상호우위를 가지고 대결하는 서사문학이다"는 것이다. 어떻게 해서 이런 결과를 도출했는지 장차 밝힌다. 여기서 하고자 하는 말은 용어의 혼란을 시정하려면, 합당한 용어를 우리말로 확정하고, 그 의미를 새로 규정해야 한다는 것이다. 우리말 용어를 가지고 보편적인 이론을 만들어야 한다.

부기: 부적절한 용어를 차용한 탓에 소중한 사실을 알아보지 못하고 헛소리를 하는 가련한 학자가 흔히 있다. 고대 그리스 서사시와 다른 것

은 서사시가 아니므로, 한국에는 서사시가 없었다고 하는 것이 그 좋은 본보기이다. 영어의 시제와 다른 것은 시제가 아니므로, 한국어에는 시제가 없다는 말은 이제 하지 않는다.

2-2 분류

분류는 인식의 출발이다. 분류를 하려면 상위개념과 하위개념을 설정하고, 하위개념들의 차이점을 명시해야 한다. 상위개념과 하위개념을 설정하는 근거가 달라, 편의상의 분류와 실질적 분류가 나누어진다.

편의상 분류의 좋은 본보기는 도서분류이다. 도서분류는 000 총류, 100 철학, 200 종교, 300 사회과학, 400 자연과학, 500 기술과학, 600 예술, 700 언어, 800 문학, 900 역사라고 분류의 큰 항목을 정하고, 그 아래 여러 단계의 하위항목을 두는 것을 공인된 규칙으로 삼는다. 상위항목은 국제적으로 통용되는 것을 따르고 하위항목은 실정에 맞게 가감하는 절차를 거쳐, '한국십진분류법'을 확정해 일제히 사용한다. 이 분류는 책을 내용에 따라 분류해 정리하고, 이용자가 필요한 책을 찾는 데 도움이 되고자 하는 것 외의 다른 목적은 없다. 분류 항목들끼리의 수평적 관계, 하위항목들과의 수직적 관계에 일정한 원리가 있는 것은 아니다.

실질적인 분류의 좋은 본보기는 생물분류이다. 생물분류는 상위에서 하위까지 역(域, Dominium), 계(界, Regnum), 문(門, Phylum), 강(綱, Classis), 목(目, Ordo), 과(科, Familia), 속(屬, Genus), 종(種, Species), 이런 여덟 항목을 두고 생물의 실상을 단계적으로 구분한다. 라틴어 용어를 표준화하고 세계 어디서나 일제히 사용한다. 사람은 진핵생물-역, 동물-계, 척추동물-문, 포유-강, 영장-목, 사람-과, 사람-속, 사람-종이다. 이 분류는 생물의 유사성과 진화의 정도를 함께 나타낸다. 어느 항목에 소속

되는 개체가 몇 개인가는 오직 사실에 따라 결정되고, 균형을 맞추려고 임의로 증감할 수 없다. 새로운 연구가 있으면 공인된 절차를 거쳐 분류를 부분적으로 수정하는 것은 가능하다.

설화분류도 대표적인 분류의 하나이다. 구전되는 설화를 수집해 자료가 많이 쌓이면 분류를 해야 한다. 그 작업을 핀란드에서 먼저 해서 독일어로 출판한 것을 미국 학자가 영어로 옮기면서 손질했다.(Antti Arne and Stith Thompson, *The Types of Folktales*) 두 사람의 이름을 따서 '아르네–톰슨 유형'(Arne–Thompson types)이라는 것으로 편의상의 분류가 아닌 실질적인 분류를 하려고 했다. 설화 가운데 민담만 대상으로 하고, 민담을 동물담·일반민담·소화로 나누고, 이 셋을 다시 여러 유형으로 나누었다.

유럽의 자료만 취급해 세계적인 보편성이 없는 것을 결함으로 여기고, 유럽 밖의 여러 나라들은 자기네 실정에 맞게 수정해 사용했다. 그보다 더 큰 결함은 분류의 기준이 모호한 것이다. 신화나 전설과 구분되기 어려운 사정을 무시하고 민담만 취급한 것이 적절하지 못하고, 민담을 동물담·일반민담·소화로 나누는 것부터 무리여서 근본이 흔들린다. 더욱 치명적인 결함은 설화의 유형은 다른 유형과 관계를 가지지 않고 독립되어 있다고 한 데 있다. 생물의 종은 다른 종들과 분명하게 구별되면서 진화론적 관계를 가진다고 하는 것과 아주 다르다. 이런 차이점이 분류의 대상 때문이 아닌, 분류 이론의 수준 차이에서 생긴다.

설화분류를 생물분류와 같게 할 수는 없지만, 대등한 수준으로는 해야 한다. 전국 구비문학조사를 일제히 시행해 《한국구비문학대계》를 내게 되어 설화분류를 잘해야 하는 과제가 제기되었다. '아르네–톰슨 유형'을 손질해 사용하면 수고는 잔뜩 하고 소득이 적다. 분류하기 어렵고, 이용하기는 더 어렵다. 생물과는 다른 설화의 특성을 생물분류와 대등한 수준의 이론을 갖추어 파악하고, 더욱 체계적인 분류를 하는 방안을 강구해야 했다.

생물은 구체적인 실체이고, 설화는 추상적인 발상이다. 추상적인 발상의 분류는 구체적인 실체의 분류보다 이론이 더 앞서서 체계를 훨씬 잘 갖춘 결과를 얻을 수 있다. 연역적 사고로 마련한 가설의 타당성을 귀납적으로 입증하면서, 분류 체계를 만드는 작업과 실제 분류를 하는 작업을 함께 진행해 얻은 결과의 일부를 제시한다.

설화는 주체가 특이한 설화와 상황이 특이한 설화로 양분된다. 앞의 것은 1 '이기고 지기'와 2 '알고 모르기', 3 '속이고 속기'와 4 '바르고 그르기'로 나누어진다. 뒤의 것은 5 '움직이고 멈추기'와 6 '오고 가기', 7 '잘되고 못되기'와 '잇고 자르기'로 나누어진다. 이 가운데 1을 본보기로 들어 하위의 분류를 말한다.

1 '이기고 지기'
  '이길 만하기'
11 '이길 만해서 이기기'
12 '이길 만한데 지기'
  '질 만하기'
13 '질 만한데 이기기'
14 '질 만해서 지기'

12에 121 '오누이 장수 힘내기 하다가 망하기', 121-1 '어느 한쪽만 희생되고(패배하고)만 힘내기'가 있다. 13에 131 '시련을 물리치고 좌정한 신령', 131-1 '바리공주'가 있다. 개별유형의 명칭은 통상적인 것들이다. 이런 분류를 모두 함께 이용하기 위해 전체를 일단 표준화했지만, 고정된 것이 아니다.

도서 분류, 생물 분류, 설화 분류는 모두 함께 이용하기 위해 표준화한 분류의 세 가지 본보기이다. 도서 분류는 편의상의 분류이다. 생물 분류는 실질적인 분류이다. 설화 분류는 실질을 이론적으로 정리한 분류여서,

이론적인 분류라고 할 수 있다.

편의상의 분류는 더 연구할 수 있으나 합의를 거쳐야 수정이 가능하다. 실질적인 분류는 실질에 대한 새로운 연구가 타당하다고 인정되면 당연히 고쳐야 한다. 이론적인 분류는 여럿이 공존하면서 어느 것이 나은지 선의의 경쟁을 할 수 있다.

연구를 하려면 다루는 대상을 분류해야 한다. 해야 하는 분류가 이 가운데 어느 방법을 필요로 하는지, 아니면 다른 방법의 창안을 요구하는지 잘 따져보고 결정해야 한다. 분류에서 이론 만들기가 시작된다.

2-3 논리

이론은 논리를 갖추어야 한다. 논리라고 하면 형식논리라고 여겨 논리를 협소하게 하고, 이론 만들기를 옹색하게 하지 말아야 한다. 형식논리를 넘어서는 논리를 갖추어야 이론 만들기를 잘할 수 있다.

이 어려운 과업을 논리학은 해줄 수 없으므로, 스스로 해야 한다. 좋은 결과를 얻어 논리학이 자승자박하고 있는 끈을 풀어주어야 한다. 형식논리는 논리의 형식이 그 자체로 타당한 것만 추구하다가 실상과 어긋난다. 실상을 왜곡하지 않고 받아들이려면 형식논리를 개조하고 극복해야 한다. 실상이 무엇인지 말하기 어렵고, 증거를 대기는 더 어렵다.

그런 어려움을 문학작품이 해결해준다. 문학작품을 연구 대상으로 삼으면 행복하다. 논리를 논리로 문제 삼으려고 하는 연구의 곤경에서 벗어나 해결책을 시원스럽게 찾을 수 있다. 문학작품은 실상으로 이해되어 의미를 가지고 감명을 준다. 문학작품이 형식논리와는 맞지 않는다고 해서 틀렸다고 할 수 없다. 날씨와 일기예보가 어긋나면, 날씨를 나무라지 말고 일기예보를 고쳐야 하는 것과 같다. 문학작품을 들어 검증하면 형식논리가 틀렸다고 할 수 있다. 작품을 고치려고 하지 말고 논리를 고쳐야 한다.

형식논리는 동일률·모순율·배중률을 지켜야 한다고 한다. "기생은 기생이다." 이것은 동일률을 지켜 타당한 명제이다. "춘향은 기생이다." 이것은 동일률을 어기지 않아 타당한 명제로 인정될 수 있다. 타당한 명제란 하나 마나 한 말이고, 실질적인 의미가 없다.

"춘향은 기생이면서 기생이 아니다". 이 명제는 모순이 없어야 한다고 하는 모순율을 어겨 거짓이다. 작품에서 춘향은 신분에서는 기생이면서 의식에서는 기생이 아니고자 한다. 이런 모순을 제기하고 해결하는 것이 작품 내용이다. 모순율을 어겼으니 작품이 잘못되었다고 하지 말고, 모순은 없어야 한다는 모순율이 잘못되었다고 해야 한다.

〈춘향전〉이 어떤 작품인지 한 명제로 간추려 말해보자. "춘향이 기생이기도 하고 기생 아니기도 한 자기모순을 해결하는 투쟁을 진행해, 기생 춘향이 패배하고 기생 아닌 춘향이 승리했다." 이 명제는 "춘향이 기생이기도 하고 기생 아니기도 하다"고 한 탓에 배중률을 어겨 거짓이라고 해야 한다. 작품의 가장 심각한 내용이 잘못되었다고 해도 되는가? 그것은 논리의 횡포이다. 작품이 잘못되었다고 하지 말고, 논리를 고쳐야 한다.

형식논리는 삼단논법을 논증 방법으로 애용하면서 위세를 떨친다. 삼단논법을 어기는 오류를 단죄한다. 삼단논법은 [대전제]가 타당하고, [소전제]가 타당하면 [결론]이 타당하다고 하는 논법이다. [대전제] 백성은 관장의 명령을 따라야 한다. [소전제] 춘향은 관장의 명령을 거역했다. [결론] 그러므로 춘향은 잘못되었다. 이렇게 말한다.

이것이 타당한 논증인가? 춘향은 관장의 명령을 거역했다는 [소전제]의 타당성은 쉽게 인정할 수 있다. 백성은 관장의 명령을 따라야 한다는 [대전제]의 타당성은 입증되지 않았으며 논란의 여지가 크다. 춘향은 잘못되었다는 것을 [결론]으로 받아들여야 한다고 하면 아무도 따르지 않는다. 작품 향유자는 멍청이가 아니다.

삼단논법에서 사용하는 대전제는 두 종류이다. 하나는 "사람은 죽는다"와 같이 자명한, 그렇기 때문에 하나 마나 한 말이다. 그런 대전제를 사용하는 삼단논법은 동어반복에 그치는 말장난이다. 또 하나는 "백성은 관장의 명령을 따라야 한다"는 것과 같은 타당성이 입증되지 않은 일방적인 주장이다. 이런 대전제가 확실하다고 전제하는 것은 기만이다.

형식논리는 미흡하거나 잘못되었다고 비판만 하지 않고 대안을 제시한다. 그 핵심은 둘이다. 하나는 모순이 없어야 한다고 하는 모순율을 부정하고, 모순은 있는 것이 당연하다고 하는 것이다. 모순은 논리의 핵심일 뿐만 아니라 존재의 본질이라고 한다. 모순은 존재의 본질이라고 하는 견해에 형식논리에 대한 둘째 비판이 나타나 있다. 논리는 형식논리가 아닌 논리여야 한다. 실상논리를 찾아내 말해야 한다고 한다.

가을바람 없었다면 꽃이 아니 시드르며
유수광음 막았으면 사람 아니 늙으련만
세상사 그릇된지라 한탄한들 어떠리 (무명씨 시조)

죽음은 허무와 만능이 하나입니다
죽음의 사랑은 무한인 동시에 무궁입니다
죽음의 앞에는 군함과 포대가 티끌이 됩니다 (한용운, 〈오셔요〉의 일부)

이런 작품은 논리에 어긋난다. 꽃이 시드는 것은 가을바람 탓이 아니고, 열매를 맺는 다음 단계로 이행하려는 변화이다. 그릇된 말을 해놓고 세상사가 그릇된 것을 논하니 참람하도다. 죽음은 허무일 수는 있어도 만능일 수는 없다. 죽음이 무한이고 무궁인 것은 없음의 연속이어서, 그 앞도 없고 그 뒤도 없다. 죽음 앞에서 군함도 포대가 티끌이 된다고 하니, 비논리가 너무 심하도다.

문학이 이런 소리를 하는 것을 크게 나무라야 하는가? 논리를 혼란시키고 파괴하는 해독이 마약과 다름없다고 여기고 단죄하고 추방해야 하는가? 아니다. 논리학에서는 전연 할 수 없는 논리 혁명을 한다. 허위를 위해 봉사하는 통상적인 논리를 파괴하는 충격적인 논리를 개척해, 은폐된 진실을 알려주려고 한다.

원인과 결과를 그릇되게 연결시키는 논리에 사로잡혀 있으면, 세상이 그릇되었다고 시비할 자격이 없다. 세상이 그릇된 진정한 이유를 찾으려면 어떤 논리가 있어야 하는가? 이 물음을 넌지시 던진다. 극한에 이르면 역전이 일어나고, 죽음을 각오하면 두려울 것이 전연 없다. 이런 비논리가 논리인가? 깊이 생각해야 한다.

문학은 자격을 갖춘 논리 교사가 아니다. 무자격 교사라서 고약한 의문을 불쑥 던지기나 한다. 문학연구는 그 의문에 대답하면서, 논리가 아닌 논리, 비논리의 논리를 이론으로 정리하는 임무를 수행해야 한다. 논리학의 막힌 소견을 뚫어주는 것도 긴요한 임무로 한다.

2-4 문장

이론 문장은 그림이 아니고 수학이어야 한다. 그림은 묘사가 다채로워야 하지만, 수학은 논리가 정연해야 한다. 미문을 쓰려고 하면 이론을 망친다. 수식이 많고 말이 길어지면 수학에서 멀어지고 그림에 가까워진다.

그러면 어떻게 해야 하는가? 설명을 앞세우지 말고, 이론 문장의 좋은 본보기를 드는 것이 좋다. 崔漢綺(최한기)의 〈기운으로 미루어 이치를 헤아리다〉(推氣測理)를 본보기로 택한다. 옛사람들이 말을 할 때에는 '氣'는 '기운', '理'는 '이치'라고 하던 전례를 살려, 쉽게 읽을 수 있게 옮긴다.

하늘과 땅을 헤아리지 못하면서, 그 기운을 헤아릴 수 있는 사람은 없다. 그 기운을 헤아릴 수 없으면서, 그 이치를 헤아릴 수 있는 사람이 있다는 말은 들어보지 못했다.

하늘과 땅, 해와 달이 이어져 있는 모습을 보아야 그 기운이 무엇을 하는지 알 수 있다. 이것으로 미루어 이치를 헤아리면 참된 근거를 얻어, 거짓된 무엇을 찾는 폐단이 없다. 만약 억지로 헤아린 이치를 먼저 가지고 하늘과 땅의 기운을 헤아린다면, 생각이 번거롭게 얽히고, 말이 산만하고 모호하다. 이것은 달력을 가지고 하늘을 시험하는 자와 하늘을 헤아려 달력을 살피는 자를 같이 논할 수 없는 것과 같다. 그러므로 먼저 기운을 헤아리는 데 힘쓰면 이치가 저절로 나타나 쉽게 알 수 있다. 이치를 헤아리는 일부터 먼저 힘쓰면 기운은 오히려 숨겨져 알기 어렵게 된다.

글이 짧고 쉽고 정확하다. "기운으로 미루어 이치를 헤아리다"는 근본이 되는 이치를 밝히고, 모든 이론의 근거를 제시하는 놀라운 말이다. 理氣이원론 또는 理學과 氣일원론 또는 氣學이 어떻게 다른지 한마디로 밝힌 명제이다. 인식론의 혁신을 가져온 엄청난 선언이다. 그런데 쉬운 말로 조용하게 일렀다. 철학이 무엇인지 전연 모르고 관심조차 없는 사람도 "과연 그렇구나"라고 할 수 감탄할 수 있게 했다.

글이 두 대목으로 이루어진 것을 살피자. 앞 대목에서 하고자 하는 말의 개요를 간추려 총론을 제시했다. 말을 짧게 할수록 더 좋은 이론이라는 원칙을 지켰다. 이해하고 동의하면 그것만 읽어도 된다. 시간을 절약할 수 있게 한다. 뒷 대목에서는 무엇을 했는가? 글을 조금 길게 써서 총론을 구체화하는 각론을 제시했다. 미진한 논의를 더 해 논지를 보완했다. 비유를 들어 이해를 더 쉽게, 한층 절실하게 하기도 했다.

"하늘과 땅"에서 "기운"으로 다시 "이치"로 나아가야 한다는 것은 인식의 순서를 바로잡아야 한다는 말이다. 하늘의 움직임이 달력을 만든 근거인 줄 모르고 그 반대로 생각하면 어리석다고 한 것은 논의를 구체화해 이해하기 쉽게 하는 예시이다. "일기예보와 맞지 않는다고 날씨를 나무라는 것은 바보짓이다." 나는 최한기 덕분에 이 말을 생각해냈다.

글을 한자를 혼용해 써야 하는가, 한글로 써야 하는가? 이것을 두고 아직 다툰다. 나는 글의 내용과 독자에 따라 한자를 혼용하기도 하고 한글로만 쓰기도 하는 겸용론자이다. 이 책은 대체로 한글 전용으로 쓰지만, 한자 혼용을 하는 대목도 있다. 그럴 만한 이유가 있는 것을 그 대목에 가면 알 수 있다.

한글 전용을 무리하게 서두르면 놓치는 것이 많다. 할 수 없는 연구도 많다. 한자 혼용을 줄이고 한글 전용을 늘이기 위한 노력이 오래 계속되지 않을 수 없다. 차만 바꾸면 되는 것이 아니고, 짐을 옮겨 실어야 하기 때문이다.

한글을 창제하자 한자는 버렸어야 한다. 지금이라도 한글 전용을 철저하게 해야 한다. 이런 주장은 성급하고 무익하다. 한문을 이용해 이룩한 동아시아문명, 그것을 재창조하고 발전시킨 우리 선인들의 업적은 대단한 가치를 가진다. 한국이나 동아시아의 범위를 넘어서서 인류 전체를 더욱 슬기롭게 할 수 있게 하는 공동의 자산이다. 그 모두를 버리자는 것은 용서하지 못할 자살행위이다.

한문문명을 한문으로 창조하는 작업을 계속하자는 것은 아니다. 누구나 이해할 수 있고, 일상적인 체험이 살아 있는 한글로 옮겨 재창조해야 한다. 한문으로 수행한 창조 작업의 유산을 한글로 옮기는 힘든 작업을 오랫동안 해서 자양분을 충분히 확보해야 우리 자신뿐만 아니라 인류를 위해서도 큰일을 할 수 있다.

한문은 동아시아의 공동문어라, 동아시아 여러 나라 사람들이 함께 사용하면서 동아시아의 철학을 이룩했다. 산스크리트, 아랍어, 라틴어 등의 공동문어를 각기 그 문명권에서 함께 사용하면서 공유재산인 철학을 이룩한 것과 같다. 공유재산을 자기 것으로 활용해 재창조하려고, 공동문어 저작을 민족어로 바꾸어놓은 작업을 어디서나 한다. 두 언어를 최대한 밀착시켜야 이 작업을 원활하게 하고 효율적으로 진행할 수 있다.

최한기는 한문문명이 어느 경지에 이르렀는지 말해준다. 최한기의 글을 한글로 옮겨 누구나 쉽게 읽고 활용할 수 있게 하는 작업이 오늘날의 학문을 위해 크게 도움이 된다. 〈기운으로 미루어 이치를 헤아리다〉 같은 글에서 필요한 자양분을 얻어 이론 만들기를 잘하려고 한다.

3 율격

3-1 토막

누구나 아는 사실을 가지고 일반이론을 만들 때에는 자료가 소중하지 않다. 이론을 만드는 작업은 대부분 특정 자료를 발견하고 관찰한 것을 근거로 삼고, 특정이론을 만드는 것이다. 문학연구도 그 가운데 하나이다.

문학이 무엇인가를 시를 들어 말하면 특정의 범위가 줄어든다. 시가 어떻게 이루어지는가 하는 의문을 먼저 율격에서 제기하고 해답을 찾으면, 이론 만들기 작업이 아주 구체적으로 시작된다. 천리 길도 한 걸음부터라는 한 걸음을 율격에서 시작한다.

이 작업에서는 자료의 질이 아주 소중하다. 율격의 규범을 학습하고 적용해 시를 썼으면, 자료가 오염되어 탐구의 의의가 줄어든다. 규범 풀이를 율격론이라고 하고 마니 한심하다. 저절로 이루어진 율격이라야 율격이론을 제대로 만들 수 있게 한다. 내가 우리 고장에서 채록한 민요는 이런 이유에서 아주 좋은 자료이다.

(가) 상주함창공갈못에연밥따는저처녀야연밥줄밥은내따줄게요내품에잠들어라

(나) 울도담도없는집에시집삼년을살고나니시어머니하시는말씀아가아가며늘아가진주낭군볼라거든진주남강에빨래를가라진주남강에빨래를가니물도나좋고돌도나좋아이리나철석저리나철석씻구나니구름같은말을타고하늘같은갓을쓰고못본체로지나가네껌둥빨래껌게나씻고흰빨래나희게나씻어집에라고돌아오니시어머님하시는말씀아가아가며늘아가진주낭군볼라그던건너방에건너가서사랑문을열고바라건너방에건너가서사랑문을열고나보니오색가지안주를놓고기생첩을옆에끼고희희낙락하는구나건너방에건너와서석자시치명주수건목을매여서늘어지니진주낭군하시는말씀첩의야정은삼년이고본처의정은백년이라

(가)는 모노래이고, (나)는 〈진주낭군〉이라는 것이다. 아주 다른 것 같지만, 같은 점이 있다. 띄어읽기에 따라 띄어쓰기를 다음과 같은 것이 해놓고 무엇이 같고 다른지 생각해보자.

(가) 상주함창 공갈못에 연밥따는 저처녀야
     연밥줄밥은 내따줄게 요내품에 잠들어라

(나) 울도담도 없는집에 시집삼년을 살고나니
     시어머니 하시는말 아가아가 며늘아가
     진주낭군 볼라거든 진주남강에 빨래를가라
     진주남강에 빨래를가니 물도나좋고 돌도나좋아
     이리나철석 저리나철석 씻구나니
     구름같은 말을타고 하늘같은 갓을쓰고 못본체로 지나가네
     껌둥빨래 껌게나씻고 흰빨래나 희게나씻어

집에라고 돌아오니 시어머님 하시는말씀

아가아가 며늘아가 진주낭군 볼라거든

건너방에 건너가서 사랑문을 열고바라

건너방에 건너가서 사랑문을 열고나보니

오색가지 안주를놓고 기생첩을 옆에끼고

희희낙락 하는구나 건너방에 건너와서

석자시치 명주수건 목을매여서 늘어지니

진주낭군 하시는말씀

첩의야정은 삼년이고 본처의정은 백년이라

   토막이 나누어져 있는 것을 띄어쓰기를 해서 나타냈다. 외래 용어를 번역해 音步니 律脚이니 하던 것을 토막이라고 고쳐 일컫는다. 용어와 함께 이론도 수입한 폐단을 시정해야 한다. 토막이 무엇인지 설명하지 않아도 알고 있다. 문법을 알고 있어 문법에 맞게 말을 하고 듣는 것과 같다.

   토막이 나누어져 있다고 느낌으로 아는 것을 드러내면 연구가 시작된다. 의식하지 않고 알고 있는 것을 의식하는 차원으로 끌어올려, 토막이 구분되는 원리를 밝히는 이론을 만들면 연구가 진행된다. 본원문법에서 벗어난 문법 이론은 잘못되었듯이, 토막 구분에 관한 율격 이론도 빗나갈 수 있다. 의식하지 않고 알고 있는 율격으로 이론의 타당성을 판정해야 한다.

   토막이 나누어져 있다는 것을 느낌으로 알아, 토막의 첫 자는 또렷하게 발음한다. 토막이 나누어져 있다고 의식하는 근거는 둘이다. 하나는 말의 뜻이 달라지는 것이고, 또 하나는 말의 길이가 예상한 만큼 늘어난 것이다. 둘이 일치해야 토막 구분이 온전하다.

   말의 뜻이 달라지는 것은 그 요건이 경우에 따라 달라 일괄해서 말할 수 없다. 말의 길이가 예상한 만큼 늘어났는가 하는 것에 관해서는 공통된 인식이 있다. 위의 두 노래는 한 토막이 대체로 네 음절로 이루어진 것이 같다. 음절이 글자로 나타나 있어, 대체로 네 자로 이루어져 있다고 해도 된다.

"대체로 네 자"라는 말은 자수가 네 자보다 조금 줄어들 수도 있고, 조금 늘어날 수도 있다는 말이다. 그 범위는 두 자에서 여섯 자까지이다. 한 자인 토막은 없고, 일곱 자가 넘는 토막은 나누어진다. 자수가 그런 범위에서 달라질 수 있는 것은 대체로 자연스러운 일이지만, 더러는 의도적인 선택이다. 의도적인 선택이 규칙화되어 있을 수도 있다.

네 토막이 모여 상위 단위의 율격을 이룬다. 그것은 한 줄로 적으면 명확하게 파악되므로 '줄'이라고 하는 것이 적절한 용어이다. 대체로 네 자인 토막 넷인 한 줄을 이루는 율격은 시조나 가사에도 있어, 율격 기본형의 하나이다. 이것을 네 토막 율격이라고 한다.

3-2 줄

잠재된 원리를 발견해야 이론이다. 공인된 규범을 해설하면 이론이 아니다. 민요의 율격은 공인된 원리에 따라 이루어지지 않고 잠재된 원리를 갖추고 있는 것이 분명해, 율격론의 이론이게 한다.

시조는 어떤가? 시조의 율격은 공인된 규범으로 이루어져 있다고 여기고, 규범 해설이나 일거리로 삼는 것은 잘못이다. 규범을 엄격하게 지켜야 한다고 요구해 창작이 경직되게 하는 것은 더 큰 잘못이다. 시조 전공자들은 이중으로 피해를 끼쳐왔다.

공인된 규범이라고 하는 것이 잠재된 원리의 구현인 줄 알아야 한다. 율격은 일관성과 함께 다양성도 갖추는 것을 기본 원리로 한다. 시조의 율격은 다양성의 본보기로서 보편적인 의의를 가진다. 시조의 율격이 이루어진 원리를 찾아내 율격 일반론의 발전에 기여해야 한다.

　추강에 밤이 드니 물결이 차노매라
　낚시 드리우니 고기아니 무노매라
　무심한 달빛만싣고 빈배저어 오노라

　시조의 한 본보기로 月山大君(월산대군)의 이 시조를 든다. 대체로 네
자로 이루어진 네 토막 줄 이 셋이다. 토막을 이루는 글자 수를 헤아려
3434, 2444, 3543라고 하는 것은 무의미하다. 대체로 네 자인 글자 수가
두 자에서 다섯 자까지로 나타나 특별한 무엇이 없다. 다른 시조를 여럿
갖다놓고 함께 살피면, 셋째 줄의 3543은 일제히 발견되는 특징이다.
　이것은 작품의 특징이 아닌 갈래의 특징이다. 얼룩무늬가 고양이에게는
개체의 특징이고, 호랑이에게는 종의 특징인 것을 구별해야 한다. 종의
특징이나 갈래의 특징은 우연이 아니고 필연이다. 그런 특징이 필연적인
이유를 찾아야 한다.
　타당한 연구를 하려면, 사실판단을 정확하게 해야 한다. 셋째 줄의 자
수는 3543만이 아니고, 일정한 범위 안에서 가변적일 수 있다. 셋째 줄
의 각 토막을 abcd라고 지칭하면, a는 b보다 자수가 적어 a⟨b이고, a는
네 자보다 적어 세 자 이하이며, b는 네 자보다 많아 다섯 자 이상인 것
을 필수로 한다. 이것을 a(⟨4)⟨b()4)라고 적는다.
　이런 사실판단을 근거로 인과판단을 하고, 가치판단을 하는 데까지 나
아가야 한다. 이론은 사실판단의 이론, 인과판단의 이론, 가치판단의 이론
이 있다. 세 이론이 어떻게 연결되고 어떻게 다른지 한꺼번에 말하는 것
은 적절하지 않다. 시조의 율격을 밝히는 작업을 더욱 진척시키면서 차츰
알아보기로 한다.
　시조처럼 세 줄인 민요는 찾을 수 없다. 세 줄은 부자연스럽기 때문이

다. 민요에서 볼 수 있는 두 줄을 되풀이해 네 줄을 만드는 것은 자연스럽다. 이렇게 한 것이 시조를 만들기 위한 일차적인 작업이었다고 할 수 있다. 네 줄은 완결되지 않고, 더 나아가 여섯 줄이나 여덟 줄이 되려는 성향이 있다. 적절하게 마무리를 해야 서정적인 함축성을 갖출 수 있다. 네 줄까지 뻗어나가지 못하게 하고 세 줄로 끝내려고, 셋째 줄 처음 두 토막을 예사롭지 않게 a(〈4)〈b()4)로 만들어 제동장치로 사용했다. a(〈4)〈b()4)는 "달빛만 싣고"라고 해서 토막 수를 하나 늘이고서 둘을 합쳤다고 할 수 있다.

"무심한 달빛만 싣고"에 작품 전체의 주제가 집약되어 있다. 마음을 비운 무심이 그냥 비어 있지 않고 무심한 달빛으로 가득 차 있다. 무심한 사람은 그냥 머물러 조용히 있어야 하는 것이 아니다. 추강에 고기를 낚으러 갔다가 무심한 달빛만 싣고 빈 배 저어 오는 것이 깨달음을 얻은 과정이고 방법이다.

열거를 넘어선 비약적인 결말이 필요했기 때문에 제동장치를 사용해 시조가 세 줄로 끝난다. 그 덕분에 시조는 질서와 교란, 순리와 역리를 함께 갖추어 사고 수준이 높은 시가 되었다. a(〈4)〈b()4)는 가사의 맨 끝 줄에도 있다. 시조에서와 같은 효과를 냈는가? 가사는 줄 수가 한정되어 있지 않아, 비약적인 마무리를 할 수 없다. a(〈4)〈b()4)가 마무리를 알리는 소극적인 기능이나 했다.

시조와 같이 네 토막 세 줄이면서, a(〈4)〈b()4)는 갖추지 않은 것들도 있다. 이런 것들은 시조가 되다가 말았는가? 아니다. 尹善道(윤선도)의 〈漁父四時詞〉(어부사시사) 40수가 이에 해당하는 것이 생각을 바꾸도록 하는 증거이다. 작품의 실상을 보자. a〈b마저 어기고 "남은흥이 무궁하니 갈길을 잊었노라", "사시흥이 한가지나 추강이 으뜸이라"라고 하기도 했다. 쓰다 보니 그렇게 된 것은 아니고, 의도적인 선택이다. 방해자 노릇을 하는 제동장치를 제거하고, 한 수씩 완결되지 않고 물 흐르듯이 죽이어지게 했다. 이런 사실에서 a(⟨4⟩⟨b()⟩4)가 제동장치임을 재확인할 수 있다.

　　귀또리 저귀또리 어여쁘다 귀또리

　　어인 귀또리 지는달 새는밤에

　　긴소리 짜른소리 절절이 슬픈소리

　　제혼자 울어예어 사창 여읜잠을 살뜰히도 깨우는구나

　　두어라 제비록미물이나 무인동방에 내뜻알이는 너뿐인가 하노라

　　사설시조는 세 줄 시조를 잇고, 셋째 줄 서두의 a(⟨4⟩⟨b()⟩4)를 "두어라 제비록미물이나"로 갖추고 마무리를 한다. 그러면서 파격적인 변이를 이중으로 한다. 둘째 줄에서는 토막 수를 많이 늘인다. 네 토막이 이어지기만 하지 않고, 2+4 여섯 토막을 이루기도 한다. 변이가 심해서 시조와는 다른 갈래가 되었다.

3-3 다섯 줄과 세 줄

　　생사길은 이에 있으매 머뭇거리고,

　　나는간다 말도못다 이르고 가나닛꼬?

　　어느가을 이른바람에 이저떨어질 잎처럼,

　　한가지에 나고, 가는 곳 모르온저.

　　아아 미타찰에서만날나 도닦아 기다리겠노라.

　　추강에 밤이 드니 물결이 차노매라

　　낚시 드리우니 고기아니 무노매라

　　무심한 달빛만싣고 빈배저어 오노라

위에 적은 詞腦歌(사뇌가) 月明寺(월명사)의 〈祭亡妹歌〉(제망매가)와 아래에 적은 월산대군의 시조를 비교해보자. 〈제망매가〉는 해독이 정확하게 이루어졌다고 하기 어렵고, 해독을 현대어로 옮기다가 율격이 흔들릴 수 있다. 두 노래의 정밀한 비교는 가능하지 않으므로, 대체적인 논의만 하기로 하자.

둘은 네 토막이고, 줄 수가 홀수인 공통점이 있다. 마지막 줄의 서두 "아아 미타찰에서만날나"는 "무심한 달빛만싣고"와 많이 다르게 보이지만, 같은 점이 있다. 두 구절 다 a(〈4)〈b()4〉로 이루어진 제동장치여서, 노래가 짝수 줄로 나아가지 않고 홀수 줄로 끝나도록 한 것이 같다.

시조는 네 토막 두 줄 민요를 둘 겹쳐 네 줄로 늘이다가 세 줄로 줄여 이루어졌다고 했다. 사뇌가에 관해서도 같은 말을 할 수 있다. 네 토막 두 줄 민요는 신라 시대나 그 이전에도 있었을 것이다. 같은 민요를 이용해 신라 때에는 사뇌가를 만들어냈다.

네 토막 두 줄 민요가 신라 이전에도 있었다는 증거가 필요하다면 이른 시기의 노래가 기록되어 있는 "公無渡河 公竟渡河 墮河而死 當奈公何"(〈公無渡河歌〉)나 "翩翩黃鳥 雌雄相依 念我之獨 誰其與歸"(〈黃鳥歌〉)를 들 수 있다. 네 토막 두 줄 민요를 이용해 사뇌가를 만든 증거가 필요하면, "오도다 오도다오도다, 오도다 서럽더라. 서럽더라, 동무들아. 공덕닦으려 오도다"로 해독된 〈風謠〉(풍요)를 들 수 있다.

이론은 직접적인 증거가 없어도 논리적 추론으로 만들 수 있다. 네 토막 두 줄의 율격을 지닌 민요가 계속 있어 사뇌가도 이루어지고, 시조도 이루어졌다. 이렇게 말하는 것이 논리적으로 타당한 추론이다. 사뇌가도 시조도 그런 바탕 없이 그냥 이루어졌다. 사뇌가가 변해서 시조가 되었다. 이런 추론도 가능하지만 논리적 타당성이 없다. 논리적 타당성이 없는 추론을 더 밀고나가면, 사뇌가는 한시를 본뜨거나 한시를 번역해서 이루어졌다고 하는 말도 나온다.

한시는 짝수 줄이고 사뇌가나 시조는 홀수 줄인 근본적인 차이를 무시하고, 부분적인 유사성을 근거로 한시에서 사뇌가나 시조가 생겨났다고 하는 주장을 펴기까지 한다. 한시와 사뇌가가 무관하다는 것은 아니다. 한시의 율격에 대응해 사뇌가의 율격을 가다듬은 것은 동아시아 다른 나라의 경우와 비교해 고찰하는 작업을 앞으로 한다.

사뇌가나 시조가 생긴 유래를 확인하면 할 일을 다 하는 것은 아니다. 네 토막 두 줄의 민요와 사뇌가도, 시조도 다른 것은 무슨 까닭인가 하는 의문이 제기된다. 사뇌가와 시조가 같고 다른 것은 무슨 까닭인가 하는 문제도 제기된다. 이런 문제는 직접적인 증거를 들어 해결할 수 없다. 증거를 찾으려면 멀리서 찾아야 한다. 논리적 추론으로 문제를 해결해야 진전이 있고, 멀리서 찾은 증거를 잘 이용할 수 있다. 이론 만들기의 작업을 차원을 높여 진행해야 한다.

사뇌가나 민요가 네 토막 두 줄 민요와 달리 a(⟨4⟩⟨b(⟩4)의 제동장치를 갖추고 홀수 줄로 끝난 이유는 비교적 용이하게 추론할 수 있다. 구전되는 민요의 주역인 민중보다 상위의 창조자가 그 작업을 맡아서 했기 때문이라고 할 수 있다. 사뇌가는 다섯 줄이고 시조는 세 줄인 것은 무슨 까닭인가? 이 의문은 해결하기 더 어렵다.

신라시대보다 조선시대는 생각이 단순해졌다든가 문화 수준이 낮아진 것을 이유로 들면 억지 추론이 된다. 타당한 추론은 무엇인가? 작품 안에서 단서를 찾아 광범위한 고찰로 나아가야 한다.

⟨제망매가⟩에서는 죽은 누이와 彌陀刹(미타찰)에서 만나겠다고 했다. 이승과 저승 두 세계가 있고, 저승이 이승보다 더 좋다고 했다. 위에서 든 "추강이..."뿐만 아니라 다른 어떤 시조에도 저승은 없다. 이승의 삶이 나쁠 수도 있고 좋을 수도 있다고 했다. 이승에서 저승을 생각하고 저승이 더 좋다고 하는 말을 쉽게 할 수 없어 다섯 줄의 진폭이 필요했다. 이승이 나쁠 수도 있고 좋을 수도 있다는 말은 쉽게 할 수 있어 세 줄만 있

어도 된다. 이렇게만 말하면 소재론이라고 할 수 있어, 더 나아가야 한다.

사뇌가는 홀로 우뚝하고, 시조는 가사와 공존한 것을 주목하면서 시대 변화에 대한 깊은 통찰을 갖추어야 한다. 사뇌가는 마음과 소중하게 여기면서 높이 올라가기로 하니 다섯 줄이다. 시조는 마음을, 가사는 사물을 소중하게 여기면서 서로 대립되고 보완하는 관계를 가진다. 시조는 그 때문에 세 줄로 줄어들었다. 이렇게 말하면 추론이 모자라기 때문에, 그럴 듯하지 않다. 이론은 단순한 상태에서 마무리되지 않는다. 복합되면서 차원이 높아진다.

말을 다시 하자. 마음만 소중하다고 높이는 발상을 다섯 줄 사뇌가로 나타내던 시대는 중세전기였다. 중세후기에는 마음과 사물이 함께 소중하다고 하는 전환이 일어나 마음의 노래인 시조와 사물의 노래인 가사를 나란히 창작했다. 마음의 중요성이 줄어들고 사물을 소중하게 여기는 것도 인정되어, 시조는 세 줄로 줄어들었다.

3-4 여섯 토막

海東六龍이 ᄂᆞᄅᆞ샤 일마다 天福이시니 古聖이 同符ᄒ시니
불휘기픈 남ᄀᆞᆫ ᄇᆞᄅᆞ매 아니뮐씨 곶됴코 여름하ᄂᆞ니

(해동육룡이 나르샤 일마다 천복이시니 고성이 동부하시니
뿌리깊은 나무는 바람에 아니밀새 꽃좋고 열매많으니)

世尊ㅅ일 ᄉᆞᆯᄫᅩ리니 萬里外ㅅ 일이시나 눈에보논가 너기ᅀᆞᆸ쇼셔
世尊ㅅ일 ᄉᆞᆯᄫᅩ리니 千載上ㅅ 일이시나 귀예듣논가 너기ᅀᆞᆸ쇼셔

(세존일 사뢰리니 만리의 일이라도 눈에보는가 여기시옵소서

세존일 사뢰리니 천재위의 일이라도 귀에듣는가 여기시옵소서)

이것은 〈龍飛御天歌〉(용비어천가)와 〈月印千江之曲〉(월인천강지곡)의 서
두이다. 양쪽 다 여섯 토막이 짝을 짓고 있는 것을 주목할 만하다. 이와
같은 것이 어디에 더 있는가? 여섯 토막 한 줄은 민요에 더러 있다. 사
연이 길어지거나 강조가 필요하면 사용하는 파격이다. 여섯 토막 두 줄이
짝을 이루는 것은 서사무가에서나 보인다.

동이와당 광덕왕 놀자 서이와당 광신요왕 놀자
남이요왕은 광덕요왕 놀자 북이요왕은 흑이요왕 놀자

(東海바다 廣德王 놀자 西海바다 廣神龍王 놀자
南海龍王은 廣德龍王 놀자 北海龍王은 黑海龍王 놀자)

웃손당 금백주 셋손당 세명주 알손당 소로소천국
아들아기 열레둡 딸아기 수물여둡 손자아기 삼백이른여둡

(上松堂 금백주 中松堂 세명주 上松堂 소로소천국
아들아기 열여덟 딸아기 스물여덟 손자아기 삼백이른 여덟)

제주도 서사무가에 이런 것들이 있다.(현용준, 《개정판 제주도무속자료사
전》, 제주: 도서출판 각, 2007을 자료로 한다.) 위의 것은 신들을 불러 대
접하면서 잘 놀라고 하는 노래 〈서웃젯소리〉의 본론 서두이다.(472면)
아래 것은 여성영웅서사시 〈천잣도마누라본〉의 서두이다.(518-519면) 본
토의 서사무가에도 다음과 같은 것들이 있다. 함흥의 〈창세가〉, 청주의 〈성
조풀이〉에서 가져온다.(손진태, 《조선신가유편》, 8면, 김영진, 《충청무가》,

290면)

미륵님 말씀이 아직은 내세월이니 니세월 못된다
석가님의 말씀이 미륵님의 세월은다갔다 내세월 만들겠다

도봉산이 낙맥하여 인왕산이 주산이고 종남산은 안산이요
한강이 조수되고 동적강이 수구막아 천부금성 이아니냐

지금까지 제시한 자료를 근거로, 〈용비어천가〉나 〈월인천강지곡〉의 율격이 생긴 유래를 어떻게 해명하는 이론을 만들 수 있는가?

〈용비어천가〉나 〈월인천강지곡〉의 율격은 서사무가에서 가져왔다고 쉽게 말할 수 있다. 그러나 이것은 완결되지 않은 명제여서 이론일 수 있는 요건을 갖추지 못했다. 그 두 노래를 지은 세종 임금이 서사무가의 율격을 어떻게 해서 가져왔는가 하는 의문이 바로 제기된다. 세종 임금은 굿 구경을 할 기회가 있어 서사무가의 율격을 마음에 간직했다가 활용했다고 하면 좋겠으나, 증거를 대지 못해 실증의 함정에 빠진다.

그러면 어떻게 할 것인가? 율격 토막을 펼쳐놓고 다시 생각해보자. 실증의 함정에서 벗어나 이론다운 이론을 만드는 길을 찾자. 율격 토막은 왜 이것들뿐인가? 다섯 토막은 파격이다. 일곱 토막 이상은 한 줄일 수 없다. 아래에 드는 율격 토막을 언어처럼 저절로 습득해 의식의 깊은 층위에 간직하고 있다가 필요할 때 사용한다.

한 토막 −
두 토막 −+−
세 토막 −−−
네 토막 −−+−−

여섯 토막 --+--+-- 또는 ---+---

    중간의 셋은 일반형이다. 두 토막은 간단한 동작을 되풀이하면서 부르는 선후창 민요에서 흔히 볼 수 있다. 세 토막과 네 토막은 기본형을 이루면서 서로 대조가 되는 기능을 다양하게 수행한다. 위아래의 둘은 특수형이다. 한 토막은 급박한 동작의 노동요에서만 쓰인다. 여섯 토막은 높이 받들어야 할 장엄한 사설을 나타내는 경우에만 사용한다. 서사무가와 〈용비어천가〉·〈월인천강지곡〉은 이런 공통점이 있다.

    한국의 율격은 공인된 규범을 만들어 학습한 것이 없다. 민요나 무가가 원래의 모습을 그대로 지니고 있는 좋은 자료여서, 불필요한 선입견 없이 율격의 이론을 만들 수 있게 한다. 잘 활용해 세계적인 범위에서 크게 기여하는 일반이론을 이룩해야 한다.

3-5 세 토막

    세 토막과 네 토막은 기본형을 이루면서 서로 대조가 되는 기능을 다양하게 수행했다고 했다. 여기서 세 토막에 관해 고찰하기로 한다. 이 작업에서 율격의 역사에 관한 의문을 제기하고 해결하려고 한다. 율격 역사의 이론을 만드는 작업을 시도한다.

    세 토막과 네 토막은 상보적인 관계를 가지고 공존한다. 네 토막은 노동요의 율격이고, 세 토막은 유희요에서 생겨났다. 다음에 드는 〈정선아라리〉가 오랜 유래를 지닌 본보기이다. 네 토막은 보행의 율격이라면, 세 토막은 무용의 율격이다. 춤을 추는 동작과 어울린다. 그러면서 네 토막과 세 토막은 주도권 경쟁을 했다. 어느 시기에는 네 토막이, 다른 어느 시기에는 세 토막이 상승해 기록문학의 시가 갈래를 만들어내고 창작을 주도했다. 세 토막의 본보기를 열거하고, 이에 관한 의문을 제기하자.

둘하 노피곰 도드샤
머리곰 비취 오시라 (〈정읍사〉)

가시리 가시리 잇고
ᄇ리고 가시리 잇고 (〈가시리〉)

구스리 바회예 디신ᄃᆞᆯ
긴히ᄯᆞᆫ 긴힛ᄯᆞᆫ 그치리잇가 (〈서경별곡〉)

아우라지 뱃사공아 배좀건너주게
싸리골 올동박이 다떨어진다 (〈정선아라리〉)

문전의 옥토는 어찌되고
쪽박의 신세가 웬일인가 (〈서울아리랑〉)

나아가세 독립군아 어서나가세
기다리던 독립전쟁 돌아왔다네 (〈독립군가〉)

그리운 우리님의 맑은노래는
언제나 제가슴에 젖어있어요. (김소월, 〈님의 노래〉)
나보기가 역겨워
가실때에는
말없이 고이보내 드리오리다. (김소월, 〈진달래꽃〉)

산에는 꽃 피네
꽃이피네
갈봄 여름없이
꽃이피네

산에
산에
피는꽃은
저만치 혼자서 피어있네 (김소월, 〈산유화〉)

제기되는 의문을 정리해보자. 정답이 있는 것은 없다. 무어라고 대답해야 하는지 토론해보자. 토론을 하다가 더 많은 의문을 찾아내보자.

(1) 세 토막 두 줄이다. 한 줄은 율격이 아니다. 둘보다 더 많은 줄은 없다. 세 토막은 가벼운 율격, 무용의 율격이기 때문인가? 두 번 움직이고는 일단 멈추어야 하는가? 이것이 네 토막과 다른 점인가?

(2) 〈정읍사〉는 백제 노래라고 했다. 세 토막 두 줄은 백제 노래의 특성이라고 할 수 있는가? 공통된 전승이 백제에서 두드러지게 나타났던가?

(3) 향가는 네 토막이었고, 고려 속악가사에서 세 토막이 모습을 나타냈다. 그 이유가 무엇인가? 상층 주도의 질서가 흔들리고, 하층의 활력이 상승했기 때문인가? 고려 후기의 궁중에서 위엄을 잃고 하층의 활력을 향락에 이용했기 때문인가?

(4) 세 토막은 아리랑에서 보인다. 아리랑은 계속 있었던가? 근래에 나타났는가? 계속 있던 〈정선아라리〉를 바탕으로 〈서울아리랑〉은 근래에 나타났는가? 어느 것이든지 계속 있다가 근래에 나타났는가?

(5) 독립군가가 세 토막인 것은 무슨 까닭인가? 아리랑을 이용했기 때문인가? 행진보다 무용이 더 필요하다고 여긴 것인가? 정규전이 아닌

유격전에서 부를 노래이기 때문인가?

(6) 김소월은 왜 세 토막을 선호했는가? 네 토막을 버리고 세 토막을 택해, 논리를 격동으로, 윤리를 정감으로 바꾸어놓으려고 했기 때문인가?

(7) 독립군가의 세 토막과 김소월의 세 토막이 같고 다른 점은 무엇인가? 격동의 정감을 공유하면서 밖으로/안으로, 강하게/은근하게 나아간 것이 다른가?

(8) 김소월이 세 토막을 갈라 적은 것은 무슨 까닭인가? 규칙과 불규칙을 함께 지녀, 정형시이면서 자유시이기를 바랐는가?

3-6 토막 복합

紅牧丹 白牧丹 丁紅牧丹
紅芍藥 白芍藥 丁紅芍藥
御柳玉海 黃紫薔薇 芷芝冬栢
위 間發ㅅ景 긔 엇더ㅎ니잇고
合竹桃花 고온 두 분 合竹桃花 고온 두 분
위 上暎ㅅ景 긔 엇더ㅎ니잇고 (〈翰林別曲〉의 한 대목)

까마득한 날에
하늘이 처음 열리고
어디 닭우는 소리 들렸으랴.

다시 천고의뒤에
백마를 타고오는 초인이있어,
이광야에서 목놓아 부르게 하리라. (이육사, 〈광야〉 첫 연과 마지막 연)

당신이 가신 후로 나는 당신을 잊을 수가 없습니다.

까닭은 당신을 위하느니보다 나를 위함이 더 많습니다.

나는 갈고 심을 땅이 없으므로 秋收가 없습니다.

저녁거리가 없어서 조나 감자를 꾸러 이웃집에 갔더니, 주인은 "거지는 인격이 없다. 인격이 없는 사람은 생명이 없다. 너를 도와주는 것은 죄악이다."고 말하였습니다.

그 말을 듣고 돌아 나올 때에, 쏟아지는 눈물 속에서 당신을 보았습니다.

나는 집도 없고 다른 까닭을 겸하여 民籍이 없습니다.

"민적 없는 자는 人權이 없다. 인권이 없는 너에게 무슨 貞操냐." 하고 능욕하려는 장군이 있었습니다.

그를 항거한 뒤에 남에게 대한 격분이 스스로의 슬픔으로 化하는 찰나에 당신을 보았습니다.

아아 온갖 윤리, 도덕, 법률은 칼과 황금을 제사 지내는 연기인 줄을 알았습니다.

永遠의 사랑을 받을까, 인간 역사의 첫 페이지에 잉크칠을 할까, 술을 마실까 망설일 때에 당신을 보았습니다. (한용운, 〈당신을 보았습니다〉 전문)

이 셋은 율격의 구실이 다르다. 맨 위의 것은 어떤가? 〈한림별곡〉을 대표작으로 하는 경기체가는 다채로운 율격 열거가 돋보인다. 사설은 거의 같은 말을 되풀이하면서 율격을 위해 봉사한다. 율격의 실상을 살펴보자.

세 토막 세 줄, "위 ㅇㅇㅅ景 긔 엇더ᄒ니잇고", 두 토막의 반복인 네 토막 한 줄, "위 ㅇㅇㅅ景 긔 엇더ᄒ니잇고"가 반복된다. 두 토막, 세 토막, 네 토막으로 유사한 성격의 개별적인 사물을 많이 열거한다. "ㅇㅇㅅ 景"에서 그것들을 총괄하는 광경을 제시하고 "긔 엇더ᄒ니잇고"라고 하는 말로 찬탄해 관심을 집중하도록 한다. 이 대목은 시조 마지막 줄의 'a(〈4〉〈b〈 〉4)'와 상통하면서, 논리적 귀결이 아닌 시각적 귀결을 선택한다.

경기체가는 이처럼 사설의 구실은 최소한으로 줄이고, 율격의 반복과 변화를 아주 다채롭게 하는 것을 자랑으로 삼는다. 그런 특징을 일정한 용어를 사용해 집약해야 이론이 되므로, '율격〉사설'이라고 일컫기도 한다. 이런 용어는 다른 용어와 대조가 되는 관계에서 의의를 가진다. 중간에 든 이육사의 시는 율격과 사설이 맞물리면서 함께 소중해 '율격=사설'이다. 나중에 든 한용운의 시는 사설만 보이고 율격은 안에 숨어 있어 '율격〈사설'이라고 할 수 있다. 서로 대조가 되는 세 용어를 마련하고 작품의 실상을 살펴 타당성을 입증한다.

이육사의 시도 두 토막, 세 토막, 네 토막을 갖추고 있으나 단순한 열거가 아니다. 토막 수를 하나씩 늘이면서, 움츠린 상태에서 일어나 차차 뻗어나는 생각을 말한다. 까마득한 날에 있던 영광을, 천고 뒤에 더 크게 살릴 것을 기대하고 희망을 가지자고 했다. 토막 수를 하나씩 늘리는 율격 변화가 사설과 일체를 이루어 그럴 수 있다. 이것이 '율격=사설'의 실상이다.

한용운의 시는 '율격〈사설'이어서 율격이 드러나 있지 않다. 예사로 하는 것 같은 말이 저절로 율격을 갖추게 한다. 그것을 느끼고 아는 사람만 찾아낼 수 있다. 다 찾아냈는가 하면 더 있다. 그런 가운데 특히 주목해야 할 것이 둘 있다. "당신이 가신후로 나는 당신을 잊을수가 없습니다"라고, "까닭은 당신을 위하느니보다 나를 위함이 더 많습니다"라고 해서 여섯 토막이 짝을 이룬다. 그 뒤에는 여섯 토막이 하나씩 있다.

"아아"는 'a(〈4〉〈b〈 〉4)'와 상통하는 제동장치를 갖춘 마무리이다. 사뇌가에서부터 유래하는 오랜 전통을 마음속 깊이 간직하고 있다가 토로했으나, 그전과 같은 것은 아니다. 그다음 토막에서 집약하는 주제가 "온갖 윤리, 도덕, 법률은 칼과 황금을 제사 지내는 연기인 줄을 알았습니다"로 늘어나고, 다음 한 줄에서 더 나아갔다.

둘의 차이는 왜 생겼는가? 어떻게 평가해야 할 것인가? 시조에서는 예상하지 못한 어려운 사태가 조성되었다. 기존의 사고를 넘어서는 새로운 각성이 필요했다. 많은 말을 더 해야 했다. 무슨 말을 더했는지 알아보고, 이를 위해 한용운이 끈덕진 노력을 한 것을 높이 평가해야 한다.

3-7 한시 율격에 대응한 방법

신라에서 鄉歌를 지을 때 일본에서는 和歌(와카)를 지었다. '和歌'는 한글로 적으면 무슨 말인지 알 수 없으므로, 계속 한자로 적는다. '화가'라고 읽는가, '와카'라고 읽는가는 독자가 결정할 일이다. 이 대목의 글은 한자 혼용으로 쓴다.

향가의 '鄉'과 和歌의 '和'는 자국을 뜻하는 공통된 의미를 지녔다. '歌'는 '詩'라고 한 漢詩와 다른, 자국어 노래를 뜻하는 말이다. '詩'와 '歌'를 이렇게 구분하는 관습은 오래 이어졌다. 김만중은 말이 절주를 지니면 歌·詩·文·賦가 된다고 했다. 일본에서는 한시를 짓는 사람은 詩人, 화가를 짓는 사람은 歌人이라고 했다.

향가와 和歌는 같기만 하지 않고, 다른 점도 많다. 몇 가지를 열거해보자.

(가) 작품 수가 향가는 아주 적고, 和歌는 아주 많다.

(나) 작품 세계가 향가에서는 열려 있고, 和歌에서는 닫혀 있다.

(다) 해독이 향가는 어렵고, 和歌는 쉽다.

(라) 자수가 향가에서는 변하고, 和歌에서는 고정되어 있다.

왜 이렇게 다른지 실증과 이론 양면에서 해명해야 한다. 실증과 이론 가운데 어느 것이 더 긴요한가는 경우에 따라 다르다. 실증과 이론의 관계를 고찰할 수 있는 사례이다.

(가)는 향가를 집성한 〈三代目〉은 전하지 않고, 和歌를 집성한 〈萬葉集〉은 전하고 있어 생긴 차이점이라고 말하고 말 것은 아니다. 한국에서는 향가를 버리고, 일본에서는 和歌를 계속 존중한 것이 그 이유이고, 이것은 한국문화는 혁신을, 일본문화는 지속을 선호하는 성향과 관련이 있다. 혁신과 지속의 차이를 많은 사실을 들어 실증하려고 하다가 자료 나열에 그칠 수 있다. 문명권의 중간부에서는 공동문어문학과 민족어문학을 함께 발전시키고, 문명권의 주변부에서는 민족어문학에 더욱 힘을 쓴다고 하는 이론이 더 유용하다.

(나)는 〈삼국유사〉에 상황이 문제되는 향가 작품만 수록해 차이점으로 보인다고 할 것은 아니다. 和歌는 어느 것이든 다른 생각은 거의 하지 않고, 노래를 짓고 부른 즐거움을 누린 공통점이 있다. 사회와 문화의 복합적인 관련에 관한 관심이 한국에서는 크고 일본에서는 적었던 것 같다. 이런 차이점을 실증으로 다 밝히려고 하지 말고, 적절한 예증을 이용해 이론적 일반화를 하는 것이 바람직하다.

(다)의 차이점은 이론적 착상을 조금이라도 가지면 실증으로 결판 내기 쉽다. 한국어는 한자로 표기하기에는 음절수가 너무 많고, 일본어는 음절수가 적어 한자로 다 표기할 수 있다. 일본에서는 한자 획을 간략하게 한 假名(카나)를 계속 사용하고, 한국은 한국어를 온전하게 표기하는 새로운 문자 訓民正音을 만들어야 했던 이유도 이와 같다.

(라)의 차이점은 이론으로 감당해야 하고, 실증은 조금만 기여할 수 있다. 향가나 和歌나 한시의 율격을 보고 자극을 받아 민족어 노래의 율격을 마련했다. 언어의 특성이 달라 한시의 율격을 그대로 가져올 수는 없었다. 언어에 고저의 규칙이 없어 平仄은 버린 단순율로 만족해야 했다. 한시의 언어인 중국어는 고립어여서 단음절어가 많고, 한국어나 일본어는 교착어여서 다음절어가 많다. 한시 한 줄과 민족시 한 줄이 음절수에서도 대등하고 정보량에서도 대등할 수는 없다. 어느 한쪽을 택해야

한다. '음절수'와 '정보량'이라는 용어를 창안해 사용해야 이런 논의를 선명하게 할 수 있다.

한국에서는 한시 한 줄과 향가 한 줄이, 정보량이 대등한 것을 택하고 음절수가 대등한 것은 버렸다. 정보량이 대등하게 하니 음절수는 훨씬 많아졌다. 일본에서는 한시 한 줄과 和歌 한 줄이, 음절수가 대등한 것을 택하고 정보량이 대등한 것은 버렸다. 음절수가 대등하게 하니 정보량은 많이 줄어들었다. 57577이라는 和歌의 율격은 이렇게 해서 생겨났다. 한시의 5언과 7언을 변화가 있게 섞은 것은, 한시에는 平仄이 있는 변화를 다른 방식으로 나타냈다고 할 수 있다.

한시와 정보량이 대등한 것과 음절수가 대등한 것을 다 택할 수는 없어 한국과 일본의 자국어시는 하나씩 택했다고 하면 필요한 논의를 다 한 것은 아니다. 왜 한국은 정보량이 대등한 것을, 일본은 음절수가 대등한 것을 택했는가 하는 의문이 다시 제기된다. 그것은 우연이었다고 하면서 이론의 임무를 포기하지 말고, 가능한 추론을 전개해야 한다.

한국인은 활달한 것을, 일본인은 깔끔한 것을 좋아한다. 이런 견해를 위에서 (나)의 차이점이라고 한 것과 관련시켜 전개할 수 있으나, 인상 묘사에 그치기 쉽고 이론으로 정립하기는 어렵다. 향가와 和歌의 차이점에 관해 거시적 해명을 하는 이론이 필요하다.

한국에서는 향가를 창조한 상층이 민요의 주인인 민중과 동질성을 가져, 민요의 율격을 가지고 향가의 율격을 마련했다. 일본 민요의 율격은 한국 민요의 율격과 거의 같고, 57577과는 아주 다르다. 일본에서는 和歌를 창조한 상층이 민중과 이질성을 가져, 민요의 율격과는 다른 율격을 별도로 마련하고, 자수가 고정된 율격이 높은 품격을 지닌다고 여겼다. 상층과 민중의 동질성과 이질성 실증은 난감한 과제가 아니다. 한반도에서 간 사람들이 일본의 상층을 이루었다는 것이 널리 인정되는 사실이다.

한시의 율격을 보고 자극을 받고 율격을 정비한 민족어 노래는 향가나

和歌만이 아니다. 월남의 國音詩도 있고, 南詔의 白文詩도 있다. 이 둘은 자기네 언어가 단음절어이고 성조어여서, 한국이나 일본에서와 같이 고민하지 않고 한시의 고저 율격을 거의 그대로 재현할 수 있었다.

다른 문명권의 공동문어 산스크리트·아랍어·라틴어시는 모음의 장단이 율격의 규칙을 이루는 장단율인 것이 한시의 고저율과 달랐다. 공동문어시의 장단율 율격을 민족어시에서 재현하고자 하면, 언어의 특성이 공동문어와 달라 한국이나 일본에서 볼 수 있는 바와 같은 단순율을 만들어내고 마는 것이 흔한 일이다. 이에 관한 비교연구를 광범위하게 할 필요가 있다.

비교연구를 충실하게 하지 않고서도, 예상되는 결과가 있다. 和歌의 57577처럼 율격이 엄격하게 고정되어 있는 사례를 더 찾을 수 없을 것 같다. 향가 이래의 한국 시가처럼 정형시 율격의 가변적인 영역이 넓은 것도 더 보기 어렵다고 생각된다.

가까운 이웃인 한국과 일본이 어째서 그처럼 극단적인 차이를 보여주는가? 이 의문은 실증이 감당할 수 없고, 이론의 소관이다. 이 의문을 풀어주려면 어떤 방법으로 어떤 이론을 만들어야 하는가?

3-8 멀리서 온 충격

불국의 상징주의시는, 행실이 불량하다고 지탄을 받고 '저주받은 시인'(les poêts maudits)이라고 자처한 문제아들의 창조물이다. 안에서는 보잘것없는 것이 밖에서는 딴판이었다. 불국의 평가를 높이고, 제국주의에 대한 반감을 줄였다.

시상의 짜임새가 비상해서 관심을 가지게 한 것만 아니다. "음악을 무엇보다도 먼저"(De la musique avant toute chose, Verlaine, "Art poétique")

라고 하면서 자랑으로 삼는 율격의 아름다움이 어디 가서든지 큰 충격을 주었다. 대등한 수준의 율격을 만들어 대응해야 하는 힘든 과제를 안겨주었다.

중국은 잠자다가 깨어나 그 충격에 둔감하게 대처했다. 세계 으뜸인 한시의 본고장이라는 자부심을 줄곧 지키기나 할 때가 아님을 가까스로 알아차리고, 白話詩를 뒤늦게 내놓는 데 그쳤다. 부정확한 번역본을 보고 상징주의시를 대강 본떠서, 산문을 줄 바꾸어 쓰면서 감탄사를 남발하면 시가 된다고 여기는 수준에 머물렀다.

이웃 여러 나라에서는 한시의 충격을 받고 鄕歌·和歌·國音詩·白文詩와 같은 민족어 구어시를 만들어낼 때 중국은 그럴 필요가 전연 없다고 여긴 탓에, 멀리서 밀어닥친 충격에 대응할 능력을 축적하지 못했다. 아비 없이 태어난 늦둥이 白話詩는 상징주의시의 율격 근처에도 가지 못하는 지진아일 수밖에 없었다. 중국의 체면이 말이 아니게 되었어도, 어쩔 수 없었다.

월남은 한시에 대응하는 민족어시 國音詩의 율격이 한시 못지않은 수준이고 더욱 다채로운 것을 자랑스럽게 여겨왔다. 5언시와 7언시를 平仄과 押韻을 갖추어 재창작하고, 차츰 변형시켰다. 7언시는 4+3이어야 하는 규칙을 무시하고 3+4로 만들기도 했다. 민요에서 6언시를 가져와 3+3의 규칙을 만들었다. 민요의 기본 율격인 6언과 8언 교체의 68언시를 전폭적으로 수용해 장시 창작에 이용했다.

월남은 그런 방식으로 중국에 대응한 경험이 있어, 불국의 침공을 받고도 당황하지 않았다. 식민지 통치자의 불어 교육을 받으면서 상징주의시를 원문으로 읽고, 한시의 율격에 대응하는 자국 시의 율격을 창조한 천여 년 전의 지혜를 재현했다. 상징주의시가 율격의 아름다움을 자랑하는 데 맞서서, 월남시의 율격을 정비했다. 오랜 내력을 가진 율격을 잘 가다듬고, 새로운 시형을 몇 가지 더 만들었다. 그 가운데 어느 것을 자유롭게 창작할 수 있게 변형시켜 新詩(thơ-mới)라고 했다. 율격에서 불국을 앞지르려고 했다.

　일본은 한시에 대응하는 자국어시의 율격을, 정보량은 버리고 음절수가 대등한 57577로 만든 것이 아주 성공작이라고 여기고 고수하면서, 최소한의 변형만 조금 했다. 575777(長歌)이나 5777577(旋頭歌)을 시험하다가, 575(俳句)를 널리 이용하기나 했다. 민요의 율격을 받아들여 숨이 트이게 할 생각은 전연 하지 않았다. 그런 폐쇄성을 그대로 둔 채 脫亞入歐를 주장하면서 유럽을 추종하는 문학을 하겠다고 한 것이 월남과 아주 달랐다.

　상징주의시가 자랑으로 삼는 율격을 일본어시에서 재현하기 위해서 57577을 만든 전례를 재현하는 것은 가능하지 않았다. 57577을 변형시켜 상징주의시의 율격에 상응하는 일본시의 율격을 만들어낼 수 있는 여지가 없었다. 일본시의 율격을 새로 만드는 것은 더욱 불가능했다. 음절수는 같게 할 수 없어, 정보량을 대등하게 해서 상징주의시에 근접한 작품을 이룩하는 쪽으로 방향을 돌렸다. 상징주의시의 번역 같은 작품을 써서, 脫亞入歐의 자랑스러운 성과인 새로운 근대시라고 했다.

　율격의 아름다움을 수용하지 못한 것이 너무나도 큰 손실이지만 은폐해 문제될 것이 없도록 했다. 일반 독자는 물론이고 시인들조차 상징주의시를 원문은 모르고 번역으로 읽는 약점을 이용해, "근대시는 자유시이다"라고 했다. "근대시"라는 주어는 "상징주의시를 비롯한 유럽의 근대시"를 줄여서 한 말이다. 그쪽의 근대시가 자유시이니 일본에서 본받아 자유시를 쓰는 것이 당연하다고 했다. 상징주의시는 거의 다 정형시이고, 자유시는 예외적으로 조금만 있어, 그 말은 거짓이다. "일본의 근대시는 자유시이다"라고 하면 나무랄 것이 없는데, "근대시는 자유시이다"라고 하면서 허위 진술로 흑색선전을 했다.

　"근대시는 자유시이다"라는 명제를, 일본을 거쳐 유럽문학을 수입하고 상징주의시를 이식하고자 하는 한국의 해외문학파가 한국으로 가져왔다. 한국에서도 상징주의시를 서툰 번역으로 읽으니 그 말이 적실한 것 같았다. 율격을 아주 버린 자유시를 써야 일본을 따르면서 洋行(양행)에 동참할 것 같았다. 그러나 이것은 표면이었다. 표리가 일본에서는 일치하고, 한국에서는 상반되었다.

> 낙엽은
> 풀과
> 나무들이 그 즐거운 노동의 자서전을
> 싸우며 기록한 말 그 굵은 글자

이것은 黃錫禹(황석우)의 〈낙엽〉 제2연이다. 외형을 보면 자유시이지만, "낙엽은 풀과 나무들이/ 그즐거운 노동의 자서전을/ 싸우며 기록한말 그 굵은글자"를 기저 율격으로 하고 있다. 세 토막 두 줄을 세 줄로 늘이고, 줄 바꾸기를 비상하게 해서 절묘한 긴장을 갖추었다. 전통적 율격의 변형을 갖가지 방법으로 해서, 율격 창조에서 상징주의시보다 더 나아간 한국의 근대시가 이것만이 아니고 많이 있다. 이상화, 김소월, 한용운, 김영랑, 이육사 등이 지은 명편, 오래 기억에 남는 시는 모두 그런 비결을 갖추었다. 김소월이 세 토막 두 줄을 변형시키고, 이육사 두·세·네 토막이 각기 한 줄씩이게 한 것은 앞에서 고찰했다.

상징주의시가 주는 충격은 거처의 세계 전역에 미쳤다. 아랍 시인들은 이에 대처하기 위해 아랍시의 전성기인 8세기의 율격을 재현해 신고전주의 시를 이룩했다. 월남과 유사한 노선을 택했다. 다른 데서는 어떻게 했는지 더 살펴보아야 한다.

지금까지 시의 율격이라고 하는 작은 구멍을 통해 아주 커다란 것을 살폈다. 미시에서 거시를 얻는 방법으로, 인류문명사를 참신하게 이해하는 거대이론의 초안을 마련했다. 많은 작업을 더해서 완성도를 높여야 한다.

4 미의식

4-1 무엇이 다른가?

생사길은 이에 있으매 머뭇거리고,
나는간다 말도못다 이르고 가나니꼬?
어느가을 이른바람에 이저떨어질 잎처럼,
한가지에 나고, 가는곳 모르온저.
아아 미타찰에서 만날나 도닦아 기다리겠노라.

상주함창 공갈못에 연밥따는 저처녀야
연밥줄밥은 내따줄게요 내품에 잠들어라

이 둘은 많이 다르다. 무엇이 다른지 핵심을 찾아내 말해보자. 가시의
영역에 머무르지 않고 거시의 이론을 만들려면 미시의 작업이 필요하다.
미시의 작업에서 얻은 결과를 내 내놓고 정답을 찾자. 사지선다형 시험을
치르는 데 익숙한 사고를 일깨운다. 정답 후보를 스스로 찾아내는 것이
다음에는 가능하리라고 기대하면서, 여기서는 우선 기본이 되는 훈련을
한다.

(가) 고결 : 저속
(나) 높이 올라간다. : 낮게 내려온다.

(다) 있어야 할 것 : 있는 것

(라) 차등 : 대등

(가)는 평가를 앞세운 견해이다. 고결한 시와 저속한 시, 고결한 예술과 저속한 예술이 가치의 등급이 달라 구분된다고 한다. 등급을 구분하는 기준이 도덕적 평가에 관한 사회적 통념인 것이 예사여서, 이것은 문학 외부에서 오는 부당한 참견이라고 할 수 있다. 작품 자체가 고결이나 저속을 특징으로 한다느니, 고결이나 저속이 어떤 구조적 특징을 지니고 있다느니 하면서 타당성을 고집하지 말고, 순순히 버려야 할 견해이다.

(나)는 외부의 부당한 참견이 아니다. 작품의 특징을 성향의 차이로 두고 한 말이 맞물려 있어 이론을 만들 수 있다. 말하는 것이 명료해서 좋다. 그러나 너무 단순하다. 이론이 한 겹으로 이루어져 있어 표리관계나 복합관계를 말하기 어렵다. 분류를 하는 데 그치고, 작품 내부의 긴장을 다룰 수는 없다.

(다)는 한 걸음 더 나아간 착상이다. 모든 작품은 '있어야 할 것'과 '있는 것'의 관계를 말하고, 말하는 방식이 달라 대립을 이룬다고 할 수 있다. 그러나 '있어야 할 것'과 '있는 것'은 말이 너무 길어 사용하기 불편하다. 뜻이 모호해 시비가 일어날 수 있다. '있어야 할 것'이 작품 자체에 있는지, 독자가 판단할 사안인지 확실하지 않다. '있어야 할 것'과 '있는 것'의 관계를 고찰해 만든 이론을 버리기로 한다.

(라)는 개념이 명확하다. 성향이 아닌 실체를 말한다. 작품을 살피면, 앞의 작품에는 '미타'와 '나', '미타찰'과 현세는 차등이 있다. 차등이 있으므로 위로 올라가려고 한다. 뒤의 작품에서는 "연밥 따는 처녀"와 자기가 거리는 있지만 대등하다. 대등한 관계를 더욱 근접되게 하고자 할 따름이다.

앞의 작품에도 대등이 없는 것은 아니다. 살아 있는 '나'와 죽은 '누이'

는 대등하므로 다시 만나고자 한다. 둘 다 차등의 상위에 올라가야 그 소망이 이루진다고 여긴다. 뒤의 작품에도 차등이 없는 것은 아니다. "연밥 따는 처녀"는 자기 말을 듣고 따르려고 하지 않으므로 차등의 상위에 있는 것 같다. 그것은 잠시 동안의 환상이어서 곧 없어지고 대등이 분명하다고 하게 될 것이다. 앞 작품에는 차등이 대등을 흡수한다고 할 수 있다. 같은 논법을 적용해, 뒤의 작품에서는 대등이 차등을 흡수한다고 할 수 있다.

'차등'과 '대등', 그리고 '흡수'라는 용어를 사용해 두 작품의 차이점을 분명하게 집약했다. 최소한의 용어를 일관된 체계를 가지도록 사용해 복잡한 현상을 분명하게 집약하는 것이 이론 만들기의 이상이다. 이상을 실현하려고 노력하면서 앞으로 나아간다.

여기까지 이른 것은 중간 단계의 작업이다. 다음에 드는 두 작품을 고찰하면서 남은 작업을 한다. '차등'과 '대등'의 관계가 '흡수'만이 아니고, '흡수'와 반대가 되는 다른 무엇이 있다고 할 것이다.

4-2 다시 무엇이 다른가?

울도담도 없는집에 시집삼년을 살고나니
시어머니 하시는말씀 아가아가 며늘아가
진주낭군 볼라거든 진주남강에 빨래를가라
진주남강에 빨래를가니 물도나좋고 돌도나좋아
이리나철석 저리나철석 씻구나니
구름같은 말을타고 하늘같은 갓을쓰고 못본체로 지나가네
껌둥빨래 껌게나씻고 흰빨래나 희게나씻어
집에라고 돌아오니 시어머님 하시는말씀

아가아가 며늘아가 진주낭군 볼라거든

건너방에 건너가서 사랑문을 열고바라

건너방에 건너가서 사랑문을 열고나보니

오색가지 안주를놓고 기생첩을 옆에끼고

희희낙락 하는구나 건너방에 건너와서

석자시치 명주수건 목을매여서 늘어지니

진주낭군 하시는말씀

첩의야정은 삼년이고 본처의정은 백년이라

말뚝이: (중앙쯤 나와서) 쉬― (음악과 춤 그친다.) (큰소리로) 양반 나오신다. 아, 양반이라거니, 노론·소론·이조·호조·玉堂(옥당)을 지내고, 삼정승 육판서 다 지낸 退老宰相(퇴로재상)으로 계신 양반인 줄 아지 마시요. 개잘량이라는 양자字에 개다리소반이라는 반자 쓰는 양반이 나오신단 말이요.

양반들: 야 이놈 뭐야아?

말뚝이: 아아, 이 양반 어찌 듣는지 모르겠소. 노론·소론·이조·호조·옥당玉堂 다 지내고 삼정승 육판서를 다 지내고, 퇴로재상으로 계시는 이생원네 삼형제분이 나오신다고 그리 했소.

양반들: (합창) 이생원이라네에. (굿거리장단에 모두 같이 춤춘다.)(춤추는 동안에 도령은 때때로 형들의 면을 탁탁 치며 돌아다닌다.)

위의 것은 서사이고, 아래 것은 희곡이다. 이런 차이는 뒤에 다시 고찰하기로 하고, 작품의 성향이 어떻게 다른지 말해보자. 위의 것은 슬프고 안타까우며, 아래 것은 즐겁고 후련하다고 할 수 있다. 이렇게 말하는 것은 타당하지만 이론이라고 할 수는 없다. 이론은 일관성이 있어야 하고, 체계를 갖추어야 한다.

차등과 대등의 구분은 이 두 작품에서도 유효하다. 〈진주낭군〉에서는 남편과 아내는 차등이 있는 것이 당연하다고 하고, 시어머니가 그러라고 부채질을 한다. 아내는 남편과 대등한 것이 당연하다고 여긴다. 〈봉산탈춤 양반과장〉에서 존귀한 양반은 미천한 말뚝이와 차등의 관계를 가지고 말뚝이를 지배하는 것이 마땅하다고 한다. 말뚝이는 사람은 누구나 대등하다고 여긴다. 차등과 대등이 문제가 되고, 대결하는 관계에 있다.

양쪽 다 차등과 대등이 공존하면서 평행선을 달리지는 않는다. 〈진주낭군〉에서는 남편이 주장하는 차등이 아내의 대등 요구를 무시하고 관철되어, 아내는 비참하게 되었다. 차등이 대등을 격파했다고 할 수 있다. '격파'라는 용어가 〈봉산탈춤 양반과장〉에서도 유효해, 차등이 대등을 격파한 것과 반대로 대등이 차등을 격파했다고 할 수 있다.

〈봉산탈춤 양반과장〉은 두 부분으로 이루어져 있다. 양반과 말뚝이가 말을 주고받는 '대사' 대목이 있고, 모두 어울려 춤을 추는 '춤' 대목도 있다. 대사 대목에서는 차등이 대등에게 격파당하는 과정을 보여준다. 양반이 고압적인 자세로 말뚝이를 억누르려고 하지만, 말을 제대로 알아듣지 못하고 상황 파악 능력이 없어 패배한다. 춤 대목은 차등이 격파당하고 대등이 이루어진 결과를 보여준다. "도령은 때때로 형들의 면을 탁탁 치며 돌아다닌다"는 것은 차등이 역전된 모습이다. 차등이 역전되어, 그 반대가 되는 차등이 나타난 것은 아니고, 대등을 분명하게 한다.

앞의 글 2-1에서 고찰한 것까지 합쳐서 정리하면, 다음 네 가지 경우가 있다.

(가) 차등이 대등을 흡수한다.
(나) 대등이 차등을 흡수한다.
(다) 차등이 대등을 격파한다.
(라) 대등이 차등을 격파한다.

'차등'과 '대등', '흡수'와 '격파'라는 용어를 일관되게 사용해 이 네 경우가 있는 것을 알아내, 이론 만들기에서 상당한 진전을 이루었다. 차등'과 '대등'이 아닌 다른 것, '흡수'와 '격파'가 아닌 다른 것은 있다고 인정될 수 없어, 이 넷이 체계적인 상호관계를 가지고 공존하는 것이 우연이 아닌 필연이다.

(가)에서 (라)까지를 각기 무엇이라고 하는가? 새로운 이름을 지어낼수 있으나, 혼란을 일으킨다. (가)는 '숭고', (나)는 '우아', (다)는 '비장', (라)는 '골계'라고 하는 용어를 그대로 쓰는 것이 좋다. 이미 인정되고 있는 구분의 근거를 분명하게 하는 것을 노력한 보람으로 삼는다. (가)에서 (라)까지를 총괄해 무엇이라고 하는가? '미적 범주'라고 하는 것이 예사이지만 생소하다. '미의식'이라고 하면 알기 쉽다. 미의식이 이것만이라는 말은 아니다. 이것은 미의식의 하나이다.

여기서 미의식이라고 한 미적 범주에 관한 이론은 아주 많다. 미학자라고 행세하려면 이에 관해 독자적인 이론을 갖추어야 한다고 한다. 각기 하는 말이 너무 복잡해 이해하기 어려운 공통점이 있다. 이론은 간명할수록 좋다.

4-3 미의식과 갈래

지금 다루는 미의식 이론과 다음에 다룰 갈래 이론은 어떻게 같고 다른가? 미의식 이론은 미학에서, 갈래 이론은 문학연구에서 관장해, 소관을 나눈 탓에 이런 의문을 전에는 제기하지 않았다. 잘못을 반성하고 다시 출발해야 한다.

미의식 이론은 미학에서, 갈래 이론은 문학연구에서 관장한다는 것은 부적절한 구분이다. 미학과 문학연구는 둘이 아니고 하나여야 한다. 분야를 나누어 각기 특수한 이론을 만드는 것을 능사로 삼으면 이론의 보편적 가치가 훼손된다.

미의식 이론과 갈래 이론이 같기 때문에 이런 말을 하는 것은 아니다. 둘을 한자리에 놓고 어떻게 같고 다른지 밝히는 이론의 이론이 필요하다. 이론의 이론은 다른 말로 하면 근원이 되는 이론이다. 줄여서 근원이론이라고 하자. 근원이론을 힘써 만들어야 한다.

미의식 이론과 갈래 이론을 비교해 고찰하면서 근원이론을 찾아내면, 이론 만들기에서 큰 진전을 이룩한다. 두 이론은 하나이면서 둘이고 둘이면서 하나라고, 근원이론에서 말할 수 있다. 같은 것은 무엇이냐? 체계화된 분별이다. 미의식도 갈래도 체계화된 분별이다. 다른 것은 무엇인가? 분별의 성격이 다르다.

분별의 성격이 다르다는 것이 무엇인가? 이에 관한 논의를 구체화하기 위해 흥미로운 예증을 들어보자. (가) 왼쪽과 오른쪽, (나) 추위와 더위, (다) 산과 들, 이 셋 다 분별인 점에서 같다. 분별의 성격은 다르다. 분별의 성격이 어떻게 다르지 알아보는 좋은 방법이 함께 든 명사를 관형사형으로 만들어 앞에다 붙이는 것이다.

(가) "왼쪽 같은 오른쪽, 오른쪽 같은 왼쪽"은 전연 말이 되지 않는다. 왼쪽과 오른쪽은 편의상의 구분이기 때문이다. (나) "더위 같은 추위, 추위 같은 더위"는 말이 되기는 하지만, 혼란이나 일으키므로 필요하지 않다. 어느 정도 춥고 더운가 말하면 된다. 더위와 추위는 덥다고 춥다고 여기는 의식이기 때문이다. (다) "산 같은 들, 들 같은 산"은 말이 된다. 예사롭지 않은 들, 별나게 생긴 산의 특징을 말해준다. 어느 정도 산이고, 어느 정도 들인가 하는 구분으로 대치할 수 없다. 산과 들은 실체이기 때문이다.

(가)에 해당하는 논의는 실질적인 내용이 없으므로 문학에 없다. (나)와 같은 의식에 관한 논의가 문학에서는 미의식론이다. (다)와 상통하는

실체론이 문학에서는 갈래 구분이다. 이렇게 말하면 둘의 차이점에 관한 논의가 시작된다.

실체가 아니고 의식인 미의식을 흡수나 격파의 방식으로 구현하는 것은 선택의 과제이다. 특별한 노력이 없어도 선택이 가능하다. 생득生得의 능력이 있기 때문이다. 의식이 아니고 실체인 갈래에서 전환이나 대결을 진행하는 것은 수련의 과제이다. 생득만으로 충분하지 않고, 학득學得의 능력을 필요로 한다.

의식은 복합될 수 있다. 비장이기도 하고 골계이기도 한 것이 가능하다. '비장한 골계' 또는 '골계스러운 비장'이라는 말은 필요하지 않다. 생소함을 덜고 친근감을 주려고 '슬픔을 자아내는 희극'이나 '웃기는 비극'이라고 하는 것은 좋으나, 이론 만들기에 기여하지는 않는다. '희비극'이나 'tragi-comedy'라고 하는 용어가 이미 있다. "관형어＋명사"가 아닌 명사 복합어를, 필요하면 더 만들면 된다.

실체는 고유한 특징을 유지한다. 서사이기도 하고 희곡이기도 한 갈래는 없다. '서사적 희곡'이나 '극적(희곡적) 서사'는 있다. 관형사는 부차적 특징을, 명사는 소속을 말한다. '여성스러운 남성'도 있고 '남성진 여자'도 있는 것과 같다. 이 경우에는 관형사가 심리를, 명사는 생리를 말한다. 여성스러운 남성이거나 남성진 여자라야, 남녀 양쪽의 삶을 핍진하게 그려 소설을 잘 쓴다고 할 수 있다.

숭고·우아·비장·골계라고 하는 미의식은 다시 구분된 하위개념이 없다. 상위개념의 상호관계나 복합을 들어 추상적인 논의를 전개할 따름이다. 서정·교술·서사·희곡이라고 구분된 것은 갈래의 상위개념이다. 상위개념을 구체화한 하위개념의 갈래가 여럿이다. 서사를 본보기로 들면 신화, 전설, 민담, 소설 등이 있다.

갈래의 역사는 이렇게 구분된 하위의 갈래들의 상관관계를 가지고 생겨나고 자라고 쇠퇴하는 과정이다. 갈래가 실체라고 하는 것은 하위의 갈래들이 각기 자기 역사의 주역이기 때문이다. 상위갈래는 하위갈래에서 역사성을 가진다. 교술의 하위갈래들이 쇠퇴하고 문학의 권역 밖으로 밀려나면서 상위갈래 교술이 힘을 잃는 것을 분명하게 확인할 수 있다.

인식 대상과 방법에서 포괄성과 개별성이 어떤 관계를 가지는가? 이것이 근원이론에서 다룰 과제이다. 철학이 근원이론을 맡는다고 뽐내다가, 추상적인 개념에 매여 운신이 어렵게 되고 사고가 경직되었다. 문학연구가 그 임무를 맡아 생동하는 논의를 편다. 막힌 물꼬를 튼다.

미의식 이론, 상위갈래 이론, 하위갈래 이론, 이 셋을 비교해보자. 논의가 앞으로 가면 선명해지고, 뒤로 가면 복잡해진다. 그 양면의 관계를 밝히는 것이 소중한 연구 과제이다. 문학은 이런 작업의 본보기를 잘 보여주어, 학문 발전에 크게 기여한다.

4-4 미의식의 공존과 상충

미의식은 의식이므로 고유한 실체가 없다. 미의식을 숭고·우아·비장·골계로 나눈 것은 기본 성향을 제시하는 데 그쳤다. 여러 의식이 복합되고 상충할 수 있다. 그 양상을 모두 말할 수는 없다. 몇 가지 본보기를 보이기나 한다.

추강에 밤이 드니 물결이 차노매라
낚시 드리우니 고기아니 무노매라
무심한 달빛만신고 빈배저어 오노라

이 작품은 대등이 차등을 흡수한 우아를 말하기만 하는 것은 아니다. "무심한 달빛을 실은 빈배"가 아주 낮은 것을 높은 경지에 이른 증거로 삼고 있어, 대등을 흡수한 숭고이기도 하다. 숭고한 우아나 우아한 숭고라고 할 것은 아니다. 숭고와 우아 사이의 어느 위치에 있다고 할 것이다.

할미: (영감이 쓰러지자) 동네방네 키 크고 코 큰 총각 우리 영감 내다 묻고 나하고 둘이 살아봅세.

영감: (헤어지자면서) 앗다 이년 욕심 봐라. 앗다, 이년 욕심 봐라. 박천 두지논 삼만 냥 벌은 내 다 가지고 용장 봉장 궤두지 자개함농 반닫이 샛별 같은 놋요강 놋대야 바쳐 나 가지고, 죽장망혜 헌 짚세기 만경청풍 삿부채, 이빨 빠진 고리짝, 굴뚝 덮은 헌 삿갓 모두 너 가지고, 또 도끼날은 내가 갖고 도끼자룰랑은 너 가져라.

남강노인: (할미가 죽은 것을 보고) 동네사람들, 이것 보소. 미얄할멈이 죽었구려. 아이고, 불쌍하고 가련하여라. 영감 잃고 갖은 고생을 하더니 그만하고 죽었구나. 이것을 어찌 하노.

이것은 〈봉산탈춤 미얄과장〉에서 가져온 토막 셋이다. 다른 여러 과장은 대등이 차등을 격파하는 골계로 일관하지만, 이 과장은 차등이 대등을 격파하는 비장도 갖춘 것을 말해준다. 앞에서 뒤로 가면서 주목할 만한 변화를 보여주고 있다.

대등이 차등을 격파하는 골계를 보여주다가, 차등이 대등을 격파하는 비장에 이른다. 대등의 차등 격파는 차등의 피해자인 할미 스스로 하기도 하고, 가해자가 대등으로 위장된 차등의 내막을 폭로해 하기도 한다. 차등이 대등을 격파한 것은 남강노인이라는 초월적 제3자가 등장해 밝힌다.

〈심청전〉은 비장과 골계가 상충되어 다투는 작품이다. 심청은 아버지 심봉사의 눈을 뜨게 하는 공양미 삼백석을 마련하려고 선인들에게 몸을 팔아, 바다에 빠지는 희생 제물이 되었다. 극도의 효도를 하려고, 자기

생명을 희생하는 비장한 결단을 감행했다. 차등이 대등을 처참하게 격파했다. 심청이 죽은 뒤에 심봉사가 맞이한 후처 뺑덕이미는 전연 반대가 되는 방향으로 나아갔다. 윤리적 구속을 모두 거부하며 삶을 즐겨, 남편 심봉사도 그 골계적 파괴에 동참하는 잡놈이 되게 했다. 대등이 차등을 여지없이 격파했다.

심청의 비장 덕분에 끝없이 높이 올라간 심봉사가, 뺑덕어미의 골계 탓에 맨 밑바닥까지 형편없이 추락했다. 비장과 골계가 전혀 다른 작용을 해서 심봉사가 딴사람이 되게 했다. 그 양면의 움직임이 상반되게 나타나, 작품이 긴장되게 하고, 주제를 심각하게 했다. 비장과 골계가 상반된 관계를 가지고 충돌할 수밖에 없는 이유를 알도록 한다.

심청의 비장은 칭송하고 뺑덕어미의 골계는 나무라는 것은 기존 관념을 확인하는 표면적 주제이다. 심청의 비장은 以孝傷孝(이효상효)의 극단을 보여주기나 하고 타당성이 전연 없으며, 뺑덕어머니의 골계는 삶의 진실을 숨김없이 드러내는 긍정적인 의의가 있다고 말하는 이면적 주제를 읽어내야 한다. 이면적 주제를 격하하는 표면적 주제의 반론이 심청이 소생해 아버지의 눈을 실제로 뜨게 하는 것으로 나타난 결말은 아름다운 환상이다.

차등의 대등 격파인 비장은 처절한 상처를 남긴다. 대등의 차등 격파인 골계는 즐거움에 들뜨게 한다. 이 둘은 각기 제 갈 길을 갈 수 없고, 서로 엇갈리면서 심각한 충돌을 일으킨다. 차등을 이념으로 하는 시대이니 승패가 정해져 있다고 할 것이 아니다. 비장에 대한 골계의 반론이 역사를 뒤흔들 잠재력을 가진다.

이 여러 본보기에서 말한 것들에 관한 총괄론을 갖추지는 않는다. 다양한 성격의 더 많은 본보기가 있다는 것을 망각하게 할 염려가 있기 때문이다. 변이에 관한 이론은 미완성이어야 한다.

4-5 연극의 원리, 논란의 내력

이론을 만드는 작업이 기존 이론과 어떤 관련을 가져야 하는가? 기존 이론이 없으면, 필요한 이론을 만들면 된다. 기존 이론이 있고 그 나름대로의 의의가 인정되면, 더 나은 이론을 만들어 연구를 발전시키는 것이 마땅하다. 기록경기에서 기록을 갱신하는 것과 그리 다르지 않다.

기존 이론이 새로운 이론을 만들지 못하게 막으면, 사정이 달라져 힘든 투쟁을 해야 한다. 그런 이론은 모두 수입학의 위세를 높이는 데 쓰는 수입품이다. 진리의 말씀을 가져와 제공하는 줄 모르고 다른 말을 하는 것은 무지의 소치라고 하는 데 맞서서, 창조학의 의의를 역설하는 것은 노력의 낭비일 수 있다.

대리점은 상대하지 않고 본사로 직행해, 수입품이 아닌 원본에 대한 국제적인 논란을 벌여야 한다. 새로운 이론을 만드는 의의를 세계적인 범위에서 입증해야 한다. 연극의 원리가 바로 이런 본보기여서, 국내 학계에서 관심을 가지고 다루는 관심사가 아니고, 세계적인 논란거리이다. 국내경기는 없고, 국제경기만 심각하게 벌어지고 있다고 할 수 있다.

이제 미의식에서 큰 비중을 차지하는 연극의 원리를 다룰 차례가 되었다. 이론 만들기에 관한 논의가 많이 진전되어, 국제경기에 참가해 새로운 이론을 만드는 절차나 방법도 말해야 한다. 두 가지 일을 함께 한다. 이에 관한 작업을 다른 저작에서 많이 한 것을 간추려 소개하고 재론한다.

연극의 원리는 '카타르시스'(catharsis)라고 하는 견해가 세상을 휩쓸고 있다. 이에 대해 알아야 하는 것이 연극 공부의 필수 과제가 되었다. '카타르시스'라는 말은 고대 그리스의 아리스토텔레스(Aristoteles)가 〈시학〉(Poetics)에서 처음 했다. 영웅이 참혹하게 패배하는 끔찍한 연극을 보면 관중은 "연민과 공포의 감정을 환기시키는 사건에 의거해 바로 이런 감정의 '카타르시스'를 경험한다"고 했다. '카타르시스'는 원래 의학의 용어이며, 소화가 되지 않고 뱃속이 거북할 때 쓰는 관장치료법을 의미했다. 이 말을 가져와 연극을 보면서 연민과 공포의 감정을 간접적으로 경험해 마음속에서 씻어내는 치료 효과를 '카타르시스'라고 한 것으로 이해된다.

간단한 언급에 지나지 않는 것을, 후대의 유럽 각국 논자들이 대단한 이론이라고 받들고 많은 해몽을 추가했다. 이것은 크게 잘못되지 않았으므로 길게 나무랄 필요는 없다. 온 세계가 그 뒤를 따라 '카타르시스'가 연극의 보편적인 원리이고, 고대 그리스의 비극이 모든 연극의 전범이라고 하는 것이 문제이다. 유럽중심주의 사고의 전형적인 폐해를 자아내, 다른 원리는 찾을 수 없게 하고, 상이한 연극은 평가를 절하하도록 하니 가만둘 수 없다.

이에 대한 반론이 인도에서 제기되었다. 영국인이 인도를 식민지로 삼아 통치하면서 유럽문명이 인도문명보다 우월하다고 하려고, '카타르시스'를 원리로 한 고대 그리스의 연극을 전범으로 삼고 인도의 고전극이 생겨났다고 했다. 제국주의 침략의 합리화에 부당한 이론을 동원하는 것을 용납할 수 없다고 하면서, 인도 학자들이 반론을 제기하지 않을 수 없게 했다.

반론의 근거는 연극의 원리에 관한 인도의 오랜 견해였다. 바라타(Bharata)가 지었다는 방대한 고전 〈나티아사스트라〉(Natyasastra)에서 말한 '라사'(rasa)가 '카타르시스'보다 월등한 이론이라고 했다. '라사'는 무엇이든지 원만하게 아우르는 아름다운 느낌이라는 말이다. 연극의 종류나 취향은 다양하지만, 그 모두를 아우르는 원리는 '라사'이다.

〈나티아사스트라〉에서 말했다. "연극은 신, 마귀, 인간, 이 세 세계의 감정을 나타낸다", "도리·유희·이익·화평·웃음, 싸움·애욕·살육, 가운데 어느 것이든지 갖추고 있다." 연극은 사람의 일을 다루는 데 그치지 않고, 사람이 자기 이상의 세계와 분리되지 않고 있는 연관관계를 가지고 神人合一(신인합일)을 이룬다고 했다. 이것이 '라사'의 철학이다.

이런 논거를 이용해, 인도 학자들은 유럽인의 편견에 대해 다각적인 비판을 했다. 유럽에서는 비극은 비극이고, 희극은 희극이라고 갈라놓지만, 인도에서는 비극적인 것과 희극적인 것뿐만 아니라 그 밖의 다른 미감이 다양한 방식으로 복합되어 여러 형태의 연극을 만들어냈다고 했다. 그리스의 조각은 사람의 손을 있는 그대로 나타내지만 인도에서는 조각해놓은 손을 보고서 연꽃을 생각할 수 있게 하듯이, 인도 연극은 인간의 삶을 처절하게 사실적으로 그리지 않고 불행을 넘어서는 성숙된 자세를 상징적이고 서정적인 품격을 갖추어 나타낸다고 했다.

작품 비교에 근거를 둔 반론도 설득력 있게 제기되어 있다. 소포클레스(Sophocles)의 〈오이디푸스왕〉(Oedipus Tyranos)과 칼리다사(Kalidasa)의 〈사쿤탈라〉(Sakuntala)를 예증으로 들고, 무엇이 어떻게 다른지 말했다. 〈오이디푸스왕〉에서는 운명 앞에서 인간이 전적으로 무력하다고 했으나, 〈사쿤탈라〉는 경험과 초월, 유한과 무한, 현실과 신화가 둘로 나누어져 있지 않고 하나로 연결되어 완벽한 조화를 이루는 것을 보여준다고 했다.

'카타르시스'의 횡포에 대한, '라사'에 입각한 반론은 타당하지만 미흡하다. 유럽 쪽의 편견을 비판하면서 인도연극의 가치를 옹호하는 데 그치고, 세계연극 일반론에 관한 더욱 진전된 이론을 만들어내지 못하고 있기 때문이다. 유럽중심주의의 편견을 근본적으로 비판하고 극복하지는 못하고 있다.

이런 사실을 알면 분발하지 않을 수 없다. 우리가 더 큰일을 맡아서 해야 한다고 의욕을 가지고 나서야 한다. 유럽중심주의의 편견을 극복하는 연극 미학의 일반이론을 다시 정립해야 하는 과제를 발견하고 분발한다.

4-6 신명풀이의 등장

한국 연극의 주류를 이루는 탈춤은 '카타르시스' 연극과 아주 거리가 멀다. '카타르시스' 연극을 연극의 전범이라고 여기고, 탈춤은 정상에서 벗어났다고 나무라는 것은 잘못이다. '라사' 연극과 비교해 수준 미달이라고 하면, 이것 또한 빗나간 견해이다. 탈춤은 '카타르시스' 연극이나 '라사' 연극과는 다른 또 하나의 연극이다.

'카타르시스'나 '라사'와 구별되는 탈춤의 원리는 무엇이라고 해야 하는가? 이 의문을 풀어줄 이론 저작은 없다. 남부럽지 않게 많은 저작이 이루어졌으나, 연극을 다룬 것은 없다. 연극은 저작을 하는 선비의 관심사가 아니었다. '카타르시스'가 아리스토텔레스의 〈시학〉에서 유래하고, '라사'가 바라타의 〈나티아사스트라〉에 근거를 둔 것은 같은 혜택을 누리지 못해 우리는 불운하다.

그런 불운은 오히려 행운이다. 매개자 없이 탈춤 작품을 바로 다룰 수 있다. 탈춤을 바로 다루어 얻은 결과를 이론으로 다듬을 때에는, 풍부하게 창조되어 있는 철학의 유산에서 필요한 것을 가져올 수 있다. 이론 만들기 작업을 한 단계 더 높여 하는 것이 기존의 발판이나 장애가 없는 덕분이다.

탈춤은 여럿이 함께 노래 부르고 춤을 추면서 흥겨워하고 신명을 푸는 행위를 근거로 해서 이루어진다. 풍물패를 앞세우고 마을 사람들이 사방 돌아다니면서 함께 노는 행사가 탈춤의 기원이고 바탕이다. 놀이패가 한 곳에 자리를 잡아 길놀이가 마당놀이로 바뀌고, 누구든지 참여하는 대동놀이에서 탈꾼들이 특별한 배역을 맡는 탈놀이로 넘어가면서 탈춤이 시작된다.

《수영야류》 조사보고에서는 그 점에 관해서, 모여든 사람이 누구든지

群舞에 참여해서 "3·4시간 氣가 盡하도록 亂舞하여 興이 하강할 때쯤 되면 후편인 가면무극으로 넘어간다"고 했다.(강용권,《야류·오광대》, 형설출판사, 1977, 38면) '興'이라는 말과 '氣'라는 말을 사용한 것을 주목할 필요가 있다. 사람이 지닌 氣가 興으로 발현된다고 했다. 군무에 참여한 모든 사람의 氣가 다해서 興이 떨어질 때가 되면, 탈꾼들이 나서서 氣를 새롭게 발현해서 興을 다시 돋운다고 했다.

이런 행위를 총칭하는 말은 '신명풀이'가 적절하다. '카타르시스'나 '라사'와 구별되는 탈춤의 원리는 무엇인가 하는 질문에 '신명풀이'라고 대답하는 것이 마땅하다. '카타르시스'·'라사'·'신명풀이' 비교론을 전개하는 과제가 제기되었다. '신명풀이'는 '카타르시스'나 '라사'처럼 유래가 복잡하지 않고 탈춤의 실상을 알면 누구나 쉽게 이해할 수 있는 이점이 있다.

그래도 용어 설명을 요구할 수 있어 제시한다. 사전을 찾아보고 실망하지 않도록 할 필요도 있다. '신명'은 사람의 氣가 興으로 발현되는 것이다. '신명'을 한자로 적으면 '神明'이라고 할 수 있으나, '神明'의 '神'이 '鬼神'의 '神'이라기보다 '精神'의 '神'이다.

'정신'의 '신'은 무엇인가? 崔漢綺의 도움을 얻으면 논의를 분명하게 할 수 있다. 최한기는 사람이 정신활동을 하는 氣를 '神氣'라고 하고, 사물을 인식하고 표현해 나타내는 과정을 '神氣'의 발현으로 설명했다. 氣는 "活動運化"를 기본특징으로 한다 하고, 사물이 그렇게 하는 것을 보고 마음에서 터득하면 "말을 하는 것마다 모두 靈氣를 지녀, 용이 꿈틀거리는 형체를 갖추고 萬化를 녹여서 지닌다"고 했다. 그래서 이루어진 표현물을 받아들이는 쪽은 神氣'가 흔들리어 움직이고 쉽사리 感通하게 된다"고 했다.

천지만물과 함께 사람도 수행하는 '活動運化'를 표출해서 공감을 이룩하는 주체가 되는 '신기'가 바로 '신명'이다. '神'은 양쪽에 다 있는 같은 말이고, '氣'를 '明'이라고 일컬을 수 있다. 안에 간직한 '神氣'가 밖으로 뻗어나서 어떤 행위나 표현형태를 이루는 것을 두고 '신명'을 '푼다'고 한다. '신명풀이'란 바로 '神氣發現'이다. 사람은 누구나 '神氣' 또는 '신명'을 지니고 살아가지만, 천지만물과의 부딪힘을 격렬하게 겪어 심각한 격동을 누적시키면 그대로 덮어두지 못해 '神氣'를 발현하거나 '신명'을 풀지 않을 수 없는 지경에 이른다.

그러면서 신명풀이를 하는 방식에 차이가 있다. 홀로 하는 것과 여럿이 함께 하는 것이 다르다. 여럿이 함께 하는 것 가운데 또한 화합을 확인하는 것과 싸움을 하고 마는 것이 다르다. 홀로 하는 것의 좋은 본보기는 시 창작이다. 여럿이 함께 하면서 화합을 다지는 것의 하나가 풍물놀이이다. 탈춤을 공연하는 행위는 여럿이 함께 하면서 적대적인 대상과의 싸움을 하는 점에서 그 둘과 다른 갈래에 속한다.

탈춤은 탈꾼들 사이에서 벌어지는 싸움으로 나타난다. 노장과 취발이, 양반과 말뚝이, 영감과 미얄 사이의 싸움이 어떤 의미를 가지는지 이미 고찰했다. 탈꾼들이 그런 배역을 하면서 등장시킨 인물들은 함께 흥겨워하지 않고, 싸움의 전개에 따라서 흥하기도 하고 망하기도 한다.

그러면서 탈춤 진행 도중에 이따금씩 탈꾼 모두 함께 춤을 추면서 즐거워한다. 일어서서 춤을 추면서 반주를 하던 풍물패 반주자들이 앉은 악사로 바뀐 다음에도, 그런 관습이 변함없이 이어진다. 탈춤은 싸움이면서 화합이고, 화합이면서 싸움이다.

4-7 세 원리의 상관관계

'카타르시스'·'라사'·'신명풀이'는 어떻게 다른가? 핵심을 들어 말한다. '카타르시스'는 차등이 대등을 파괴하는 비장, '라사'는 차등이 대등을 흡수하는 숭고, '신명풀이'는 대등이 차등을 파괴하는 골계를 보여준다. 이렇게 말하면 대등이 차등을 흡수하는 연극은 왜 없는가 하는 의문이 제기된다. 그런 것은 연극이기에 너무 단조롭고 범속해 자리를 잡지 못했다고 할 수 있다.

'카타르시스'는 상극, '라사'는 상생, '신명풀이'는 생극의 원리이다. 이것이 더 진전된 견해이다. '카타르시스'는 차등이 대등을 파괴하는 상극의 투쟁이 대등에게 처참한 패배를 가져다준다. '라사'는 차등이 우아를 흡수해, 커다란 범위의 상생이 원만하게 이루어진다. '신명풀이'는 대등이 차등을 파괴하는 상극의 투쟁이고, 차등이 대등으로 전환되는 상생의 화합이다. 상극이 상생이고, 상생이 상극인 생극을 구현한다.

이렇게 말하면 '카타르시스'·'라사'·'신명풀이' 이외의 다른 원리는 없다. 세 원리의 복합이 더러 있을 따름이다. 연극의 원리를 총괄해서 말하는 이론을 만들고, 세계 각처의 모든 연극이 어떻게 같고 다른지 말할 수 있게 되었다.

얻은 결과를 세밀하게 살펴보자. '카타르시스'·'라사'·'신명풀이'는 여러 면에서 맞물려 구분된다. 그 양상을 체계적으로 파악해보자. 하나와 다른 둘을 구분하는 방법을 세 번 사용한다. 셋이 대등하다는 것을 분명하게 한다.

작품전개는 어떤가?

'카타르시스''라사'와 '신명풀이'
파탄에 이르는 결말 원만한 결말

'라사''카타르시스'와 '신명풀이'
우호적인 관계의 차질 적대적인 관계의 승패

'신명풀이''카타르시스'와 '라사'

미완성의 열린 구조 완성되어 닫힌 구조
  관중은 어떤가?

'카타르시스''라사'와 '신명풀이'
깨우침을 당함 깨어 있음

'라사''카타르시스'와 '신명풀이'
직접 통로 닫혀 있음 직접 통로 열려 있음

'신명풀이''카타르시스'와 '라사'
능동 참여 수동 참여

세계관의 지향은 어떤가?

'카타르시스''라사'와 '신명풀이'
神人不合　神人合一

'라사''카타르시스'와 '신명풀이'
사람 안팎 양쪽에 있는 神 사람 안팎 어느 한쪽에만 있는 神

'신명풀이''카타르시스'와 '라사'
사람 자신 속의 신명 별도로 설정되어 섬김을 받는 神

이렇게 말한 것을 줄일 수 있다. '카타르시스'는 처절한 대결이 파탄에
이르는 충격을 보여준다. '라사'는 어려움을 이겨내고 고매한 이상이 이루
어진다는 기대를 가지게 한다. '신명풀이'는 화해가 싸움이어서 통쾌하게,

싸움이 화해여서 후련하게 한다.

이것을 더 줄일 수 있다. '카타르시스'는 상극이고, '라사'는 상생이고, '신명풀이'는 생극이다. 이것을 오랜 논란을 마무리하는 결론으로 삼을 수 있다.

여러 수준에서 여러 방법으로 만드는 이론의 장단점이 무엇인가? 연구 목적에 따른 선택이 필요한가? 어느 것이 더 좋다고 말할 수 있는가?

4-8 더 해야 하는 말

'카타르시스' 연극은 고대 그리스, '라사' 연극은 중세 인도, '신명풀이' 연극은 중세에서 근대로의 이행기 한국에서 부각되었다. 이런 사실을 들어 각기 그 시대, 그곳의 성향을 보여주는 특수성이나 말할 것은 아니다. '신명풀이'로 구현되는 대등론은 인류 공유의 창조주권인데, 사정이 각기 달라 숨을 죽인 곳도 있고 잘 살아 있는 곳도 있다. 상층이 나서서 차등론의 연극을 야단스럽게 만들어낸 곳들에서는 숨을 죽이고, 상하를 뒤집는 연극을 하층에서 해오다가 때가 오자 보란 듯이 내놓은 한국에서는 잘 살아 있다.

'카타르시스'를 받드는 쪽에서는 말한다. 저 멀고 높은 곳에 신들이 있다. 신들이 사람의 운명을 만들었는지는 알 수 없고, 사람의 운명을 알고 있는 것은 알겠으니, 얼마나 두려운가. 신들에게 다가가 대등하게 되려는 것은 용납되지 않는다. 위대한 영웅이 빼어난 능력을 발휘해 칭송을 받으려고 하면 더욱 처절하게 패배한다. 신과 사람의 차등을 훼손하려고 하는 어리석은 짓은 하지 말고, 최대한 존중하는 것이 당연하다.

'라사'를 소중하게 여기는 곳에서는 다른 말을 한다. 분열된 세계에서 괴롭게 살아가는 사람들이 신과 만나면 본원적인 화합을 이룩하고, 이미 보장되어 있는 즐거움을 누리면서 살아갈 수 있다. 우연이라고 생각되던 것들이 사실은 모두 필연이다. 신은 저 높은 곳에서 섬김을 받기만 하지 않고, 사람 마음속에서 진정한 자아를 이루고 있기도 하다. 높은 경지에 이른 종교적 스승인 성자의 인도를 받고, 마음을 고요하게 가다듬어 진정한 자아를 발견하면 신과 만날 수 있다. 신과 사람은 둘이면서 하나이다. 둘이어서 차등의 관계를 가지고, 하나여서 평등하다. 둘임을 이해하려고 하지 말고, 하나이게 실행해야 한다.

'신명풀이'를 하는 우리는 말한다. 신은 저 높은 곳에서 섬김을 받아야 하는 대상이 아니고, 그런 신이 사람 마음속에 들어와 있는 것도 아니다. 신은 사람과 다르다고 여기고 어떤 관계를 가질까 생각하는 망상을 버리고, 사람이 스스로 지니고 있는 신명을 살려내야 한다. 자세를 낮추거나 마음을 고요하게 하면 움츠러드는 신명이, 적극적으로 나서서 열띠게 움직이면 살아난다. 신명을 살려내서 풀어내는 신명풀이를 하면, 運化가 역동적으로 진행되어 삶이 즐겁고 보람된다. 누구나 대등한 능력과 노력으로 신명풀이를 함께 하면 세상이 좋아진다. 영웅이나 성자가 따로 있는 것은 아니다. 공동의 신명풀이에 적극 참여하는 모든 사람이 자기 나름대로 영웅이고 성자이다.

우리 한국의 학자나 예술가들은 '신명풀이'의 원리나 그 표현 방법을 깊이 연구하고 계승하며 발전시킬 의무가 있다. 놀라운 보물이 있는 줄 모르고 남의 집이나 기웃거리는 추태를 이제 반성하고 그만두어야 한다. '신명풀이'의 원리가 우리 것이니까 소중하고 민족문화 발전을 위해 적극 활용해야 하는 것만은 아니다. 우리 유산의 보편적인 의의를 적극 평가하고 다채롭게 발현해 세계사의 진행을 바람직하게 조절하는 데 기여해야 한다. '카타르시스'의 폐해를 줄이고, '라사'의 편향성을 시정해, 인류가 '신명풀이'의 대등론을 마음껏 구현하면서 행복을 누리도록 하는 것을 사명으로 하고 분투해야 한다.

이와 관련해 두 가지 실천 과제가 제기된다. 하나는 연극사 이해를 바로잡는 것이다. '카타르시스' 연극의 세계 제패에 제동을 걸려면, '라사' 연극을 적극적으로 평가해 균형을 취해야 한다. '라사' 연극이 인도에서 어떻게 이어지는지 파악하고, 동남아시아 전역으로 관심을 넓혀야 한다. '신명풀이' 연극은 세계 도처에 있는 인류 공유의 유산인데, 대부분 숨을 죽이고 있다. 모두 찾아가 살아나라고 해야 한다. 세계적인 범위의 연합전선을 구축해 세계연극사의 실상을 정당하게 밝혀내고, 미래의 창조를 위한 설계를 함께 해야 한다.

또 하나는 영화의 흐름을 바로잡는 것이다. '카타르시스' 연극을 이으면서 살육의 참상을 대폭 확대하는 미국영화가 황야의 무법자인 양 세계를 휩쓸면서 다른 모든 나라의 영화를 초토화하고 있다. 오직 '라사' 연극을 계승한 인도영화만 이에 맞서 자기 자리를 지키기나 하고, 대세를 바꾸어놓기에는 역부족이다. '신명풀이' 전통의 한 가닥을 케이팝(K-pop)이라는 것으로 살려 대단한 인기를 얻고 있는 우리 한국이, 더 큰 능력을 영화에서 한층 슬기롭게 발현해 차등론을 대등론으로 바꾸어놓기 위해 힘써야 한다.

5 갈래

5-1 교술과 서정

홈페이지 '조동일을 만납시다'에서, 문학 갈래 교육을 어떻게 해야 하는가 하는 질문을 받고 대답한 말을 옮긴다.

갈래 교육 방법은 셋이다. (가) 글을 써보고 알게 하는 것, (나) 글을 읽고 알게 하는 것, (다) 연구사를 설명해 알게 하는 것이다. (다)는 대학 전공과목에서나 할 일이다. (나)는 고등학교나 대학 교양과목에서 하기에 적합하다. (가)는 초등학교나 중학교에서 택할 방법이다.

(가)에 대해 더 말한다. 일기 쓴 것을 동시로 바꾸면, 교술과 서정의 차이를 알게 된다. 다시 동화로 바꾸면, 서사가 무엇인지 알게 된다. 연극을 만들어보면, 희곡이 무엇인지 알게 된다. 이해가 충분히 된 다음에, 교술·서정·서사·희곡이라는 용어를 말해준다. 이것은 초등학교에서는 필요하지 않고, 중학교에서나 할 일이다.

여기서 (나)를 택한다. 글을 읽고 갈래 이론을 정립하는 작업을 한다. 이론 만들기를 스스로 할 수 있도록 한다.

동백 열매는 한 알마다 방이 셋이고, 방 하나에 구슬이 셋이다. 원기 부족한 나무는 방마다 셋을 갖추지 못한다. 쭉정이 하나에 성한 것 둘이기도 하고, 쭉정이 둘에 성한 것 하나이기도 하고, 세 방 다 합쳐 쭉정이 여덟에 성한 것 하나이기도 하다. 구슬을 모두 이루어도 구차하게 아홉을 채운 것도 있다. 쭉정이도 아니고 구슬도 아닌 것은 쓸 곳이 없다. 사람 가운데 재주가 짧으면서 구태여 두루 장기를 보이려는 녀석 또한 그렇다.

이 글은 魏伯珪(위백규)의 〈동백 열매〉(冬栢實)이다. 일기 대신 내놓고 논의를 한다. 일기에서 흔히 하듯이, 이 글도 사실을 관찰하고 보고했다. 그렇게 한 의도가 문제이다. 동백에 관한 연구를 하려고 사실 관찰과 보고를 정확하게 했다면, 이 글은 문학 작품과는 무관한 글이다. 동백에 관한 연구를 한다고 하지는 않고, 동백 열매의 짜임새를 자세하게 살펴 같고 다른 점을 밝힌 것은 신기하게 여기고 있다. 초등학교 학생이 자연관찰 일기를 쓰면서 스스로 대견스럽게 여기는 것과 같다. 이것이 이 글이 문학 작품인 이유이다. 동백 열매에 부실한 것이 있어, 재주가 짧으면서 구태여 장기를 보이는 사람과 같다고 했다. 이런 생각을 나타낸 것이 이 글이 문학 작품인 더 큰 이유이다.

추강에 밤이 드니 물결이 차노매라
낚시 드리우니 고기아니 무노매라
무심한 달빛만싣고 빈배저어 오노라

여러 번 다룬 이 시조를 가져와 다른 질문을 한다. 이것이 위에 든 글과 어떻게 다른가? 다른 점이 너무 많아 다 열거하기 어렵다. 근본적인 차이가 무엇인가? 이에 대한 대답을 각기 다른 말로 하면, 근본적인 차이를 지적한 것은 아니다.

근본적 차이를 여기서 한 번만 지적하면 되는 것은 아니다. 죽 이어져 있는 대상을 일관성 있게 분별하는 이론을 마련해야 한다. 기본이 되는 용어를 찾는 것이 출발점이다. 그 용어는 단독으로 존재하지 않고 둘이 짝을 이루어야 한다. 그러면 어떤 용어인가? 문제를 이렇게 축소하고, 해답을 얻어야 한다. 해답은 '자아'와 '세계'라는 것이다.

용어를 얻었으니 논의를 진전시키자. '자아'와 '세계'가 그냥 있지 않고 다른 것으로 전환되어 작품을 이루는 양상이 위의 두 작품에서 상반되게 나타나 있다. 위의 작품은 자아의 세계화이고, 아래 작품은 세계의 자아화이다. 자아의 세계화는 자아가 세계 속에 들어가 세계를 위해 봉사하는 전환이다. 세계의 자아화는 세계가 자아 속에 들어와 자아를 위해 봉사하는 전환이다.

위의 작품은 자아의 세계화여서 세계가 그 자체의 모습이나 의미를 그대로 유지하고 있으며 자아는 없어진 것처럼 보이다가 가까스로 드러난다. 동백 열매가 다른 무엇이 아니다. 아래 작품은 세계의 자아화여서 세계가 그 자체의 모습이나 의미를 그대로 유지하지 못하고 자아를 드러내는 데 이용될 따름이다. 추강, 물결, 낚시, 고기, 달빛, 빈 배 등이 자아를 위해 동원되고, 자아가 원하는 순서로 배열되어, 자아가 원하는 의미를 제공한다. 자아로 전환되어 있는 세계의 모습에서 자아를 알아내도록 한다.

자아의 세계화와 세계의 자아화는 문학 갈래 차원에서 대조가 되는 차이이다. 자아의 세계화인 갈래도 있고, 세계의 자아화인 갈래도 있는 것이 확인되었다. 이 둘을 각각 무엇이라고 명명할 것인가? 세계의 자아화는 '서정'이라고 하는 용어가 잘 알려지고 널리 쓰이고 있다. 자아의 세계화는 인지되지 못해 이름이 없어, 내가 '교술'이라고 부르기 시작했다. 이 용어가 상당한 정도로 통용되고 있다.

문학 갈래 이론은 서양 것을 일본을 거쳐 수입해왔다. 수입하면서 용어도 번역했다. 문학 갈래를 크게 구분한 것이 넷이 아니고 셋이라고 하던 시기의 이론을 수입해, 여기서 '교술'이라고 하는 것을 지칭하는 번역어가 없었다. 이제 학문을 하는 방향을 바꾸어 이론을 수입하지 않고 만든다. 어느 시기가 아닌 모든 시기의 갈래 이론을 만든다.

자아의 세계화니 세계의 자아화니 하는 것은 전에 없고, 새로 만든 이론이다. 수많은 논의를 최소한의 언표에다 간명하게 요약하고, 갈래들의 차이점을 체계화한 의의가 있다. 가장 앞선 이론이라고 분명하게 말할 수 있다.

5-2 서사와 희곡

울도담도 없는집에 시집삼년을 살고나니

시어머니 하시는말씀 아가아가 며늘아가

진주낭군 볼라거든 진주남강에 빨래를가라

진주남강에 빨래를가니 물도나좋고 돌도나좋아

이리나철석 저리나철석 씻구나니

구름같은 말을타고 하늘같은 갓을쓰고 못본체로 지나가네

껌둥빨래 껌게나씻고 흰빨래나 희게나씻어

집에라고 돌아오니 시어머님 하시는말씀

아가아가 며늘아가 진주낭군 볼라거든

건너방에 건너가서 사랑문을 열고바라

건너방에 건너가서 사랑문을 열고나보니

오색가지 안주를놓고 기생첩을 옆에끼고

희희낙락 하는구나 건너방에 건너와서

석자시치 명주수건 목을매여서 늘어지니

진주낭군 하시는말씀

첩의야정은 삼년이고 본처의정은 백년이라

말뚝이: (중앙쯤 나와서) 쉬― (음악과 춤 그친다.) (큰소리로) 양반 나오신다. 아, 양반이라거니, 노론·소론·이조·호조·玉堂을 지내고, 삼정승 육판서 다 지낸 退老宰相으로 계신 양반인 줄 아지 마시요. 개잘량이라는 양字에 개다리소반이라는 반자 쓰는 양반이 나오신단 말이요.

양반들: 야 이놈 뭐야아?

말뚝이: 아아, 이 양반 어찌 듣는지 모르겠소. 노론·소론·이조·호조·玉堂 다 지내고 삼정승 육판서를 다 지내고, 퇴로재상으로 계시는 이생원네 삼형제분이 나오신다고 그리 했소.

양반들: (합창) 이생원이라네에. (굿거리장단에 모두 같이 춤춘다.) (춤추는 동안에 도령은 때때로 형들의 면을 탁탁 치며 돌아다닌다.)

단골손님 〈진주낭군〉과 〈양반과장〉이 다시 나타났다. 우리 둘은 무엇이 같고 다른가? 이 의문을 제기하고 해결하려고 한다. 두 작품의 내용을 길게 설명하면 해답을 얻는 것은 아니다. 같은 점은 말하지 못한다. 다른 점도 분명하지 않게 된다.

두 작품 다 주인공과 상대역이 대결한다. 이렇게 말하면 같은 점이 밝혀진다. 주인공이냐 상대역이냐는 작품을 이해하는 우리와 심리적 거리가 가까운가, 먼가 하는 것으로 구분된다. 거리가 가까운 아내나 말뚝은 주인공이다. 거리가 먼 진주낭군이나 양반은 상대역이다.

다른 점은 무엇인가? 주인공이 〈진주낭군〉에서는 패배하고, 〈양반과장〉에서는 승리한다고 할 것인가? 이것은 비장과 골계, 비극과 희극의 차이에 관한 사항이며, 미의식에서 논의했다. 주인공과는 별개인 서술자가 〈진주낭군〉에는 있고, 〈양반과장〉에는 없는 것을 들어야 하는가? 그렇다. 이것이 적절한 해답이다.

그 차이점을 구체적으로 말해보자. 〈진주낭군〉은 주인공이 자기가 당한 일을 말하는 1인칭 서술로 진행되다가, 주인공이 죽은 뒤에 "진주낭군 하시는 말씀 첩의야정은 삼년이고 본처의정은 백년이라"고 했다는 말이 첨부되어 있다. 주인공이 아닌 서술자가 있어서 가능한 전개 방식이다. 〈양반과장〉에는 그런 서술자가 없다. 관중은 서술자 노릇을 하지 않고, 작품 밖에 머물면서 개입한다.

이렇게 말하면 두 작품의 차이점을 밝히는 이론을 만든 것은 아니다. 이론에 근접하는 묘사를 했을 따름이다. 묘사는 개별적인 양상을 구체적으로 핍진하게 그리는 작업이다. 이론은 총체적 연관을 가져야 한다. 구체적인 쪽으로 나아가지 않고, 많은 사안을 포괄한 추상적 진술이어야 한다. 핍진한 것과는 다른 논리적 타당성을 갖추어야 한다.

두 작품의 차이점을 어떻게 말해야 이론의 요건을 갖추는가? 앞에서 교술과 서정을 비교해 고찰할 때 사용한 기본용어 '자아'와 '세계'를 가져오면 총체적 연관에 관한 추상화된 서술을 일관된 논리를 갖추고 할 수 있다. 주인공은 '자아', 상대역은 '세계'라고 하자. '세계'는 대상화된 모든 것이며, 사물, 인물, 환경 등을 포괄한다고 하면, 앞뒤의 이론이 연결된다.

실증으로 문제를 해결하겠다는 착각을 버리고 생각을 가다듬어야 한다. '자아'와 '세계'가 어느 한쪽으로 전환되는 '세계의 자아화'나 '자아의 세계화'가 한편에 있고, '전환'과는 다른 '대결'을 선택한 '자아와 세계의 대결'이 다른 한편에 있어, 양쪽이 대조가 되고 대립하는 관계를 가진다. 이렇게 생각하면 이론을 만드는 첫 단계 작업이 이루어졌다.

주인공이 아닌 서술자가 한쪽에는 있고, 한쪽에는 없다고 한 사실을 고찰해야 하는 과제가 남아 있어 그다음 단계의 작업을 해야 한다. '자아'와 '세계'라는 하는 용어를 일관되게 사용해야 이론의 일관을 유지한다. 서술자도 '자아'이다. '작품내적 자아'인 주인공과는 다른 '작품외적 자아'이다. 이렇게 생각하면 길이 열린다. 서사와 희곡의 차이를 분명하게 하는 이론을 만들 수 있다.

그 결과 갈래 이론 총괄이 가능하게 되었다. 세계의 자아화인 서정, 자아의 세계화인 교술, 작품외적 자아가 개입하는 자아와 세계가 대결하는 서사, 작품외적 자아가 개입하지 않는 자아와 세계의 대결인 희곡, 문학 갈래는 이 넷으로 크게 갈라진다. 얻은 결과를 이렇게 요약하면, 갈래 이론이 새로운 경지에 이르렀다. 최소한의 진술을 체계적으로 해서 최대한의 사실을 포괄한 성과를 이룩했다.

이에 대해 반문이 제기될 수 있다. 작품외적 자아만 개입하고, 작품외적 세계는 개입하지 않는가? 작품외적 세계는 개입하지 않고, 작품 안에 들어와 있어 교술을 이룬다. 서정과 교술은 전면적으로, 서사와 희곡은 부분적으로 반대가 된다고 하니, 균형이 어긋나는 것이 아닌가? 전면적인 것과 부분적인 것은 격차가 있어 더 큰 균형을 이룬다.

5-3 큰 갈래와 작은 갈래

문학 갈래는 서정·교술·서사·희곡으로 구분되고, 또한 시조, 가사, 소설, 탈춤 등으로도 구분된다. 앞의 것들은 상위 갈래이고, 뒤의 것들은 하위 갈래이다. 상위냐 하위냐 하는 것은 포괄하는 정도의 차이를 말하는 논리적인 개념이다.

상위 개념은 類(유)개념, 하위 개념은 種(종)이라고도 한다. 서정 같은 상위개념 또는 유개념의 갈래는 '큰 갈래'라고 하고, 시조 같은 하위개념 또는 종개념의 갈래는 '작은 갈래'라고 일컫기로 한다. 생소한 용어는 피하고, 이해를 쉽게 하기 위한 선택이다.

큰 갈래는 넷으로 고정되어 있고 특성이 일정하다. 작은 갈래는 수가 많으며 생겨나기도 하고 없어지기도 한다. 큰 갈래는 추상적 개념이고, 작은 갈래는 역사적 실체이다. 추상적 개념인 큰 갈래에 관한 논의는 미학의 소관으로 하고, 역사적 실체인 작은 갈래의 흥망성쇠에 관한 고찰은 문학사에서 담당하는 것이 예사이다.

그런 구분은 적절하지 못하다. 둘을 연결시켜 함께 살펴야 한다. 작은 갈래의 흥망성쇠는 그 자체로 끝나지 않고, 큰 갈래의 존재 의의를 확대하기도 하고 축소하기도 한다. 그래서 서정이 우세한 시대가 있다가, 서사가 인기를 끄는 시대가 시작되고 한다. 이에 관한 고찰이 문학사 이해에서 핵심이 되는 과제이다.

이 과제도 자료와 사실을 많이 모아 실증을 하면 감당할 수 있다고 여기지 말아야 한다. 사실을 파악하려면 적절한 이론을 갖추어야 한다. 이론을 갖추는 작업이 용어 선택에서 시작된다. 물질은 원소로 이루어졌다는 이론을 만들려면 원소라는 용어와 개념이 경우에 따라 달라지지 않은 일관성을 갖추어야 하는 것과 같다.

"추강에 밤이 드니 물결이 차노매라/ 낚시 드리우니 고기아니 무노매라/ 무심한 달빛만싣고 빈배저어 오노라" 이런 시조를 지을 무렵에 나타난 丁克仁(정극인)의 가사 〈賞春曲〉(상춘곡)은 서정시인 것처럼 보인다. 金時習(김시습)의 〈金鰲新話〉(금오신화)라는 소설은 한시가 많이 들어 서정시를 읽듯이 읽도록 한다. 이런 사실을 집어내 말하려면 어떤 이론이 필요한가?

〈상춘곡〉이나 〈금오신화〉도 서정이라고 할 것인가? 〈상춘곡〉은 서정과 교술의 중간물, 〈금오신화〉는 서정과 서사의 중간물이라고 할 것인가? 이 두 말은 나타난 사실을 그것대로 설명해 아주 적절한 것 같지만, 이론의 혼란을 가져온다. 앞의 말은 큰 갈래만 인정하고, 작은 갈래는 부인한다. 뒤의 말을 따르면 작은 갈래는 물론 큰 갈래의 독자적인 의의도 의심스럽게 된다. 중간물이 너무 많아져, 갈래 이론이 감당할 능력을 잃고 무력하게 된다.

그러면 어떻게 해야 하는가? 〈상춘곡〉은 '서정적 가사', 〈금오신화〉는 '서정적 소설'이라고 하는 것이 마땅하다. 서정의 존재 의의가 확대되는 시대가 되어, 교술인 가사도, 서사인 소설도 '서정적'인 특징을 지니게 되었다고 보는 것이 타당하다.

용어를 명확하게 정비하자. '교술'이니 '소설'이니 하는 명사 용어는 기본 성격을 지칭하고, '서정적'이라고 하는 관형사 한정어는 부차적인 특징을 말해준다. 이론 논법이 논리적으로 타당한가 하고 반문하면, 딸이 여러 남성 형제들과 함께 자라면 남성적 여성이 되듯이, 서정의 존재 의의가 확대된 시대에는 교술도 서사도 '서정적'으로 되는 것이 당연하다고 말할 수 있다.

서정의 존재 의의가 확대된 시대는 어떤 시대이며 왜 생겼는가? 이 의문을 직접 풀려고 하지 말고, 서사의 존재 의의가 확대된 시대에는 어떤 사태가 벌어졌는지 고찰하면서 둘을 비교하는 것이 좋은 방법이다. 소설이 많이 읽히고 큰 인기를 누리자 '서사적 서정'인 사설시조, '서사적 교술'인 유배가사, 기행가사 같은 것들이 많이 나타났다. 이것이 앞 시대와 다른 다음 시대의 변화였다.

"개성부 장사 북경 갈 제 걸고 간 통노구 자리/ 올 제 보니 맹세치 통분히도 반가워라" 이런 말로 시작되는 사설시조는 살을 보태면 소설이 된다. 安肇煥(안조환)의 유배가사 〈萬言詞〉(만언사)는 소설 장면이 이어지는 것 같다. 申采浩(신채호)가 여러 구국위인의 전기를 소설이라고 하고 내놓은 것은 소설의 위세가 어느 정도였는지 더 잘 말해준다.

중세에서 근대로의 이행기 동안에는 서사인 소설이 교술인 가사나 전기와 대등한 관계를 가지다가, 근대에 이르면 사정이 달라졌다. 교술의 존재 의의가 축소되고, 큰 갈래가 서정·서사·희곡으로 재정비되었다. 자아의 세계화인 교술이 세계의 모습을 직접 말해주는 것은 문학의 독자성을 해치는 처사여서 마땅하지 않다고 여겼기 때문이다. 서사적 가사가 오래 남아 시대 변화를 문제 삼은 것도 무시했다. 서정적 교술인 수필만 남기고, 교술의 다른 작은 갈래는 모두 문학 밖으로 추방했다.

소설이 근대문학의 주역으로 등장해 서사의 존재 의의를 크게 확대했다. 서사를 어떻게 할 것인가를 두고 노선 경쟁이 벌어졌다. 사실이라고 인정되는 소설을 써서 지식과 흥미를 함께 제공하는 '교술적 서사'가 아직 이어진다. '극적 소설'을 써서 사회모순을 적극적으로 고발하는 것이 소설 발전의 바람직한 방향이라고 한다. 대결에서 물러나 '서정적 소설'을 써야 문학의 순수성을 확보한다고 하는 유파도 있다.

갈래는 한 겹이 아니다. 큰 갈래, 큰 갈래를 구체화한 작은 갈래, 작은 갈래 앞에 붙은 관형사, 이 세 차원으로 존재하면서 문학사가 달라지게 하는 작용을 한다. 그 작용이 앞에 든 것일수록 추상적이고 포괄적이며, 뒤에 든 것일수록 구체적이고 개별적이다.

서정적 가사가 서사적 가사로 바뀌어 서정의 시대가 가고 서사의 시대가 온 변화를 선명하게 알렸다. 극적 소설과 서정적 소설의 대립이 한 시대 문학의 논쟁을 극명하게 요약했다. 갈래 이론이 이런 사실을 소상하게 파악할 만큼 정교하고 예리해야 한다.

5-4 서정의 축소지향

교술은 자아의 세계화이고, 서정은 세계의 자아화이다. 세계의 자아화는 세계를 축소해 가져와 자아의 순수성을 입증하려고 한다. 하는 말이 거의 없어 0(없음)에 근접한 작품을 이룩하고자 한다.

일본의 俳句(하이쿠)는 음절 또는 글자 수가 575만으로 이루어진 가장 단형의 서정시이다. 17세기 일본의 歌人(가인) 松尾芭蕉(마쓰오 바쇼오)의 작품을 하나 든다. 원래의 표기, 로마자로 적은 독음, 번역을 한 줄씩 적는다.

閑けさや岩にしみいる蟬の声
shizukesaya iwanishimiiru seminokoe
고요함이여 바위에스며드는 매미의 소리

로마자로 적은 독음에서 575를 확인할 수 있다. 번역도 자수에 맞추어 했다. 하는 말을 최소한으로 줄였다. 너무 고요해, 매미 소리가 바위에 스며드는 것을 느낀다고 했다. 그 광경과 소리를 가져와 자아를 아주 축소했다. 마음에 지닌 것이 없다고 했다.

음절수를 575, 17음절까지 줄이는 것이 일본이 아닌 다른 곳에서는 가능하지 않다. 한시에서는 5음절 4행, 20음절인 五言絕句를 제대로 된 시형의 가장 단시로 했다. 그 형식으로 禪詩(선시)를 지어 마음이 없다고 할 만큼 비웠다고 한 것을 보자.

無爲閑道人
在處無蹤跡
經行聲色裏
聲色外威儀

하는 일 없이 한가한 도인은
어디에 있든지 자취라고는 없네.
성색 속을 거닐고 있지만,
성색에서 벗어난 위의라네.

14세기 한국의 禪僧(선승) 景閑(경한)의 〈無爲閑道人〉(하는 일 없이 한
가한 도인)이다. 일시적인 감각이 아닌, 커다란 깨달음을 말했다. 깨달은
사람은 할 일을 하면서, 아무 일 없는 듯이 한가하다. 어디에 있든지 자
취가 없다. 소리와 색깔을 뜻하는 성색 속에 있지만 성색을 벗어났고, 성
색을 벗어났으면서 성색 속에 있다. 말이 되지 않는 말을 몇 번 해서, 하
는 일, 움직이는 자취, 주위의 소리와 색깔이 고정되어 있다고 여기는 망
상을 깼다.

유럽에서는 음절수를 줄인 줄 셋 또는 넷을 한 연으로 하고, 네 연을
연결시켜 작품 한 편을 만드는 것을 단형시형으로 한다. 기존의 관념을
배제하고 무의미에 가까운 상징적 의미만 포착하기 어렵게 환기시켜주는
순수시(poésie pure)를 그런 단형시형을 이용해 지으면, 0(없음)에 가장
근접한 시가 된다고 했다. 그 본보기를 하나 든다.

Ne hâte pas cet acte tendre,
Douceur d'être et de n'être pas,
Car j'ai vécu de vous attendre,

Et mon coeur n'était que vos pas.

이 부드러운 행동을 서두르지 않는다,
있어도 되고 없어도 되는 감미로움이.
나는 당신을 기다리면서 살아왔는데,
내 마음은 당신의 발자국일 따름이었다.

20세기 불국 시인 발레리(Paul Valéry)의 "Les pas"(발걸음들) 4연 가운데 마지막 연이다. 무슨 말인가? 이 부드러운 행동을, 있어도 되고 없어도 되는 감미로움이 서두르지 않는다. (있는 듯 없는 듯 부드럽고 감미로운 무엇을 조용히 감지한다.) 이 감미로움이 당신이라고 여기고 기다리며 살아왔는데, 내 마음이 당신의 발걸음일 따름이었다. (부드러움인 당신은 내 마음에 온 흔적만 남기고 사라지고 없다.) (그 사실을 이제야 알아차리고 시를 지어 나타낸다.) 있기도 하고 없기도 하고, 동경의 대상이기도 하고, 왔다가 사라진 것이기도 한, 미지의 무엇을 친근감을 가지고 추구해, 마음을 아주 맑게 하고 사고를 가장 명징하게 한다고 했다. 그러나 말이 너무 까다롭고, 이해하기 아주 어렵다.

추강에 밤이 드니 물결이 차노매라
낚시 드리우니 고기아니 무노매라
무심한 달빛만신고 빈배저어 오노라

15세기 한국에서 임금의 형인 月山大君이 강호에서 노닐면서 지은 이 시조를 다시 읽자. 대체로 네 음절인 네 토막이 세 줄인 시조 형식이 무심한 달빛인 듯하다. 순간의 감각과 커다란 깨달음이 둘이 아니고 하나이다. "강", "밤", "물결", "낚시", "고기", "달빛", "배" 등으로 이루어진 세계가 자기 나름대로의 존재 의의를 흘려보내면서, 자아가 마음을 비운 것을 입증했다. 0(없음)을 추구하는 서정시의 축소지향이 저절로 이루어졌다.

5-5 교술의 확대지향

서정은 세계의 자아화이고, 교술은 자아의 세계화이다. 자아의 세계화는 세계를 확대해 자아를 펼치려고 한다. ∞(무한대)에 다가가는 거대한 작품을 이룩하고자 한다.

교술시 거작의 본보기를 멀리서부터 들어보자. 불국의 〈장미 이야기〉(*Roman la Rose*)는 13세기에 두 사람(Guillaume de Lorris과 Jean de Meung)이 모두 21,000여 줄로 지은 몽유우의(夢遊寓意, un rêve allégorique) 방식의 교술시이다. 사람의 심리 여럿이 의인화되어 벌이는 사건을 들어 어떻게 살아갈 것이지 말했다. '시기심'(Envie)에 말 대목을 조금 든다. "시기심 녀석은 평생 웃지 않고 즐거워하지도 않는다./ 누구에게 말할 때 자기 고집을 꺾지 않는다."

13세기 페르시아의 이름난 시인 루미(Rumi)가 지은 〈정신적 聯句(연구)〉(Maṯnawīye Maʾnawī)는 27,000줄이나 되는 분량으로 인생만사를 논의했다. "안다는 것에는 두 종류가 있다./ 하나는 아이들이 학교에서 공부를 하듯이 배운다." "안다는 것의 다른 종류는 신의 선물이다./ 마음속에 그것이 솟아오르는 샘이 있다." 이처럼 앞뒤의 구가 짝을 이루니 연구이다. 일상적인 데서 고결한 정신을 향해 나아가니 '정신적'이라는 말을 붙였다.

인도 남쪽 타밀의 14세 시인 베단타 데시카(Vedanta Desika)는 힌두교 철학 혁신자 라마누자(Ramanuja)의 가르침을 일상생활에 맞게 풀이했다. 공동문어 산스크리트와 자기 민족의 타밀어를 함께 사용하고, 시이기도 하고 산문이기도 한 글을 길게 썼다.(영역본의 분량이 700여 면이 된다. 'Rahasyatrayasaram'이라고 한 제목의 뜻 설명은 찾지 못했다.) "미워하고 악담하는 원수들까지도 환영하는 것이, 초월자에 대한 헌신이다." "해탈을 얻겠다는 생각마저 버리고 헌신하면, 초월자가 무거운 짐을 벗어놓게 한다."

캄보디아에는 '크파프'(cpap)라고 하는 교술시가 있다. 14세기 이후에 생겨났다고 하며 대부분 작자 미상이다. 〈세 가지 행실〉(Crap trineti)을 들어보자. 나라를 잘 다스리는 도리를 말한 데 이어서, 인생만사를 두루 다루어 슬기롭게 사는 방도를 제시했다. 세 가지를 열거하는 방식을 즐겨 사용하므로 〈세 가지 행실〉이라고 했다. "이 세상에서 망하는 세 가지 방법,/ 건강을 상하게 하는 세 가지 방법,/ 저세상에 가서 망하는 세 가지 방법이 무엇인가?" 이렇게 묻고 세 가지씩 해답을 들었다. "이 세상에서 망하는 세 가지 방법은 이렇다./ 추잡하고 험악한 말 함부로 한다. 억지 수작을 하면서 잘난 체한다./ 노인을 보고서도 공경하지 않는다."

위에서 든 불국·페르시아는 라틴어·아랍어문명권의 중간부이다. 타밀·캄보디아는 산스크리트문명권의 중간부이다. 중세 후기에 여러 문명권의 중간부에서 민족어 교술시를 일제히 창작해 세계문학사의 대전환이 이루어졌다. 중세 전기에 문명권의 중심부에서 공동문어로 전개하던 인생만사에 대한 논의를 누구나 알 수 있는 말로 더욱 폭넓고 절실하게 해서 동참자를 늘이면서, 중세 후기가 역사 발전을 주도하기 시작했다.

한국은 한문문명권의 중간부여서 이런 전환에 동참하는 것이 당연했다. 가사라고 하는 민족어 교술시를 마련해 인생만사에 대한 논의를 폭넓고 절실하게 했다. 한국의 가사는 긴 것이 金仁謙(김인겸)의 기행가사 〈日東壯遊歌〉(일동장유가), 司空櫙(사공수)의 역사가사 〈漢陽五百年歌〉(한양오백년가)는 4,000행 정도이다. 그 대신에 교술시의 성격이 아주 다양하다.

가사는 불교의 포교가사에서 시작되었다. 유교에서 지은 교훈가사도 많이 있다. 교훈가사와 풍속가사, 둘을 겸한 가사 15편을 모아놓은 〈草堂間

答歌〉(초당문답가)는 널리 알려지지 않았으나 주목할 만하다. 〈治産篇〉(치산편)에서는 부녀자들에게 살림살이를 어떻게 해야 하는지 세세하게 알려, 독자, 내용, 표현이 모두 특이하다. "가을 손이 저리 크면 봄 배를 어이 할꼬./ 쥐 먹고 새 먹기로 자로 덮고 치워 놓소."

崔濟愚(최제우)가 동학을 창건한 깨달음을 알리는 가사 아홉 편을 지어 〈龍潭遺詞〉(용담유사)에 수록한 것은 예사 종교가사와 다르다. "허다한 언문가사"라고 한 것을 새로운 종교의 기본경전이게 한 것이 획기적인 일이다. "빈하고 천한 사람 오는 시절 부귀로세"라고 하고, "하원갑 지내거든 상원갑 호시절에 만고 없는 무극대도 이 세상에 날 것이니"라고 한데 깊은 이치가 나타나 있다. 천주교가 들어와 천주가사를 지어 포교의 방편으로 삼은 것은 동학에서 재확인한 종교가사의 전통이 있었기 때문이다.

〈大韓每日申報〉(대한매일신보)라는 신문에서는 풍자가사를 계속 실어, 일제의 국권 침탈을 비판하고 항거의 의지를 고취했다. 옛 노래를 개작해 기발한 창작을 했다. 〈새타령〉에서 하던 말을 다시 한 〈依杖聽鳥〉(의장청조)에서는 "새가 새가 날아든다 復國鳥(복국조)가 날아든다", "새가 새가 날아든다 毒鴆鳥(독짐조)가 날아든다." 앞의 말은 애국지사, 뒤의 말은 일제 침략자를 일컬었다.

부녀자들을 독자로 하고, 부녀자들이 스스로 창작하기도 한 규방가사 또는 내방가사가 있는 것이 다른 데서는 볼 수 없는 한국 교술시의 특징이다. 일제의 침공으로 국권을 상실한 시기에 남자 아이들은 학교에 다니면서 일본어와 일본사를 배울 때 여아들은 집에 머물러 규방가사를 읽고 베끼면서 모국어를 공부하고 조국의 역사를 공부했다. 민족의 수난을 규방가사에서 토로했다. "백년이 다 진토록 이별하지 말자더니. 모질다 천지운수 우리 인연 저주하여." 이것은 독립투쟁을 하러 만주로 망명한 남편을 그리워하는 〈타국감별곡〉의 한 대목이다.

신문학에서는 이처럼 소중한 가사를 잇지 않고 버렸다. 계속 창작되고 있는 규방가사를 없는 듯이 무시했다. 시는 오로지 서정시여야 한다면서 시조만 이었다. 교술 추방은 근대문학의 특징이다. 서정적 교술인 수필 하나만 남기고 다른 모든 교술은 문학의 범위 밖으로 내몰았다. 문학 밖에서 교술은 건재하다. 언론의 글이 맹위를 떨친다. 칼럼, 노설, 기사가 그 나름대로의 장기를 발휘하면서 세상을 뒤흔든다.

5-6 서사구조

> 울도담도 없는집에 시집삼년을 살고나니
> 시어머니 하시는말 아가아가 며늘아가
> 진주낭군 볼라거든 진주남강에 빨래를가라
> 진주남강에 빨래를가니 물도나좋고 돌도나좋아
> 이리나철석 저리나철석 씻구나니
> 구름같은 말을타고 하늘같은 갓을쓰고 못본체로 지나가네
> 껌둥빨래 껌게나씻고 흰빨래나 희게나씻어
> 집에라고 돌아오니 시어머님 하시는말씀
> 아가아가 며늘아가 진주낭군 볼라거든
> 건너방에 건너가서 사랑문을 열고바라
> 건너방에 건너가서 사랑문을 열고나보니
> 오색가지 안주를놓고 기생첩을 옆에끼고
> 희희낙락 하는구나 건너방에 건너와서
> 석자시치 명주수건 목을매여서 늘어지니
> 진주낭군 하시는말씀
> 첩의야정은 삼년이고 본처의정은 백년이라

〈진주낭군〉을 다시 보자. '주인공'(아내)과 '낭군'은 친근해야 하는데, 그렇지 않다. 둘 사이에 '시어머니'와 '기생첩'이 있다. '시어머니'는 '주인공'편인 것 같으나, 그렇지 않다. '기생첩'은 '주인공'과 '낭군'의 관계가 적대적이게 한다. 이런 것은 '병행적 구조'이다.

공간에 펼쳐져 있는 '병행적 구조'와 함께, 시간에 따라 나타나는 '순차적 구조'도 있다. 병행적 구조는 모든 문학 작품의 필수적인 조건이다. 순차적 구조는 자아와 세계의 대결인 서사나 희곡에서 두드러지게 나타난다. '병행적 구조'보다 더 큰 의의를 가지기도 한다.

순차적 구조는 '단락'들의 관계로 이루어져 있다. (가) 낭군 없이 고생하며 살았다. (나) 낭군을 만날까 해서 밖으로 나갔다. (다) 낭군이 못 본 체하고 지나갔다. (라) 사랑문을 열고 보았다. (마) 낭군이 기생첩과 놀고 있어, 자살했다. (바) 낭군이 후회했다.

단락의 기본적인 의미를 '단락소'라고 한다. 단락소는 앞뒤의 것들이 대립적인 관계를 가진다. (가) 좌절, (나) 해결의 시도, (다) 좌절, (라) 해결의 시도, (마) 좌절, (바) 해결 아닌 해결이다. 단락소가 이렇게 되어 있는 것이 흔하다.

단락소가 (가) 행복, (나) 좌절, (다) 해결의 시도, (라) 해결로 이루어진, '영웅의 일생'도 있다. (가) 행복은 고귀한 혈통을 지닌 것이다. (나) 좌절은 비정상적으로 태어나 버림받은 것이다. (다) 해결의 시도는 구출·양육되어 고난을 물리치기 위해 싸운 것이다. (라) 해결은 마침내 승리의 영광을 이룩한 것이다. 이런 '영웅의 일생'이 주몽이나 탈해 등의 이른 시기의 건국시조, 괴내깃도나 바리공주를 비롯한 서사무가에서 받드는 여러 신에서 보이고, 홍길동이나 유충열 같은 소설의 주인공으로 이어졌다. 이것이 서사문학사의 주류를 이루었다.

위의 것은 '귀족적 영웅의 일생'이다. 이와는 다른 '민중적 영웅의 일생'은 (가)의 행운이 없고, (나)의 좌절에서 시작된다. (다)의 해결의 시도가 성공하지 못하고, (라)의 결말이 서두보다 훨씬 처참한 좌절이다. 전국 도처의 아기장수 이야기가 이런 것이고, 김덕령이나 임경업의 생애도 이 유형에 맞게 전승된다. 이것이 서사문학사의 反주류를 이루었다.

순차적 구조가 큰 의의를 가지고 단락소들끼리의 관계가 심각한 의미를 가지는 작품은 유기적 구성을 갖추고 있다. 유기적 구성과는 다른 삽화적 구성으로 이루어진 서사문학에서는 병행적 구조가 더욱 두드러지고, 주제 결정을 주도한다. 판소리가 이런 것이다.

판소리의 기본 줄거리는 순차적 구조를 잘 갖춘 단락들로 이루어졌다. 전편을 완창하지 않아 그것은 뒤로 밀렸다. 일가를 이룬 광대는 어느 부분을 자기 더늠으로 삼아 뜻한 대로 개작하는 기량을 자랑해, '부분의 독자성'이 판소리의 특징이 되었다. 부분의 독자성은 병행적 구조를 새롭게 만들어낸다.

순차적 구조를 일관되게 이어오기도 하고 병행적 구조를 새롭게 만들어내기도 하는 것은, 이중구조와는 다른 양면성이다. 이중구조는 이질적인 것들 둘이 맞물려 이루는 구조이다. 양면성은 이질적인 것들 둘이 공존하기만 하는 양상이다.

〈흥부전〉에서 선량한 아우 흥부는 제비 다리를 고쳐주어 잘되고, 고약한 형 놀부는 제비 다리를 부러뜨려 망했다고 했다. 이것은 근원설화로부터 이어오는 순차적 구조이다. 놀부는 신분이 천한 부자인 賤富(천부)이고, 흥부는 가난뱅이가 된 양반인 殘班(잔반)이라고 하고, 천부의 괴이한 행실과 잔반의 비참한 몰골이 대조를 이루는 양상을 핍진하게 그렸다. 이것은 광대의 더늠이 부분의 독자성을 누적시켜 만들어낸 병행적 구조이다.

이런 것을 이중구조라고 할 수 없다. 이중구조는 이질적인 것들 둘이 서로 맞물리도록 창조한 구조이다. 흥부와 놀부는 형제라고 하고, 또한 흥부는 몰골이 비참한 잔반이며 놀부는 행실이 괴이한 천부라고 한 것은 이중구조가 아닌 양면성이다. 양면성은 서로 다른 것들 둘이 어쩌다보니 공존하는 양상이다.

양면성은 작품이 파탄에 빠진 실패작이게 하므로 극력 나무라야 할 것 같은데, 대단한 기능을 수행한다. 순차적 구조와 병행적 구조가 어긋나는 것만큼 서로 다른 주장이 나타나 충돌하게 한다. 한편에서는 선량한 흥부를 칭송하고 사악한 놀부를 나무라야 한다고 한다. 다른 한편에서는 흥부는 무능하기 이를 데 없고, 놀부는 어떤 일이든지 과감하게 해서 파격적인 성과를 거두므로 평가를 다시 해야 한다고 한다.

앞의 주장은 표면적 주제이고, 뒤의 주장은 이면적 주제이다. 전통적인 도덕률을 옹호하는 표면적 주제와 새로운 사회를 만들어나가는 역동적인 변화를 평가하는 이면적 주제가 충돌하는 것이 양면성 덕분이다. 실패작이게 한 파탄이 놀라운 수준의 문제작을 만들어낸다.

서사구조는 단순하지 않고 다양하다. 층위가 여럿이고, 시각이 각기 달라 한꺼번에 무어라고 할 수 없다. 계속 탐색을 하고 있으나, 성과가 미비하다. 아직 찾아내지 못한 것이 훨씬 더 많다.

5-7 신화·전설·민담·소설

(가) 天帝子(천제자) 解慕漱(해모수)가 땅에 내려와 河伯(하백)의 딸 유화柳花를 겁박해 낳은 아들 朱蒙(주몽)이 박해를 피해 멀리 가서 나라를 세워 역사가 시작되게 했다.

(나) 풍수에 능통한 도사 南師古(남사고)가 자기 아버지 무덤을 최고의 명당에다 쓰려고 아홉 번 이장을 했어도 열 번째 또 실패를 했다. 飛龍上天(비룡상천)인 줄 알았던 곳이 枯蛇卦樹(고사괘수)로 판명되어, 피를

토하고 죽었다.

(다) 과거를 보러 가던 한량이 草笠童(초립동) 셋을 만나 아우로 삼고, 땅 밑으로 내려가 큰 도적을 퇴치하고 잡혀간 처녀 넷을 구출했다. 처녀들이 알려주는 대로 童蔘水(동삼수)를 마셔 엄청난 힘을 얻었기 때문이다. 사형제가 네 처녀를 아내로 맞이해 잘 살았다.

(라) 홍길동은 서자로 태어나 아버지를 아버지라고 부를 수 없는 처지를 한탄했다. 도술이 있어, 자기를 죽이려는 자객을 도술로 물리치고 집을 나가 함경감영을 습격하고 포도대장을 조롱했어도, 아버지가 자기 때문에 고난을 겪자 자진해 잡혀 가고 조선을 떠나야 했다.

(가)에서 (라)까지는 모두 서사이다. 작품외적 자아가 개입하는 자아와 세계의 대결인 것이 같다. (가)는 신화, (나)는 전설, (다)는 민담, (라)는 소설이라고 한다. 서사는 큰 갈래인 서사인 채로 존재하지 않고, 작은 갈래인 신화·전설·민담·소설에서 구체적인 모습을 갖추고 나타난다.

큰 갈래는 불변의 특징을 가지고 지속되는 개념이고, 작은 갈래는 개별적인 특징이 역사적 변화를 보여주는 실체이다. 개념은 정의하기 쉽고, 실체는 설명하기 어렵다. 신화·전설·민담·소설에 관한 개별적인 논의는 정리할 수 없을 만큼 많다. 이 넷이 어떻게 다른가 하는 질문에 대해 특징을 묘사로 대답하는 것이 예사이다.

특징 묘사는 서로 맞물리지 않아 산만하다. 서사의 작은 갈래가 왜 신화·전설·민담·소설로 나누어지고, 이 넷 외에 더 없는 이유는 무엇인지 말할 수 없을 뿐만 아니라, 이런 것이 문제가 된다는 생각조차 하지 못한다. 특징 묘사는 모두 내용이 잡다해 혼란을 일으키고, 이론이라고 할 수 없다.

여기서 새로운 방법을 명확하게 한다. 큰 갈래 서사가 "자아와 세계의 대결이다"라고 하는 이론에서 출발해, 네 하위 갈래의 차이를 파악하는 이론을 도출한다.

이 작업을 어떻게 하는가? 일체의 기존 연구를 의식하지 않고, 전연 모르고 있던 것을 스스로 말하기로 한다. 어떤 어려운 작업이라도 쉽게 할 수 있다고 여기고, 용감하게 앞으로 나아간다. 세부의 사항은 무시하고 자료를 대강 크게 살피면서 어떤 점이 서로 다른지 대담하게 말한다. 위축되어 있는 창조주권을 최대한 발현한다.

말을 각기 다르게 하지 않고, 서로 연관되게 한다. 용어를 남발하지 않고, 공통된 용어의 상이한 맞물림으로 차이점을 밝힌다. 그렇게 해서 얻은 결과를 제시하면 다음과 같다. 얻은 결과를 일단 제시하고, 타당성을 검증하는 것이 적절한 순서이다. 이런 방법을 복잡하게 얽혀 있는 사안을 선명하게 정리하는 이론을 만드는 다른 어느 작업에서도 사용할 수 있다.

(가) 신화는 자아와 세계가 동질성 확인에 이르도록 전개하는 대결이다.
(나) 전설은 세계의 우위를 전제로 전개하는 자아와 세계의 대결이다.
(다) 민담은 자아의 우위를 전제로 전개하는 자아와 세계의 대결이다.
(라) 소설은 자아와 세계가 상호우위에 입각해 전개하는 대결이다.

이 넷의 구분은 타당한 근거가 있다. 자아와 세계는 대등하거나 차등이 있다. (가)와 (라)에서는 대등하고, (나)와 (다)에서는 차등이 있다. 자아와 세계의 대등은 결과이거나 시발이다. (가)에서는 자아와 세계의 대등을 결과로 확인한다. (라)에서는 자아와 세계의 대등을 시발의 입각점으로 한다. 자아와 세계의 차등은 자아에 대한 세계의 우위이기도 하고, 세계에 대한 자아의 우위이도 하다. (나)는 자아에 대한 세계의 우위를 전제로 한다. (다)는 세계에 대한 자아의 우위를 전제로 한다.

이렇게 말할 수 있는 논리적 타당성은 추상적 차원에 머물러 있어 이론 만들기가 완결되지 않았다. 작품의 실상에 대한 구체적인 검증을 하고, 둘이 합치되어야 미완의 작업이 완결된다. 이 작업은 다음 대목에서 한다.

5-8 신화에서 소설까지

(가) 신화는 자아와 세계가 동질성 확인에 이르도록 전개하는 대결이다.
(나) 전설은 세계의 우위를 전제로 전개하는 자아와 세계의 대결이다.
(다) 민담은 자아의 우위를 전제로 전개하는 자아와 세계의 대결이다.
(라) 소설은 자아와 세계가 상호우위에 입각해 전개하는 대결이다.

이 넷이 서사가 "자아와 세계의 대결"이라는 총괄이론에서 연역적으로 도출된 개별이론이기만 하면 논리적 타당성이나 지닌다. (가)·(나)·(다)·(라)라고 한 작품 실상과 부합해서 실질적 타당성도 지닌다. 두 가지 타당성은 선후관계를 가지지 않고 서로 점검하면서 동시에 추구했으므로, 잘 맞아 들어간다.

(가) "자아와 세계가 동질성 확인에 이르도록 전개하는 대결"이 "천제자 해모수가 땅에 내려와 河伯(하백)의 딸 柳花(유화)를 겁박해 낳은 아들 朱蒙(주몽)이 박해를 피해 멀리 가서 나라를 세워 새로운 역사가 시작되도록 했다"고 하는 작품에 잘 나타나 있다. 해모수의 유화 겁박은 지탄받아 마땅한 만행이지만, 그 결과는 축복해야 할 경사이다. 아들 주몽이 태어나 해모수와 유화 사이의 적대적인 대결이 동질성 확인으로 귀착되게 하고, 자아와 세계가 하나인 신화적 질서를 이룩했다.

(나) "세계의 우위를 전제로 전개하는 자아와 세계의 대결"이 "풍수에 능통한 도사 南師古(남사고)가 자기 아버지 무덤을 최고의 명당에다 쓰려

고 아홉 번 이장을 했어도 열 번째 또 실패를 했다. 飛龍上天(비룡상천)인 줄 알았던 곳이 枯蛇掛樹(고사괘수)로 판명되어, 피를 토하고 죽었다"고 한 작품에 잘 나타나 있다. 욕심에 눈이 멀어 사태 파악을 하지 못하는 의외의 불운을 뛰어난 능력으로 해결하지 못했다. 아무리 유능해도 의외의 불운이 닥치면 세계와의 대결에서 패배한다고 하는, 세계의 전설적 경이를 말해주었다.

(다) "자아의 우위를 전제로 전개하는 자아와 세계의 대결"이 "과거를 보러 가던 한량이 草笠童(초립동) 셋을 만나 아우로 삼고, 땅 밑으로 내려가 큰 도적을 퇴치하고 잡혀간 처녀 넷을 구출했다. 처녀들이 알려주는 대로 童蔘水(동삼수)를 마셔 엄청난 힘을 얻었기 때문이다. 사형제가 네 처녀를 아내로 맞이해 잘 살았다"고 한 작품에 잘 나타나 있다. 하는 일마다 기대 이상으로 잘되어 좋은 결과를 얻었다. 아무리 무력해도 뜻밖의 행운을 얻어 세계와의 대결에서 이길 수 있다고 하는, 자아의 민담적 가능성을 말해주었다.

(라) "자아와 세계가 상호우위에 입각해 전개하는 대결"이 "홍길동은 서자로 태어나 아버지를 아버지라고 부를 수 없는 처지를 한탄했다. 도술이 있어, 자기를 죽이려는 자객을 도술로 물리치고 집을 나가 함경감영을 습격하고 포도대장을 조롱했어도, 아버지가 자기 때문에 고난을 겪자 자진해 잡혀가고 조선을 떠나야 했다"고 하는 작품에 잘 나타나 있다. 차등에 맞서 도술로 항거하고 무슨 일이든지 할 수 있는 가능성이, 아버지가 유지하고 있는 차등의 관습 때문에 무력하게 되어야 하는가 묻고 따진다. 자아와 세계가 어느 한쪽의 우위가 아닌 상호우위에서 대결하면서, 무어라고 말하기 어려운 소설적 진실성을 추구했다.

(가) 신화, (나) 전설, (다) 민담, (라) 소설은 '자아와 세계의 대결'이 상이하게 구체화될 수 있는 가능성의 구현이면서, 역사 전개의 단계에 따라 부침하는 시대의 표상이기도 하다. 고대까지는 신화를 표상으로 삼

는 신화시대였다. 고대가 끝나고 중세가 시작되면서, 신화는 퇴색되고, 전설과 민담이 대립되면서 상보적인 관계를 가지고 공존하는 전설·민담시대가 되었다. 중세에서 근대로의 이행기에 들어선 곳에서는 자아와 세계의 상호우위가 사회문제로 제기된 것을 심각한 문제로 받아들여 소설을 만들어냈다.

이에 대한 고찰을 세계로 확대해야 한다. 한국문학을 근거로 삼아 한국에서 만든 이론을 세계의 이론이게 하는 것이 바람직하다. 세계의 이론이게 하는 과정에서 이론은 잘 만들었는지 다시 점검할 필요가 있다. 이론 만들기가 모두 이와 같아야 한다. 이런 원칙을 확인하면서, 서사문학의 세계사를 크게 조망하는 이론적 착상을 대강 말한다.

신화에서 소설까지의 변화가 어느 정도, 어떻게 이루어졌는가에 따라, 인류의 여러 집단이 역사의 어느 단계에 이르렀는지 말할 수 있다. (1) 신화시대가 지속되고, 전설·민담시대로의 전환이 부분적으로 이루어진 곳도 있다. (2) 신화시대는 퇴색되고, 전설·민담시대가 본격적으로 들어선 상태가 지속되는 곳이 아주 넓게 분포되어 있다. (3) 소설시대에 일찍 들어선 곳도 있다.

소설을 먼저 이룩한 선진이 지속되지 않고 선후 역전이 일어났다. (2)인 곳에서 소설 창작에 합류하면서 전설이나 민담이 새로운 가치를 가진다. (1)인 곳에서 신화를 이어받는 소설을 써서, 소설시대에 일찍 들어선 (3)에서 우월감이 자폐증이 되어 걸려 망친 소설이 소생하게 한다.

신화시대에는 서사가 두드러진 구실을 했다. 전설·민담시대에는 서정이나 교술이 큰 기여를 하고 서사는 활력을 잃었다. 소설시대가 되자 다시 서사가 문학을 주도하는 위치로 올라섰다. 소설시대는 신화시대와 상통한다.

5-9 신화의 변천

[고] 고구려건국신화, [제] 본토의 제석본풀이, [초] 제주도의 초공본풀이는 내용이 복잡하다. 기존 연구를 헤아리기 어렵다. [제]와 [초]는 채록한 자료가 아주 많다. 자세하게 고찰하려고 하면 끝이 없다.

그러면 어떻게 해야 하는가? 전체를 일별하면, 뚜렷한 공통점이 있어 모두 휘어잡는 것이 가능하다. 공통점이 무엇인지 집어내는 사실판단을 분명하게 하려면, 가시에서 헤매지 말고 거시로 나아가야 한다. 골짜기를 벗어나 산꼭대기에 올라서야 하는 것과 같다. 한눈에 내려다보고, 명쾌한 결과를 얻어야 한다.

그래서 얻은 결과를 정리하자. [고]·[제]·[초]는 같다. [1] 외톨이가 된 처녀가, [2] 외래의 초능력자 때문에 원하지 않은 임신을 하고, [3] 낳은 아들이 시련을 극복하고 존귀하게 되었다. 말을 최대한 줄이면 이렇다.

이런 공통점과 함께 차이점도 있다. 공통점과 차이점은 별개의 것이 아니다. 공통점을 매개로 차이점을 확인하자. 공통점을 이루는 각 항목이 개별적인 자료에서 어떻게 나타나는지 말해야 한다. 이 작업에서도 곁가지에 휘말리지 말고, 줄거리를 분명하게 해야 한다. 말을 적게 할수록 좋다.

[고-1]에서는 아버지[河伯]가 경쟁에서 패배해 축출되었으므로, 외톨이가 되었다. [제-1]과 [초-1]에서는 부모가 멀리 가야 할 사정이 있어, 외톨이가 되었다.

[고-2]에서는 외래의 초능력자[解慕漱]가 하늘에서 내려온 하늘 통치자의 아들[天帝子]이라고 했다. [제-2]와 [초-2]에서는 외래의 초능력자가 멀리 있는 절에서 온 스님이라고 했다.

[고-3]에서는 아들[朱蒙]이 하나이며, 경쟁자들의 박해를 피해 멀리 가서 나라[高句麗]를 세우고 군주가 되었다. 그 아들[琉璃]이 아버지를 찾아

가 혈육을 확인했다. [제-3]과 [초-3]에서는 아들이 셋이며, 호로자식이라는 수모에서 벗어나려고 아버지를 찾아가 혈육을 확인했다. 나중에 무신巫神이 되었다. [초-3]에는 죽게 된 어머니를 아들이 구출했다는 말도 있다.

사실판단에서 인과판단으로 나아가야 연구가 진척된다. 사실에서 의문을 발견하고 해결하려고 하면 인과판단으로 나아가야 한다. 학자는 모르는 것이 많아야 한다는 말을 다시 할 필요가 있다.

[1] 외톨이가 된 처녀가, [2] 외래의 초능력자 때문에 원하지 않은 임신을 하고, [3] 낳은 아들이 시련을 극복하고 존귀하게 되었다는 것이 아주 오래전 먼 곳의 고구려에서 오늘날의 제주도까지의 넓은 시공에서 공통되게 나타나는 이유는 무엇인가? 이에 대한 적절한 대답은 동질적인 문화가 지속되기 때문이라고 하는 것이다.

이런 공통점이 처음 생겨난 이유는 무엇인가? 이것은 별개의 의문이다. 해결하기 더 어려운 의문이다. 이 의문을 해결하려면, 거시의 범위를 넓혀야 한다.

[신] 신라건국에서는, [1] 외롭지 않고 당당한 여성[仙桃山聖母]이 [2] 누구와 관계를 가졌는지 말하지 않고 임신을 하고, [3] 낳은 아들[赫居世]과 딸[關英]이 왕과 왕비가 되어 나라[新羅]를 세웠다고 했다.

[가] 가야건국신화에서는, [1] 외롭지 않고 당당한 여성[伽倻山正見母主]이 [2] 누군지 모를 천신[夷毗訶之]과 관계를 가지고, [3] 낳은 두 아들[惱窒朱日과 惱窒青裔]이 두 나라[大伽倻와 金官伽倻]를 세우는 군주가 되었다고 했다.

[조] 고조선건국신화에서는, [1] 곰이 사람으로 된 여인[熊女]이 [2] 하늘에서 내려온 하늘 통치자의 아들[桓雄]의 아내가 되어, [3] 낳은 아들[檀君]이 나라를 세우고 군주가 되었다고 했다.

[신]·[가]·[고]·[조]를 한자리에 놓고 견주어보면, 순차적인 변화를 발

견할 수 있다. [신]에서는 여성이 온전하게 지닌 권능을 남녀 자식에게 넘겨주었다. [가]에서는 여성이 상대적으로 유리한 위치에서 유지한 권능을 두 아들에게 넘겨주었다. 양성 관계 주도권이 여성에서 남성으로 넘어가기 시작했다. [고]에서는 피해자가 된 여성이 아들의 득세를 위안으로 삼았다. [조]에서는 남성이 장악한 권능이 아들에게로 전해지고, 여성은 무력하게 되었다. 이것은 여성의 주도권이 약화되고 남성 지배가 이루어지는 과정이다. 신화가 역사의 전개를 보여준다.

이 가운데 앞의 둘 [신]·[가], 뒤의 하나 [조]는 제외하고, [고]만 [제]와 [초]로 변이되어 구전된다. 앞의 둘은 잊었고, 뒤의 하나는 받아들일 수 없었기 때문이다. [고]를 잇고 있는 [제]와 [초]는 무신의 유래를 설명한다. 무신도 불행하게 태어나고 고난을 겪었다는 것을 알려 공감을 확대한다.

[제]와 [초]는 무속의 범위를 넘어서는 문학작품이기도 하면서, 심각한 의미와 소중한 기능이 있다. 미혼모와 호로자식의 수난을 동정하고 용기를 가지라고 격려하는 것이 그 핵심이다. 사회적 편견에 맞서서 희생자를 보호하는 과업을 오늘날 창작하는 작품보다 더 잘 수행한다.

연구는 사실판단에서 인과판단으로, 다시 가치판단으로 나아가면서 발전하고, 이론 만들기의 수준이 높아진다. 이 작업은 가시에서 거시로 나아가는 범위가 확대되는 것과 병행해서 이루어진다. 거시의 의의를 입증하기 위해 미시의 도움을 받기도 한다.

[고]·[제]·[초]의 공통점은 동질적인 문화가 넓은 영역에서 지속되는 것을 확인할 수 있게 하는 가치를 가진다. [제]·[초]가 미혼모와 호로자식의 수난을 동정하고 용기를 가지라고 격려하는 것이 또 하나의 가치이다. 이 둘은 보편과 특수, 표층과 심층, 신화와 문학의 관계를 가진다.

5-10 소설의 위장 전술

(가) '傳(전)'이라고 하는 소설이 많다. 그러므로 소설은 傳에서 생겨났다. 傳이 변해서 소설이 되었다. (나) '돌이'라고 하는 사람이 많다. 그러므로 사람은 돌에서 생겨났다. 돌이 변해서 사람이 되었다.

(가)라는 주장은 있다. (나)라는 주장은 없다. 무슨 까닭인가? (나)의 '돌이'는 돌을 비유로 삼는 이름이기 때문이다. (가)의 '傳'도 비유인가? 비유가 아니면 무엇인가? 이 물음에 대한 대답은 실증으로 찾을 수 없으며, 이론의 소관이다.

傳이라고 하는 소설이 많은 이유를 어떤 이론으로 밝힐 것인가? 먼저 傳과 소설은 무엇이 다른지 말해야 한다. 傳과 소설이 다른 점을, 모든 傳과 모든 소설을 모아놓고 문헌 고증을 하는 방법으로 찾아낼 수는 없다. 통계나 설문 조사의 방법도 무력하다. 귀납법에 관한 모든 미련을 버리고, 일어서야 한다.

傳과 소설의 특성을 그 자체로 밝혀야 한다. 이것은 이론을 만드는 능력이 있어야 감당할 수 있는 과제이다. 어떤 작업을 했는지 말하면 말이 번다해지므로, 얻은 결과를 아주 간명하게 간추린다. 傳은 실제의 사실을 알리는 교술이고, 소설은 가상의 대결을 보여주는 서사이다.

구체적인 내용을 추가한다. 주요 인물 일생의 실제 사실을, 엄정한 판단을 임무로 하는 史官(사관)이 기록해 史記(사기)에 올리는 것이 가장 모범이 되는 傳이다. 자아와 세계가 상호우위에 입각해 대결하는 가상의 상황을 핍진하게 전개해, 심각한 의미를 발견하고 깊은 감동을 받도록 하는 것이 뛰어난 소설이다.

소설과 傳은 그처럼 다른 줄 알면, 소설이 왜 傳이라고 하는가 하는 것은 더욱 난문제이다. 난문제는 정면에서 풀려고 하지 말고 측면 접근을 해야 한다. 소설이 특별한 이유가 있어 전혀 이질적인 傳을 이용할 필요가 있었다고 보는 것이 측면 접근이다. 이렇게 하면 두 가지 결과를 얻을 수 있다. 첫째 소설은 傳의 서술방식을 이용할 필요가 있었다. 둘째 소설은 傳을 보호막으로 이용해 가짜 傳으로 출생신고를 하고, 傳을 안에서 흔들고자 했다. 첫째 것은 順理(순리)의 이용이라면, 뒤의 것은 逆理(역리)의 이용이다.

서술방식 이용에 관해 더 말한다. 자아와 세계의 대결은 소설이 서사의 선행 형태인 설화에서 가져왔지만, 자아와 세계 가운데 어느 한쪽의 일방적인 우위를 전제로 하지 않은 심각한 대결을 길게 보여주려고 하니까, 傳에서 사람의 일생을 서술하는 방식을 차용할 필요가 있었다. 보호막 이용에 관해 더 말한다. 소설이 신참자임을 바로 알리면 경계가 심하고 박해가 닥쳐와 난처하게 되므로, 傳이라고 자처하면서 출생신고를 허위로 했다. 보호막을 고맙게 여기지 않고 안에서 흔들어 기존의 가치관을 훼손하는 난동을 벌였다.

〈홍길동전〉, 〈운영전〉, 〈유충렬전〉, 〈춘향전〉 등을 소설 본보기로 들어보자. 傳에 올릴 만한 자격이 운영은 전연 없고, 춘향은 많이 모자란다. 홍길동은 도적 열전에, 유충렬은 충신 열전에 올릴까 하고 생각할 수 있으나, 둘 다 가공의 인물이다. 傳을 쓴 것은 용납할 수 없는 파격이고 반역이다.

그런 글이 傳이니 읽어보라고 한 것은 사기 행각이다. 그러나 독자는 사기당해 읽었다고 분개하지 않았다. 傳과는 다른 가치를 발견했기 때문이다. 사회적 통념으로 이루어진 세계의 억압이 완강하고 이에 맞서는 자아의 의지 또한 완강해, 자아와 세계의 상호우위에 입각한 대결이 여러 고비에서 심각하게 전개된다. 이것이 작품의 핵심이고, 독자를 흥미롭게 하고 감동시키는 관심사이다.

이렇게 전개되는 이론을 보고 불만을 말할 수 있다. 너무 교묘해 타당성이 의심스럽다고 말할 수 있다. 이미 한 말을 더 늘여 반론으로 삼지 않고, 멀리 스페인으로 간다. 우리 소설이 가짜 傳으로 출현했듯이, 그곳의 소설은 가짜 고백록으로 출현했다. 양쪽이 정확하게 대응되어 너무나도 신기하다. 교묘한 솜씨로 조작한 것 같다.

傳과 고백록은 동서 양쪽, 유교와 기독교의 문명권에서, 사람의 행실을 각기 최종적으로 평가하는 의의를 가졌다. 傳으로 서술해 史記에 오른 선조의 선악 또는 명예나 불명예가 후손에게 상속되어 영광도 되고 치욕도 되었다. 이것은 유교에서 하는 최후의 심판이다. 기독교에서는 지은 죄를 하느님에게 사실대로 고백하고 용서를 구하는 고백록을 써야 죽은 뒤에 지옥에 가지 않고 천국에 간다고 여겼다. 이것은 기독교에서 하는 최후의 심판이다.

어느 쪽이 더 큰 설득력을 가졌던가? 죽은 뒤에 지옥에 가는지 천국에 가는지는 확인할 수 없다. 저승에 가서 알아보고 온 사람이 없기 때문이다. 지옥도 천국도 없다고 부인하면 어쩔 수 없다. 선조의 선악 또는 명예나 불명예가 후손에게 상속되어 영광도 되고 치욕도 되는 것은 누구나 다 아는 사실이어서 부인할 수 없다. 유교의 심판은 신이 개입하지 않아 엉성하고 불분명한 것 같지만, 악행을 막는 효과는 더 컸다.

가짜 고백록은 'novela picaresca'라고 하는 것이다. 'picaro'의 행실을 말하는 소설 'novela'라는 말이다. 'picaro'는 '악한'이라고 하면 너무 심하고, '건달'이라고 하면 조금 모자란다. 심한 것은 피하고 모자라는 것을 택해 '건달'이라고 하자. 어느 건달이 자기의 죄를 있는 모두 고백하고 용서를 구한다면서, 고백하는 상대를 하느님으로 하지 않고 사회 유력인사로 하고, 고백한다는 죄를 잔뜩 과장해 자랑거리로 삼는다는 그 내용이다. 있다고 인정할 수 없는 천국에 가겠다는 어리석은 희망은 버리고, 널리 알려져 인기를 얻는 실리를 취하고자 했다. 고백록을 이용하면서 모독하는 정도가 傳을 가짜로 만들어 손상하는 쪽보다 더 심했다.

가짜 傳도 가짜 고백록도 같은 시기 17세기에 출현했다. 아주 멀리 떨어진 동서 두 곳에서 동일한 역사 변동이 일어났기 때문이다. 중세의 가치관인 차등을 무너뜨리고 대등을 지향하는 움직임이 은밀하게 일어나, 중세에서 근대로의 이행기가 시작된 것이 필연적인 추세였다. 그것을 가짜 傳이나 가짜 고백록으로 보여주는 방식도 반드시 필요했다.

이렇게 만든 이론은 기대 이상의 의의를 가진다. 인류는 하나임을 확인하는 입증력을 가진다. 거대한 아성을 밑에서 흔드는 작전으로, 시대가 전환된다고 알려준다.

5-11 남성소설과 여성소설

소설은 귀족과 시민, 남성과 여성의 경쟁적 합작품으로 생겨나고 자라났다. 귀족과 시민은 소설의 내용을 밀고 당기고, 남성과 여성은 소설의 기본 설정을 장악하려고 다투었다. 이에 관한 논의를 유럽에서 먼저 하고 동아시아로 돌아오기로 한다.

불국에서 〈클레브 공작부인〉(La pricess de Clèves, 1662)이라는 소설이 큰 화젯거리가 되었다. 귀족의 부인이 외간 남자인 다른 귀족의 사랑 고백을 받고 번민한다고 남편에게 고백하니, 남편은 충격을 받고 세상을 떠났다. 그 부인은 자유롭게 되었어도 그 남자의 사랑을 받아들이지 않고 수녀원에 들어갔다. 이 작품은 작자가 밝혀지지 않았으나, 라 파예트부인(Madame de la Fayette)이라는 귀족 여성인 것이 거의 확실하다고 했다.

유럽의 소설은 건달 노릇을 하는 남성이 자기의 죄를 고백한다면서 오히려 과장해 자랑하는 가짜 고백록에서 시작되었다고 했다. 유부녀가 다른 남성의 사랑 고백을 받고 괴로워하는 심정을 자기 남편에게 고백한 이 작품에서 유럽의 소설은 여성소설로 재출발을 했다. 여성이 좋은 결혼이 아닌 진정한 사랑을 바란다는 비밀을 여성소설에서 토로했다.

진정한 사랑은 남녀 모두의 소망이라고 하면서, 여성소설을 남녀소설로 바꾸어놓는 움직임이 이어서 나타났다. 스위스 시민층 남성작가 루소(Jean-Jaques Rosseau)가 지은 〈쥘리 또는 새로운 엘로이즈〉(*Julie ou la nouvelle Heloïse*, 1761)가 그런 작품이다. 남녀 주인공이 서로 열렬하게 사랑하는 편지를 받았으나, 여자는 귀족이고 남자는 시민인 신분의 차이 때문에 그 사랑이 이루어지지 못했다고 했다.

남녀관계가 신분의 차이와 얽힌 작품을 독일 시민층 남성작가 괴테(Johan Wolfgang von Goethe)가 다시 써서 〈젊은 베르터의 고뇌〉(*Die Leiden des jungen Werthers*, 1774)라고 했다. 이 작품에서는 시민층의 남성이 자기보다 지체가 높고 남의 아내인 여성을 일방적으로 사랑해 괴로워하는 사연을 편지로 써서, 그 여성이 아닌 자기 친구에게 보냈다. 여성은 편지를 받은 적이 없어 거절하는 답장도 쓰지 않았다. 남녀관계를 남성의 입장에만 다루고, 남성의 소리만 들려주는, 두 가지 점에서 극단적인 남성소설이다.

유럽소설은 한 여성과 여러 남성의 관계를 다루는 一女多男을, 동아시아소설은 한 남성과 여러 여성의 관계를 다루는 一男多女를 특징으로 한다. 그 이유는 풍속의 차이에서 찾을 수 있다. 유럽의 남성은 아내가 아닌 여성을 情婦(정부)로 두고, 그 여성은 다른 남성의 정부이기도 했다. 동아시아의 남성은 아내와는 별도로 첩을 두고 집에 데리고 와서 살게 했다. 한 남성과 한 여성의 관계만 다루면 사건이 단순해 재미가 없으므로, 남성 또는 여성을 여럿으로 늘였다고 한다면, 양쪽이 하나씩 택한 것이 절묘한 분담이다.

동아시아 一男多女소설의 대표작을 들면 일본 井原西鶴(이하라 사이가쿠)의 〈好色一代男〉(호색일대남), 중국 蘭陵笑笑生(란링샤오샤오성)의 〈金瓶梅〉(금병매), 한국 金萬重(김만중)의 〈九雲夢〉(구운몽)이다. 〈금병매〉는 작자의 본명을 알 수 없으며, 창작된 시기는 1568년에서 1606년 사이라고 추정된다. 〈호색일대남〉은 1682년에, 〈구운몽〉은 1687년에 이루어졌다. 이런 사실은 동아시아소설의 발전이 유럽소설보다 앞선 것을 말해준다.

〈호색일대남〉을 먼저 든 것은 철저한 남성소설이기 때문이다. 방탕한 주인공이 일시적인 환락을 위해 무수히 많은 여성을 상대하다가 버리는 것으로 작품이 전개된다. 정식 결혼을 한 적도 있었으나, 아내를 곧 버리고 잊었다. 모든 여성을 일회용 소모품으로 취급했다. 이렇게 하는 데 대한 여성들의 생각이나 반응은 나타나 있지 않다. 주인공은 여인들만 있는 나라를 향해 떠나가는 것을 결말로 삼아 욕망이 무한하다고 했다.

〈금병매〉는 서문경西門慶이라는 호색한好色漢이 처첩을 거느리고 색정을 즐기는 이야기여서 〈호색일대남〉과 그리 다를 바 없는 것 같지만, 상당한 차이가 있다. 가장 미색美色인 첩 반금련潘金蓮이 또 하나의 주인공이어서 태어나서 죽을 때까지의 내력이 다 있다. 죽은 뒤에 반금련의 이야기가 한참 계속된다. 작품이 〈서문경전〉이기도 하고 〈반금련전〉이기도 해서 남성소설만이 아니고 남녀소설이기도 하다. 장사해서 번 돈을 처첩을 거느리고 색정의 향락을 즐기는 데 소비하는 서문경의 삶, 미천한 처지에서 태어나 미모로 남성을 유혹해 살아가며 자기 색정의 만족도 얻는 반금련의 삶이 차등을 보여주지만 대등하다.

〈금병매〉 서두에 다락 위에서 내다보는 반금련을 지나가던 서문경이 쳐다보고 매혹되어 노파를 중간에 두고 유혹하는 사건이 있다. 〈구운몽〉 서두에도 그런 일이 있다. 진채봉이라는 여성이 다락 위에서 내다보고, 남성인 양소유가 지나간 것은 같다. 그런데 양소유가 진채봉에게 매혹되지 않고, 진채봉이 양소유에게 매혹되어 사랑을 청하는 시를 유모를 통해 보냈다. 진채봉에게 수난이 닥쳐 사랑이 어렵게 이루어진 것이 작품의 기본 줄거리이다.

양소유는 진채봉 외에도 계섬월이라는 기생, 정경패라는 재상의 딸, 가

춘운이라는 정경패의 시녀, 적경홍이라는 기생, 이소화라는 공주, 심요연이라는 자객, 백능파라는 용왕의 딸과도 부부가 되었다. 2처 6첩을 두어 一男多女의 多女가 지나치게 많다고 할 수 있으나, 양소유가 이들을 유혹한 것은 아니다. 모든 여인이 먼저 양소유를 사랑하는 마음을 가지고 자기 신분과 성격에 맞는 방식으로 유혹해 배필이 되었다. 어느 경우든 정신적 이끌림이 결연의 이유이고, 색정 탐닉은 나타나지 않는다.

남녀결합이 여성의 신분이나 성격에 따라 여덟 가지로 이루어지는 것을 쉽게 대조해보도록 하려고 한 작품에 모아놓았다고 할 수 있다. 작품을 읽으면서, 남성 독자는 자기를 양소유와 동일시해서 여덟 여성과 결연한다고 여기는 데 그치지만, 여성 독자는 신분과 성격이 다른 여덟 여인이 되어 남성을 유혹하는 것을 상상하는 즐거움을 누린다. 남성소설처럼 보이는 외형을 뒤집고 여성소설을 제시하는 작업을 남성작가가 해서, 여성독자를 사로잡았다.

한국소설은 여성소설이 주류를 이루어, 여성이 애독하기만 하지 않고 베끼면서 손질했다. 작자는 관심의 대상이 아니어서, 〈구운몽〉의 경우에도 책에 표시해놓지 않았다. 여성작가의 활약을 사실로 입증할 수 없으나, 작품에 짙게 나타나 있다.

5-12 소설사의 거시이론

소설사를 이루는 사실을 모두 말하는 것은 불가능하고 무의미하다. 자료가 너무 많아 대형컴퓨터에도 넣기 어렵고, 넣는다고 해도 읽어 이해하는 것이 더욱 난감하다. 무한히 많은 소설 자체로 어설프게 되돌아가는 것을 연구라고 할 수는 없다.

그것은 모든 별을 하나 남김없이 관측하고 촬영하면 천문학연구를 잘

한다고 여기는 것만큼이나 어리석다. 별도 소설도 무수히 많으니까 연구를 포기해야 하는가? 전부가 아니면 無인 것은 아니다. 무한히 많은 것도 총괄해 파악하는 이론이 있어야 한다. 소설사의 거시이론을 만들어 제시하고자 한다.

이론을 만드는 출발점은 "소설은 질서를 다루면서, 소통을 하려고 한다"는 것이다. 가짜 傳으로 시작된 동아시아소설은 삶의 질서를 문제로 삼고, 가짜 고백록에서 유래한 유럽소설은 말의 소통을 염려한다. 질서를 문제로 삼는 것도, 말의 소통을 염려하는 것도 각기 상반된 방향으로 나아가, 소설이 크게 보아 넷으로 갈라졌다.

동아시아에는 [+질서] 질서를 옹호하려고 하는 소설도 있고, [−질서] 질서는 무너지게 마련이라고 하는 소설도 있다. 유럽에는 [+소통] 남들과의 소통을 밖으로 넓히려고 하는 소설도 있고, [−소통] 소통의 범위를 안으로 좁혀 내적 독백이나 하는 소설도 있다. 중세에서 근대로의 이행기를 [+질서]는 중세로 역행하려고 하고, [−질서]는 근대로 순행하려고 했다. 근대가 [+소통]은 사회적 협동의 시대이게 하려고 하고, [−소통]은 자폐증에 사로잡히고 내면의식에 갇혀 개개인이 단절되지 않을 수 없는 시대라고 한다. 작품의 예를 들어보자. 짝을 이루는 것들을 묶어 들고, 최소한의 설명만 한다.

한국에서 유사한 설정을 반대로 펼치는 〈玉樓夢〉(옥루몽)(南永魯)은 [+질서], 〈泉水石〉(천수석)(작자미상)은 [−질서]의 본보기를 보여주었다. 일본의 〈南總里見八犬傳〉(남총리견팔견전)(瀧澤馬琴)은 남성소설을 극대화해서 [+질서]로 치닫고, 중국의 〈紅樓夢〉(홍루몽)(曹雪斤)은 여성소설을 지향하면서 [−질서]에 이르렀다. 동아시아소설이 19세기까지의 중세에서 근대로의 이행기 동안에 이런 동향을 보여주면서 세계소설사의 발전을 주도했다.

유럽에서는 〈티보가의 사람들〉(*Les Thibauts*, Martin du Gard)과 〈잃

어버린 시간을 찾아서〉(À la recherche du temps perdu, Proust)에서, [+소통]과 [-소통]이 다른 길로 나아가는 것을 보여주었다. 〈선의의 사람들〉(Les hommes de bonne volonté, Jules Romains)과 〈율리시스〉(Ulysses, James Joyce)는 [+소통]과 [-소통]의 차이가 얼마나 벌어질 수 있는지 보여주었다. 유럽소설이 근대화가 완성된 20세기 전반기에 이런 논란을 펼친 것이 세계소설사의 결산과도 같은 의의가 있으니 시선을 모으라고 했다.

20세기 후반기 근대화에 변화가 일어나, 유럽소설이 다시 달라졌다. [-소통]이 더욱 극단화해서 서사적 대결이 파괴된 反소설(anti-romam)이라는 것이 나타났다. 복지사회가 되어 시민과 노동계급의 대립이 완화된 것이 그 이유라고 한다. 유럽에서 천대받고 고난을 겪는 외국인 노동자는 무시해야 이런 견해가 타당하다. 제1세계 제국주의와 제3세계 희생자 사이의 더 큰 모순이 제3세계가 깨어나면서 심각한 문제로 부각되었다.

제1세계에서 죽을 위기에 이른 소설을, 제3세계, 특히 아프리카에서 살려내 세계소설사가 새로운 국면에 들어섰다. 자폐 증상의 내적 독백에서 낭비되는 유럽의 언어를 세계적인 소통에서 효율적으로 사용하고자 하는 [-+소통], 차등의 질서를 무너뜨리고 대등의 질서를 이룩하는 과업을 거대한 규모로 진행하고자 하는 [-+질서], 이 양면의 반격을 구체화하는 놀라운 작품이 나타났다. 〈울지 마라, 아이야〉(Weep not, Child, Ngugy wa Thiongo), 〈신의 화살〉(Arrow of God, Chinua Achebe)을 그 본보기로 들 수 있다.

아프리카소설은 동아시아소설이나 유럽소설과 다른 제3의 소설인 것을 더욱 주목해야 한다. 아프리카에는 傳도 고백록도 없어 가짜 傳도 가짜 고백론도 만들 수 없었다. 그런 결격 사유를 후진을 선진으로 역전시켜 해결했다. 傳이나 고백록보다 훨씬 먼저 생겨나 아직 살아 있는 신화를 계승해, 자아와 세계가 동질성 확인에 이르도록 전개하는 대결을 소설에서 재현하려고 했다.

이상에서 말한 이론은 틀렸는가? 무용한가? 틀렸다면, 옳은 이론은 어떤 것인가? 무용하다면, 유용한 이론은 어떤 것인가? 이런 문답을 한꺼번에 제기하고 만족스러운 해답을 찾기는 어렵다. 이 이론은 결함이 있는가? 미비한가? 결함을 고치고, 미비한 점을 보완해 더 나은 이론을 만드는 것은 학자의 의무이다. 무엇을 어떻게 하겠는가? 적극적인 구상을 갖추고 열띤 토론을 하기 바란다.

거시이론을 만들기만 한 것을 나무란다면 정당한 불만이다. 작품 이름만 들고 예증이 되는 이유를 고찰하지 않은 것은 당연히 지적해야 할 미비점이다. 거시이론을 출발점으로 하고 가시이론으로 나아가 작품론을 곁들여야 한다. 미시이론도 갖추어 타당성을 보완해야 한다. 거시이론을 도달점으로 하는 반대의 여정을 택할 수는 없다.

6 역사

6-1 이론의 차질

다음에 드는 넷은 대상을 묘사하면 학문을 잘한다고 여기지 않고, 이론의 중요성을 알고 자기 이론이 무엇인지 표방한다. 표방하는 이론이, 뜻하지 않게 차질을 빚어낸다. 이에 대한 점검이, 이론 만들기가 빗나가지 않도록 하는 데 큰 도움이 된다.

(가) 정인보의 〈朝鮮史研究〉(조선사연구)를 이만열이 해설한 말을 든다. "저자는 이 책에서 '얼' 중심의 정신사적인 역사관을 강조하고 있다. '얼'은 민족정신을 말한다. '얼'의 반영으로 나타나는 것이 곧 역사요, 역사의 大脊柱(대척주)를 찾는 것은 역사의 밑바닥에서 천추만대를 일관하

는 '얼'을 찾는 작업이라고 하였다. 따라서 역사학이란 역사의 대척주인 '얼'을 推索(추색)하는 학문으로서, 역사가는 개개의 역사적 사실을 탐구해 궁극적으로는 역사의 대척주인 '얼'의 큰 줄기를 찾아가야 한다고 하였다."(《한국민족문화대백과사전》)

(나) 윤사순은 《한국유학사: 한국유학의 특수성 탐구》(2012)라는 책을 쓴 이유를 말했다. "한국유학에 담긴 보편성은 중국의 유학과 같은 요소가 대부분이므로, 그 특수성이라야 한국유학만의 '독자적 요소라고 할 수 있다. '한국화한 부분'인 '특수성'에 해당하는 것이라야 참다운 한국유학이라고 할 수 있다." "한국유학자들의 진정한 사고를 온전히 살필 수 있기를" 바란다고 했다.

(다) "원형비평은 노드롭 프라이(N. Frye)의 〈비평의 해부〉(*The Anatomy of Criticism*, 1957)를 계기로 다시 주목받는다. 프라이는 이 책에서 문학의 전체 구조는 오랜 세월 동안 인간의 상상력에 의해 형성되어 온 "자족적인 문학적 우주"를 이루고 있다고 말하면서 이 "문학적 우주" 안에서 자연의 4계절에 대응하는 네 가지 근본적인 뮈토이(mythoi, 플롯 형식)가 희극, 비극, 로맨스, 풍자라는 네 갈래를 구성한다고 밝히고 있다. 이 책에서 보듯, 프라이의 작업은 고대 신화나 종교, 계절의 변화와 같은 근본적인 인간 경험으로부터 한 작품의 서사구조의 원형을 추출해냄으로써 작품에 나타난 인간 상상력의 근본적 통일성을 밝혀보려는 것이다.(조강석, 〈원형비평, Archetypal criticism〉, 《문학비평용어사전》, 한국문학평론가협회, 2006)

(라) 유물사관을 이념으로 하는 논자들이, 유물사관으로 문학사를 쓰는 작업이 잘되지 않는다고 거듭 말했다. (라1) 중화인민공화국 사회과학원 문학연구소의 《중국문학사》(1962)에서는, "마르크스-레닌주의의 관점에 따라 중국문학사의 발전과정을 설명하려고 했으나, 집필자 등의 능력과 수준이 모자라, 목표와의 거리가 적지 않다"고 했다. (라2) 불국공산당 마

르크스주의연구센터(Centre d'Etudes et Recherches Marxistes) 연구진이 쓴 《불문학사》(1971) 서두에서 말했다. "우리는 공산주의자이지만, 이 문학사는 마르크스주의를 따르지 않았다. 문학 현상의 토대에 관한 연구가 마르크스주의로 유효하게 분석할 만큼 구체적으로 진척되지 못했기 때문이다."(라3) 소비에트공화국연방 소비에트아카데미 세계문학연구소의 《세계문학사》 제1권(1987) 서설에서 한 말을 보자. "엔겔스의 유명한 정의가 있다. '우리의 연구 대상이 경제적인 것에서 멀어질수록, 추상적이고 이데올로기적인 것에 가까워질수록, 우리는 그것의 발전에서 우연성을 더 발견하게 될 것이고, 그 발전의 곡선이 더욱 심한 z자형이 될 것이다.'"

(가)에서 절대적이고 불변인 가치를 가진다고 하는 '얼'은 보편성이 없고 논리를 갖추지 않아 기저이론일 수 없다. '얼'과의 관계에서 개별적인 이론을 만드는 작업이 통로나 방법을 찾을 수 없어 가능하지 않다. 사실판단, 인과판단을 거치지 않고 가치판단을 한 것이 애초에 무리여서 학문이 이루어지지 않는다.

(나)는 보편적인 유학과 분리된 특수한 유학을 한국에서 이룩한 것을 평가해야 한다고 한다. 한국에는 특수한 유학만 있는 줄 알고, 보편적 사고를 기본요건으로 하는 철학은 없다고 여기도록 유도한다. 특수한 유학은 사실을 점검해 알려주면 되므로, 보편적 의의를 가진 이론을 만들 필요가 없다. 특수성을 존중하는 사고의 함정에 사로잡혀, 이론 부재의 학문을 한다.

(다)에서는 특수성과 분리된 보편성을 공중으로 올라가 넓디넓게 추구하니, 동질적인 발상이 여기저기서 확인되어 인간의 상상력은 기본적으로 동일하다고 자신 있게 말할 수 있게 된다. 인간의 동질성은 당연히 인정되고, 두뇌의 작용을 연구하면 훨씬 많이 알아낼 수 있다. 얻은 결과가 분명하고 풍성해도, 이론 만들기를 위해 기여하는 바는 적다. 보편적 상상력이 특수성을 지니고 대립하고 운동하는 것을 파악해야 유용한 이론

이 된다.

(라)에서는 마르크스주의 유물사관은 전적으로 타당한 보편적인 이론인데, 특수한 영역인 문학사에 적용하려고 하니 차질이 생긴다고 한다. 그 이유가 (라1) 연구자의 능력 부족, (라2) 유물사관의 본령인 사회경제적 토대 연구 부족, (라3)은 유물사관을 그대로 적용하기 어려운 문학사의 특수성이 있다고 했다. (라1)은 능력 향상을 위한 노력을 하면 된다는 말이지만, 유물사관은 이해하기 무척 어렵다는 것도 암시한다. (라2)는 유물사관은 표방하는 것과 실제로 이룬 것이 달라 결함이 있다는 말이다. (라3)는 유물사관이 해결책을 제공해준다고 기대하지 말고 문학사 연구는 스스로 하고 독자적인 이론을 만들어야 한다는 것을 암시한다.

문학사뿐만 아니라 다른 모든 것도 그 자체로 연구하고 그 원리를 알아 이론을 만들어야 한다. 얻은 결과의 타당성을 다른 대상에 적용해 확인하는 작업을 힘써 하면서, 이론의 보편적 의의를 분명하게 해야 한다. 연구를 하고 이론을 만드는 작업을 동심원을 그리면서 확대하는 것이 바람직하다.

남들이 만든 이론을 가져와 적용하려고 하지 말고, 이론 만들기를 스스로 해야 한다. 혼자 연구해 얻은 성과를 시발점으로 삼고, 여럿이 협동하고 토론해 다듬어야 한다. 연구 분야나 연구자의 차등을 거부하고 대등을 분명하게 해야, 협동이나 토론이 제대로 이루어진다.

6-2 시대구분의 어려움

역사는 시대구분을 갖추어 이해해야 한다. 역사의 시대구분을 어떻게 할 것인가 하는 문제를 문학사에서 모범이 되게 다룬다. 문학사를 본보기로 들어 역사의 시대구분을 논의하기로 한다.

문학사는 시대구분을 갖추어야 한다. 문학사라는 제목을 내건 책에 시대구분을 갖추지 않은 것도 있는데, 문학사라고 인정할 수 없다. 문학사는 쓰면서 시대구분을 하는 어려움을 피하려고 하지 말아야 한다.

시대구분을 어떻게 할 것인가? 이에 관한 논의는 시대구분이 방법인가 이론인가 하는 데서 구체화된다. 시대구분은 문학사를 서술하기 위한 방법이라고 하기도 한다. 시대구분은 문학사의 핵심을 파악하는 이론이라고 하기도 한다. 방법은 이론을 포함하지 않고, 이론은 방법을 포함한다.

어느 쪽인가 각자 자기 좋은 대로 선택하면 되는 것은 아니다. 학문은 취미 생활이 아니고, 진실 탐구이다. 진실 탐구는 절대적인 타당성을 목표로 하고 우선 상대적인 타당성이라도 확보하고자 한다. 문학사의 시대구분은 방법이기만 하면 되는지, 이론이기까지 해야 하는지 논란을 하고 시비를 가려야 한다.

문학사의 시대구분이 방법이라는 주장은 다시 몇 가지로 나누어진다. (가) 10·11·12·13·14·15세기문학 등으로, 문학사의 시대를 세기별로 나눈다. (나) 신라·고려·조선조문학 등으로, 문학사의 시대를 왕조별로 나눈다. (다) 노예제사회·봉건사회·자본주의사회문학 등으로, 문학사의 시대를 사회경제사에 따라 구분한다.

(가)는 편의상의 구분이기만 하다. 눈금이 정확한 자와 같이 구분의 기준이 그 자체로 절대적이어서, 문학사의 내용과는 무관하다. (나)는 편의상의 구분에 그치지 않고 문학사의 내용 판단에 관여한다. 왕조의 특성이 문학에 나타난다고 말하고자 하는데, 두 가지 난점이 있다. 왕조의 특성을 파악하기 어렵고, 문학의 실상과 연결시키기 더 어렵다. 어려움을 쉽게 해결하려고 하다가 문학의 자율성을 손상시킨다.

(다)는 문학사의 내용 판단에 결정적으로 관여한다. 구분의 기준이 원칙에서는 확고하다고 해도 실제로는 흔들리고 있어, 혼란을 일으키거나 횡포를 자행한다. 사회경제사와 문학사의 관계는 단순하게 파악할 수 없

으며 문제가 있다. 진지한 연구와 열띤 토론이 필요하다. 반공국가에서는 마르크스주의 문학사관이 틀렸다고 하면 된다고 여기고, 대안이 되는 견해가 무엇인지 진지하게 모색하지 않는다.

정권을 잡은 공산당은 마르크스주의에 입각한 문학사를 서둘러 쓰라고 요구해, 그렇게 하는 척할 수밖에 없다. 중화인민공화국 사회과학원 문학연구소에서 "마르크스-레닌주의의 관점에 따라 중국문학사의 발전과정을 설명하려고 했으나, 집필자등의 능력과 수준이 모자라, 목표와의 거리가 적지 않다"고 했다. 이것은 정치적 지휘를 받는 척하고 회피하는 처세술이다.

중국은 마르크스주의에 입각한 사회사연구를 제대로 할 겨를이 없어 그럴 수 있지만, 불국은 사정이 다르다. 마르크스가 시작한 사회경제사 연구를 할 만큼 했다. 그래도 마르크스주의 문학사를 쓸 수 없다고 했다. 불국공산당 마르크스주의연구센터의 연구진이 "우리는 공산주의자이지만, 이 문학사는 마르크스주의를 따르지 않았다"고 하고, 그 이유를 "문학 현상의 토대에 관한 연구가 마르크스주의로 유효하게 분석할 만큼 구체적으로 진척되지 못했기 때문이다"고 한 것은 연구를 더 하면 된다고 한 말이 아니다. 해결책이 생기지 않는다는 말이다.

소비에트공화국연방 소비에트아카데미는 마르크스주의 연구의 총본산이다. 마르크스주의의 이해 수준이 낮아 마스크스주의 문학사를 쓸 수 없다고 하지는 못한다. 사회경제사와 문학의 관계가 문제이다. "엔겔스의 유명한 정의"를 인용해, "우리의 연구 대상이 경제적인 것에서 멀어질수록, 추상적이고 이데올로기적인 것에 가까워질수록, 우리는 그것의 발전에서 우연성을 더 발견하게 될 것이고, 그 발전의 곡선이 더욱 심한 z자형이 될 것이다"라고 한 말은 문학사는 사회경제사에 기대지 말고 독자적 전개를 밝혀 서술해야 한다는 말이다. 그것이 시대구분으로 나타나야 하는데 그렇지 못하다.

논의가 원점에서 다시 시작된다. 문학사의 시대구분은 방법이기만 하지 않고 이론이기도 해야 한다. 밖에서 받아들인 방법으로 문학사를 다루다가 사실 열거에 그치거나 혼란에 빠진다. 해야 할 일을 스스로 찾아 적절한 방법을 스스로 마련해야 하고, 문학사 전개를 일관성 있는 이론으로 파악해 산만하게 흩어지지 않는 총체이게 해야 한다. 방법과 이론이 하나가 되어야, 둘 다 타당성이 입증된다.

조윤제는 일관성 있는 이론으로 문학사의 전개를 파악하고자 했다. 민족사관을 제창하고, 문학사의 시대를 태동·형성·위축·소생·육성·발전·반성·운동·복귀시대로 구분했다. 이런 이론의 당위성만 역설하고 타당성은 입증하지 못해 갖가지 의문이 제기된다. 각 시대를 지칭하는 용어는 비유인가? 비유가 아니라면, 문학사는 유기체 운동을 하는가? 유기체 운동을 되풀이하는가? 어느 방향으로 나아가는가? 광복을 하고 정부가 수립된 당대를 복귀시대라고 한 것이 적절한가? 복귀 다음은 어떤 시대인가? 민족사관이 보편적인 사관일 수 있는가? 보편적인 사관은 누구의 소관인가?

이론이 앞서고 방법은 미비한 것이 더 문제가 된다. 시대가 달라진 것을 한꺼번에 파악하는 것이 가능하다고 낙관하고, 가시적인 증거를 들어 숨은 원리를 찾아내는 탐색 과정을 갖추지 않았다. 그 때문에 두 가지 결함이 생겼다. 제시한 결과의 타당성을 다른 사람이 검증해 동의 여부를 판단할 수 없었다. 다른 사람이 다른 말을 하는 것을 논박할 방법이 마땅하지 않아, 호령으로 대응하지 않을 수 없었다.

조윤제를 불신하고 반발의 대상으로 삼는 많은 사람은, 방법도 이론도 없는 문학사를 다투어 내놓았다. 시대구분은 아무렇게나 해도 된다고 여기고, 고민이 없으니 책을 쓰기 쉬웠다. 교내에서 교재로 쓸 따름이니, 식견 있는 독자를 의식할 필요가 없었다. 자료 열거가 실증이고, 가벼운 감상이 분석이라고 했다. 문학사가 담당 교수의 밥벌이를 위한 필요악으로 전락했다.

6-3 입각점

나는 학문을 하기 시작한 지 얼마 되지 않은 계명대학 시절에 조윤제의 〈국문학사〉를 잘 알려고 동학들과 함께 윤독회를 했다. 얻은 결과가 있어 〈조윤제의 민족사관과 문학의 유기체적 전체성〉이라는 논문을 썼다. 그 논문을 조윤제가 직접 읽어보고 수긍하면 〈도남조윤제박사고희기념논총〉에 수록해달라고 했더니, 그대로 되었다.

문학의 유기체적 전체성이라는 것이 적절하지 못하므로, 대립적 총체성으로 바꾸어놓아야 한다고 한 것이 기본 논지이다. 유기체적 전체성은 理는 하나라고 하는 理철학과 연결되는 관념이라고 하고, 氣는 하나이면서 둘이라고 하는 氣철학을 이어받아 관념이 아닌 실상을 대립적 총체성으로 이해해야 한다고 했다.

영남대학 시절에는 김동욱의 〈국문학사〉에 대한 서평을 학회에서 구두로 발표하고, 글로 써서 〈나손김동욱선생화갑기념문집〉에 냈다. 그때 한 말도 다시 간추린다. 김동욱은 전체나 총체는 허상이고 개체만 실상이라고 여겨 자료를 충실하게 고찰하고 열거하는 문학사를 썼다. 이것은 김동욱이 재정립한 실증주의이다. 조윤제의 민족사관과 반대가 되면서 서로 맞물렸다.

옛사람이 '理一分殊(리일분수)'라고 한 것 가운데 조윤제는 앞쪽의 '理一'만, 김동욱은 뒤쪽의 '分殊'만 선택한 것은 반대이지만, 어느 한쪽에 치우친 것은 다르지 않다. 둘의 편향성을 각기 시비할 필요가 없고, 한꺼번에 바로잡아야 한다. 문학사 이론의 차원에서 시정하면 될 일이 아니고, 철학의 근본을 바로잡아야 한다. '理一分殊'란 理는 하나이고 氣는 여럿이라고 하는 이원론이다. '理一分殊'를 '氣一分殊'로 바꾸어 일원론을 확립해야 전체와 부분의 관계를 올바르게 이해하고, 문학사의 이론을 이치에 맞고 실상에 부합되게 이룩할 수 있다.

氣가 여럿이라고 하면 할 말을 다하는 것은 아니다. 여럿이 어떤 관계를 가지고 움직이고 달라지는지 말해야 한다. 이에 대해 아는 것은 경험의 소관이라고 하면, 철학의 임무를 포기하고 실증주의로 후퇴한다. 陰陽論이 있어 陰과 陽이 맞물리는 관계를 말한 것만으로는 부족하다. "一不得不生二 二自能生克 生則克 克則生"(하나는 둘을 생하지 않을 수 없고, 둘은 능히 스스로 생극하니, 생하면 극하고, 극하면 생한다)(徐敬德, 〈原理氣〉)고 한 데 더욱 진전된 견해가 있다. "생하면 극하고, 극하면 생한다"는 것은 상생이 상극이고 상극이 상생이라는 말이다. 이런 근거에서 마련한 生克論으로 문학사 이해를 크게 진전시켰다.

'天命'은 함부로 누설할 것이 아니라고 여기고, 〈한국문학통사〉를 쓰기 시작하면서 "이론을 앞세우지 않고"라는 말을 앞에 내놓았다. 이 말을 이론을 뒤에 숨기는 것이 아닌, 이론이 없다는 것으로 받아들여졌다. 이론을 숨기고 내놓지 않은 것이 무슨 까닭이냐 하고 다그치면 응답하기 무척 번거로운데, 이론이 없다고 여기고 만만하게 보니 다행이었다. 책 전권을 읽어도 이론이랄 것은 없는 "비평적 연대기"라고 나무라는 서평이 나와 의도한 대로 되었음을 확인했다. 비평적 연대기라면 이론에 관한 논란은 하지 않고 재미있게 읽을 수 있다. 그 속에 녹아 있는 이론이 의식하지 않는 가운데 재미를 보탰다. 그래서 반발을 사지 않고 책이 널리 읽힌 것이 다행이다.

이론을 앞세우지 않는다고 언명한 것은 작전이었다. 그 당시에 문학사를 써보지 않은 사람들이 비평가라고 자처하면서, 문학사에 관해 잘도 알아 시대구분을 어떻게 해야 하는가 떠들어대는 풍조가 있었다. 거기 끼어들어 내 견해를 말하면 같은 무리로 취급될 수 있었다. 생극론이라는 말을 앞에 내놓고 이론을 도출하는 근거로 삼는다고 하면, 서양 전래 용어의 족보에 없는 괴이한 소리를 한다는 핀잔이나 들었을 것이다. 필요한 해명을 하려면 논의가 길어져, 문학사를 다 써야 했다. 나는 문학사를 써서 할 말을 하려고 했다. 샅바싸움에 말려들지 않고, 씨름을 바로 시작해 실력을 보여주고 싶었다.

방법과 이론의 관계를 들어 문제를 다시 검토해보자. 생극론이 방법이기만 하다면 미리 말해도 되지만, 이론으로서 더 중요한 의의를 가지므로 문학사를 다 써야 정립하고 입증할 수 있었다. 생극론이란 말은 깊이 감추어두었다가, 전권을 세 번째로 고친 제4판 서두에 처음 내놓았다. 문학사 서술을 거듭하면서 얻은 결과를 이제 제시해도 된다고 여겼기 때문이다.

책 전권이 이론이랄 것은 없는 "비평적 연대기"라고 나무란 서평자나, 그 서평을 즐겨 인용하면서 같은 생각을 하고 있는 사람들이 생극론과 만나 의혹을 풀도록 했다. 생극론에 관한 더 많은 논의도 찾아 읽기를 기대했다. 그 뒤에 진행한 여러 연구에서 생극론을 더욱 가다듬고 쓰임새를 넓힌 것이 내 학문의 가장 긴요한 성과이다.

나는 조윤제의 손제자이고, 김동욱을 스승의 한 분으로 받든다. 앞의 두 세대가 한 문학사 서술의 작업을 삼대째 하면서, '理一'에 치우치기도 하고 '分殊'에 치우치기도 한 편향성을 '氣一分殊'에 입각해 시정하는 것은 너무나도 당연하다. '氣一分殊'의 '分殊'가 陰陽으로 나누어져 있기만 하지 않고, 生克의 관계를 가진다고 하는 것도 반론의 여지가 없이 타당하다.

사람은 역사적 존재로 태어나 살아가면서 학문을 한다. 하는 학문이 역사성을 가지고 필요한 이론을 산출한다. 조윤제·김동욱·조동일의 관계가 이런 사실을 잘 말해준다. 다음 세대에는 누가 조동일과 얼마나 다른 역사적 위치에서, 조동일의 학문을 어떻게 바꾸어놓을까? 이에 대한 해답은 내 소관이 아니다.

6-4 구비문학과 기록문학

인류는 10만여 년 전부터 말을 하기 시작했다고 한다. 말을 하기 시작하면서 구비문학을 이룩해왔다. 문자를 사용해 말을 적어 글을 쓴 5천 년 전에 기록문학이 나타났다.

구비문학에서 기록문학이 생겨난 것은 상류의 물이 흘러내려 하류를 이룬 것과 같고, 어머니가 아이를 낳은 것에 견줄 수 있다. 하류의 물이 저절로 생겼다고 여기고 상류는 생각하지 않거나, 아이가 크게 자랐으므로 어머니는 없었던 것으로 하자는 억설은 버려야 한다.

이 말에 동의하지 않고, 구비문학의 역사를 문학사에서 제외하는 것은 합당한 이유가 있다는 반론이 바로 제기될 수 있다. 구비문학은 원시적이거나 저열한 상태에 머무르고 있어 문명화된 고급의 문학인 기록문학과 구별해 문학 이전의 민속이라고 해야 한다고 한다. 이런 주장을 사실의 차원에서 시비해, 구비문학의 문학적 가치를 일일이 입증하려고 할 필요는 없다.

원시/문명, 저열/고급이 절대적인 기준에서 나누어진다고 하는 것은 차등론의 관점이다. 이에 대해 사실과 이론 양면에서 비판을 늘어놓는 것보다, 대응이 되는 이론을 제시하는 것이 더 나은 방책이다. "문학사는 구비문학과 기록문학의 관계사이며, 기록문학과 구비문학은 하나가 우세하면 다른 것은 열세인 관계를 서로 가지고 맞물려 있다." 이것이 대등론의 관점에서 문학사를 이해하는 기본관점이고, 총괄이론이다. 각론을 여러 각도에서 전개해 총론의 타당성을 입증하고, 내용을 더 풍부하게 할 수 있다. 그 가운데 몇 가지만 들어본다.

기록문학이 이루어진 시기를 보자. (가) 중국, 메소포타미아, 이집트 등 고대문명이 발달한 곳에서는 5천여 년 전부터, (나) 한문·산스크리트·아랍어·라틴어 등을 공동문어로 하는 문명권에 참여한 유라시아 대륙 여러 곳에서는 기원후 5세기 무렵에, (다) 그 밖의 여러 곳에서는 20세기에 이르러서야 기록문학을 갖추기 시작했다. 이런 변화에 동참하지 않고, 구비문학만 이어오는 사람들이 (다)에는 물론이고, (나)나 (가)에도 많이 있다. 구비문학은 지속 시간뿐만 아니라 향유자의 수에서도 기록문학을 압도하는 비중을 가지고 있다. 한국은 (나)에 속해 (가)와 (다)의 중간부이다. 양극단의 사정을 대등한 정도로 이해하는 이점이 있다.

(가)는 기록문학을 일찍 이룩한 탓에, 구비문학은 무시당해 활력을 잃고 쇠퇴했다. (다)는 기록문학이 늦게 이루어져 방해를 하지 않은 덕분에, 구비문학을 소중하게 여기고 적극 계승하면서 재창조했다. (나)는 그 중간이어서 구비문학과 기록문학이 대등하게 갖추어지고 서로 밀접한 관련을 가졌다. 그러면서 두 가지 문학의 비중과 의의에 상대적인 차이가 있다.

(가)와 (다)의 구비문학이 어떻게 다른지 말해주는 아주 좋은 증거를 (가) 중국의 지배민족 漢族(한족)과 (다) 중국의 변방이라고 하는 雲南(운남)의 여러 소수민족이 잘 보여주고 있다. 운남의 여러 민족은 구비서사시를 다양하고 풍부하게 전승하고 재창조한다. 신령서사시·영웅서사시·범인서사시의 세계적인 본보기라고 할 수 있는 작품이 많다. (가) 중국의 지배민족 漢族은 이른 시기 서사시가 편린을 《詩經》(시경)에 남기기나 하고, 구비전승은 사라졌다. 기록문학의 최부국이 구비문학의 최빈국이다.

일본은 (나)에 속하면서 구비서사시를 전승하지 않고, 기록서사시를 창작하려고 하지 않았다. 이것은 우월감을 가지고 (다)인 아이누인을 박해하다가 얻은 자해의 결과이다. 아이누인은 일본의 구비서사시를 다양하고 풍부하게 전승하고 재창조하면서 주체성을 다지고자 했다. 신령서사시·영웅서사시·범인서사시의 세계적인 본보기를 중국의 운남 민족군만큼 잘 보여주고 있다.

한국의 제주도는 신령서사시·영웅서사시·범인서사시가 잘 갖추어진 구비서사시를 운남 민족군이나 아이누인과 대등한 수준으로 전승하고 창조했다. 이런 것을 한국의 본토에서도 다소 약화되고 어느 정도 변질된 방식으로 지니고 있다. 운남 민족군과 중국의 지배민족 한족, 아이누인과 일본인 사이에 단절이 있는 것과는 달리, 한국에서는 (다)라고 할 수 있는 제주도와 (나)인 본토의 구비서사시가 연결되어 있다.

제주도는 무속서사시만 있고, 본토에서는 무속서사시와 함께 농민서사시인 서사민요, 광대서사시인 판소리도 갖추었다. 창작의 주체를 들어 구분할 수 있는 구비서사시의 세 가지 갈래를 모두 갖춘, 세계적인 범위에서 좋은 본보기를 보여준다. 이것은 한국이 (다)이기만 하지 않고 (나)이기도 해서 갖춘 다양성 이상의 의의가 있다. (나)에 속한 나라 가운데 한국만큼 구비서사시가 풍부하고, 기록서사시 창작에서 열의를 가진 곳을 더 찾기 어렵기 때문이다.

기록서사시 창작은 어떤가? (1) 李奎報(이규보)의 〈東明王篇〉(동명왕편)과 (2) 雲黙(운묵)의 〈釋迦如來行蹟頌〉(석가여래행적송), 조선왕조의 군주 세종이 지은 (3) 〈龍飛御天歌〉(용비어천가)와 (4) 〈月印千江之曲〉(월인천강지곡), 이 네 편의 기록서사시를 갖추어 서사시의 세계사가 정점에 이른 것을 보여주었다고 할 수 있다. (1)·(2)는 공동문어서사시여서 보편적인 어법을 사용했다. (3)·(4)는 민족어서사시여서 구비서사시의 율격과 표현을 활용했다. (1)·(3)은 정치 영웅서사시이다. 영웅이 나라를 세워 역사를 창조한 내력을 찬양했다. (2)·(4)는 종교 영웅서사시이다. 궁극적 깨달음을 얻은 분을 높이 받들었다.

무가는 서사무가만이 아니다. 서정·교술·서사·희곡무가를 다 갖추고 있으며 비중이 대등하다. 문학의 큰 갈래가 넷인 것은 구비문학에서 이룩한 원천적인 창조이다. 기록문학은 그것을 받아들여 온전하게 재현하지 못했다. 한국의 국문문학은 서정시 시조와 교술시 가사는 잘 갖추고, 서사는 서사시보다 소설에서 더욱 풍부하게 창작했다. 희곡은 받아들이지 못하고 구비문학에 남겨두었다. 한국의 한문학은 서사시를 보여준 것이 특이하고, 서정시인 詩, 교술산문인 文을 문학의 양대 영역으로 삼아 중국에서 이룩한 규범을 따랐다. 구비문학에서 큰 갈래를 넷으로 이룩한 것과 많은 거리가 있는 것을 의식하지도 못하고 궁벽한 선택을 자랑스럽게 여겼다.

근대문학에서 서정·서사·희곡이 대등한 비중을 가진 큰 갈래 셋이라고 하게 된 것은 서양 전례의 이식이라고 여기는 것은 단견이다. 구비문학에서 마련한 모형을 교술만 빼놓고 표면화한 결과라고 보아야 한다. 이식이면 혼선이 많이 빚어지는데, 자기 발견이므로 쉽게 납득하고 정착시켰다.

6-5 공동문어문학과 민족어문학

오랫동안 '詩文'이라고 하면 한문으로 지은 것을 말했다. 이것이 너무나도 당연한 일이어서, '한문'이라는 말은 필요하지 않았다. 그 기간이 중세였다. 근대가 되자, '國文'과 '漢文', '國詩'와 '漢詩'가 대등하다고 여기고 양쪽을 구별하는 말이 필요하게 되었다.('國詩'는 곧 '國'이 필요하지 않은 '詩'가 되었다.)

이런 변화가 한국·일본·월남에서 직접적인 연관을 가지지 않고서도 일제히 일어나, '漢文'(hanmun, ganvun, hánvăn)을 '國文'(kukmun, kokuvun, quốcvăn)과 대칭되는 글이라는 용어로 사용하는 것이 같다. 중국은 이에 동참하지 않고 '漢文'(hànwén)은 '漢代之文'이라고 여겨 혼선을 빚어낸다. 시대가 달라진 것을 알고, 중국에서도 '漢文'의 새로운 의미를 알고 받아들여야 한다.

漢文이라는 용어를 이렇게 정리하면 뜻하는 바가 분명한 것은 아니다. 한문은 무엇인가 하는 논란이 남아 있다. 한문은 중국의 글이라고 하고, 받아들여 사용한 것이 큰 불행이니 단호히게 청산해야 한다는 주장이 있다. 문학사를 서술할 때 한문학은 제외하고 국문학만 취급해야 한다고 한다.

한국·일본·월남한문학을 중국에서 중국문학으로 받아들인다면, 타당성 시비는 남아 있어도 논란이 일단 끝날 수 있다. 중국에서는 그렇게 할 뜻이 없다. 한국·일본·월남한문학이 중국문학이라고 인정하지 않는다. '域外漢學(성외한학)'이라는 말을 마지못한 듯이 써서, 중국의 패권이 대외적으로 팽창한 증거로나 삼는다. 그래서 몇 가지 난처한 일이 생긴다.

한국·일본·월남한문학은 돌보는 후손이 없는 유산이 되어 허공에 뜬다. 한시문을 열심히 창작해온 여러 나라 선조들의 노력이 웃음거리가 된다. 동아시아 전체가 정신적 가난뱅이가 되어, 산스크리트·고전아랍어·라틴어의 유산을 자랑하는 다른 문명권들보다 열등하게 된다.

이런 곤경을 어떻게 해결해야 하는가? 실증을 동원할 수는 없고, 이론에서 대책을 찾아야 한다. 소유권에 개인 소유인 사유만 있다고 여기는 편견에서 벗어나, 공동 소유인 공유도 있다고 인정하는 것이 필요한 이론을 만드는 기초 작업이다. 중세에는 공유의 비중이 크다가 근대에는 사유의 비중이 커진 것을 알면, 생각을 바꾸어야 하는 이유가 더욱 분명해진다.

한문은 동아시아의 공유재산인 공동문어였다. 이 한마디에 논란을 해결하는 이론이 집약되어 있다. 산스크리트·고전아랍어·라틴어도 각기 그 문명권의 공동문어였다. 이 말을 보태면 진전이 이루어진다. 중세는 공동문어의 시대였다가, 근대에 이르면 공동문어를 버리고 민족어를 공용어로 사용하게 되었다. 이렇게까지 말하면 이론이 일단 완성된다.

공동문어는 왜 필요했던가? 이에 대해 대답하는 좋은 방법이 공동문어가 없으면 어떻게 되는지 알아보는 것이다. 이 작업은 실증이 필요하지만 다시 할 필요가 없고, 알려진 사실을 이용해도 된다. 공동문어가 없어 중세에 들어서지 못하고 고대에 머문 미주대륙의 원주민 제국은, 중세의 능력을 가진 유럽인 침공자를 막아내는 단합된 힘이 없어 무참하게 무너졌다. 필리핀 군도의 여러 민족은 저항할 생각도 하지 못하고 식민지 통치를 받게 되었다. 한문을 서쪽의 倭人(왜인)은 받아들이고 동쪽의 아이누인은 받아들이지 않아, 승패가 갈라졌다.

공동문어문학은 공동문어를 받아들여 동일한 문명의 일원이 된 것을 확인할 수 있게 했다. 나라를 만드는 지혜를 공유하고, 보편종교를 함께 신봉하면서 수준 높은 정신세계를 함께 이룩하고, 문학적 상상력과 표현을 격조 높게 보여주는 선의의 경쟁에 참여하고 있는 것을 입증했다. 책봉체제를 일제히 갖추기 위해 공동문어가 반드시 필요했다. 맨 동쪽의 일본과 맨 서쪽의 모로코, 맨 북쪽의 아이슬란드와 맨 남쪽의 마다가스카르, 그 사이의 광대한 지역이 공공문어문학을 일제히 이룩한 것은 이런 이점이 있기 때문이다.

공동문어문학은 독주하지 않고, 민족어문학과 상위와 하위, 보편과 특수의 관계를 가지고 공존했다. 공동문어의 문자를 이용해 민족어를 표기하고, 공동문어문학에 대응하는 민족어문학을 이룩하기 위해 일제히 노력했다. 상위와 하위, 보편과 특수의 차등을 줄여 대등하게 하려고 어디서나 힘썼다.

그 양상을 세계적인 범위에서 자세하게 고찰하는 것은 무척 힘든 일이다. 사람의 일생에 가능할까 의심된다. 세부의 고증이 미비해도 이론을 만들 수 있다고 여기고, 가능한 범위 안에서 최선의 노력을 해서 〈공동문어문학과 민족어문학〉이라는 책을 썼다. 공동문어 큰 것 넷 한문·산스크리트·아랍어·라틴어에다 작은 것 둘 팔리어·그리스어를 보태 그 여섯이 민족어문학과 각기 어떤 관련을 가지고 작품을 산출했는지 풍부한 예증을 들어 두루 고찰하려고 했다. 공통점이 뚜렷한 것을 확인하고, 공통점을 매개로 차이점을 고찰했다.

한문이 무엇이고 한문학이 어떤 의의를 가지는가? 한문학과 국문문학은 어떤 관계인가? 이런 의문을 세계 일주를 하고 해결했다. 그 결과 세계문학사를 이해하고 서술하는 근간이 되는 이론을 만들었다. 세계사를 총괄해 논의하는 길을 열었다.

6-6 중심부·중간부·주변부

한국은 중국과도 다르고, 일본과도 다르다. 이 차이점을 어떻게 설명하고 이해해야 하는가? 차이점을 구체적으로 설명하려고 하면, 말을 아무리 많이 해도 모자란다. 아주 큰 책을 써도 미흡하다. 차이점을 이해하는 이론을 만드는 것이 현명한 대책이다.

이론은 개념으로 이루어진다. 개념은 용어로 지칭된다. 어떤 용어를 가지고 한국이 중국과도 다르고, 일본과도 다른 점을 휘어잡아 말할 것인가? 참고할 것이 있다. 미국 학자(Immanuel Wallerstein)가 중심부(core), 주변부(periphery), 半주변부(semi-periphery)라는 용어를 사용하자고 했다. 중심부와 주변부를 구분하는 것은 적절한 개념이고 용어이다. 중국은 중심부이고, 일본은 주변부이다. 그런데 半주변부라는 것은 이상하다. 주변부가 되다가 만 무자격자 같다.

한국은 半주변부라고 하는 것은 부당한 격하이다. 한국만 그런 것은 아니다. 유럽에서 이태리는 중심부이고, 영국은 주변부이며, 독일은 半주변부라고 하는 것도, 같은 결함을 지닌 잘못된 명명이다. 중심부와 주변부 사이에 중간부가 있다고 하는 것이 적절하다. 한국도 독일도 중간부라고 하면, 위치나 성격이 아무 편견 없이 규정된다.

중심부·중간부·주변부는 어떻게 다른가? 말뜻을 설명하거나 구체적인 사례를 열거하는 것은 둘 다 잘못되었다. 차이를 구조적으로 밝히는 이론이 있어야 한다. 이 작업을 문학사에서 할 수 있고, 공동문어문학과 민족어문학의 관계가 적절한 논거를 제공한다.

중심부는 공동문어문학에서 앞서고, 민족어문학에서 뒤떨어졌다. 중간부는 공동문어문학과 민족어문학을 대등하게 갖추었다. 주변부는 공동문어문학에서 뒤떨어지고, 민족어문학에서 앞섰다. 중국·한국·일본뿐만 아니라 이태리·독일·영국 또한 이렇다. 〈공동문어문학과 민족어문학〉에서 여러 문명권의 경우를 모두 고찰해서 중심부·중간부·주변부는 동일한 성격의 차이점이 있음을 밝혔다. 그 내용을 조금 간추려 옮긴다.

한문문명권에서는 월남도 한국과 함께 중간부이다. 한국의 李奎報는 한시문이 민족과 민중의 문학이게 했다. 〈東明王篇〉이 그 좋은 본보기이다. 월남의 阮廌(응우옌 짜이)는 한시문으로 민족의 주체성을 적극적으로 선양하고 월남어 國音詩(국음시)도 창작했다. 명나라의 침공을 물리치고 주권을 되찾은 위업을 찬양한 〈平吳大誥〉(평오대고)가 널리 알려졌다. 이 모두가 중심부인 중국이나 주변부인 일본에는 없는 중간부 특유의 문학이다.

산스크리트문명권에서는 인도의 중원지방이 중심부, 타밀과 크메르가 중간부, 인도네시아가 주변부의 특징을 잘 보여주었다. 크메르는 산스크리트문학을 뛰어난 수준으로 창작하고, 인도네시아 자바에서는 민족어시를 가다듬었다. 아랍문명권에서는 아랍어를 모국어로 하는 곳이 중심부이고, 페르시아와 터키는 중간부를, 아프리카의 스와힐리는 주변부를 대표한다. 페르시아는 교술시, 스와힐리는 서사시 창작에 힘썼다.

라틴어문명권에는 나라가 많아, 중심부·중간부·주변부가 다층적으로 분포되어 있다. 몇몇 나라를 들어 말해본다면, 이태리·불국·독일·영국·덴마크·스웨덴·노르웨이·아이슬란드가 한 줄로 늘어서서 중심부에서 주변부까지 단계적으로 분포되어 있다고 할 수 있다. 앞은 라틴어문학을 높은 수준으로 이룩하고, 뒤로 가면 민족어문학을 일찍 이룩하는 데 앞섰다. 세부적인 연구가 많이 되어 있는 것을 이런 관점에서 정리하면, 비교고찰을 충실하게 하는 거점을 확보할 수 있다.

이상에서 말한 것이 한국문학사·동아시아문학사·세계문학사를 동일한 원리에 따라 함께 이해하도록 하는 문학사의 이론이다. 인류문명사를 총체적으로 이해하는 일반이론이기도 하다. 학문의 분과를 넘어서도록 하고 통합의 길을 제시한다. 이 이론은 이론으로서 타당성을 가질 뿐만 아니라, 민족우열론을 버리도록 하는 효용이 있다.

조선통신사는 일본에 가서, 일본인이 한시 창작 능력이 모자라는 것을 자인하고 제대로 된 작품 한 수라도 얻기를 간절하게 바라는 것을 보고 우월감에 사로잡혔다. 일본은 〈萬葉集〉(만엽집)에 수록된 몇 만 수의 和歌를 자랑하는데, 한국의 鄕歌는 얼마 되지 않은 유산이어서 부끄러울 수 있다. 이런 차이점은 한국이 중간부이고 일본은 주변부여서 생긴 것이다.

중심부인 중국까지 살피면 엄청난 격차가 있다. 李白과 杜甫가 한시의 정점을 자랑스럽게 보여주던 중국이, 鄕歌나 和歌 같은 것은 전연 갖추지 못하고 있다가 白話詩를 너무나도 늦게 거의 아무렇게나 지은 것은 당연하다. 중심부·중간부·주변부는 각기 그것대로 자랑스러운 것과 창피한 것이 있으므로 일률적으로 평가하는 것은 잘못이다.

일본은 〈萬葉集〉의 일본어 노래가 아주 풍부하다고 자랑하지만, 유럽문명권의 가장 주변부인 아이슬란드는 먼 바다에 떨어져 있는 작은 섬나라인데도 에다(edda)라는 이름의 민족어 영웅서사시를 엄청나게 이룩했다. 주변부의 경이로움이 어느 정도인지 말해주었다. 중국이 李白과 杜甫 시대의 唐詩를 자랑하면, 인도는 훨씬 오래전에 산스크리트문학의 고전을 놀라운 양과 질로 창작한 것을 말한다. 중심부의 위력을 그쪽에서 극대화했다.

이런 사실은 차등론의 잘못을 대등론으로 시정하도록 한다. 어떤 기준에서 보면 차등이 분명해 재론의 여지가 없는 것 같지만, 관점을 바꾸면 정반대의 평가가 가능하다. 평가가 경우에 따라 다르니 일률적으로 무어라고 하지 말아야 한다면서 물러날 것은 아니다. 선후나 우열은 역전되게 마련이어서 차등론은 부당하고 대등론이 타당하다는 일반이론을 만들어야 한다.

6-7 중세전기와 중세후기

문학사의 시대구분에서 중세에 대한 인식이 가장 긴요한 과제이다. 중간을 알면 그 선후를 알 수 있기 때문이다. 전근대와 근대로 시대를 양분하는 것은 적절하지 못하다. 끝을 알면 시작이나 중간을 알 수 있는 것은 아니다.

근대를 지나치게 평가하는 편향된 관점이 역사 이해를 그릇되게 하는 것이 큰 잘못이므로 반성하고 시정해야 한다. 관심의 중심을 근대에서 중세로 옮겨야, 시대구분이 정상적으로 이루어진다. 차등론에 입각해 유럽중심주의를 내세우는 잘못도 시정하고, 모든 문명권 그 어느 나라의 문학이라도 대등하게 취급해야 한다.

중세는 어떤 시대인가? 왕조를 들어서 하는 말은 한 나라의 범위를 넘어서지 못해 보편성이 없다. 사회경제사에서는 봉건사회라고 하는 부적절한 용어를 사용하면서 갖가지 논란을 벌이기나 하고 신뢰할 만한 결과를 내놓지 못하고 있다. 종잡을 수 없는 소리를 근거로 삼고 중세문학이 어떤 문학인가 말할 수는 없다.

불분명한 것에서 분명한 것으로 나아가는 추론은 할 수 없는데 정치이념을 이유로 강요하면, 학문이 되지 않는다. 분명한 것에서 증거를 얻어 불분명한 것을 어느 정도라고 분명하게 하는 작업만 타당하다. 문학은 분명하고, 사회는 불분명하다. 사회와 문학이 인과의 선후관계를 가졌다고 해도, 인식의 선후관계는 반대로 되어야 한다.

문학은 무엇이 분명하다는 말인가? 공동문어를 사용해 공동문어문학을 하는 시대가 천년 이상 지속된 것이 분명한 사실이다. 그 영역이 맨 동쪽의 일본에서 맨 서쪽의 모로코까지, 맨 북쪽의 아이슬란드에서 맨 남쪽의 마다카스카르까지이다. 그 시대가 중세이다. 중세는 공동문어의 사용을 공동문어문학에서 구현한 시대이다.

중세는 공동문어문학만 하지 않고 민족어문학도 함께 한 시대이다. 공동문어문학과 민족어문학의 관계는 문학 갈래의 체계에서 분명하게 나타나고, 시대적 변화를 보인다. 이 사실을 밝히는 것이 문학사 연구의 핵심 과제임을 확인하고, 문학사에서 총체사로 나아가는 출발점으로 삼아야 한다. 무엇이 어떻게 되었다는 말인가?

(가) 공동문어서정시(한시) : 민족어서정시(향가)

(나) 공동문어서정시(한시) : 민족어서정시(시조) : 민족어교술시(가사)

이런 것을 문학 갈래 체계라고 한다. 문학 갈래 체계가 (가)였다가 (나)로 바뀌었다. 밖에 적은 말은 세계적인 보편성을 가지고, 괄호 안에 적은 말은 한국문학사의 실상을 말해준다. 한국문학사의 실상을 고찰해, 세계적인 보편성을 구체적으로 이해하기로 한다.

(가)와 (나)는 여러모로 달라졌다. 민족어 서정시가 향가에서 시조로 바뀌고, 서정시만의 시대가 가고 서정시와 교술시가 공존하는 시대에 이르렀다. 서정시의 독주가 끝나 다섯 줄 향가 사뇌가 대신 자세를 낮춘 세 줄 시조가 나타났다.

(가)는 중세전기, (나)는 중세후기라고 할 수 있다. 중세전기가 가고 중세후기가 시작된 것은 무슨 까닭인가? 의문을 풀 수 있는 단서가 문학 갈래 체계에 있다. 세계의 자아화인 서정만 있다가 자아의 세계화인 교술이 등장한 것은 철학이 달라졌기 때문이다. 이렇게 말하는 철학은 글로 쓴 저작이기 이전의 사고의 원리 자체이다. 중세전기에는 마음만 소중하게 여기고 영원한 이상을 추구하다가, 사물에 대한 관심도 가지고 시선을 아래로 돌리면서 중세후기에 이르렀다. 글로 쓴 철학을 들어 말하면, 오직 佛性만 존중하는 불교에서 理氣의 관계를 문제 삼는 신유학으로 나아간 것이라고 할 수 있다.

철학의 변화는 철학을 하는 사람이 달라져 나타났다. 싸워서 이기는 것을 능사로 삼는 고대의 군사귀족과는 다른, 이상을 함께 추구하면서 커다란 화합을 이루는 것이 소중하다고 하는 문화귀족이 중세를 이룩한 증거가 공동문어, 공동문어를 경전어로 한 보편종교에 나타났다. 철학에서나 문학에서나 중세후기로의 전환이 이루어진 것은, 생산 담당자인 하층민과 관련을 가지고 사물을 중요시하는 새로운 문화귀족이 출현했기 때문이다.

이들을 종래의 귀족과는 구별되는 사대부라고 한국에서 지칭한 것이 세계사적 의의를 가진다. 그 선구자 李奎報가 조물주를 부인하고, "物自生自化"라고 한 말에 사고의 전환이 극명하게 나타나 있다. 스스로 생겨나고 변화하는 物에 대한 탐구를 하기 위해 교술시가 필요했다. 鄭道傳은 心·身·人·物에 통달해야 한다고 했다. "心"이 자아라면 "身·人·物"은 세계이다. "身·人·物"이라고 한 세계의 자아화인 서정, "心"이라고 한 자아의 세계화인 교술이 대등하게 공존하면서 생극 관계를 가지는 것이 사대부가 이룩한 중세후기의 철학이고 문학이다.

한국에서 확인되는 이런 변화가 세계문학사를 새롭게 이해하는 출발점이 된다. 중세후기에 이르러 서정시와 교술시가 대등하게 공존하면서 생극의 관계를 가지는 것은 다른 여러 곳 특히 여러 문명권의 중심지에서 일제히 확인된다. 한문문명권 월남, 산스크리트문명권 타밀, 아랍어문명권 페르시아, 라틴어문명권 불국의 사례를 특히 주목할 만하다.

철학의 전환도 여러 문명권에서 일제히 일어났다. 산스크리트문명권에서 특히 분명한 진술을 찾을 수 있다. 삼카라(Samkara)가 오직 神만 영원한 실체이고 다른 모든 것은 환영이라고 한 데 대해 라마누자(Ramanuja)가 반론을 제기해, 신이 실체이면 환영이라고 하는 세계도 실체라고 한 것이 중세후기의 새로운 철학이다. 라마누자뿐만 아니라 朱熹, 가잘리(Gaszhali), 아퀴나스(Thomas Aquinas)도 자기 문명권의 중세후기 철학을 이룩했다.

철학의 전환은 어디서나 철학하는 사람이 달라진 때문이다. 한국에서 앞 시대의 귀족과 다른 사대부가 등장한 것과 같은 변화가 다른 데서도 일제히 일어났으리라고 볼 수 있다. 그러나 사실 확인이 어렵다. 연구가 부족하기보다 너무 잡다하고, 부적절한 이론에 휘말렸기 때문이다. 사회사는 앞서나간다고 자랑하는 것과는 반대로, 많이 뒤떨어진 문제아이다.

문학사·철학사·사회사는 여럿이 아니고 하나이다. 사회사가 뒤떨어져 차질을 빚어내는 사태를, 통합학문을 이룩하고 총체사로 나아가야 해결할 수 있다. 이 모든 작업을 문학사가 선도하는 것은, 차등 배제와 대등 실현이 문학의 사명이기 때문이다.

6-8 중세에서 근대로의 이행기

시대를 말하는 용어는 고대·중세·근대, 이 셋뿐이다. 시대는 이보다 더 많다. 시대 이름을 더 지으면 통용되기 어렵고 혼란이 생긴다. 이 셋을 이용해 시대 이름을 더 만드는 것이 궁색하지만 어쩔 수 없다.

유럽에서는 고대와 중세 사이의 시기를 '고대晚期'(tardoantico)라고 하고, 중세와 근대 사이의 시기는 '전기근대'(pre-modern)라고 한다. 일본에서는 유럽의 '전기근대'에 해당하는 시기가 '近世'라고 한다. 이런 명칭은 편의상 사용하는 것이고, 자기네 역사의 특수성을 말하는 한정된 의미를 가지는 것이 예사이다. '고대에서 근대로의 이행기', '중세에서 근대로의 이행기'라는 용어를 일관되게 사용해 세계사의 공통된 시대를 지칭하는 것이 더 나은 방법이다. '이행기'란 잠시 나타난 비정상적인 시기라는 오해를 불식할 수 있으면 이 용어를 계속 써도 좋다.

'고대에서 중세로의 이행기'는 갈래 체계의 변화가 뚜렷하게 파악되지 않아 자세하게 말하기 어렵다. 그 이유가 자료가 없어졌기 때문인지, 시대 자체의 성격이 모호해서인지 판별할 수 없다. 힘들여 연구해야 하지만, 성과가 어느 정도일지 염려된다. '중세에서 근대로의 이행기'는 자료가 많아 연구하기 좋다고 할 것이 아니다. 자료에 매몰되지 않도록 경계해야 한다. 갈래 체계가 앞 시대와 어떻게 달라졌는지 밝혀내면, 근거가 분명한 논의를 구체화할 수 있다. '중세에서 근대로의 이행기'는 세계문학사의 공통된 시대라는 사실을 갈래 체계가 같은 것을 들어 입증할 수 있다.

그 작업을 하기 전에, 유럽중심주의가 사실 파악을 방해해온 책동을 시정해야 한다. 유럽문학은 중세에서 근대로의 이행기가 시작될 때 근대문학이 되었고, 동아시아문학을 비롯한 다른 여러 곳의 문학은 중세에서 근대로의 이행기가 끝날 때 근대문학이 되어 엄청난 격차가 있다고 한다. 이것은 동일한 기준을 다르게 적용해서 얻어낸 편파적인 진술이어서 허위이다. '중세에서 근대로의 이행기'가 어디서든지 공통된 시대였음을 분명하게 해서, 허위를 걷어내고 진실이 드러나게 해야 한다.

(나) 공동문어서정시(한시) : 민족어서정시(시조) : 민족어교술시(가사)

(다) 공동문어서정시(한시) : 민족어서정시(시조) : 민족어교술시(가사) : 서사산문(소설)

(라) 민족어서정시 : 서사산문(소설)

(나)는 앞에서 이미 고찰한 중세후기문학의 갈래 체계이다. (다)는 중세에서 근대로의 이행기문학의 갈래 체계이다. (라) 근대문학의 갈래 체계이다. 희곡도 계속 존재하지만, 긴요하게 고찰할 것은 없어 나타내지 않았다.

(나)에서 (다)로 가면서 "서사산문(소설)"이 추가되었다. 이것은 공동문어를 사용할 수도 있어 언어에 관한 표시를 하지 않았다. (다)에서

(라)로 가면서 "공동문어서정시(한시)"와 "민족어교술시(가사)"가 탈락되었다. (라)의 "민족어서정시"는 시조이기도 하고 자유시라고 표방한 시이기도 해서 괄호 안에 적은 말이 없다.

(다)는 갈래 체계가 "공동문어서정시(한시) : 민족어서정시(시조) : 민족어교술시(가사)"에서 (나)와 이어지고, "서사산문(소설)"에서 (라)로 이어지는 이중의 성격을 지녀, 중세에서 근대로의 이행기문학이다. 이것은 문학 창조자가 한편으로는 중세와 이어지고 다른 한편으로는 근대와 이어진다는 말이다.

중세와 이어지는 문학 창조자는 사대부이기도 하고 생산 담당자인 하층민이기도 하다. 근대와 이어지는 문학 창조자는 생산 담당자이다. "하층민"이라는 말을 삭제한 것은 생산 담당자가 그런 처지에서 차츰 벗어나 시민 계급으로 성장했기 때문이다. 이런 변화가 "서사산문(소설)"을 누가 어떻게 창작했는가 하는 데서 극명하게 나타난다. "서사산문(소설)"을 '소설'이라고만 하고 논의를 계속하자.

소설이 등장하지 않은 중세후기까지의 문학 갈래는 어느 특정 집단이 맡아서 창작했다. 사대부와 하층민은 자기 신분에 맞는 갈래의 작품을 창작하면서 생극의 관계를 가졌다. 소설은 어느 한 집단의 것이 아니고 이질적인 집단이 공유하면서 생극 관계를 가지고 경쟁적 합작을 하면서 창작하는 별난 갈래이다. 중세에서 근대로의 이행기가 지닌 특징을 그대로 표출한 창조물이어서 각별한 의의가 있다.

생극의 관계를 가지고 경쟁적 합작에 참여하는 집단이 한편으로는 남성과 여성이고, 다른 한편으로는 사대부와 시민이다. 남녀의 차등을 주장하는 남성과 대등을 요구하는 여성이 소설을 밀고 당겼다. 상위 신분임을 계속 자랑하는 사대부와 계급 관계에서 으뜸가는 위치를 차지하기 시작한 시민이 소설을 자기 쪽으로 끌고 가려고 다투는 것이 더욱 주목할 일이다.

중세는 신분사회이고, 근대는 계급사회이다. 신분은 타고난 채로 고정되어 있는 상하 구분이고, 계급은 본인의 경제 활동에 따라 결정되는 빈부의 격차이다. 중세에서 근대로의 이행기는 상하의 신분 구분이 남아 있는데 빈부 격차의 계급이 생겨나 둘이 엇갈리면서 공존한 시대이다. 신분은 낮으나 돈을 많이 모은 賤富(천부) 놀부와 높은 신분에 미련을 가진 채 찢어지게 가난한 殘班(잔반) 흥부가 형제라고 한 데 사태의 심각성이 잘 나타나 있다.

사태의 심각성을 양쪽 당사자의 시각을 함께 가지고 다루는 소설에서, 세상이 어떻게 되어야 하는가에 관한 논란을 벌인다. 형제의 우애 같은 도덕적 당위를 이어나가며 중세에서 근대로의 이행기를 중세로 역행시킬 것인가? 금전이 위력을 발휘하는 세상의 움직임을 있는 그대로 받아들여 중세에서 근대로의 이행기를 근대로 순행시킬 것인가? 이 거대한 논란에 누구든지 자기도 모르게 참여하게 했다.

6-9 근대, 다음 시대

시대 변화를 거시적으로 고찰해보자. 생활공간 인식이 고찰의 기준이다. 생활공간은 큰 것부터 작은 것까지 들면, [세계]·[문명권]·[국가]·[지방]이다.

원시시대에는 자기 [지방]에서는 생활했다. 고대에는 [국가]가 으뜸이고, [지방]은 뒤로 밀렸다. 중세에는 [문명권]을 [국가]나 [지방]보다 중요시하려고 했다. 근대에는 오직 [국가]만 소중하고 배타적인 주권을 가진다고 했다. 근대에서 다음 시대로 나아가는 이행기에는 [국가]와 함께 [문명권]을 소중하게 여기고 [지방]을 돌보아야 한다고 한다. 다음 시대는 [세계]가 하나이게 하기 위해 [문명권]이 협동해야 하고, [국가]의 중요성은 [지방]과 그리 다르지 않아야 한다고 할 것이다.

근대와 다음 시대 사이에도 이행기가 있다. 지금이 그 시기이다. 유럽 연합이 생겨 [문명권]을 소중하게 여기고, [지방]의 중요성을 인정해 자치를 하는 것이 이행기에 들어선 증거이다. 그러나 아직은 [국가]가 주권을 행사하고, [세계]가 하나라고 여기지는 않기 때문에 다음 시대에 들어선 것은 아니다. 근대와 다음 시대 사이의 이행기인 지금 해야 할 일은 근대를 청산하고 다음 시대가 빨리 오도록 하는 것이다.

근대 청산의 과제는 무엇인가? 근대는 중세의 신분을 계급으로 바꾸어 놓으면서 시작되었다. [국가]를 지배하는 계급이 피지배계급을 경제적으로 수탈하고 경제적으로 억압해서 심각해진 계급모순을 해결해야 한다. 신분은 제도만 고치면 없어지지만, 지배계급의 횡포는 사회구조를 바꾸어야 시정된다. 이를 위해 일으킨 혁명은 상극을 확대하고서 그런 일이 없다고 부인해, 상극이 상생일 수 없게 한다. 상극이 상생일 수 있어, 차등을 철폐하고 대등을 실현하는 대등사회를 만들어야 다음 시대가 된다.

강대한 [국가]가, 미약한 [국가]를 이루거나 아직 [지방]을 생활공간으로 하는 많은 민족을 침략하고 지배해 민족모순이 심각하다. 민족해방투쟁을 상극이 상생이게 하는 방법으로 진행해 국가나 민족의 관계가 차등이 아닌 대등일 수 있게 해야 한다. 근대와 다음 시대 사이의 이행기가 되면서 민족모순이 문명모순으로 확대되었다. 문명의 충돌이 격심해 인류를 불행으로 몰아넣는 비극도 상극의 투쟁으로 해결할 수 없으므로 상극이 상생이게 해야 한다. 문명권끼리 상생을 이루어 [세계]가 하나이게 해야 다음 시대에 들어선다.

[세계]가 하나가 되어 다른 생활공간은 없어지는 것이 아니다. [세계]·[문명권]·[국가]·[지방]이 대등한 자격을 가지고 서로 존중하면서, 그 공간 안에서 대등이 이루어지게 해야 한다. 상극이 남아 있고 차등이 문제가 되면 상위 공간에서는 피차 하나인 것을 확인하면서 상극이 상생이게 하고, 차등이 대등이게 해야 한다. 이런 이유에서 [세계]가 하위의 공간

들보다 더욱 중요시된다.

[세계]가 중요시되는 것은 당위나 이상이 아니고 실질적인 의미를 지닌다. 인류가 지구에 머무르지 않고 외계를 왕래하면서 인류는 [세계]라는 공간에서 함께 사는 형제임을 절감하게 된다. 외계인이 발견되고 지구에 온다면 [세계]라는 공간이 [지방]으로까지 축소될 수 있다.

[세계]가 하나가 되면 단일 언어를 사용해야 하는 것은 아니다. 언어를 단일화해서 다른 국가나 민족을 지배하겠다는 것은 침략을 일삼으면서 민족모순이나 문명모순을 확대하는 제국주의의 행태이다. 언어에는 차등이 없고 모든 언어는 대등하다는 것이 대등해서 하나가 되는 [세계]를 이룩하는 기본 전제이다. 서로 왕래하고 섞여 살면서 여러 언어를 함께 구사하는 사람들이 늘어나고, 언어들끼리 번역으로 소통하는 길을 인공지능이 활짝 열어 언어를 단일화해야 할 이유가 없어질 것이다. 사멸할 위기에 이른 언어를 살려 그 언어가 간직하고 있는 문화 전통을 보유하면 [세계]는 더욱 다채롭고 풍요하게 될 것이다.

근대에는 종이에 활자를 찍어 만든 인쇄물을 최상의 소통 도구로 삼았다. 그래서 나타나 세상을 지배한 것이 신문이고 소설이다. 다음 시대로 나아가는 이행기가 되면서 인쇄물의 주도권이 전파매체로 넘어가는 것은 이미 경험하고 있다. 신문 대신 방송이, 방송 가운데 텔레비전이 세상을 움직이는 주역으로 등장했다. 소설의 위세는 영화로 옮겨가고 있다. 텔레비전이나 영화는 이행기의 물건이어서, 다음 시대에는 행세하지 못할 것으로 이미 예상할 수 있다.

컴퓨터에서 유튜브 방송 같은 것을 하면서 인공지능을 이용해 정보를 제공하고 예술의 즐거움을 누리도록 하는 방법이 많이 개발되어, 다음 시대에는 문화 창조와 향유의 양상이 아주 달라질 것이다. 구체적인 내용은 예측이 가능하지 않지만, 문화나 예술의 창조자와 향유자의 구분이 없어지고, 누구나 창조주권을 마음껏 발현해 인류의 삶을 아주 풍요롭게 하는 것은 분명하다고 말할 수 있다. 문학사는 고유한 영역이 없어지고, 예술사나 언론사와 하나가 될 것이다. 그 어느 것과도 얽혀 총체적인 창조물이 될 것이다.

이런 낙관적인 전망은 두 가지 전제 조건을 갖추어야 가능하다. 인류가 핵전쟁을 일으켜 자멸하지 않아야 한다. 인류가 지구의 생존 환경을 망쳐 자멸하지 않아야 한다. 전쟁을 막고, 환경을 보호하는 데 힘쓰는 것이 가장 중요한 당면 과업이다. 인류 내부의 차등론, 인류와 다른 존재의 차등론, 이 둘을 타파하고 대등론을 실현하는 것은 같은 과업이다.

6-10 인간사를 넘어서

지금까지의 논의는 인간의 역사를 다른 모든 것들의 역사에서 분리시켜 다룬 결함이 있다. 〈삼국사기〉를 보면, 자연 현상에 이상이 있으면 반드시 기록하고 인간의 삶과 어떤 관련이 있는지 알고 싶어 했다. 첨성대를 세워 필요한 관찰을 하는 것이 국정 수행의 필수 과제였다.

첨성대가 천문대인가? 요즈음 사람들은 이런 논란을 벌인다. 천문대라면 방해를 받지 않고 하늘의 별을 잘 볼 수 있는 산꼭대기에 세워야 하는데 서울 한복판에 무슨 천문대인가? 이렇게 따진다. 모두 무얼 모르고 하는 말이다. 고금을 차근차근 비교해보면 오늘날 사람들이 잘못 생각하고 있는 것을 알 수 있다.

신라시대에는 서울에도 천문 관측을 방해하는 불빛이 거의 없었다. 미지의 천체를 찾아내려고 하지 않고, 가시적인 범위 안의 천체 동향이 인간과 더욱 밀접한 관련을 가진다고 보고 모두 파악하려고 했다. 천체 운행에 이상이 있거나, 기상 이변이 있고 역병이 도는 것은 천지만물의 질서가 흔들리는 사태이며, 인간의 삶과 밀접한 관련이 있다고 여겼다. 그런 사태를 국왕에게 즉각 보고해야 하므로, 첨성대는 왕궁 가까이 있어야 했다.

그런 생각은 잘못되었다고 할 것인가? 오늘날은 과학이 발달해 자연에 대한 그릇된 추측을 하지 않는다고 할 것인가? 천체 운행은 그것대로 독립되어 있고, 인간 사회의 동태와는 무관하다고 할 것인가? 인간의 역사는 인간의 역사일 따름이라고 할 것인가? 아니다. 현대인의 생각이 잘못되었음을 말해주는 반론이 나날이 확대되고 있다. 기후가 달라지고 날씨가 급변하며, 화산이 폭발하고 지진이 일어난다. 전염병 유행이 모든 인류의 가장 큰 걱정거리이다.

전염병의 역사는 자연사라고 여기고 밀어둘 것은 아니다. 전염병을 일으키는 바이러스는 인간의 몸에 들어와 생존하고 번식하므로, 전염병의 역사는 자연사이면서 인간사이다. 이에 대해 알지 못하면 인간사를 두고 무어라고 하는 말이 모두 공허하다. 이론이라고 만든 것이 모두 수준 이하의 실패작이다. 가장 슬기롭다는 인간이 무얼 모르는 바보라고 바이러스가 나무라면서, 진실을 깨우쳐준다. 오만을 버리지 못한 탓에 이 말을 듣지 않으면, 죽음의 징벌을 내린다.

전염병과 얽힌 인간사의 한 대목을 되돌아보자. 유럽인은 신대륙을 발견했다고 자랑하면서 자기네 전염병을 가져가, 면역력이 전연 없는 원주민을 거의 멸종시켰다. 원주민과 함께 유구한 세월을 함께 보낸 들소마저 학살하고, 주인이 없다고 여긴 땅에서 농사를 지어 막대한 이익을 얻으려고 하니 노동력이 필요해, 아프리카인을 대거 납치해 가 노예로 부렸다. 사방이 바다인 섬에서는 흑인노예가 봉기해 극소수의 백인 통치자를 몰아내고 독립국을 세울 수 있었다. 유럽에서 진압군을 보냈으나 상륙하지 못했다. 흑인노예가 아프리카 시절부터 면역력을 가진 전염병에 대해 유럽인은 전연 무력하기 때문이었다.

논의를 멀리까지 소급해 다시 하자. 인간이 동료 유인원들과 결별하고 나무에서 내려온 것은 큰 실수였다. 방어력이 없고 생계 대책이 막연한 위기를 지혜를 발전시켜 해결하지 않을 수 없어 엉뚱한 발상을 했다. 말을 해서 소통을 원활하게 한 덕분에 집단이 움직이는 작전을 짜고, 불을 사용하고 활을 쏘아 엄청난 위력을 지녔다. 그것은 행운이기만 하지 않고 불운이기도 했다.

기술 발전을 거듭하면서 동물을 마음대로 죽이고, 식물이 사는 터전을 유린해 승리를 구가하자, 식물보다도 한참 아래인 미생물, 그 가운데서도 가장 미세한 바이러스가 반격을 담당하고 나섰다. 바이러스가 일으키는 전염병이, 인간이 이룩한 기술 발전의 자랑인 초고속 교통망을 타고 삽시간에 세계 전역으로 퍼져 인간을 일제히 위협한다.

인간의 역사는 독립된 영역이 아니다. 동물·식물·미생물·바이러스의 역사와 불가분의 관계를 가지고 천지만물 총체의 일부를 이룬다. 인간이 우월해 인간의 역사는 다른 역사보다 우월한 것은 아니다. 역사는 강약, 대소, 선후 등의 역전으로 진행된다.

강하고, 크고, 앞선 것은 차등을 확대하려고 하다가 무리를 해서 자멸을 초래한다. 약하고 작고 뒤떨어진 쪽이 갑자기 그 반대가 되어 차등의 선두에 나서는 것은 아니다. 차등에서 뒤진 것을 전환의 발판으로 삼고, 차등에서 앞선 쪽이 무리를 해서 파멸을 자초할 때 대등을 이룩하는 역전을 성취해 역사가 달라지게 한다.

인간은 환경을 파괴해 지구를 살 수 없는 곳으로 만든다. 강성대국이 더욱 강성해지려고 핵무기를 만들어 인류가 모두 없어지게 할 염려가 있다. 가장 강력한 핵무기가 가장 연약한 바이러스를 상대로 하는 싸움에서 전연 무력해 인간은 가련하게 되었다. 핵무기를 터뜨려 인류는 멸종해도, 동물·식물·미생물·바이러스 가운데 뒤에 적은 것일수록 생존하고 번성할 가능성이 더 크다.

바이러스·미생물·식물·동물·인간을 포함한 천지만물 총체의 역사는 강약, 대소, 선후 등의 차등이 역전되어 대등이 실현되는 방향으로 전개되고 있다. 이런 논의를 태양계·은하계·대우주로 확대해야 한다. 물질과 에너지, 시간과 공간에 대한 이해를 하는 총체적인 이론을 갖추어야 한다.

천문학이 할 일을 다 하면 되는 것이 아니다. 천문학이나 물리학을 넘어서는 총체학이 필요하다. 총체학의 이론을 만드는 데 인문학문이 적극적인 기여를 해야 한다.

7 총체이론

7-1 빗나간 현장에서

얼마 전에 전남 강진의 茶山草堂(다산초당)을 다시 찾아갔다. 올라가는 길이 너무 험해 고생을 하다가, 곧 다듬겠다고 하는 팻말을 군수의 명의로 붙여놓은 것을 보았다. 너무 잘 다듬어 자연을 훼손하고, 다산 丁若鏞(정약용)이 겪은 어려움을 잊게 하지 않을까 염려한다.

정약용이 거기 가서 머문 것은 불운이면서 행운이었다. 궁벽하고 험한 곳에서 귀양살이를 하는 것은 불운이지만, 빼어난 자연을 스승으로 삼고 힘들게 오르내리면서 좋은 공부를 할 수 있게 된 것은 행운이었다. 그런데 불운을 줄이려고만 하고, 행운을 살리려고 하지는 않았던 것 같다.

불운을 줄일 수 있는 조건을 갖추었다. 외가인 尹善道(윤선도) 집안의 후원을 받고, 제자들의 도움을 얻었다. 산중에 집을 세 채나 지었다. 먹거리를 공급하고, 조석을 돌보아주는 사람이 있었다. 책을 2천권이나 가져다 놓고, 사례를 열거해 지식을 축적하는 방식으로 글을 썼다. 그 모든 것이 불운을 행운이게 하지 않고, 행운을 불운이게 했다.

배운다는 것은 셋이다. 자연에서 배우고, 책에서 배우고, 사람에게서 배운다. 상팔자의 선민, 요즈음의 유행어로 말하면 금수저는 고명하다는 스승, 으뜸이라는 책에서 유행에 앞서는 배움을 얻는 것을 자랑한다. 자연에서 배우는 것은 생각조차 하지 않는다. 자연은 모르고 지내거나, 멀리서 바라보는 경치 이상의 무엇이 아니라고 여긴다. 유식이 무식이다. 금수저와는 반대인 흙수저, 농사짓는 농민이나 고기잡이를 하는 어민은, 스승도 책도 없어 교란당하지 않고, 나날이 부딪치는 자연에서 생생한 배움을 얻는다. 무식이 유식이다.

정약용은 궁벽한 곳으로 귀양을 간 불운이 행운이어서, 사람이 달라질 수 있었다. 농민이나 어민이 자연에서 얻는, 놀라운 배움에 동참할 수 있었다. 책을 읽어서는 가능하지 않은 각성을 얻고, 생각의 수준이 크게 높아질 수 있었다. 정약용의 형 丁若銓(정약전)은 더 먼 섬으로 귀양 가서, 어민을 스승으로 삼고 바다의 어류에 관한 배움을 얻어 《玆山魚譜》(자산어보)를 지으면서 그런 시도를 조금 했다. 아우 정약용은 딴판이었다.

정약용은 책에서 배우는 장기를 어려운 환경에서도 뛰어나게 발휘한다고 알리려고 하고, 자연에서 배울 수 있는 좋은 조건을 갖춘 것은 무시했다. 愛民(애민)의 한시를 오랜 표현을 차용해 지은 것이 높이 평가되기나 한다. 농어민이 부르는 민요가 그 자체로 지닌 가치는 알리려고 하지 않았다. 민요를 한글로 적거나, 한문으로 직접 옮기려고 하지도 않았다. 농사나 어업이 어떻게 이루어져 창조주권을 발현하며 사는 보람이나 즐거움을 얻는지 탐구하려고 하지 않았다. 하늘과 땅, 산과 들, 바다와 육지, 계절의 변화, 바람과 비, 농사와 어업, 이 모든 것들이 무엇을 말해주는지, 그 속에 어떤 이치가 있는지 관심을 가지지 않았다.

다산초당에서 이룩한 많은 저작 가운데 〈論語古今註〉(논어고금주)와 〈牧民心書〉(목민심서)가 특히 널리 알려졌다. 이 두 책은 사람이 마땅히 해야 할 일을, 사례열거를 아주 번다하게 하는 방식으로 조금씩 조심스럽게 말한 공통점이 있다. 마땅히 할 일이 무엇인가는 선진先秦 유학의 이상에 근거를 두었다. 아주 소박한 발상이다. 열거한 사례에 중국과 한국의 것을 망라하고, 일본 것까지 들어 감탄을 자아낸다. 과도한 지식이다. 어린 아이가 몸에 맞지 않은 온갖 좋은 옷을 걸친 것과 그리 다르지 않다고 하면 말이 지나친가?

소박한 발상과 과도한 지식 사이에 심한 불균형이 있다. 지식 열거로 발상의 타당성을 입증하려고 하는 것은 어느 경우에든 마땅한 방법이 아니다. 고증학을 숭상하다가 미시적인 논의에 사로잡혀 길을 잃고 헤매지 말고, 거시적인 안목을 가지고 이치의 근본을 따져야 한다. 발상 또는 주장의 핵심을 자기 말로 분명하게 가다듬어야 한다.

〈논어고금주〉와 〈목민심서〉에서 각기 편 주장이 어떤 관계를 가지는가? 이 의문을 의식하고 대답을 찾으려고 하지 않았다. 양쪽의 주장이 서로 다른 것을 명백하게 하고, 둘의 관계를 밝히는 것이 각론을 넘어서는 총론의 과제인데 내버려두었다. 얼굴을 들어 철학으로 나아가는 거시의 안목이 없었기 때문이다.

미안하지만 내가 대신 나선다. 〈논어고금주〉에서는 공자가 제시한 仁의 보편적 의의를 높이 평가하면서 '人人相愛'를 말하고자 했다. 〈목민심서〉에서는 牧民의 官長은 백성을 사랑하는 마음을 지녀야 한다고 하면서 '官長愛民'을 강조해서 말했다. '人人相愛'와 '官長愛民'은 어떤 관계인가? 이 물음에 대한 해답을 얻으려면, 고찰의 범위를 (가) '萬物相愛', (나) '人人相愛', (다) '官長愛民', (라) '士愛萬物'로 넓혀야 한다.

(가)는 자연에서 배워 얻는 으뜸가는 앎이다. 농민이나 어민이 앞서서 획득해, 무식이 유식임을 입증한다. (가)는 대등이기만 하고, 차등은 아니다. (나) 이하는 (가)의 특수한 양상이면서, 차등을 갖추어 딴 길로 나아간다. (나)는 대등이지만, 차등이 끼어들어 혼선을 빚어낸다. (다)는 (나)의 연장이나 상향이라고 할 수 있으나, 官民의 차등을 출발점으로 하고

있어, 대등이 파괴된다. 官長이 愛民의 정신을 가지라고만 하면 세상이 잘되는 것은 아니다. 관민의 차등을 부정하고, 관권의 횡포를 용납하지 않는 민중의 저항을 말해야 한다. 愛民官의 선례를 열거해 명예심을 부추기는 것보다, 抗民의 본보기를 넌지시 들어 조심하도록 하는 것이 더 좋은 방법일 수 있었다.

(라)는 글을 써서 모든 이치를 밝히는 행위이다. 유식을 자랑하면 차질이 생긴다. 무식이 유식인 줄 알고, (가)에 대한 인식을 깊고 넓게 하는 것이 가장 긴요하다. 농업과 어업이 (가)를 이루어, 농민과 어민이 (나)의 관계를 가진다. 농업과 어업의 관계를 아는 것은 자연이 주는 배움이다. 정약용은 좋은 기회를 얻었으므로 새로운 체험을 깊이 있게 고찰했어야 했다. 납작 엎드려 하던 공부만 더 하지 말고, 일어섰어야 했다. 생각의 차원을 높여 득도의 경지에 이르렀어야 했다. 안타까운 마음에서 같은 말을 더 강조해 다시 한다.

정약용은 책에서 배우는 것이 가장 소중하다는 생각을 버리지 않았다. 독서 내력을 자랑하면서 남의 말 인용을 너무 많이 하고, 자기 말은 뒤에 조금 곁들이는 학풍을 극한까지 밀고나갔다. 정약용을 지나치게 숭앙해 그 잘못이 더 커지고 있다. 인용을 번다하게 하고 지식을 잔뜩 열거하면 대단한 업적이 된다는 착각이 이어져 오늘날의 학문을 멍들게 한다.

7-2 생극론

(가) 무수히 많은 것들이 각기 있다. (나) 그 모두가 하나이다. 있음 또는 존재에 대해 이 두 가지 견해가 있다. (가)라면 이론이랄 것은 없다. 무수히 많은 것들을 각기 이해하면 된다. 경험적 인식 이외의 다른 인식이 있을 수 없다. 실증 이외의 다른 방법이 있을 수 없다.

(가)를 주장하면서 이론도 학문도 소용없다고 하는 사람들이 적지 않은데, 동의할 수 없다. 천지만물은 각기 다르지만, 하나로 얽혀 있다. 얽혀 있는 총체가 시간일 수도 있고, 공간일 수도 있다. 질량일 수도 있고, 질량이 서로 당기는 인력일 수도 있다. 시간도 각각이고, 공간도 각각이라고는 할 수 있어도, 인력도 각각이라고 할 수는 없다. 인력은 상호관계이므로 각각일 수 없다. 상호관계가 무수히 얽혀 있는 관계가 인력이다.

(나)를 택하면 의문을 해소할 수 있다. 하나가 모든 것을 낳았다고 하면 설명이 일단 완벽하게 된다. 하나가 모든 것을 포용하고 있다고 해도 의문에서 벗어날 수 있다. 그렇지만 근본적인 의문이 있다. 모두 하나인 '하나'는 무엇인가? '하나'는 '하나님'이라고 하면 의문이 해결되는 것은 아니다. '하나님'은 누구냐 하는 의문이 자꾸 생겨 따지고 들면, 철학은 사라지고 종교가 가로맡아 "믿으라"고 한다. 문제의 소멸을 해결로 삼는다.

'하나'는 특별한 '누구'가 아니고, 가장 포괄적인 총체인 '무엇'이다. 그 무엇이 모든 것을 안에 지닌다. 그 무엇이 모든 것으로 모습을 드러내기도 한다. 이렇게 말하면 그 무엇의 정체에 관한 의문이 줄어들어 추궁을 덜 받는다. 그 무엇을 알고자 한다면, 모든 것을 보라고 하면 된다. 계시도 비밀도 없다고 하면 일단 잠잠해지지만, 그 무엇과 모든 것의 관계는 어떤가 하는 의문이 다시 제기된다.

그 무엇과 모든 것은 같은가 다른가? 그 무엇과 모든 것이 같다면, 그 무엇이 하나일 수 없다. 그 무엇을 말할 필요가 없게 된다. (가)로 되돌아간다. 그 무엇과 모든 것이 다르다고 하면, 둘의 차이와 관계가 심각한 문제로 등장한다. 그 무엇은 온전하고, 모든 것은 부족하다. 이렇게 한 말을, 그 무엇은 통달하고 만물은 국한되어 있다는 현상론으로 이해하기도 한다. 그 무엇은 선하고 만물은 악할 수 있다고 하는 윤리관으로 이해하기도 한다. 만물은 부족하고, 국한되고, 악할 수 있다고만 하면 관심의 대상에서 제외되어, 어떻게 이루어지고 움직이는지 탐구할 필요가 없어지는 것은 아니다.

정통 유학이 理學, 理철학, 理氣二元論 등으로 일컬을 수 있는 그런 주장을 펴고 있을 때, 徐敬德이 "一不得不生二 二自能生克 生則克 克則生"(하나는 둘을 생하지 않을 수 없고, 둘은 능히 스스로 생극하니, 생하면 극하고, 극하면 생한다)(〈原理氣〉)는 반론을 제기했다. 太極이라고 하던 하나가 갈라져 陰陽이라고 하던 둘이 생겨나고, 둘이 相生하고 相克하며, 相克하고 相生하는 生克의 관계를 가지고 운동하고 변화하는 것이 만물이라고 했다. 이것은 氣學, 氣철학, 氣一元論 등으로 일컫는 철학이다.

'理學'과 '氣學'을 기본 용어로 삼고 둘을 비교해보자. '이학'은 하나와 둘 사이에 간격이 있다고 하고, '기학'은 하나가 그 자체로 둘이어서 간격이 없다고 했다. 간격이 있으면 메울 수 없어 고민인데, 간격이 없어서 난제가 해결된다. 이학은 둘이 만물이 되는 것을 막연하게 말하기나 하고, 기학은 생극의 이치를 들어 어떻게 그렇게 되는지 말했다. 이학은 하나인 이치를 고수하려고 하는 정태적이고 보수적인 철학이고, 기학은 생극의 얽힘이 계속 이루어지는 쪽으로 관심을 돌리는 동태적이고 진보적인 철학이다.

(나)의 '모두 하나'가 하느님이 아니고 그 무엇임을 분명하게 하는 '이학'을 일찍 확립한 것이 동아시아의 자랑이다. 종교의 간섭을 받지 않고 학문을 할 수 있게 된 것이 유럽에서는 기대할 수 없는 행운이었다. 불국의 식민지 월남에서 그 의의를 특히 높이 평가한 말을 경청할 만하다. '이학'을 뒤집고 '기학'이 이룩할 때에 반론만 있고 탄압은 없었다.

서경덕이 '기학'을 이룩해, 유럽의 스피노자(Spinoza)보다 140년 정도 앞서서, 이원론을 청산한 일원론의 철학을 확립한 것을 높이 평가하고 적극 계승해야 한다. 서경덕이 일원의 실체가 '氣'라고 한 것을 스피노자는 '神'(deus)이라고 했다. 정신과 물질의 이원론이 너무 완강해 둘을 합친 용어가 없고, 정신을 지칭하는 말을 가져와 물질까지 포괄하는 의미를 가지도록 하는 것이 박해를 피하는 데 유리했기 때문이다.

스피노자가 '神'이라고 한 것을 헤겔(Hegel)은 '정신'(Geist), 마르크스(Marx)는 '물질'(Material)이라고 했다. 그 모두 일면적인 타당성을 가진다. '氣'가 상생하면서 상극이고 상극이면서 상생이어서 하는 생극의 운동을 총체적으로 파악할 수 있는 말이 유럽에는 없어, 편향된 사고를 방향을 바꾸어가면서 한다. 헤겔과 마르크스가 정신 또는 물질이 상극의 투쟁을 한다는 변증법을 갖추어 생극 가운데 상극만 부각시킨 것이 편향성의 구체적인 양상이다.

스피노자·헤겔·마르크스의 후계자나 지지자들이 서로 치열한 논란을 벌이면서 갖가지 상표가 붙은 철학을 다채롭게 만들어낸다. 구경에 넋을 잃고 있다가 그 가운데 어느 것을 가져와 자랑하고, 수입 대리점을 개설해 아주 뽐낸다. 수입업이 아닌 제조업에 종사해, 철학알기가 철학하기를 자랑으로 삼아야 철학이 학문일 수 있다. '氣'를 가지고 '神'·'정신'·'물질'에 관한 논의를 아우르고, 생극론에 입각해 변증법의 편향성을 바로잡는 과업이 새삼스럽게 심각하게 제기된 줄 알면 큰 학문을 하지 않을 수 없다.

서경덕은 생극론을 배워서 알지 않았다. 우리도 자연이나 문화를 직접 탐구해 큰 깨달음을 얻을 수 있다. 앞에서 모든 것은 각각일 수 없다고 해야 하는 가장 결정적인 증거가 인력이라고 했다. 중간에 자리 잡은 커다란 물체는 인력이 있어 구심력을 가지고, 원을 그리면서 그 주위를 도는 물체는 원심력이 있어 뛰쳐나가려고 한다. 두 힘이 상반되는 것은 상극 관계이고, 상반된 힘이 균형을 이루어 서로 돕는 것은 상생이다. 상극이 상생이고 상생이 상극인 생극은 원심력과 구심력의 관계에서 쉽게 확인되는 것 이상의 의의를 갖는다.

자연에서 사회까지, 다시 사람의 정신까지 갖추어져 있는 생극이나 그 의의를 자연학문은 수리언어가 지닌 한계 때문에 파악하지 못하고, 인문학문이 선도하는 통합학문에서 일상어의 논리적 수준을 최대한 높이면서 다각도로 찾아내야 한다. 이것이 이론 만들기의 과제이고 방법이다. 문학이 알기 쉬운 좋은 예증을 제공해 자주 거론한다.

7-3 변증법을 넘어서서

生克論의 특징과 위상을 더 잘 알려면 비교 고찰이 필요하다. 극복의 대상으로 삼은 선행 철학이 무엇인지 좀 더 분명하게 말하기로 한다. 변증법과 어떤 관련이 있는지 밝혀 논하는 것은 더 중요한 과제이다.

생극론은 氣學이 理學과 결별해 생겨나고, 陰陽論의 미흡함을 해결하면서 성장했다. 하나인 太極은 理이고, 둘로 갈라진 陰陽은 氣라고 하는 주장이 理學이다. 太極이라고 하는 것은 하나인 氣이고, 氣가 하나이면서 둘인 것이 陰陽이라고 하는 주장이 陰陽論이다. 음양론은 氣가 하나이면서 둘인 것은 말하면서 두 氣가 어떤 관계인지 분명하게 밝히지는 못한다. 음양은 다 같은 氣이면서 음은 음이고 양은 양이어서 서로 다르다. 일월, 주야, 남녀 등의 차이가 두 기가 서로 달라 생긴다. 이 정도로 이야기하는 데 그친다. 서로 다른 두 기는 우열이 구분되어 차등의 관계를 가지는 것이 당연하다고 해서, 理學과 그리 다르지 않게 된다.

음과 양은 그저 다르기만 하지 않고 相生하고 相克하는 관계를 가진다. 이렇게 말하면서 생극론은 음양론의 한계를 넘어서고 결함을 시정한다. 陰은 生하고 陽은 克하는 것은 결코 아니다. 오해를 이유로 해서 엉뚱한 길로 가지 말아야 한다. 陰과 陽의 관계가 상생하고 상극하며 상극하고 상생해, 상생이 상극이고 상극이 상생이어서 천지만물이 변화하고 생성되고 역전된다. 변화·생성·역전을 성취하는 대등을 높이 평가하고, 차등을 나무라야 한다.

理學이라는 적대자, 陰陽論이라는 비겁한 우군에 대한 생극론의 비판과 정리가 잘 이루어지지 않고 있을 때, 서세동점의 대변동이 닥쳐왔다. 理學은 洋夷를 나무란다고 하는 명분을 세우기나 했다. 음양론은 사태의 추이를 관망하기나 했다. 西學이라고 명명한 기독교에 東學이라는 새로운 종교를 일으켜 맞선 것은 두 가지 의문을 가지게 한다. 종교 논쟁으로 문제가 해결되는가? 민족주의가 해답인가?

서세동점을 추진하는 핵심 역량은 철학이고, 그 가운데 변증법은 설득력이 특히 커서 대응하기 쉽지 않다. 종교로 논박할 수 없고, 민족주의가 해답이라고 하면 우습게 된다. 理學이나 陰陽論이 나서서 시야를 흐르게 하지 않은 것을 다행이라고 여기고, 생극론이 적장과 겨룰 준비를 갖춘 장수라고 자처한다. 생극론의 진면목을 보여줄 기회가 와서 기쁘다.

변증법은 모순이라고 일컫는 상극이, 처음부터 있던 사물이 본질이라고 한다. 모순을 투쟁으로 해결하는 것이 발전의 길이라고 한다. 계급모순을 투쟁으로 해결해서 이룬 성과를 자랑한다. 이에 대해 생극론은 말한다. 모순이라고 일컫는 상극만 처음부터 있던 사물의 본질인가? 조화하고 하는 상생도 처음부터 있던 사물의 본질이다. 모순을 투쟁으로 해결하는 것만 발전의 길인가? 상극이 상생이고 상생이 상극인 생극이 더욱 바람직한 발전의 길이다.

계급모순을 투쟁으로 해결한다면서 민족모순을 더욱 격화시킨 과오를 은폐하는 것을 용납할 수 없다. 지금은 계급모순보다 민족모순이 더욱 심각하고, 민족모순이 문명모순으로 확대되어 인류의 장래를 어둡게 한다. 계급모순 해결에서는 위력을 보인 상극의 투쟁이 민족모순 해결에서는 무력하고 역효과나 낸다. 계급모순은 가해자가 소수이고 피해자가 다수여서 다수가 단결해 투쟁하면 해결될 수 있다. 가해자가 다수이고 피해자가 소수인 민족모순은 같은 방법으로 해결할 수 없다. 상극에서 상생으로 발향을 돌려 해결책을 찾아야 한다.

지금은 계급모순을 해결하는 방법도 달라지고 있다. 계급모순을 상극

투쟁으로 해결하고자 하는 폭력 혁명은 정치적 권력의 차등을 확대하는 부작용을 낳는다. 실현이 요원한 평등의 구호를 내세워 대등의 의의를 부정하는 획일주의 또는 전체주의가 창조주권을 위축시킨다. 계급모순을 평화적인 상극 투쟁으로 전개해 복지사회를 이룩하면서 해결하고, 평등과는 다른 대등을 확대해 상극과 상생이 둘이 하닌 생극의 창조력을 발현하는 것이 더 바람직하다는 대안이 새로운 길을 연다.

변증법은 상극에 치우친 편향성을 시정하고 생극론을 받아들여야 한다. 독선을 제거하면 변증법이 더 훌륭해진다. 생극론의 일면인 상극론을 충실하게 하고 활성화하는 데 변증법이 계속 기여할 수 있다. 그 덕분에 상생론이 더 자라나고, 생극론의 의의나 효용이 확대되기를 기대한다.

변증법과 생극론의 논란을 생극론 쪽에서만 하는 것은 부적절하다. 편향성을 시정하겠다고 하는 말과 어긋난다. 변증법 주장자들도 생극론에 관해 알고 반론을 제기해야 대등한 토론이 이루어진다. 그런 날이 빨리 오기를 바란다.

그런데 '생극론'이라는 용어가 문명의 경계를 넘지 못해 소통이 이루어지지 않는다. '생극론'을 'becoming-ovecoming'이라는 번역해 알리려고 하니, 무슨 말인지 알 수 없다고 했다. 번역을 잘못한 탓이 아니고, 이해하려고 노력하지 않는다. 이해할 수 있는 사고의 틀이 없다. 이 난관을 어떻게 타개해야 할 것인가?

The Becoming-Overcoming theory is contradictory. The truth is in the contradiction. If we disbelieve and exclude the contradictory truth, all extremisms fighting each other with one sided instances must be allowed. Such a confusion is undesirable. In the Western philosophy, the metaphysics and the dialectics, the static structuralism and the genetic structuralism are two separate sects denying each other. But in the Oriental philosophy, they are two as well as one. Fighting is cooperating in itself. I recreated such tradition of thinking with more convincing arguments to make a general theory of literary history. The contradictory proposition that the harmonious way of Becoming is the conflicting process of Overcoming solves many difficult problems of literary history.

생극론이 무엇이지 영어로 설명하려고 이런 글을 쓴 적 있다. 〈소설의 사회사 비교론〉에서 벌인 소설이론에 관한 변증법과 생극론의 논란을 영어로 옮긴 원고를 이태리어로 번역해 〈다른 곳에서 본 유럽문학〉(Franca Sinopoli ed., *La litteratura europea vista altri*, Roma: Metemi, 2003)에 수록할 때 'Becoming-Overcoming theory'를 이해할 수 없다고 해서 보낸 메일을 그대로 수록했다. 소통이 된 것 같지 않다.

7-5 역전론과 대등론

"상생이 상극이고, 상극이 상생이다"라는 명제는 역전과 대등을 포함하고 있다. "상생이 계속 상생이지 않고 상극이며, 상극이 계속 상극이지 않고 상생이다"라는 것은 역전이다. "상생이 상극인 것과, 상극이 상생인 것"이 아무런 차이 없이 함께 인정되는 대등을 말했다.

역전은 순행과 반대말이다. 처음에 있던 것이 그대로 지속되지 않고 반대가 되는 것으로 바뀌는 변화가 역전이다. 대등은 차등과 반대말이다. 서로 반대가 될 만큼 다른 것들이 같은 위치에서 동일한 비중을 가지고 소중하다고 하는 평가가 대등이다. 생극론을 말하면 할 말을 다 한 것은 아니다. 생극론은 역전론이기도 하고, 대등론이기도 해서 내용이 풍부해지고 타당성이 더 분명해지고 유용성이 확인된다.

생극론은 體이고, 역전론이나 대등론은 用이라고 할 수 있다. 體를 들어 用을 말하면서 이론을 확장해야 하고, 用에서 體의 타당성을 확인하는 논증을 추가해야 한다. 이론은 논리적 타당성을 근거로 전개된다. 논증은 사실을 근거로 삼고 이론의 타당성을 입증한다. 體의 유용성은 그 자체로 말할 수 없고 用을 들어 분명하게 해야 한다.

역전론은 상극의 특징을 더 잘 나타내는 과격한 싸움이고, 혁명의 깃발이라고 할 수 있다. 대등론은 상생의 특징을 더 잘 나타내는 조용한 화해이고, 평화의 노래라고 할 수 있다. 이 둘이 별개의 것이 아니다. 역전론이 대등론이고, 대등론이 역전론이어야 생극론이 타당성을 지닌다. 둘을 한꺼번에 논의할 수 없으므로 하나씩 논의한다. 둘을 한꺼번에 이룩할 수 없어 하나씩 이룩한다.

극단의 예를 들고 (가)라고 하자. 엄청난 힘을 가진 제국주의 통치자에 맞서서 민족해방투쟁에서 승리하려면, 그쪽보다 더 큰 힘을 가져야 하는 것은 아니다. 더 큰 힘을 가지는 것은 불가능하다. 더 큰 힘을 가진다면, 해방투쟁의 의의를 스스로 부인한다. 적은 힘으로 큰 힘을 무너뜨리는 역전을 이룩하는 것이 해방을 위한 투쟁이고, 투쟁으로 얻는 해방이다.

큰 힘은 더욱 더 크게 하려고 하다가 무리를 한다. 이런 사실이 감지되어 파탄이 생긴다. 이것이 역전을 가능하게 하는 한 가지 조건이다. 힘이 적다는 것은 군사력이 모자란다는 말이다. 군사력이 모자라는 것이 이유가 되어, 누구나 지니고 있는 잠재적인 힘이 모두 발현되고 더 커진다. 이것이 역전을 가능하게 하는 또 한 가지 조건이다. 역전을 가능하게 두 가지 조건이 정세 변화가 유리하게 되면 하나로 합쳐져 폭발한다.

승패의 역전이 이루어지는 이유는 더 깊은 통찰이 필요하다. 강자는 차등을 확대하는 승리를 얻고자 해서 패배하고, 약자는 대등을 이룩하려고 승패를 넘어서고자 해서 승리한다. 역전은 승패를 뒤집어엎기만 하지 않고, 승패를 부정하는 데 이르러 완결된다. 차등을 부인하고 대등을 실현하는 것이 최종적인 역전이다.

극단의 예를 또 하나 들고, (나)라고 하자. 식물은 햇빛과 물을 가지고 양식을 만들어 동물이 먹게 한다. 탄소를 흡수하고, 산소를 배출해 동물이 숨을 쉴 수 있게 한다. 식물이 없으면 동물은 살 수 없고, 생겨나지도 못한다. 그런데도 동물은 뛰어다니면서 한자리에 서 있는 식물을 괴롭힌다. 사람은 다른 어떤 동물보다 식물에 더 많은 해악을 끼친다. 식물이 살 수 없게 생태계를 파괴하고. 지구의 온도를 높여 생물이 멸종되게 한다.

옛사람들은 말했다. 사람은 머리가 위에 있어 正生(정생)이고, 동물은 머리가 옆에 있어 橫生(횡생)이고, 식물을 머리가 아래에 있어 逆生(역생)이라고 했다. 이것이 현우나 존비의 서열이라고 했다. 사람은 아무리 슬기로워도, 과학이 엄청나게 발전되었다고 하면서도, 햇빛과 물을 가지고 양식을 만들지 못한다. 식물보다 우월하다고 자부하면서 꽃 한 송이 피워 내지 못하고, 식물이 잘 살 수 있는 환경을 숨을 쉬어 만들지 못한다.

사람과 식물의 우열을 역전시켜, 식물은 위대하고 사람은 열등하다고 하면 할 일을 다하는 것은 아니다. 사람은 생각을 점검하고 잘못을 반성하는 능력이 있다. 옛사람이 다 멍청하지는 않았다. 사람에게는 사람의 예의가 있고, 금수에게는 금수의 예의가 있고, 초목에게는 초목의 예의가 있다는 주장을 펴기도 했다. 금수는 물론 초목까지 삶을 누리는 것이 善이라고 하기도 했다. 그 모두가 대등하다고 했다.

(가)와 (나)는 다른 말이 아니다. 萬人物對等生克論인 (가)는 萬生對等生克論인 (나) 속에 들어간다. (나)가 가장 넓지 않고, (나)가 들어가는 (다) 萬物對等生克論이 있다. 질량이 있는 모든 것은 인력을 가져 (다)가 이루어진다.

8 방법총괄

8-1 자기말

수입학 종사자들이 위세를 뽐내면서 대학을 점거하고 있다. 이것은 학문의 위기이고, 나라의 망조이다. 그쪽을 향해 말한다. 수입품이 훌륭하니 수입업자인 자기도 훌륭하다는 유치한 논법은 버려야 한다. 남들의 학문을 가져와 자랑하는 수입학은 추종의 방법이고, 아무리 노력해도 꼴찌와 그리 다르지 않은 2등의 비애를 청산할 수 없다.

그 가운데 어느 누가 말했다. 외국 이론 공부에 바칠 시간도 부족한데, 국내 이론에 관심을 가져달라는 것은 무리한 요구이다. 이에 대해 나는 말한다. 설악산이나 한라산에서 힘을 길러야 히말라야에 오를 수 있다. 한국문학에서 시작해 문학의 일반이론을 만드는 작업에 동참하면, 외국 이론을 쉽게 이해하고 고칠 수도 있다. 독자적인 관점에서 외국문학을 참신하게 연구하는 업적을 이룩할 수 있다. 수출학으로 업종을 바꿀 수 있다.

수리언어를 사용하는 자연학문과는 달리, 일상어를 학문의 언어로 사용하는 인문·사회학문, 그 가운데서도 인문학문은 모국어로 학문을 해야 창조주권을 온전하게 발현한다. 자료를 심도 있게 분석하고, 필요한 용어를 창안하고, 이론을 만드는 작업을 외국어로 진행하면 너무 힘들고 성과가 적다. 한국어가 모국어이면, 한국어를 사용해 이론을 만드는 창조적 역량을 길러야 외국학도 주인의 견지에서 할 수 있다. 세계의 학문을 할 수 있다.

〈영어를 공용어로 하자는 망상, 민족문화가 경쟁력이다〉라는 책을 쓴 적이 있다. 영어를 공용어로 해야 경쟁력이 생긴다고 하는 당시 위정자의 주장이 망상이라고 비판하고, 민족문화가 경쟁력이라고 하는 대안을 제시했다. 우리 민족문화가 특히 우수해서 그런 것은 절대로 아니다. 사람은 누구나 자기 모국어나 자기 민족문화에 창조력을 축적하고 있는 것을 알고 찾아내 잘 다듬어 활용하면 경쟁력을 확보한다. 문화의 우수성이 아닌, 찾아내 활용하고 발전시키는 노력의 수준에서 경쟁력이 어느 정도인지 결정된다.

미국대학의 교수로 오라는 제안을 두 번 받고, 수락하지 않았다. 미국 대학에서도 수준 높은 토론자들을 상대로 한국어로 강의한다면 가는 것을 고려해보겠다고 하니, 그럴 수는 없고 영어를 사용해야 한다고 했기 때문이다. 사용하는 언어를 바꾸는 것은 무척 힘들어 노력을 낭비하지 않을 수 없다. 그 때문에 연구에 심각한 타격이 생긴다.

창조적 역량이 영어에 축적된 것은 얻어내지 못하면서, 한국어에 축적된 것은 공연히 버려야 하니 엄청 손해를 본다. 미국의 영문학 석학에게 한국에 와서 한국어로 강의하라고 하면, 석학 노릇을 전연 하지 못하는 무능력자가 되는 것과 같다. 아무리 명장이라도 무장해제를 하면 말단의 병졸보다 못하다. 영어를 공용어로 하자는 발상이 연장되어, 한국 대학에서 한국인 교수가 한국 학생들에게 영어로 강의를 하라고 한다. 이것은 말단의 병졸마저 모두 무장해제를 시키자는 처사이다.

한국어로 학문을 계속하면서 얻은 성과를 영어로 번역해 내놓으면 된다고 할 것은 아니다. 토론자들이 사라진 것이 직접적인 이유가 되어 학문 창조가 중단되어 번역할 것이 없어진다. 이미 내놓은 논저나 번역해 알리는 것은, 과거만 있고 미래는 없어 학자이기를 그만둔다는 말이다.

'생극론'을 영어로 알리기 무척 어렵다. 'Becoming-Overcoming theory'라고 번역해놓고 힘들어 설명해도 이해하지 못한다. 학문을 하는 언어를 영어로 바꾼 탓에 '생극론'을 만드는 것 같은 작업을 포기하면 큰 손해이다. 영어로 알아듣게 말하면서 내가 지닌 창조력을 온전하게 발현해 새로운 이론을 만들 수는 없다. 한국문학을 일차적인 연구 대상으로 하고 한국어로 만드는 이론을, 영문학을 일차적인 연구 대상으로 하고 영어에서 할 수 있는 말로 손상되지 않게 옮겨놓는 것은 가능하지 않다. 되지 않을 일로 시간과 노력을 낭비하면 어리석다. 이론 창조를 그만두고 학문을 한다고 할 수는 없다.

이 책을 영어로 번역할 수 있는가? 이론 만들기라는 기본적인 구상은 세계 공통의 관심사여서, 내가 개척해 이룩한 성과가 어디서나 평가되어야 한다. 그러나 논의의 대상으로 삼은 한국문학 작품, 발상을 도출하고 정리한 언어, 이론의 핵심을 이루는 용어는 영어로 옮기기 무척 어렵다. 무리해서 옮기면 진가가 사라진다. 이 책의 진가는 한국어 원문을 깊이 이해하는 사람만 알 수 있다.

한국어를 배우겠다는 사람들이 세계 도처에서 나날이 늘어나, 한국어가 세계의 주요 언어가 될 추세라고 한다. 공연물을 구경하고 일상적인 의사소통을 하는 데 한국어가 많이 쓰이면 만족스러운 것은 아니다. 한국어가 학문의 언어로서 큰 비중을 가지게 될 것을, 학문 창조의 새로운 경지를 알려면 한국어 공부가 필수라고 하게 될 것을 기대한다. 그때 온 세계의 진지한 탐구자들이 다투어 읽고 큰 깨우침을 얻을 책을 쓴다.

한국어를 학문의 언어로 공부하고 내 책을 읽는 탐구자들이 내가 전개한 이론을 깊이 이해하고, 자기네 말로 재창조하는 것이 바람직한 전달이고 확산이다. 모든 내용이 전달되지 못하고 상당한 부분이 탈락되는 대신에, 자기네 전통을 살리면서 이룩하는 재창조가 내 연구를 확산하는 의의를 가질 것으로 기대한다. 수출학에 직접 종사하려고 기웃거리지 말고, 최상의 보편적인 이론 생산에 온갖 노력을 다 바쳐야 그렇게 된다.

지금까지 '모국어'라는 말을 많이 사용하면서, 글의 표제에서는 '자기말'을 내세웠다. 그 이유를 밝히는 것이 가장 중요한 논의이다. 모국어는 어머니가 훌륭하고, 나라가 대단해 존중해야 하는 것이 아니다. 모국어가 자기말이기 때문에, 자기말일 때 대단하다. 모국어 예찬론을 버리고, 자기말이 소중하다고 해야 한다.

모국어가 훌륭하면 학문을 잘할 수 있는 것은 아니다. 모국어를 공유한 학자는 누구나 학문을 잘하는 것은 아니다. 자기말이 아닌 모국어는 그림의 떡이다. 학문하는 언어는 모국어가 아닌 자기말이다. 자기가 잘 알고, 넉넉하게 휘어잡고, 창조력을 마음껏 발현할 수 있는 자기말을 학문의 언어로 삼아야 한다. 자기말의 창조력을 최대한 발현해야 학문을 잘할 수 있다.

자기말은 계속 키우고 가다듬어야 한다. 가장 중요한 방법은 두 가지이다. 하나는 모국어 문학작품을 더 넓고 깊게 읽고, 창작도 해보는 것이다. 또 하나는 문제의식과 열정을 공유한 동학들과 적극적으로 토론하는 것이다.

8-2 동심원

공부는 넓게 하고 연구는 좁게 시작해야 한다. 학문은 무식의 소관이 아니고 유식의 소관이다. 학자는 모르는 것이 많아야 한다. 이런 말을 서로 다른 기회에 각기 해서 혼선을 일으키고 의혹을 키운 것 같다. 해명이 필요하고, 정리를 해야 한다.

학생 시절에는 공부를 넓게 해야 한다. 전공을 일찍 정해놓고 깊이 파기나 하는 것은 적절하지 않다. 그러면 탐구가 생각하는 대로 진행되지 않고, 광범위한 시야를 잃고 자폐증에 빠질 수 있다. 호기심을 잔뜩 가지고 멀리 나다니는 것이 좋다. 가출한 문제아처럼 보이면 아주 좋다.

나는 어떻게 했는지 말했다. 불문과 학생일 때 전공 학점은 최소한만 따고, 이상한 짓거리를 하고 다녔다. 영문학이나 독문학을 계속 기웃거리고, 동서의 철학을 널리 알아보려고 했다. 불교 강의를 심취해 듣기도 했다. 건방지기 한량없는 글을 길게 써서 학사논문으로 내놓는 만용을 보이기도 했다. 〈현대시의 존재론적 모험〉이라는 것에서, 랭보(Rimbaud)와 하이데거(Heiddeger)의 존재 탐구가 상통한다는 주장을 중심에 두고, 유럽 정신사의 방향 전환을 동심원을 여러 겹 그리면서 탐구하려고 설쳐댔다. 그런 철부지 행각이 국문학연구의 확대에 아주 요긴하게 쓰인다. 산스크리트문학이나 아랍문학까지 나아가는 먼 여행을 하지 못한 것을 아쉬워하면서, 영어나 불어 번역을 통해 알 수 있는 것이 많아 다행으로 여긴다.

학사과정에는 학과도 전공도 없는 것이 좋다고 늘 주장해왔다. 여러 학과 많은 전공 분야의 공부를 호기심을 가지고 조금씩 하면서, 장차 학문의 꼭짓점을 높이는 데 필요한 밑면을 넓혀야 대성할 수 있다. 어느 분야를 전공하고 어떤 연구를 할 것인지 다각도로 탐색하고 구상해야 뛰어난 학문을 할 수 있다. 학사과정을 마치고 사회에 진출해도 넓게 한 공부가 좋은 자산이 된다. 융통성을 가지고 창의적인 사고를 할 수 있게 하기 때문이다.

대학원에서 학과와 전공을 선택하고서 그 학과, 그 전공의 공부를 넓게 하고, 더 넓은 공부도 계속하는 것이 마땅하다. 넓은 시야 덕분에 아직 해결되지 않았고 자기가 해결할 수 있는 문제를 잘 찾아내 학위논문을 쓰면서, 학문에 입문하는 것이 적절한 순서이다. 논문 주제를 좁게 잡아야 뛰어난 이론을 만들어 학문의 꼭짓점을 높이 올릴 수 있다. 유식의 범위를 넓히면서 어느 누구도 모르는 무식을 찾아내 연구거리로 삼는 것이 학자가 평생 해야 할 일이다. 공부를 더 넓게 해야 크고 좋은 무식의 보물을 많이 확보해 부자가 될 수 있다.

유식에서 무식을 찾는 작업을 잘할 수 있게 하려고 동심원 드나들기라는 방법을 제시한다. 연구중심 주위의 동심원을 여러 겹 그린다. 연구중심만 들여다보고 있으면 누적된 인습에 사로잡혀 새로운 생각이 나지 않는다. 늘 하는 말을 되풀이하는 강의를 하는 것은 크게 나무랄 수 없으나, 논문이라고 하면서 써낸 것도 같은 내용이면 지탄의 대상이 된다. 연구중심을 둘러싼 동심원을 여러 겹 그려 타개책을 찾아야 한다. 학생 시절부터 공부를 넓게 했으면 더욱 넓혀야 한다. 그러지 못했으면 언제라도 늦지 않으니 대혁신을 해서 활로를 찾아야 한다.

국문학 가운데 고전소설을, 그 가운데 어느 것을 연구중심으로 하는 경우를 본보기로 들어 동심원을 어떻게 그려야 하는지 말한다. 소설 이전의 서사문학, 현대소설로 가까운 원을, 중국, 일본, 월남 등의 동아시아소설로 그다음 원을, 유럽소설, 아랍소설, 아프리카소설 등으로 그 다음 원을 그린다. 소설이 아닌 다른 문학으로 다음 원, 문학연구가 아닌 다른 인문학문 역사학이나 철학 등으로 다음 원, 사회학문으로 그다음 원, 자연학문으로 그다음 원을 그린다. 이 모든 것들을 연구중심처럼 치밀하게 공부하라는 것은 아니다. 멀리 가면 대강 이해하고 무엇이 문제인지 조금 살피기만 해도 된다.

동심원에 올라 있는 것들을 모두 활용하는 것은 아니다. 이리저리 다니다가 특별하게 관심을 끄는 것이 우연히 발견되면 걸음을 멈춘다. 그것이 연구중심에서 다루는 자료나 문제와 어떤 관련이 있는지, 양쪽을 비교고찰할 수 있는지, 비교고찰을 하면 무엇을 얻을 수 있는지 생각한다. 전연 엉뚱한 생각이 잠시 동안 마음을 유쾌하게 한 것으로 만족할 수도 있고, 기발한 연구의 단서가 될 수도 있다. 연구중심에서 다루는 자료나 문제에 대한 연구가 충분히 이루어져 완전하다고 여기던 유식이 무너지고 무식이 노출되는 충격을 받을 수 있다. 무식을 해결하기 위해 둘을 비교해 고찰하고 다른 사례까지 동원해 논의를 넓히면 더 좋은 이론을 만들 수 있다.

이런 작업에서 참신한 연구를 확대할 수 있다. 이미 만든 이론을 발전시키려면, 연구중심을 이동하고, 비교연구를 성과 있게 할 수 있는 사례를 한층 광범위하게 찾는 것이 좋다. 전연 관련이 없는 것 같은 사례를 다루면 이론의 폭이 넓어지고 타당성이나 유용성이 커진다. 학문의 꼭짓점을 더 올릴 수 있다. 밑면을 넓히고 다지는 데도 계속 힘써야 한다.

이론을 상당한 수준으로 만들었으면, 안에서 밖으로 나가는 작업을 본격적으로 해야 한다. 한국소설의 이론이 동아시아소설의 이론이고, 세계소설사의 이론인가 검증해 적용 범위를 넓히는 작업을 당연히 해야 한다. 소설은 작품외적 자아가 개입해 전개하는 자아와 세계의 대결이며, 중세에서 근대로의 이행기에 귀족과 시민, 남성과 여성의 경쟁적 합작품으로 출현했다.

소설이 무엇인가 하는 의문을 한국소설과 외국소설을 이것저것을 비교해 이런 이론을 만든 다음, 적용 범위를 점차 확대해 세계소설 일반론으로 정립했다. 같은 방식으로 문학의 다른 여러 문제를 풀고, 역사나 철학에 관한 의문을 해결하기 위해 다각도로 노력했다. 그 결과가 누적되고 통합되어 만물대등생극론이라는 총체이론을 이룩하는 데 이르렀다.

8-3 거시

본다는 것은 셋이다. 미시·가시·거시가 있다. 미시는 아주 가까이 다가가 세밀하게 보는 것이다. 가시는 적절한 거리에서 늘 보는 대로 보는 것이다. 거시는 시야를 크게 확대해 멀리까지 보는 것이다.

현미경을 만들어 미시를, 망원경 덕분에 거시를 하게 되면서 자연학문은 획기적인 발전을 했다. 인문학문도 마찬가지이다. 가시에 머물러, 소설의 줄거리를 적어놓고, 역사의 사실을 열거하고, 철학 저작을 역주하고 연구를 했다고 하지 말아야 한다. 미시도 하고 거시도 해야 학문다운 학문을 한다.

가시의 지식은 인터넷에 거의 다 올라 있다. 의문이 있으면 사실을 더 확인하면 된다. 이론을 만들 필요는 없다. 사정이 이러니 인문학문은 학문이기를 그만두어야 하는가? 아니다, 미시와 거시에서 새로운 탐구를 하고, 제기되는 의문을 해결하는 이론을 만들어야 한다. 이것이 학문을 더 잘하는 방법이다. 앞에서 말한 동심원 드나들기보다 더욱 긴요한 비결이 여기 있다.

"높으락 낮으락 하며 멀기와 가깝기와, 모지락 둥그락 하며 길기와 자르기와, 평생에 이러하였으니 무슨 근심 있으리." 이런 작품이 있다. 가시를 일삼는 교사는 무엇이라고 할 것인가? 이것은 安玟英의 시조이다. 어느 문헌에 전한다. 언어 구사가 정교하다. 달관하는 자세를 말한 것이 주제이다. 이렇게 말하면서, 고착된 지식과 부정확한 인상을 섞어 놓는다. 작품에 대한 관심이 줄어들게 한다. 따분한 강의 때문에 학구열이 얼어붙게 한다.

미시는 작품을 자세하게 살피고, 의문을 제기한다. "-락", "-며", "-와"를 되풀이하면서 무엇을 말하는가? 앞뒤에 있는 말이 어떤 의미를 지니는가? 얼마나 같고 다른가? 높고 낮은 고저, 멀고 가까운 원근, 모지고 둥근 角圓, 길고 짧은 장단이 다르지 않고 같은 것이 평생 겪은 일이라고 하는 것이 무슨 까닭인가?

미시에서 제기한 의문에 대해 거시가 응답한다. 높은 것은 낮고 낮은 것은 높고, 먼 것은 가깝고 가까운 것은 멀고, 모진 것은 둥글고 둥근 것은 모지고, 긴 것은 짧고 짧은 것은 길다는 것은 생극론의 사고이다. 상생이 상극이고 상극이 상생이 여러 모습으로 나타나는 것을 생활 체험에서 알았다. 상층은 모르거나 무시하는 이런 이치를 하층은 절감하고, 종래의 체언 철학과는 다른 용언 철학을 개척하면서 앞서 나갔다. 세계철학사의 새로운 경지를 열었다고 할 수 있다.

경기대학교 박물관에서 나비 민화를 전시하고, 그 전시에 관해 말하는 모임을 세 번 개최해 녹화한 것을 유튜브에 올렸다. 첫 번째는 나비 전문가가, 두 번째는 민화 전문가가 말하도록 하고, 세 번째로 나를 불렀다. 그때 한 말을 간추려 여기 옮긴다.

나비 전문가는 어떤 나비를 어떻게 그렸는지, 눈알이나 더듬이까지 정밀하게 살피고 자세하게 고찰했다. 미시의 장기를 보여주었다. 민화 전문가는 민화는 무엇이고, 나비 그림은 어떤 민화이고 왜 필요했으며, 누가 나비 민화를 많이 그렸는지 설명했다. 가시의 임무를 수행했다. 나는 나비나 나비 민화에 대한 전문 지식이 없는 떠돌이 건달이어서, 거시를 추가할 수밖에 없었다.

거시의 범위를 한 단계씩 확대하는 비교고찰을 했다. 첫째는 중국·일본·한국의 나비 그림을 비교하고, 나비 그림을 한국에서 특히 많이 그리고 즐긴 것을 말하고 무슨 까닭인가 하는 의문을 제기했다. 이에 대한 대답은 그다음의 둘째 비교에서 했다.

둘째는 문인화나 畵員畵가 아닌 민간화 가운데 한국에서는 나비 그림이 인기가 있었는데 일본에서는 어떤 그림이 관심을 끌었는가 하는 의문을 제기했다. 일본에서는 葛飾北齋(가쓰시카 후쿠사이)라는 화가가 다양한 내용의 풍속화에 멀리 보이는 富士山(후지산)을 일제히 그려 넣은 판화가 그런 것이었다고 하고, 한국의 나비 그림과 비교해 고찰했다. 가시에서는 나비 민화가 부귀길상 가운데 무엇을 말하는가 하는 우의(allegory)를 설명하고, 거시에서는 나비는 富士山과 가볍고 무거우며, 가변이고 불변이며, 경박하고 엄숙한 등으로 다른 상징(symbole)의 의미를 찾아내는 것이 다르다. 나비에서 발견하는 상징의 의미가 좋아서 나비 그림을 많이 그린다.

셋째는 전문적인 기량을 자랑하는 세련된 그림이 아닌 서투른 솜씨로 아무렇게나 그린 그림을 소박예술(naive art)이라고 하는 용어를 가져와, 한국의 민화와 견줄 수 있는 소박예술품의 사례를 널리 찾았다. 중국의 농민화는 상품으로 성공해 순진함을 잃었다. 아프리카의 조각은 소박예술의 가장 좋은 본보기이다. 그리스 아테네에 갔을 때 고대에 아주 정교하고 세련된 조각을 하던 곳에서 중세의 비잔틴 성화는 아주 서투르게 그린 것을 발견하고 충격을 받았다는 말을 했다. 그 이유는 차등을 버리고 대등을 택하고자 한 것 외에 다른 무엇일 수 없다.

소박예술은 누구나 창조주권을 대등하게 발현할 수 있게 하는 것을 가치로 삼는다. 한국의 민화도 이런 이유에서 인류문명의 소중한 유산이다. 민화를 이어받아 그린다면서 세련된 기교를 본떠 차등으로 복귀하려고 하는 것은 용납할 수 없는 과오이다.

미술사가 아닌 다른 학문에서도, 거시는 가시의 횡포로 죽은 문제의식을 살려낸다. 가시에 머물러 닫힌 눈을 열어준다. 가시의 잘못을 고발하고 시정한다.

8-4 깨달음

단순한 앎에서는 대상과 주체가 분리되어 있다. 깨달음은 깨닫는 대상과 깨닫는 주체가 하나가 되어 이루어진다. 학문은 앎이면 된다고 여기지 말고, 깨달음으로 나아가야 한다.

앎에서 얻는 이론은 방편에 지나지 않는다. 편리한 대로 쓰다가 버리면 된다. 깨달은 이론은 궁극의 진실에 다가가고 있어, 수정할 수는 있어도 폐기할 수는 없다. 앎에서 얻는 이론으로 만족하지 않고 깨달은 이론을 얻고자 하는 것이 학문의 목표이다. 이 목표를 달성하기 위해 거듭 노력한다.

깨달음을 얻고자 하는 노력을 불교에서 먼저 했다. 불교의 깨달음이 학문의 깨달음을 이해하는 데 도움이 된다. 두 깨달음은 무엇이 같고 다른가? 이 문제를 제기하고 해답을 찾는 것이 유익한 방법이다. 무엇이 같은가 먼저 알아보고, 그다음에 다른 점을 말하기로 한다.

불교에서는 마음을 비우는 참선을 맹렬정진으로 하면 깨달음을 얻는다고 한다. 마음을 비우는 참선과 맹렬정진을 하는 적극적인 활동은 전연 다른 것 같은데, 둘이 하나가 되어야 깨달음이 가능하다고 한다. 학문의 경우는 어떤가? 학문은 맹렬정진을 하면서 무엇을 추구하는 행위이다. 이렇게만 해서는 깨달음을 얻기 어렵다. 마음을 비우는 참선과 같은 것이 있어야 한다. 맹렬정진을 하면서 무엇을 추구하다가 마음을 비워, 서로 상반된 것들이 하나이게 하면 학문에서도 깨달음을 얻는다.

맹렬정진을 하면서 무엇을 추구하다가 마음을 비우면, 추구한 것이 밖에 있지 않고 마음에 들어와 나와 일체를 이룬다. 맹렬정진을 하지 않으면 추구하는 것이 없고, 마음을 비우지 않으면 추구한 것이 내게 들어오지 못하고 따로 논다. 맹렬정진과 마음을 비우는 것이 둘이 아니고 하나가 되면, 추구한 것이 나를 변화시키고 추구한 것을 내가 변화시킨다. 이 것이 학문의 깨달음이다.

불교의 깨달음과 학문의 깨달음은 같기만 하지 않고 다르기도 하다. 마음 비우기를 먼저 하는가 맹렬정진을 먼저 하는가 하는 것은 절차의 차이에 지나지 않아 그리 중요하지 않다. 더 중요한 차이점은 깨달음의 표출 방법과 효용 발생에 있다. 그 내용이 모두 하나이지만, 몇 가지로 나누어 말하는 편법을 택한다.

불교의 깨달음은 말로 알릴 수 없다고 하는데, 학문의 깨달음은 논리를 갖춘 말로 나타내야 한다. 통상의 논리를 그대로 사용하면 깨달음이 무색하게 되므로, 논리를 혁신하는 노력을 해야 한다. "泥牛水上行"이라는 방식으로 말할 수는 없고, "하나는 둘이고, 둘은 하나다", "상생은 상극이고, 상극은 상생이다"고 해야 한다.

불교의 깨달음은 그 자체로 완결되어 있다고 한다. 깨달은 분이 높은 자리에 앉아 설법을 하면 대중은 듣고 감화를 받는다. 학문의 깨달음은 토론에서 확인되고 검증되며 확대된다. 먼저 깨달은 사람과 나중에 깨달은 사람의 선후나 우열의 구분이 없어지고, 공유재산으로 변모하고 확대되는 깨달음만 진정한 깨달음이다. 차등을 없애고 대등을 실현하는 것이 깨달음의 본질이고 사명임을, 학문의 깨달음에서는 분명하게 한다.

불교의 깨달음은 번뇌망상을 없애고 청정한 본마음이 드러나게 한다. 학문의 깨달음은 번뇌망상에 해당하는 잡스러운 학설을 제거하는 데 그치지 않고, 제기된 문제를 올바르게 해결하는 이론을 대안으로 제시한다. 청정한 본마음이 드러나게 하는 데 그치지 않고, 누구나 지닌 창조주권이 아무 제한 없이 발현되어 다시 제기되는 문제를 해결하는 이론을 더욱 풍성하게 창조하도록 한다.

불교에서는 無上正覺(무상정각)이라는 궁극적인 깨달음을 얻으면 부처가 된다고 한다. 부처는 모든 중생에게 무한한 혜택을 베푼다고 한다. 학문의 깨달음은 궁극적인 것이 없고, 거듭 이루어야 한다. 문제가 다시 제기되어 새로운 깨달음이 필요하다. 학문에는 부처가 있을 수 없으며, 중생이 따로 있는 것도 아니다. 학문에서는 어떤 석학이라도 초심자들과 대등하며, 그 아래일 수도 있다. 가장 소중한 보물인 무식 경쟁에서 뒤떨어지기 때문이다.

학문의 無上正覺은 無上이 아니어서 아래위가 따로 없다. 正覺이 아니므로 진정한 것을 별도로 찾지 말아야 한다. 창조주권을 각기 발현하는 모든 사람의 공유물이어야 한다. 함께 하는 사람이 늘어나는 만큼 그 효용이 커진다. 차등을 철폐하고 누구나 지닌 창조주권을 대등하게 발현하도록 하는 것 이상의 깨달음은 없다.

나가며

"사람이 이 세상에 살아가면서 학문을 하지 않으면 사람이라고 할 것이 없다"(人生斯世 非學問 無以爲人) 李珥(이이)가 이렇게 한 말을 다시 생각한다. 학문은 누구나 하고 있는 일이다. 하고 있는 일을 더 잘하려고 하는 것이 당연하다.

사람이 살면서 하는 무엇을 만들고, 누구와 관계를 가지고, 사리를 판단하고 하는 등이 일이 모두 학문이다. 합당한 이치와 적절한 방법을 갖추고 이런 일을 하면, 잘되고, 보람이 크고, 즐겁다. 학문한다고 표방하지 않고 이미 이렇게 하고 있다.

이런 것을 만인학문 또는 본원학문이라고 하자. 만인학문은 누구나 대등하게 하고 있는 학문이라는 말이다. 본원학문은 본래부터 하고 있는 학문이라는 말이다. 특별한 사람이 따로 하는 학문은 학자학문이라고 한다. 본원학문에다 무엇을 덧붙였다는 뜻으로 부가학문이라는 말을 쓸 수 있다.

학자학문 또는 부가학문만 학문이라고 여기는 것은 잘못되었다. 차등론의 오류에 사로잡혀 있는 것을 알고 시정해야 한다. 학자학문은 만인학문, 부가학문는 본원학문에 근거를 두어야 한다. 차등론을 버리고 대등론

312

을 실현해야 진정한 학문을 한다. 그 내역을 간략하게 말해보자. 만인이 본원학문에서 의식하지 않고 하고 있는 작업을 의식화하고, 숨어 있는 논리를 드러내 기술하고, 사리 판단의 타당성을 시비하는 것이 학자의 부가학문이다.

만인의 본원학문 속에 얼마나 깊이 들어가, 어느 정도 철저하게 따지는가에 따라서 학자의 부가학문이 지닐 가치가 결정된다. 이 작업을 자기가 직접 하지 않고, 남들이 해놓은 결과를 가져와 아는 체하는 사람은 학자가 아니며, 하는 짓이 학문은 아니다. 헛가락이 조금도 없고, 오직 진실한 민초라야 대단한 연구를 하는 석학일 수 있다.

마지막 말로 결론이 났지만, 더 쉽게 와닿아 오래 잊지 않을 사설을 하나 보탠다. 학문하는 글말이 난삽하게 뒤틀려 있는 것을 흔히 본다. 바깥 바람을 잘못 맞은 탓에 생긴 질병이다. 자기 내면의 입말을 살려내는 자가치료를 하면 낫는다.

문명의 위기와 인문학의 사명

1

유네스코 산하 '철학 및 인문학 국제 이사회'(CIPSH, The International Council for Philosophy and Human Sciences)라는 기구가 있다. '세계화와 디지털 시대의 인문학'(Humanities in the Global and Digital Age)이라는 학술회의를 열었다. 때와 곳은 2023년 8월 23-24일 일본 東京이었다.

그 모임에서 서양철학을 넘어선 세계철학, 종교 갈등을 해결하는 보편적인 종교학, 인공지능에 휘둘리지 않는 창조적 사고와 교육, 영어의 특수성에 구애되지 않는 공통된 소통 방법 등에 관한 논의가 있었다. 무엇이 문제인지 확인한 것이 얻은 성과라고 할 수 있다. 문제를 해결하는 방안을 제시하는 발표는 없었다. 누구나 할 수 있는 말에서 더 나아가려고 하지 않았다.

京都大學 철학교수라는 일본학자가 'I' 철학을 버리고 'We turn' 철학으로 나아가야 한다고 한 것만은 분명히 새로운 견해이지만, 타당성도 유용성도 인정되기 어렵다. 불교의 '無我'를 'We turn'의 원천으로 삼은 것은 부당하다. 논지는 더욱 부당하다. 'I'가 'We'로 되면, 집단의 결속으로 패권주의 성향의 폭력을 갖춘다. '우리 일본인'은 침략자가 된다. '우리 인류'는 다른 생명을 유린한다. 문명의 위기를 해결하려고 하지 않고 악화시키는 주장을 폈다.

그 모임에서 제기된 여러 문제를 어떻게 해결할 것인지 지금 이 발표에서 말한다. 거기 가기 전에 써놓은 원고가 더 큰 효력을 발휘한다. 앞서 나가는 것을 확인하고, 더욱 분발한다.

2

문명의 위기란 무엇인가? 한 말로 간추리면, 지구 전역에서 인류를 괴롭히고 멸종시킬 수 있기까지 하는 사태가 조성되는 위기이다. 두드러진 양상을 셋으로 정리할 수 있다.

(1) 세력을 확장하는 경쟁이 예측을 넘어서는 방식으로 확대되어 불행을 초래한다. (2) 자연 생태 환경이 파괴되어 생존이 불가능하게 한다.
(3) 인공지능이 제어 가능한 범위를 넘어서서 재앙이 될 수 있다.

3

이런 위기를 해결하려면 어떻게 해야 하는가? 종교 지도자나 정치인이 비상한 능력을 가지고 잘 대처하리라고 기대하는 낡은 사고방식은 버려야 한다. 종교는 세력 확장의 주역 노릇을 한다. 정치는 위기 조성에 앞장서고 있다. 대중은 무력해 피해자 노릇이나 하고, 정치나 종교에서 내놓는 가짜 뉴스에 휘둘려 사태를 악화시키는 것이 예사이다.

전문지식과 사명감을 겸비한 학자들이 선두에 나서야 한다. 사태를 정확하게 진단하고 해결책을 찾아내, 실행되도록 분투해야 한다. 학문이 정찰기이고, 소방차이고, 구조대여야 한다. 정찰·소방·구조는 모두 탁월한 능력을 갖추어야 할 수 있다.

학문의 세 영역을 나는 자연학문·사회학문·인문학문이라고 일컫는다. 이 세 학문이 각기 최선을 다하면서 긴밀하게 협력해야 한다. 자연학문이나 사회학문이 사명을 자각하며 분투하고 있는지 점검하는 작업은 여기서 하지 않는다. 인문학문이 할 수 있고 해야 할 일을 집중적으로 검토하고자 한다. 이것이 충격파를 만들어내 학문이 온통 달라지기를 기대한다.

인문학문이 문명의 위기에 어떻게 대처하고 있는가? 뒤로 물러나 사태를 방관하거나 헛소리나 하고 있다. 실상을 숨기지 말고 인정하자. 분야를 나누어 담을 쌓고 칩거한다. 총론을 맡아야 하는 철학이 꿈속에서 헤매며 심각한 위기가 조성되는 사태를 방관한다. 패권주의를 부추기고, 생태파괴에 가담하고, 인공지능에 관한 괴담이나 퍼뜨리기도 한다.

이제 物極必反의 선후역전을 일으킬 때가 되었다. 직무유기를 해온 모든 잘못을 척결하고, 인문학문이 지닌 탁월한 능력을 발휘해 위기 해결의 방책을 제시해야 한다. 인문학문은 많은 연구비나 방대한 연구조직을 필요로 하지 않고, 몸이 가벼우며 발상이 자유로워 놀라운 비약이 가능하다.

인문학문이 (1)·(2)·(3)으로 갈라 말한 위기에 개별적이고 구체적으로 대처할 방안을 찾자는 것은 아니다. 셋이 모두 사람의 마음이 비뚤어져 생긴 것을 알고, 마음을 바로잡도록 해야 한다. 이런 총론을 분명하게 하고 각론을 필요한 대로 갖추어야 한다. 총론은 인문학문의 소관이고, 임무이다.

4

어떤 방책이 있는가? 복잡한 논의를 생략하고, 지금까지 내가 노력해 찾아낸 것을 한꺼번에 말한다. 총괄하는 명칭을 들면, 對等生克論이다. 萬物對等生克·萬生對等生克·萬人對等生克이 하나로 이어진다고 하는 철학이다. 연구와 창작, 논리와 상상이 둘이 아니게 하는 達觀言語를 사용한다.

〈대등생극론〉이라는 책을 써서 하는 말을 최소한으로 간추리면 위와 같다. 얼마나 유용한 방책인가 하는 질문이 즉각 나올 것으로 예상하고 응답한다. 한 말로 하면, 차등론이나 평등론에 사로잡혀 비뚤어진 마음을 대등론으로 바로잡는다. 투쟁을 유발하는 변증법의 과오를 생극론으로 바로잡는다.

세 위기에 각기 대처하는 방안을 제시하기도 한다. 위기 (1)에 만인대등생극론으로 대처한다. 위기 (2)에 만생대등생극론과 만물대등생극론으로 대처한다. 위기 (3)에 달관언어로 대처한다. 우선 이렇게 말하고, 하나씩 설명한다.

5

위기 (1)에 만인대등생극론으로 대처한다. 만인대등생극론은 우열이나 강약은 표리가 상반되어 역전되는 것을 알려준다. 눈앞에서 벌어지는 사태가 그 좋은 본보기를 보여준다. 러시아는 강자의 패권주의를 과시하려고 약한 우크라이나를 침공하면서 승리를 확신했다. 우크라이나가 약한 것은 표면일 따름이다. 그 이면의 민족단결과 항전의지, 이를 지지하는 국제적 유대가 강력한 힘을 가지고 승패를 역전시켜, 러시아가 궁지에 몰리고 있다.

중국이 대만 침공을 정당화하려고, 묻는다. 한국의 제주도나 미국의 하와이가 독립을 하겠다고 하면 허용하는가? 이에 대한 대답은 명확하다. 어느 곳이든 주민이 합의하면 스스로 독립할 수 있다. 독립을 막는 무력 침공은 매우 부당하다. 스스로 독립할 수 있다는 것은 억압이 없고 자율이 보장되어 있다는 말이다. 대등론이 실현된 대등사회가 이루어지면 이렇게 된다. 그러면 독립해야 할 이유가 없다. 억압이 두려워 종속을 거부하겠다고 한다.

오랜 내력을 가진 기독교문명권과 이슬람문명권의 충돌은 성격이 더 복잡하다. 양쪽 다 종교가 정치를 절대적 차등론으로 내몰기 때문이다. 이에 대해 어떻게 대처해야 하는가? 중재자가 있어야 한다. 다종교 사회인 한국이 종교의 충돌을 중재할 수 있는 자격을 가진다. 이에 대한, 자세한 해명이 필요하다.

위에서 말한 '철학 및 인문학 국제학술회의'에서, 덴마크 학자가 종교에 대한 보편적인 이해를 하는 종교학을 이룩하고, 교육에서 일제히 알려야 한다고 했다. 확인해보니, 덴마크인은 75.8% 기독교(74.3% 덴마크기독교), 19.1% 무종교, 4.4% 이슬람이다. 무엇이 문제인지 의문이다. 절실한 고민이 없으면, 공허한 논의를 할 수 있다.

한국은 오랫동안 外儒內佛의 관계를 가지고 공존하는 儒佛문명권이다가, 근래에 여러 새로운 종교가 생겨나고 들어왔다. 신구 기독교를 받아들여 열심히 신봉하면서, 여러 변형을 산출하고 있다. 종교의 제자백가가 화려하게 피어난다.

기독교목회자협의회에서 조사해 최근에 발표한 것을 보면, 무종교 63.4%, 불교 16.4%, 개신교 15%, 가톨릭 5.1%이다. 이슬람이 0.4%까지 늘어났다. 유교도 종교로 여기고, 무속, 천도교, 원불교, 증산교의 여러 교파 등도 있는 것을 고려해야 한다. 나라 구석구석에 갖가지 새로운 종교가 있다.

이것은 불운이 아니고 행운이다. 다종교 공존을 뚜렷하게 하는 것을 경축하자. 그 덕분에 종교의 충돌을 중재할 수 있는 자격을 가질 수 있다. 타당한 방안을 찾아 문명의 위기에서 인류를 구출해야 하는 의무를 자각해야 한다. 다종교의 충돌이 종교에 대한 보편적 이해를 필요로 하고, 가능하게 한다.

무종교인의 증가가 종교 문제 해결의 가능성을 말해준다. 종교가 없어져 종교 문제도 없어질 것이라고 기대하지 말아야 한다. 무종교인은 선수가 아니어서 심판일 수 있다. 종교에 대한 관심을 버리지 말고, 모든 종교를 대등한 거리를 가지고 이해하고 비교해 평가해, 종교 충돌의 중재와 해결에 적극 기여해야 한다.

공산주의에서 강요하는 무종교는 종교의 반발을 키운다. 종교의 자유가 철저하게 보장된 곳의 무종교는 모든 종교의 장점을 살리면서 배타적 독성은 제거하는 데 적극 기여하는 작업을 대등하게 할 수 있다. 기독교문명권에서는 가능하지 않은 대등종교학을 儒佛문명에서 무종교 사회로 나아가는 행운을 갖춘 곳에서 마땅히 이룩해야 한다.

자발적인 무종교인이 다수가 되어야, 진정으로 불편부당하고 전적으로 타당한 대등종교학을 이룩하고 무리 없이 실행할 수 있다. 우리가 이런 행운을 누리게 된 것을 알고 감격하지 않을 수 없다. 이것은 국내의 갈등을 완화하고 해결하는 데 그치지 않고 인류를 행복하게 하는 아주 훌륭한 과업이다. 이런 대등종교학을 이룩하기 위해 학문하는 역량을 최대한 동원해 적극 노력해야 한다. 이것이 다른 어느 나라보다 앞서서 세계사의 대전환을 이룩하는 과업이다.

대등종교학을 단숨에 이룩하기 어려우므로, 두 가지 예비작업을 하고 도움을 받을 필요가 있다. 하나는 다종교 사회의 다른 본보기를 찾아 비교고찰을 하는 것이다. 또 하나는 모든 종교는 같거나 하나이므로 서로 다투지 말아야 한다고 주장한 선각자들을 찾아 재평가하고, 그 생각을 이어받는 것이다.

앞의 작업을 위해 몇 곳의 현지조사 연구를 구상해본다. 예루살렘에서 유태교·기독교·이슬람이 어떻게 공존하는지 알고 싶다. 발칸반도 중부 특히 사라예보 일대에는 가톨릭·동방기독교·이슬람이 대등한 비중과 밀접한 관련을 가지고 있다는 것을 구체적으로 확인하고자 한다. 중국 貴州省 靑巖古鎭 千家之邑라고 하는 외진 곳에 儒·道·佛敎가 모두 흥성하고, 천주교와 기독교가 정착했다는 것에도 깊은 관심을 가진다. 이런 곳들을 더 찾아 실정을 파악하고 종교의 실상에 관한 논의를 하는 것이 좋다.

뒤의 작업을 하려고 내 나름대로 조금 노력했다. 불국의 볼태르(Voltaire)와 르낭(Renan), 인도의 카비르(Kabir)와 비베카난다(Vivekananda)를 찾아, 하는 말을 조금 듣고 대강 옮겼다. 많이 모자라는 것을 절감하고, 분발하는 연구가 있어 시야를 확대하고 논의의 수준을 높이는 업적을 내놓기를 기대한다.

이런 예비작업에서 더 나아가 모든 종교에 대한 총체적인 고찰을 대등하게 해야 한다. 종교 충돌이 가져온 인류문명의 위기를 해결하는 처방을 대등종교론이라는 이름으로 마련해야 한다. 지금 구상하고 있는 내역을 조금 말한다.

모든 종교는 차이점보다 공통점이 더 많아 어느 쪽만 정당하다고 할 수 없다. 이것을 출발점으로 한다. 종교의 경전이나 교리를 진위는 가리지 않고, 신화나 상상이라고 여겨 문학작품 읽듯이 이해하면 모두 흥미롭고 유익하다. 이것을 방법으로 한다. 이 방법이 가장 긴요하다. 모든 종교는 표면만 다르고 내면은 같아 결국 하나이다. 이것을 목표로 한다.

세 단계의 작업을 풍부한 예증을 들어 타당하게 진행해 대등종교학을 이룩해야 한다. 이것을 교육을 통해 널리 알려, 누구나 마음을 열고 생각이 달라지도록 해야 한다. 그러면 인류 화합을 이룩하고, 문명의 위기를 넘어서서 다음 시대를 바람직하게 이룩할 수 있다.

자기 종교만 가르치는 종교교육 못지않게, 종교는 취급하지 않는 비종교교육도 해롭다. 종교 충돌을 방관하는 것은 교육의 직무유기이다. 잘못을 반성하고, 대등종교론을 일제히 가르쳐야 한다. 통일된 교과서가 있어야 하는 것은 아니다. 수준을 인정할 수 있는 여러 책을 비교검토해야 한다.

어느 책이든 내용이 미비하고 문제점이 많은 것이 당연하므로, 토론으로 수업을 진행해야 한다. 기존 논의의 합의를 도출하려고 하지 말고, 더욱 진전되고 타당한 견해를 내놓아야 한다. 학생들이 각자 또는 공동으로 최상의 대등종교론을 이룩해야 한다.

위기 (2)에 만생대등생극론과 만물대등생극론으로 대처한다. 만생대등
생극론은 모든 생물이 서로 대등한 관계를 가지고 상생하고 상극하다고
하는 이론이다. 만물대등생극론은 존재하는 모든 것이 서로 대등한 관계
를 가지고 상생하고 상극한다고 하는 이론이다.

李穡은 "物我一心"(만물과 나는 한마음이다)이라고 했다.(〈觀魚臺賦〉) 丁
克仁은 "物我一體(만물과 나는 하나)어늘 興인들 다를소냐"라고 했다. (〈賞
春曲〉) 徐敬德은 "到得忘吾能物物"(나를 잊고 만물이 만물일 수 있는 경지
에 이른다)고 했다.(〈無題〉) 이렇게 말한 物은 景物이기도 하고 生物이기
도 하다.

洪大容은 生物과의 관계를 분명하게 했다. "五倫五事 人之禮義也 羣行呴
哺 禽獸之禮義也 叢苞條暢 草木之禮義也 以人視物 人貴而物賤 以物視人 物
貴而人賤 自天而視之 人與物均也"(오륜이나 오사는 사람의 예의이다. 무리를
지어 다니면서 불러 먹이는 것은 금수의 예의이다. 떨기로 나서 가지를 뻗는
것은 초목의 예의이다. 사람에서 만물을 보면, 사람이 귀하고 만물은 천하다.
만물에서 사람을 보면 만물이 귀하고 사람이 천하다. 하늘에서 이것들을 보
면, 사람과 만물이 균등하다.) (〈毉山問答〉)

인용을 여럿 한 것은 할 말이 거의 다 있기 때문이다. 원문을 읽어야
핍진한 이해가 가능하다. 전해 받은 유산을 가다듬어 만물·만생·만인대등
생극론을 이룩한다. 만인이 대등하니 함부로 해치지 말아야 하는 것만이
아니다. 만생이 대등하나 함부로 죽이지 말아야 한다. 대등한 모든 것은
상생이 상극이고, 상극이 상생인 관계를 가지고 생성하고 운동하고 소멸
한다. 사람은 우월하다고 여기는 차등론의 형이상학에 서로잡혀 대등생극
의 거대한 연쇄를 훼손하거나 파괴하지 말아야 한다.

위기 (3)이 어느 지경에 이르렀는지 보자. 한쪽에서는 인공지능의 안면 인식과 정보처리 능력을 극대화해 모든 사람의 동정을 완전하게 파악하 고 통제한다. 다른 쪽에서는 유튜브에 가짜 뉴스 동영상 홍수를 만들어 빠 지지 않을 수 없게 하고, 흑색선전과 수익증대의 이중 목적을 달성한다.

비참해진 피해자들이 인공지능의 이런 위력을 보고 겁을 먹고, 과학만 능주의를 신봉한다. 그 때문에 인간의 정신 능력을 스스로 심각하게 위축 시키는 것은 더 큰 위기이다. 이에 대처하려면 어떻게 해야 하는가? 가 장 앞섰다는 과학인 상대성이론, 양자역학, 무의식 분석 등의 실상을 살 펴보면 해답이 있다. 반전이 이루어진다.

가장 앞섰다는 과학은 이유를 알지 못하고 판별조차 할 수 없는 대상 을 만나 주춤하면서, 불분명한 것이 가장 소중하다고 한다. 그 경지에 이 르러 과학은 더욱 위대하다고 하는 것은 억지이다. 수리언어를 사용해 논 리를 정확하게 전개하는 것을 자랑하던 과학이 무능을 드러내고 파탄을 보이는 것이 사태의 진상이다.

인문학은 판별하기 어렵고 불분명한 것을 達觀언어로 일컬으면서, 만물 대등생론을 전개한다. 達觀이란 "哲人達觀"에서 유래한 말이며, 모든 것을 두루 대강 파악해 마음에 걸림이 없는 경지를 말한다. 유무·허실·진위를 일단 포괄해 지칭하고, 가능한 탐구를 진행한다. 아는 것을 자랑하지 않 고, 알 수 없는 것이 나타나도 당황하지 않는다.

가장 앞섰다는 과학이 파탄을 보이는 사태가 인문학의 타당성과 유용 성을 입증한다. 인문학에서 사용하는 달관언어는 지나치게 구체적이지 않 아 뜻밖의 실수가 없다. 간략하고 기억하기 쉬우며, 복잡한 절차를 거치 지 않고 주고받을 수 있다. 토론 참가자가 확대되어 논의를 함께 진전시 킬 수 있다.

달관언어의 본보기를 몇 개 한문으로 적은 것을 든다. 有無相生(유무상생)(老子), 和而不同(화이부동)(孔子), 人與物均(인여물균)(洪大容), 虎性亦善(호성역선)(朴趾源), 騎牛覓牛(기우멱우)(불교), 欲擒姑縱(욕금고종)(兵法), 緣木求魚(연목구어)(속담), 非眞非假(비진비가)(나의 畫題). 글자를 줄일 수도 있고, 늘일 수도 있다. 시 한 편이 되게 할 수도 있다. 얼마든지 새로 지어낼 수 있다.《대등의 길》이라는 책은 달관언어의 집성이고 창작이다.

이런 달관언어는 연구와 창작, 논리와 상상을 하나로 한다. 요약이면서 상징이어서 一卽多이다. 현실주의와 초현실주의가 하나이게 한다. 왜 이렇게 하는가? 인공지능과 바둑을 두어 최고수는 지고, 실력이 의심스러운 아마추어는 이겼다고 하는 농담 같은 사실을 예증으로 들고, 이 의문에 대한 대답을 생각해보자.

이미 진행한 연구, 정립한 논리, 확인된 현실주의를 정해진 궤도에 따라 밀고 나가는 작업은 사람보다 인공지능이 더 잘한다. 사람이 인공지능을 따를 수 없다. 따르려고 하지 말아야 한다. 사람이 지닌 더 큰 능력을 발휘해, 인공지능이 사람을 따를 수 없는 다른 길로 가야 한다.

연구에서 창작으로, 논리에서 상상으로, 현실주의에서 초현실주의로 나아가는 모험은 사람만 할 수 있다. 이런 방식으로 인공지능을 따돌리면 속시원하다고 하고 말 것은 아니다. 새로운 탐구의 가능성을 파격적으로 확대하는 길을 과감하게 시도해 활짝 열어야 한다.

이것은 공연히 해보는 소리가 아니다. 실제 작업을 진행할 것인지, 교육 현장에서 수업 계획을 작성하는 방식으로 구상해 타당성을 입증하고, 실행을 앞당긴다. 먼저 해결하기 어렵다고 생각되는 커다란 문제를 동참자들의 예비토론에서 정한다. 그다음에 다음과 같이 한다.

(가) 그 문제를 한정된 범위에서 구체화해 증거와 논리로 해결하는 연구, (나) 그 문제를 두고 고민하다가 자기가 하게 된 생각을 적절한 표현을 갖추어 나타내는 문학작품 창작, (다) 같은 내력이 있는 미술 또는

음악 또는 행위예술(무용, 연극 등) 창작, 이 세 작업을 서로 연결시켜 진행한다. (나)는 달관언어 창작이고, (다)는 그것의 확대이다.

(가)·(나)·(다) 가운데 하기 쉬운 것 하나에서 시작한 작업을 다른 둘로 확대한다. 한 사람이 이렇게 하는 것을 다른 여럿이 시비하고, 시비자들이 자기 작업을 하고 시비의 대상이 되게 한다. 이 과정과 얻은 결과를 참가자 전원이 각기 정리하고, 공통된 내용을 찾아 공유의 업적으로한다. 사유가 줄어들고 공유가 늘어나는 것을 기대하고 함께 노력하자.

8

지금까지 말한 작업을 인문학문에서 선도해 사회학문이나 자연학문에 충격을 주고 동참을 유도해야 한다. 이것은 이론이기 이전에 실행이어야하고, 교육의 현장에서 실행의 성과를 입증해야 한다. 전공 구분을 넘어서서 모든 학생에게 창조력 훈련을 하는 교육을 담당해 인문학문 무용론을 무효로 돌려야 한다. 실제 수업에서 논리와 상상을 하나로 하는 작품을 누구나 창작하도록 해야 한다. 이 작업은 학문의 범위를 넘어서므로, 인문학문이라고 한 용어를 인문학으로 되돌리는 것이 좋다.

대등생극론은 아직 많이 모자라고, 해야 할 일은 엄청나게 많다. 인문학의 여러 분야에서 공동의 과제로 삼고 내용을 더욱 분명하고 풍부하게하는 연구를 힘써 진행해달라고 부탁한다. 더 나아가 분야의 구분을 넘어선 광범위한 토론에서 의견을 수렴해, 키우고 가다듬어야 한다. 교육을통한 실험과 실현이 긴요하다고 거듭 확인한다.

이 글을 2023년 9월 13일 대한민국학술원 집담회에서 발표했다. 토론과정에서 보완한 내용을 든다.

김호동(인문사회 제3분과) 회원이 말했다. "'무종교인'의 개념을 좀 더 세분해서 보아야 할 필요가 있지 않을까 생각한다. 즉 통계상의 '무종교인'에는 '무신론자(atheists)'와 '불가지론자(agnostics)'와 '무종교자(non-religious)'가 모두 포함되기 때문이다. 이 가운데 '무신론자'는 '유신론자' 못지 않게 도그마틱한 반면, '무종교자'는 종교 자체에 무관심한 부류이다. 따라서 종교간 타협을 도모하는 대등종교학을 이들에게서 희망하는 것은 어렵지 않을까?"

이에 대해 나는 말했다. 그 점에 관해 논의한 많은 전례를 찾아 고찰해야 한다. 조동일,《철학사와 문학사, 둘인가 하나인가》(지식산업사, 2000), 433면에서 한 예를 가져온다. 볼테르(Voltaire)의 종교관은 '理神論'(déisme)이라고 한다. '이신론'은 '유신론'(théisme)도 아니고 '무신론'(athéisme)도 아니며, 그 중간이라고 할 수 있다. '유신론'에서는 어느 특정의 신을 섬기고 다른 신은 배격한다. '무신론'에서는 어떤 신이라도 부정하고 모든 종교를 거부한다. 볼테르는 그 둘 다 마땅하지 않다고 하고, 인류 전체가 하나의 보편적인 신을 함께 섬겨 평화와 화합을 이룩하고, 도덕의 근거를 공통되게 마련하자고 하는 취지의 '이신론'을 주장했다.

기독교의 독선과 광신에 대한 불만이 그런 생각을 하게 된 출발점이다. 기독교 축제일에 지진이 일어나 수많은 사람이 죽은 사건이 1755년에 포르투갈의 리스본에서 일어난 것을 보고 충격을 받아 〈리스본의 참사에 관한 시〉(Poème sur le désastre de Lisbonne)를 써서, 기독교에 대한 근본적인 회의를 나타냈다. 다음 해에는 《각국의 관습과 정신에 관한 시론》(Essais sur les moeures et l'esprit des nations)에서, 세계 도처에 각기 그 나름대로 훌륭한 종교가 있으며 기독교는 그 가운데 오히려 열등한 쪽이라고 하고, 기독교의 독선을 넘어서는 관용의 정신을 가져야 역사의 발전을 이룩할 수 있다고 했다. 그런 주장을 펴다가 박해를 받아도 굽히지 않고, "파렴치를 타도하라"(ecrasez l'infâme)라고 외쳤다.

그런데도 볼테르가 '무신론'을 택하지 않고 '이신론'을 내세운 것은 생각을 깊게 했기 때문이다. 기독교의 독선을 물리치는 데 상극만인 '무신론'보다 생극의 양면을 갖춘 '이신론'이 더 큰 힘을 발휘한다. 독선에 대한 최대의 위협인 관용을 대안으로 제시해 투쟁을 승리로 이끌 수 있기 때문이다. 또한 여러 문명의 서로 다른 종교가 배타적인 자세를 버리고 서로 화합해 인류 공동의 이상을 추구하자는 것은 '무신론'에서는 가능하지 않고 '이신론'에서만 펼 수 있는 주장이다. 상생은 상극이고, 상극은 상생이어야 하는 이치가 그렇게 구현된다.

한송엽(자연 3분과) 회원이 말했다. 문명의 위기를 극복하기 위하여 '대등생극론'에 입각한 해결책을 찾아야 한다는 발제자의 주장에 대하여 본 토론자는 적극적으로 찬성한다. 만인대등생극론의 사례를 하나 소개한다. 독일헌법 1조는 "인간 존엄성은 침해되지 아니한다"로 시작된다. 따라서 학교 교육에서 가장 중요한 교육 목표가 "존엄 교육"이다. 즉 존엄에 대한 감수성을 기르는 교육을 가장 중시하고 있다. 나의 존엄성을 자각하고 남의 존엄성을 존중하는 것을 가르치고 배운다. 이것은 상생이다. "만인은 대등"하다는 뜻과 상통한다. 이에 반하여 우리나라의 교육은 학생을 경제발전에 필요한 "인적 자원"을 양성하는 것이 목표이다. 좋은 직장에 들어가려고 치열한 경쟁을 해야 하기 때문에 이것은 상극에 해당된다. 따라서 우리는 우리 교육에 있어서 상극의 원인을 찾아서 학생들이 서로 상생하는 관계로 회복되도록 우리 교육의 대전환이 이루어지도록 하여야 한다."

이에 대해 나는 말했다. 대한민국헌법에서 "제10조 모든 국민은 인간으로서의 존엄과 가치를 가지며, 행복을 추구할 권리를 가진다. 국가는 개인이 가지는 불가침의 기본적 인권을 확인하고 이를 보장할 의무를 진다. 제11조 모든 국민은 법 앞에 평등하다. 누구든지 성별·종교 또는 사회적 신분에 의하여 정치적·경제적·사회적·문화적 생활의 모든 영역에 있어서 차별을 받지 아니한다."고 한 것을 개정해야 한다. "모든 사람은 대등하며, 각기 다른 것을 서로 존중해야 한다. 사람과 다른 생물이나 자연물의 관계도 이와 같다. 대한민국은 전면적인 대등을 인정하고 보장할 의무를 진다." 이렇게 개정해야 한다. 이에 따라 교육도 달라져야 한다.